乐读 系列教材

MM

Marketing Management

营销管理

（美） 唐·亚科布奇（Dawn Iacobucci） 著

田志龙 编译

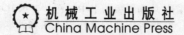

机械工业出版社
China Machine Press

本书以朴实的语言、简洁的图表和翔实的案例，全面系统地介绍了营销管理中各个方面的工作，反映了国际上市场营销管理方面的最新发展趋势。本书具有很强的可操作性，从 STP 战略（市场细分、选择目标市场和市场定位）、4P 策略（产品、价格、渠道和促销）到顾客评估、营销调研、营销战略和营销计划，书中都提供了详细的分析工具和分析框架。

本书可以作为营销管理类课程的专业教材，供大专院校企业管理领域的市场营销专业和工商管理专业的本科生、研究生以及 MBA、EMBA 使用，也可以作为培训教材供企业从事市场营销工作的员工和管理者参考。

本书版权登记号：图字：01-2009-6539

图书在版编目（CIP）数据

营销管理/（美）亚科布奇（Iacobucci, D.）著；田志龙编译. —北京：机械工业出版社，2011.1
（乐读系列教材）
书名原文：MM（Marketing Management）

ISBN 978-7-111-32966-4

Ⅰ. 营… Ⅱ.①亚… ②田… Ⅲ. 市场营销学 – 教材 Ⅳ. F713.50

中国版本图书馆 CIP 数据核字（2010）第 262893 号

机械工业出版社（北京市西城区百万庄大街 22 号　邮政编码　100037）
责任编辑：许　可　　　　　　版式设计：刘永青
中国电影出版社印刷厂印刷
2011 年 2 月第 1 版第 1 次印刷
185mm × 260mm · 17 印张
标准书号：ISBN 978-7-111-32966-4
定　价：45.00 元

凡购本书，如有缺页、倒页、脱页，由本社发行部调换
客服热线：（010）88379210；88361066
购书热线：（010）68326294；88379649；68995259
投稿热线：（010）88379007
读者信箱：hzjg@ hzbook.com

本书中文版中使用的图均为原版图书中的图片，因其中部分图片无法与其著作权人取得联系，故未能向其支付稿酬，请该等图片的著作权人在看到本书后与本社联系，领取稿酬，本社对于您的支持表示衷心的感谢。

致读者

教育是什么？教育意义何在？这些问题一直被历代思想者和教育家所追问。

柏拉图说："教育是为了以后的生活所进行的训练，它能使人变善，从而高尚地行动。"巴格莱说："教育是传递人类积累的知识中具有不朽价值的那部分的过程。"陶行知则说："生活即教育。"

关于"教育"的定义，也许难以有一个绝对的答案，因为教育是一种实践活动，总是处于不断的实践发展与总结提炼中。

现代教育的目的在于发展学习者的认知结构，培养其创造力和批判力，从而更好地提高其生活技能，使其获得更为幸福的生活。

在教育的过程中，学习是十分重要的一部分，而阅读又是学习活动中不可分割的一部分。教材作为用于向学生传授知识、技能和思想的材料，是教学活动中最为重要的阅读物，但一直以来国内出版界对于教材阅读感受的重视显然不够。

目前国内的教材或者篇幅繁冗、内容庞杂，不能在有效的时间内完成阅读；或者内容过于简单，阅读感差，用"味同嚼蜡"形容一点不为过。

适合轻松愉悦学习的教材颇难寻觅！

生活与学习是一种体验的过程，我们应该让这种体验变得快乐。如何让教育者及学习者从沉闷的教材中体验到快乐，并乐于阅读，这一直是作为教育出版者的我们所思考和不懈为之奋斗的目标。

经过长时间的选题甄选工作，最终有了今日"乐读"系列教材的出版。它是在对美国几百所大学的教师和学生、几十个学科调查研究的基础上，由国外权威出版机构精心打造的一本寓教于乐的全新系列，其一改往日教材的厚重繁复，以内容全面、言简意赅、图文并茂、装帧精美、教辅齐全为主要特点，被奉为快乐阅读的教材榜样，一经推出即获得巨大成功，受到广大师生热捧，迅速成为教材市场的新宠。时至今日，全世界超过1 500所大学、100万的学生曾经或者是正在使用该系列教材。在各方的努力下，中文版得以正式出版，我们相信它们必将成为教师乐教、学生乐学的"乐读"教材。

诚挚祝愿各位读者朋友快乐学习、快乐阅读！

出版者
2010年10月

译者序

随着我国市场经济体制不断深化，企业作为一个独立的市场主体，越来越需要面向市场，按照市场规律来经营。中国经济保持快速发展，消费者的消费能力大幅度提升，与此同时他们在消费上的要求也不断提高。在消费者的消费需求日益多样化和个性化的今天，如何正确地把握消费者需求并有效地展开有针对性的营销活动，是当今企业所面对的重要课题。中国加入WTO已有10年的时间，入世以来中国企业在本土市场不得不面对日益国际化的竞争。为了在竞争中占据主动，中国企业和营销人员必须首先改进营销观念和营销方法，争取与国外保持一致。

本书以朴实的语言、简洁的图表和翔实的案例，全面系统地介绍了营销管理中各个方面的工作，反映了国际上市场营销管理方面的最新发展趋势。本书具有很强的可操作性，从STP战略（市场细分、目标市场选择和市场定位）、4P策略（产品、价格、渠道和促销）到顾客评估、营销调研、营销战略和营销计划，书中都提供了详细的分析工具和分析框架。本书资料丰富，各章节都介绍了相关案例，为读者理解营销管理理论、了解其在实际中的运用提供了很好的帮助。本书理论体系完善且结构清晰明了，市场营销框架图始终贯穿全书，每一章的内容都标明了其在市场营销框架图中的位置，使读者清楚所学章节在市场营销理论体系中所处的地位，并能很好地将不同章节的内容有机地结合起来形成一个整体。

本书可以作为营销管理类课程的专业教材，供大专院校企业管理领域的市场营销专业和工商管理专业的本科生、研究生以及MBA、EMBA使用，也可以作为培训教材供企业从事市场营销工作的员工和管理者参考。

研究生汪志刚、张英、王浩、蒋倩和田博文参与了本书的翻译工作。另外，在翻译过程中，机械工业出版社华章公司的编辑给予了大力的支持和帮助，并提供了不少宝贵的建议，译者在此表示感谢。由于水平有限，本书的翻译有不当之处，敬请读者批评指正！

田志龙

华中科技大学工商管理系主任、教授

2010年9月于武汉喻家山

教学目的

市场营销活动是企业各项工作的重中之重，在企业的运营中处于核心地位。在"营销管理"课程教学过程中，通过在5C、STP以及4P框架下对企业市场营销活动的各部分内容进行讲解，使学生了解市场营销的基本概念、掌握市场营销的基本原理和理论、熟悉市场营销的基本流程和方法，学会市场环境评估、市场分析、选择与定位、市场营销方案的制订、市场调查与评估、营销战略与计划等营销工作方面的技能和方法，培养学生积极主动的营销意识、良好的分析问题和解决问题的能力，强化学生的竞争与合作意识以及创新意识，切实提高学生营销业务的规划能力和分析解决市场实际问题的能力，全面发展学生营销管理的综合职业素质，为学生的职业生涯打下坚实的理论基础。

学时分配表

教学内容	建议课时	
	非营销类专业	营销类专业
第1章　市场营销是什么	3	4
第2章　市场细分	5	6
第3章　目标	3	3
第4章　定位	4	4
第5章　产品：商品和服务	3	3
第6章　品牌	4	5
第7章　新产品	4	5
第8章　定价	5	6
第9章　分销渠道、营销网络及物流	5	6
第10章　整合营销传播：广告信息	3	4
第11章　广告媒体和整合营销传播	3	4
第12章　顾客评价	3	4
第13章　营销调研工具	3	4
第14章　营销战略	3	3
第15章　营销计划	3	3
合　　计	54	64

前 言

本书的一切源自于学生和教师：在学校的教室里和走廊上，通过焦点小组访谈、调查和访问，我们从学生那里获知他们如何学习，什么时候、在哪里学习以及为什么。

我们也发现了学生最喜欢的教材构成：简洁的章节和实用的学习辅助资料。数以百计的教师参加了我们的焦点小组访谈，这使得我们为学生提供的教材得到持续的改进。2007年春天，我们出版了"乐读"系列的第一本书《市场营销学》（*MKTG*），无论是学生还是老师，对这种创新性的教学方法反应很热烈。继而我们在2008年下半年为"消费者行为学"这门课程编辑出版了《消费者行为》（*CB*）一书，反映也非常好。超过750所学院在"市场营销"、"消费者行为"、"管理学"、"经济学"、"运营管理"、"商业概论"和"商业沟通"等课程上使用"乐读"系列教材。

关于本书

本书由范德堡大学欧文管理学研究生院的唐·亚科布奇编写，他通过在"营销管理"的课程教学中引入革新性的教学模式更好地满足今天学生的需要。

本书涵盖了教师和学生共同探索出的营销管理教学模式，包括一套辅助学习资料（乐考卡）以适合现在学习者多样化的学习方式。此外，为了深入系统地追溯关键性营销问题，我们创造了一个整体性的营销管理框架，帮助学生理解诸如顾客生命价值、市场细分以及产品定价等核心概念。

我们希望你喜欢这一新的学生导向并受到教师认可的教学模式，并且期待得到你关于本书的反馈信息。

Contents

目　录

第二部分
产品定位

© AP Images/PRNewsFoto/
Metro-Goldwyn-Mayer Inc.

© AP Images/PRNewsFoto/
Paramount Pictures

© AP Images/PRNewsFoto/Universal Studios Partnerships

第三部分
通过定价、渠道和促销定位

RALPH LAUREN

第四部分
定位：以顾客视角进行评估

第12章　顾客评价

第13章　营销调研工具

第五部分
终极管理

Chapter1

第 1 章

市场营销是什么

营销框架

5C	STP	4P
顾客	市场细分	产品
企业	选择目标市场	价格
环境	定位	渠道
合作者		促销
竞争者		

1.1 市场营销的定义

如果你问普通人："市场营销是什么？"他们会给出以下几种回答：

- 市场营销就是销售或者广告；
- 市场营销人员使得人们购买他们不需要也负担不起的东西；
- 市场营销人员就是那些在你准备吃晚餐时给你打电话的人。

这些观点都没错。我们必须承认一个事实，像其他行业一样，营销行业也有令人讨厌的从业者。但在这本书中，我们尝试一个更为开放的观点[1]阐释市场营销。

首先，基于市场营销在现代企业中扮演着重要角色，本章主要概述了市场营销的概念和相关术语。其次，我们提出一个市场营销框架，介绍本书架构和我们思考市场营销的模式（我们将界定5C、STP和4P中的所有术语）。最后，我们将挖掘客户观点：一个顾客（消费者或者企业）如何做出购买决策？市场营销最终是研究如何更好地服务顾客，因此我们必须理解顾客需求。本章最后简要介绍了本书其余部分的内容。

1.2 市场营销是一种交换关系

市场营销被定义为企业与其顾客之间的交换关系。如图1-1所示，企业与顾客之间相互需要。市场营销者致力于弄清顾客的需求，想方设法满足顾客需求，并在此过程中最终获取利益。

在理想环境下，这将是一种很好的共生关系。顾客通常不介意花钱来进行购买。对于打算购买的东西，如果顾客真的想要，他们愿意付出很多。当然，企业都希望获取利润，但是大企业确实关心它们的顾客——它们不是以牺牲顾客的利益作为牟取利润的捷径。如果企业自身运转很好，而且又足够幸运，图1-1描述的关系持续在企业与其顾客之间重复，那么将加强企业与其顾客之间的联系。

> **市场营销就是企业与其顾客之间的交换关系。**

顾客从企业寻求利益并愿意购买

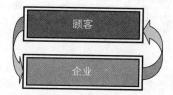

企业向顾客传递价值并获取收益

图1-1 市场营销是一种交换关系

既然市场营销是企业与其顾客之间的交换关系，从顾客角度来考虑，你就会稍微了解市场营销的内涵。但是如果你是企业的员工，你需要从企业的角度理解市场营销的概念。在本书中，你将会看到，市场营销者在把某些价值传递给顾客和努力从顾客处获取价值的过程中遇到的所有问题。

市场营销无处不在

"市场"这个词听起来好像只是销售类似肥皂和洗发水这些简单的、有形的商品的场所。但是如图1-2所示，市场上可交易任何东西。不管是宾馆、航空公司，还是餐馆、百货公司，都有营销管理人员在做服务工作。非营利组织和政府机构的营销人员忙于各种事件（比如鼓励器官捐献和禁止吸烟），旅行社的营销人员则在推销所在城市或者国家的特色关于营销管理的一个有趣陈述：如果从管理角度看问题很难，就尝试从图1-1描述的顾客和企业之间的交换关系中得到启示，从顾客角度思考问题，设身处地地为顾客着想是理解顾客需求的最好方法。然后回到管理者的位置，找出满足这些需求的办法。

景点。营销人员还帮助运动员、娱乐界的名人名流以及政客在他们各自的市场（比如面向崇拜者、经纪人、知识阶层或公众）打造形象。营销人员也关注体验，他们还考虑，比如在专卖店和饭店等店内消费之外的顾客参与度。最后，你还可以营销自己（比如在一个工作面试或者一段恋情中）。

1.3 为什么市场营销如此重要

早期的市场主要是产品或者以产品为重点，公司的心态只是要"建立一个更好的捕鼠器"，但这并不是我们的观点。我们知道，仅仅为了制造一些小工具是没有意义的，除非是顾客需要的东西。在许多行业，

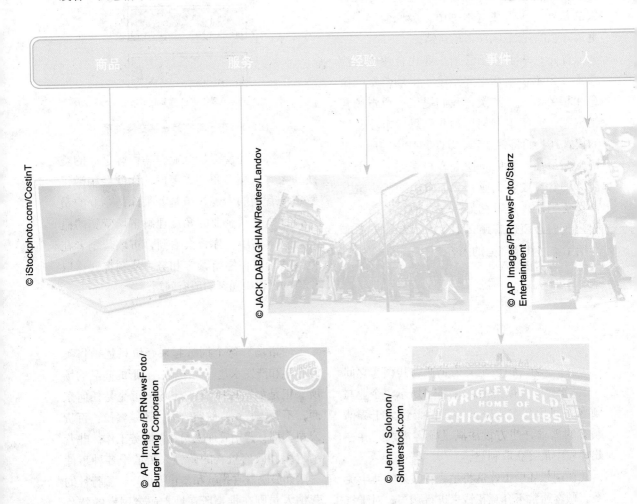

商品　　服务　　经验　　事件　　人

© iStockphoto.com/CostinT

© JACK DABAGHIAN/Reuters/Landov

© AP Images/PRNewsFoto/Starz Entertainment

© AP Images/PRNewsFoto/Burger King Corporation

© Jenny Solomon/Shutterstock.com

图1-2　我

还存在着市场真空。例如在艺术行业，博物馆或画廊管理者坚信博物馆不需要营销，他们认为，人们应当懂得欣赏展品，如果不是这样，只能证明公众的无知和愚昧。或许普通公众在文化上相对落后，但是市场营销可以用来培养公众的品位。

如今也不再是销售导向阶段。当时市场的主要行动就是"让我们来做个交易"，现在这种推式销售心态依然存在（比如制药企业的销售人员致力于说服医生，从而实现销售目标）。这种推式销售依然存在的原因在于市场上的同类产品通常供过于求，但是直接面向消费者的制药广告的最近发展情况证明，市场营销人员应当有向销售对象充分展示产品特性的沟通能力，这样患者和医生将会要求把他们的产品作为专用品牌。

当下，我们真正生活在一个顾客导向的营销世界。我们全面认识到与顾客交流的重要性，而且我们旨在与顾客建立关系。市场营销被认为是市场进化的证据——这个进化的市场代表着一国经济或者行业地位，这个市场已经从产品导向、销售导向转入一个旨在确认顾客需求并且满足其需求的顾客导向阶段。

在实现顾客满意的同时，市场营销也能使企业获取更多利益。在本书中，我们会逐步向你展示市场营销如何做到这一点。

市场营销和顾客满意是每个人的职责

有些管理大师认为，市场营销发展到今天的成就，表明它已经不仅仅作为一种功能存在，更准确地说，市场营销是一门寻求商业辉煌思维方式的哲学。市场导向观念应该贯穿组

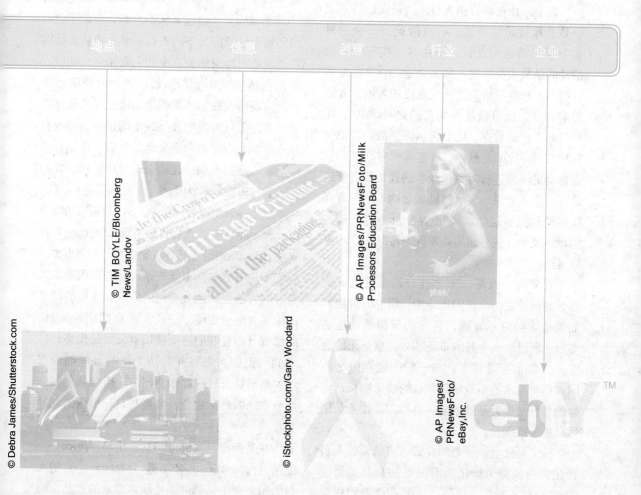

地点　　　信息　　　创意　　　行业　　　企业

© Debra James/Shutterstock.com

© TIM BOYLE/Bloomberg News/Landov

© iStockphoto.com/Gary Woodard

© AP Images/PRNewsFoto/Milk Processors Education Board

© AP Images/PRNewsFoto/eBay,Inc.

可以交易什么

织机构的每个环节。

- 会计和财务人员必须认识到营销的重要性，为什么？因为首席执行官（CEO）是这样做的。
- 销售人员能快速掌握市场营销信息——他们毕竟站在与顾客交流的第一线。他们想推销公司的产品，如果企业生产的正是顾客想要的产品，他们会非常兴奋；他们的工作会相对轻松些，因为这些产品本身就能推销自己。
- 研发人员也有树立市场营销意识的倾向。研发人员乐意看到他们的发明在市场上销售并成为流行商品，这并不难做到。人们不需要很多市场调查来测试概念或者原型，不需要以这种或者那种方式转变研发路径。

目前，让市场营销人员压力很大的因素之一是业绩展示的压力。一般情况下，企业对各个部门实施问责制，而且对一些市场营销活动的结果实施量化。如果企业的首席财务官（CFO）想要了解最近的优惠促销对销售额的影响程度，他可以从首席营销官（CMO）那里得到合理的数据，比如优惠促销活动对销售额增长百分比的贡献率。首席运营官（COO）通常会关注最近针对目标顾客的直接邮寄营销是否产生了效果，或者鼓励重复购买的顾客直接网购，而不是寻求800电话帮助或者去商店购物。关于这些方面的合理数据可以从COO那里得到。

重要的一点是，不要过分追求量化。例如，如何评定一个好的市场细分研究的价值？如果市场细分不准确，再多的行销活动也是多余。所以，一个好的市场细分方案是无价之宝。广告也有点棘手。与一般的错误概念不同，广告追求的不是短期利益的快速增长，广告的目标是提升品牌形象。当然，这作为长期目标更难以测量。

除了量化营销计划的成效，市场营销人员旨在将营销努力转化为看得见的利益，使得CMO拥有"一席之位"，使其在企业的权重

与其他部门的执行官相当。执行官们经常谈到财务，所以营销人员常常试图把营销计划的进展用财务术语表现。在这个方面，技术和数据为营销人员提供了方便。例如，如果公司的客户关系管理系统（CRM）完善，营销人员就可以现场测试实施一个新的促销方案的效果；网络数据跟踪也方便了营销人员决定哪种产品组合对顾客更有效果。

1.4 市场营销框架：5C、STP和4P

市场营销学者经常谈论5C、STP和4P，让我们一起来看看。营销学中的5C是指顾客（customer）、企业（company）、环境（context）、合作者（collaborator）和竞争者（competitor）。通过对5C的分析，有助于企业识别整个经营形势下的机遇和潜在威胁。顾客和企业是市场交换关系中的主要角色。环境，首先包括宏观环境，比如，我们的经济形势和供应商情况如何？我们将面临怎样的法律约束？文化差异对我们在全球市场细分的表现有什么影响？合作者和竞争者是我们合作和竞争的对象。在当今网络化的全球经济时代，我们不可能与他们划清界限。

在市场营销或管理学中，STP是指市场细分（segmentation）、选择目标市场（targeting）、定位（positioning）。STP战略说明了一个事实，我们不是万能的，不能兼顾所有的市场需求，最好的方法是识别具有相同需求和欲望的顾客群体或者细分市场。一旦了解了不同细分市场的偏好（而且我们可大致识别公司的优势），我们可识别未来展开营销工作的目标细分市场，然后结合目标群体特征，应用4P确定目标细分市场的产品定位，发展与目标市场的良好关系。

4P是指产品（product）、价格（price）、促销（promotion）和渠道（place）。营销人员的职责在于，创造满足顾客需求的产品，确

定一个合适的价格，通过广告和销售促进等方式让顾客了解该产品的价值，最后让顾客在容易到达的场所购买到产品。[2]

如果市场营销被定义为企业与顾客的交换关系（比如交换商品、服务、支付、创意和信息等），营销管理就是通过实施5C、STP和4P组合策略的过程来实现的。这一切听起来很简单：将顾客分类，确定目标顾客，通过产品的特色、价格、沟通和促销以及分销渠道的优势，争取到市场地位。然后你就会变得自负，忽视营销的常识。试想一下，很少有公司做得很好。

如果市场营销是一种交换关系，那么这好比两个人之间的互动，企业如果和顾客沟通密切，企业完全可以做到让顾客满意。通过市场调研，真正聆听顾客的声音，那么企业就更能提供让顾客满意的产品和服务。基本上，优秀的市场营销人员会设身处地地为顾客着想：什么是顾客喜欢的？他们想要什么？作为营销人员，我们应该在他们的生活中扮演怎样的角色？在本书中，我们将详细阐述这些主题。其实只要你简单地想一想顾客的立场，你就能永远比竞争者快一步。任何一种市场营销战略都源于此。

从环境（情景）分析开始：

- 顾客——他们是谁？顾客喜欢什么？我们是否要区分不同的顾客？
- 企业——我们的优势和劣势是什么？我们可以提供哪些顾客利益？
- 环境——行业中正在发生的哪些变化可能会重塑企业的未来？
- 合作者——我们能否在加强我们与B2B合作伙伴关系的同时，解决我们的顾客需求？
- 竞争者——谁是我们必须考虑的竞争对手？他们可能的行动和反应有哪些？

根据背景分析，通过STP进行营销战略策划：

- 市场细分——顾客是不一样的，他们有不同的偏好、需要和资源。

- 选择目标市场——吸引目标顾客比毫无目标的跟随更有意义。
- 定位——将你的优势清楚地传达给潜在顾客。

制定以客户为中心的营销策略来执行预先的市场定位：

- 产品——消费者会喜欢企业准备生产的产品吗？
- 价格——你规定的收费标准，顾客会接受吗？
- 渠道——消费者该从哪里购买和如何购买你的市场供应品？
- 促销——怎样告诉你的顾客或者促使他们来购买？

这听起来好像并不难，是吗？不过要记住，消费者偏好会发生变化，而且竞争也是动态的，竞争对手提供给市场的产品都可能发生改变。你无法控制的因素也会改变。例如，作为营销管理人员或者CMO，公司是否与另一个似乎与你的品牌不相符合的公司合并，你没有发言权，但是你必须处理品牌冲突造成的问题。另外，各国的法律环境不相同，并且处在一个不稳定的状态，像这样不可预见的费用会导致我们调整营销计划。所以市场营销是很重要的，而且投入总是在改变。但是，如果市场营销不是这么富有挑战性，又有什么乐趣呢？

如图1-3所示，如果我们持续做好5C的分析，将会找到更好的方式来完成STP任务——当这些背景环境分析有助于我们识别目标顾客群时，需要确定顾客群的哪些特征是相关的。STP战略中的"P"，也就是定位，通过4P的执行来完成。因此，5C、STP及4P在操作过程中相互依存、密不可分。无论是提供最佳的商业应用解决方案还是在课堂上讨论案例，我们不可忽视这些元素以及它们之间的相互作用。当环境因素改变时，对分销渠道的影响有哪些？当合作者改变了要求，我们应该如何调整价格体系？当企业销售产生不良作用时，对我们的定位和顾客满意将有

图1-3　市场营销框架（一）

|专|栏|1-2　天气

我们不能精确地预测天气，那么我们怎样才能预测消费者购买呢？

相较于人的决策和购买，天气预测很简单，它包含几个组成部分，风、水、污染物颗粒、重力、温度，但我们通常只能说，明天的天气看起来类似今天。同样，我们做失误最少的营销预报预警，我偷说"这次你会买同上次品牌一样的牙膏"。

考虑一次牙膏购买行动涉及的因素：妈妈以前买什么？什么牌子在减价？什么味道我喜欢？我需要旅行用的小管或家用的大管？我想要增白剂吗？我是否想尝试一些新的东西？我有优惠券吗？我为自己买还是为室友买？我是否需要使用牙线，因为这样的牙膏品牌是与牙线容器捆绑的？这真是复杂！

然而，如果有先进的营销技术，增强研究和预测，我们可以给出这些问题的答案，本书第13章对市场营销研究的内容做了详细的说明。

怎样的影响？

1.5　消费者行为的营销科学

有一些营销人员明确划分消费者购买类型，比如方便购买型和消费者经历大量信息和评估的购买类型（见专栏1-3）。这些类型的真正差别不在于消费者买了什么，而是消费者的思维方式。

如图1-4所示的消费者购买决策模型，每个购买过程从需求认知开始，借助比如"你的呼吸顺畅吗"或者"你拥有最酷的跑鞋吗"这些问题，营销人员帮助顾客识别需求，然后开始寻找备选方案的过程。通常，顾客根据个人情况搜集大量信息，锁定可能的产品类型或品种，进而确定最适合自己的

	消费者	组织购买者
需求认知	新商学院的学生可能希望……	行政人员可能想要的……秘书可能想要
寻找备选方案	上网，问朋友	调查可能的供应商
评估选择方案	阅读消费者报告	征求和娱乐竞标
购买决策	做出品牌选择	选择供应商
评估购后行为	消费者满意集合	顾客满意，口碑效应

图1-4　消费者购买决策模型

专栏 1-3　消费者购买行为类型

营销人员明确界定了消费者购买行为类型。

1.方便型购买（convenience purchase）。

- 常用消费品（经常消费的产品，比如面包和天然气）；
- 冲动性购买（比如超市结账处摆放的糖果或者报刊）。

2.商场购物（shopping purchase）（例如，打开淘宝或者当当网的网页，订购一本书或者挑选一件毛衣）。

3.专业采购（specialty purchase）（例如，购买一辆新车、一台新的笔记本电脑或

者一些流行时装）。

B2B营销人员也确定了三种购买类型。

- 直接重购（straight rebuy）（例如，你的牙膏用完了，你想都不用想，将常用的牌子扔到购物车中）；
- 修正重购（modified rebuy）（你在寻找常用的牙膏品牌，但最终你挑了一种新口味的牙膏）；
- 新购（new buy）（第一次你尝试着买牙膏美白条，你思考应该关注哪些属性呢）。

记住！哪种产品和哪种购

买行为都没有关系。最重要的是顾客行为（个人消费者或者组织购买者）以及营销行动和反应。

- 顾客介入度低：顾客不关心，不会花费大量的时间研究产品品牌和特性，某种程度上顾客是典型的价格敏感型；
- 顾客介入度中等：顾客会花费一些时间挑选，他们是明智的购买者，他们乐意选择值得买的产品；
- 顾客介入度高：商品价格昂贵，顾客关注商品品牌、独特性和质量。

品牌。某种情况下，顾客购买其首选品牌。在购买之后，开始评价：作为顾客，我是否感到满意？我会再次购买吗？我会向朋友推荐这个品牌吗？[3]

不管购买者是个人、家庭还是组织，这个购买过程都是适用的。消费者购买，即人们为了个人或家庭消费而购买产品或服务；组织购买，即代理人基于组织的利益购买产品或服务。这个代理人，既可能是决定使用UPS[4]或者联邦快递（Federal Express）的行政助理，也可能是由组织各个部门代表组成的"采购中心"（buying center）。

不管怎样，购买者决策模型有很多种。例如，有一种方式被称做"字典"（lexicographic）式决策模型，即消费者根据其关注的属性（例如质量、价格、尺寸和颜色等），将所有可能的品牌进行比较。首先，顾客就第一个非常重要的属性对品牌进行比较，顺利通过的品牌成为潜在购买品牌，纳入顾客的考虑集合中。其次，顾客针对第二个非常重要的属性再进行筛选，一直这样进行下去，直到剩下一个或者少

数几个满足所有要求的品牌，成为顾客最后可能的选择。

另一种模型使用平均量。该模型认为，仅靠一种属性不能决定选择或者抛弃哪个品牌，需要综合评估。例如，如果一个品牌只有一个属性很鲜明，其他属性很一般，那么综合的结果可能是这个品牌的所有属性都很普通。根据各种属性的重要性赋予相应的权重，这个模型会更复杂。

这些权重反映了各顾客群体的表现有哪些不同。在任何购买类别中，给定一种购买，可根据每个顾客的关心程度进行分类。顾客关心程度高，他就会花更多的时间研究，为了获取最佳价值而支付更多。顾客关心程度低，他就不会做更多的调查，也不愿意支付很高的费用。

组织购买者也是一样。根据它们是否出售设备（如新工厂的设备）、配件（如帮助办公室运作的电脑）、原材料（木材、塑料等）、零部件（后来的成品件加工项目）、商业服务（法律、咨询、保险）等，营销者将B2B顾客

进行分类。最终，最重要的分类是，不管特定的组织购买者是否关注某种特定的购买，结果导致细分市场关心（例如，考虑质量）或者不关心（例如只是对价格敏感）。

虽然B2B的决策是完全相似的，但是因为采购中心的存在，故而还是有点复杂。对于一宗大型的、资金额度高、复杂的商业购买，仅凭个人无法决策。每次这样的购买行动涉及五个左右的各种"角色"人员。①发起者（initiator），即提出购买要求的人（如秘书发现办公室的打印机坏了）；②使用者（user）（如平时使用这台打印机的成员）；③影响者（influencer）（如IT部门的员工说："X品牌便宜些，但是Y品牌的打印机更酷。"）；④采购者（buyer）（如行政主管就是负责供应品和应付把关者）；⑤把关者（gatekeeper）（如一个保守的会计人员，他的职责就是控制成本）。你可以看到，由于各种角色人员的作用，购买一台新的打印机是多么复杂。有些人只关注价格，有些人关注功能，另外一些人可能关心交付日期和售后服务。

对任何一种购买者——终端消费者或者组织购买者，我们会在后面的章节中对购买决策过程的研究进行放大。举个例子，我们会在第2章（市场细分）、第7章（新产品）和第13章（营销调研工具）中看到对需求认知的扩展研究。考虑到顾客对信息的搜集阶段，我们会考虑通过恰当的媒体（第11章广告媒体和整合营销传播）主动传播信息（第10章整合营销传播：广告信息）。考虑到顾客会有购买前和购买后的评估，我们会在第12章讨论顾客满意和顾客忠诚。顾客购买阶段会面临一些实际问题，包括价格（第8章）和分销渠道（第9章）。

如图1-5所示，不管购买者是终端消费者还是企业[5]，这些因素从整体印象和偏好方面都持续影响购买者的信息搜集和品牌选择过程。图1-6列出的这些环境因素严重影响顾客的偏好差异，这些环境因素包括文化因素和社会因素。比如，美国加利福尼亚州位于提倡健康意识和开放的前沿；男人和女人的社会化程度不同，他们对产品的看法也就不同，购物的方式也不同。

还有社会参照群体，比如我希望能和周围有环保意识的朋友一样；社会抱负群体，比如

|专|栏|1-4 可怜可怜我吧

这不是营销管理书籍宣扬有关伦理的真正目的，但可以从这个地方开始讲述管理伦理学。有许多伦理和道德哲学的框架，但它们似乎分为两个阵营：①关注公平的结果，也就是结果论或目的论的伦理；②关注公平的过程，就是义务论伦理学，这归因于绝对命令○，即"做正确的事情没有原因"。

有效规范是关注结果的例子，即经理会问："哪个决定可能使我产生最大的效益（或最小的伤害）？"义务论的方法认为，不论结果怎样，某些行动就是正确的。这些管理人员将依据原则做出决策，例如获得公平报酬的权利或环境权利（例如绿色包装）。

事实是，很少有反社会者，这意味着如果在工作生活中你遇到情况，你会知道什么是正确的，什么是错误的。因此，做正确的事。如果你周围的人对你施加压力，让你做一些明明错误的事，不要辩解或使其合理化，只要跟随你的心。

在市场营销中，有一些特殊的热门话题，我们会在适当的章节对这些伦理问题进行讨论（例如，价格歧视、信息不灵的群体定位和欺骗性广告）。

○ 绝对命令（categorial imperative），康德的伦理学原则。——译者注

	消费者	组织购买者
国家，文化，亚文化	例如，西方=唯物主义，南方=上流社会	例如，新加坡=优质服务
经济	社会阶层：资源可获取性	企业规模：资源可获取性
社会群体	成员：交际，愿望	企业文化，比如创新、环保、奢华
产品	涉入度，品牌含义	涉入度，品牌含义
顾客	细分市场预期，涉入度	细分市场预期，涉入度

图1-5　购买行为影响因素

我想成为像我朋友那样的成功企业家。

这些因素贯穿全书，但是它们是细分市场。我们会发现，追求所有的顾客并不是最优选择，找出我们能实现最大顾客满意度的群体倒是更好的做法。

1.6　本书的概括和结构

市场营销包含设计和制造顾客满意的产品，合理定价，给顾客提供方便的购买场所，并向顾客做广告，宣传产品的优势。在本书中，我们假设考虑全球客户。对于大企业而言，国际化已是事实，而对于通过互联网交易的小企业和成功壮大之后的企业而言，国际化是未来的趋势。我们还考虑到互联网无处不在，并认为这是一个关系数据量和客户与企业互动渠道的因素。除了瞄准全球顾客并认识到互联网是必要的，本书提出了新鲜有趣的例子，例如拉斯维加斯和法拉利车队，而不是传统的如洗衣粉和牙膏的例子。

本书会教你像专业营销人员一样思考。你将看到伟大的营销不是"疲软"，不是"艺术"，也不是"直觉"。伟大的营销建立在逻辑、经济和心理、法律、人力资源及组织行为学的基础上。你将学习采用科学和严格的方式思考营销问题，以便在你面临的实际情况看起来和学校讲的完全不是一回事

时，你仍然知道如何找到最佳解决方案。

像其他营销管理的图书，我们定义了必要的术语和营销执行阶段需要考虑的因素。在可行并合理的情况下，如果有解决营销困惑的方法，我们也提供"如何做"的信息。我们希望营销成为你DNA的一大部分。

市场营销使顾客更幸福，同时使企业更有利可图。此外，市场营销能帮助你事业腾飞，使世界更美好。

1.6.1　市场营销框架：5C、STP、4P

本书的材料组织方式有两个重要特征。首先，MBA和学习营销管理的高级管理者通常希望看到一个框架，描述如何使所有的市场营销内容集中在一起，形成整个框架。为了让读者了解每章大局，我们使用了图1-3作为一个营销框架，放在每一章的开头。例如图1-6显示了在第2章市场细分中的营销框架。

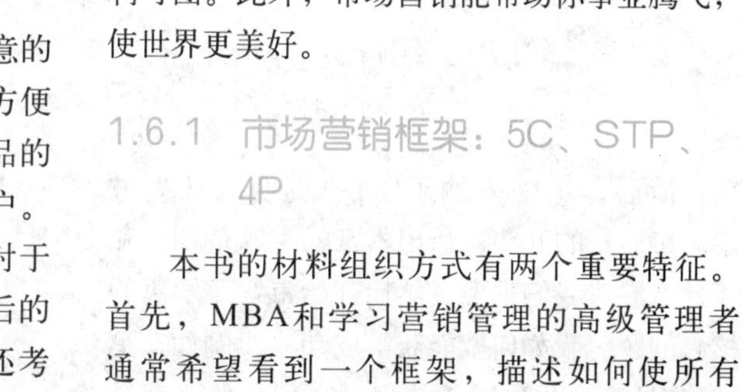

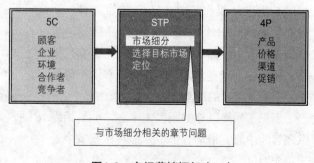

图1-6　市场营销框架（二）

读者会对营销管理框架非常熟悉，因为5C、STP和4P频频出现，在潜移默化中大家会慢慢掌握这些知识。你将知道，任何营销战略和规划首先必须进行5C评估，然后再看看STP战略，并最终转向策略和战术的4P。

当你在课堂上尝试着聪明地回答问题，尝试着在工作上取悦老板，或尝试着开展自己的业务时，你需要解决哪些方面的问题以及考虑如何将它们整合。5C、STP和4P框架将促进你深思熟虑以及系统地处理这些营销问题。当然，本书每一章着眼于特定主题，而且营销框架在每一章的主题特征是突出和引出每一章主要讨论的问题。每一章会如图1-7所示解释营销框架。

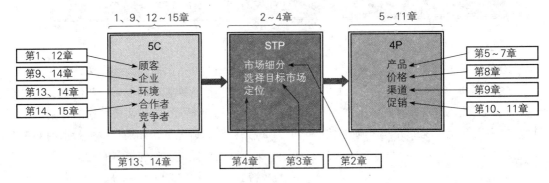

图1-7　每章对营销框架的对应

1.6.2　每章流程：是什么，为什么，怎么样

最后，本书采纳了图1-8说明的计划方案。每一章的开头，指出本章的主题是什么和为什么它对我们重要，然后开始每章要解决的核心问题"我如何做能获得成功"，例如，第2章市场细分采取以下流程，由"为什么营销人员需要细分市场"和"什么是细分市场"到"我如何识别细分市场——告诉我怎么做，以便我能成功"。

有了市场营销各部分之间的框架和简单的章节流程（图1-8），你就可以在战略、概念层以及战术、操作层对市场营销知识有一个强而明确的认识。不管你是营销/品牌经理、广告主管人员、知名的金融分析师、首席营销官，还是一个世界大师，这些认识有助于确保你整个职业生涯的成功。

别忘了始终以你的顾客为中心。如果始终以顾客为中心，借助五个步骤你将在竞争中处于领先地位。

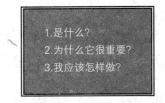

图1-8　每章流程

注释

1. 我会始终感激Andrea Dixon（U Cincinnati）教授、Inder Khera（Wright State）、Constantine Polychroniou（U Cincinnati）和Larry Robinson（OSU）对我的鼓励和给予的信息反馈。感谢参与该项目的所有富于激情和创意的团队成员。

2. 4P中的"P"（place）是渠道或者分销渠道的意思，即实现产品由制造商到用户购买的渠道和路线。虽然"distribution"不是以"P"开头，但是"distribution"这个词使用频率高于"place"。

3. 当然，有时顾客会选择推迟购买。推迟购买能让顾客有更多的时间搜集信息，对备选品牌形成更清晰的意见。消费者也有可能选择部分购买。详细信息请参考Ravi Dhar教授（Yale）、Mary Frances Luce（Duke）和Stephen Nowlis（ASU）的研究。顾客目标对购买的影响的研究，可以参考Margaret Campbell教授（U Colorado）、Joel Cohen（U Florida）、Jeannette

Dale（U Colorado）、Paul Herr（U Colorado）、Chris Janiszewski（U Florida）、Arie Kruglanski（U Maryland）、Suresh Ramanathan（U Chicago）、Stephen Read（USC）、J.Russo（Cornell）、Nader Tavassoli（LBS）和Stijn Van Osselaer（ErasmusU）的研究。

4.UPS（United Parcel Service）是起源于1907年在美国西雅图成立的一家信差公司。

5.想要了解消费者行为的知识，可参考Wayne Hoyer教授（U Texas）、Deborah MacInnis（USC）和Michael Solomon（Auburn U）的研究。传统的观点中，营销者认为B2B购物只要考虑价格，但是价格并不是唯一属性——增值是贯穿始终的。想了解更多关于B2B的知识，请参考James C.Anderson（Northwestern）和James Narus（Wake Forest U）的研究或书籍。

Chapter2

第2章

市场细分

营销框架

5C	STP	4P
顾客	市场细分	产品
企业	选择目标市场	价格
环境	定位	渠道
合作者		促销
竞争者		

- 为什么营销人员要考虑市场细分?
- 什么是市场细分?
- 市场细分的依据有哪些?
- 营销人员如何识别细分市场?
- 当你看到某个市场细分的例子时,你如何判断这是一个好的细分市场方案?

2.1 为什么要进行市场细分

回想一下最近一次你和朋友去看电影的经历。当你们讨论这部电影时，大家的反应怎么样？每个人对电影的评价会完全一致吗？每个人对演员的表演、特技效果以及音乐持相同的观点吗？未必，甚至在比较相似的朋友当中，每个人的爱好、看法也不可能完全相同。其实这无所谓对错，仅仅是偏好和态度不同罢了。[1]

> **企业必须提供不同的产品以满足不同细分市场的需求。**

电影的例子解释了经济学家所指的"不完全竞争"，即消费者有独特的需求与欲望。因此，从总体上来看，消费者市场是异质的。感知和偏好的差异决定了企业应该提供不同的产品来满足不同细分市场的需求。当一个大的异质市场被细分为一些小的同质市场的时候，消费者需求价格弹性会变得更小，即消费者愿意为更接近他们需求的东西支付更多的费用（这一点会在第8章定价更详细地介绍）。

按照心理学家的说法，人们有着不同的动机（例如，马斯洛的需求层次理论把人们的需求按照从基本到抽象的顺序进行了排列）。消费者购买产品就是为了满足他们的需要，因此，价格敏感型的消费者在做出购买决策时会把价值作为最主要的考虑因素，而那些注重物质占有和社会认同的消费者却会倾向于购买品牌来获得家人和朋友的认同。

在市场营销中，我们通过市场细分来处理顾客之间的差异。一个企业可能开发一个新产品，一个品牌经理可能拓展一条新的生产线，或者一个计算机工程师可能设计一种新的软件，他们中的每一位都希望全世界的人喜欢或购买他们的产品。但这是不可能的，企图满足整个市场需求的行为是不明智的。为什么呢？

我们来看看下面这些理由：

（1）企业不可能使同一种产品既具备足够好的品质可以满足高端顾客的需求，又以足够低的价格来满足价格敏感型顾客的需求。

（2）由于费用巨大，企业不可能把广告同时发布在几种完全不同的媒体上。不同的消费者接触到的媒体不同（例如，在线媒体、青年杂志、汽车杂志、烹饪杂志、网络电视），为了跟不同的媒体受众有效交流，企业到底可以承受多少个版本的广告费用？

（3）企业不可能塑造这样的品牌形象，它既能吸引追求同一性的大众消费者，同时又能吸引时尚、特立独行或者个性很强的消费者，这些目标都是不能兼容的。

精明的营销人员和企业不会去满足所有的市场需求，而会去寻找喜欢他们产品的那部分消费者，然后把产品送到他们手上。这样的策略首先要从市场细分开始。

2.2 什么是市场细分

细分市场就是对某个品牌有相似偏好的一些顾客群。我们先来看一下描述营销的一个连续体：这个连续体的两个极端是"大众营销"（mass marketing）和"一对一营销"（one-to-one marketing），中间是市场细分（见图2-1）。

大众营销意味着同等对待所有的顾客。这种方法可能听起来很吸引人，因为它简化了市场营销任务，例如只需要提供一种产品，但是这种方法通常是不现实的，因为顾客之间往往区别很大。我们来看一种简单的商品，如面粉，我们应该可以对面粉进行大

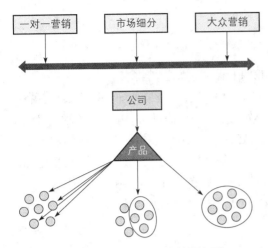

图2-1 市场细分：不同的顾客群

众营销——面粉就是面粉，没什么不对。再思考一下，其实面粉有许多种类：多功能面粉、小麦粉、糙米粉、荞麦粉、有机大豆粉、全麦面粉、自磨面粉，等等。不同种类的面粉可以用来满足不同细分市场的需求。

连续体的另一个极端，即一对一营销，意味着每个顾客都代表着他自己的细分市场。这种方法听起来似乎响应了顾客的观点，因为这种方法是专门根据每个顾客的特殊需求来定制产品。许多电脑制造商和汽车制造商都让顾客自己设计模型，但这些公司真的提供了一对一的定制产品了吗？戴尔的网站看起来似乎是这样做的，但实际上，你只能在有限的零件列表中进行选择，然后通过这些有限的零部件组装出大量的产品，这样做的结果或许很接近一对

一定制的营销思路，但戴尔对顾客在零部件选择方面还是做了限制。

目前，那些曾经尝试一对一营销的公司已经开始放弃这种营销方法，重新采用大批量定制模式，因为一对一营销的成本经济性太差（尽管科技不断发展，提供了规模经济效应的希望）。例如，通用磨坊（General Mills）就取消了它旗下的一个网站mycereal.com，这个网站的目的是让顾客提出他们想要的麦片成分组合，然后把组合好的产品寄到顾客手中，但是现在也不再提供这种服务了。另一个例子，网上美容产品零售商Reflect.com（宝洁公司为主要投资方）也曾经提供个性化定制美容产品的方案，但是当发现个性化定制模式结果不理想时，也关闭了这个网站。

介于连续体两个极端之间的就是市场细分。我们认为市场是由一些细分市场构成的，每个细分市场的顾客对某个品牌的偏好程度不同。尽管喜欢你的品牌的细分市场不一定是你想要的顾客群，但这部分顾客却跟企业的目标市场选择以及产品定位密切相关，这些相关主题将会在后面的章节中进行论述。

通过对比大众营销和一对一营销可以看出，当市场规模增大时，细分市场会变得越来越异质化，结果更难用同样的产品满足所有的顾客（这是大众营销中面临的问题）。[2] 当细分市场规模变小时，顾客的同质化目标更容

|专|栏|2-1 Potayto，potahto

以下几个例子说明了如何在不同的细分市场对同一种产品进行不同的定位。

- 根据年龄进行定位。比如，向往去迪士尼乐园玩的小朋友认为那是一个梦幻的世界，而去那里玩的大人却认为那是他们寻找童年、追忆童年的地方。
- 通过国家来进行定位。

梅赛德斯（奔驰）的车全世界都一样，但在德国厂家宣传的是这种车的质量，而在中国宣传的是这种车代表一种威望。

- 通过顾客的愿望来进行定位。一些测孕试纸在化学成分上是完全相同的，但是通常也被区分为不同的细分市场。对于那些希望怀孕的顾客，测孕试纸的品牌名字为"可能是

宝宝"（maybe baby），相应的包装上也会印上可爱的宝宝图片，同时会放在靠近婴儿用品的地方出售。而对于那些不希望怀孕的顾客，测孕试纸的品牌名字可能会命名为"马上就知道"（know now），包装上会显示诱人的情侣拥抱的图片，通常会放在避孕套附近出售。

易达到，但是越来越无利可图（一对一营销所面临的问题）。[3] 因此，我们要寻求一个最佳的、可实施的市场细分方案。

利基营销（niche marketing）是一种特定的市场细分模式，指公司战略性地聚焦于一个较小的有着特殊需求的市场，并且在这个小市场上公司可以做得很出色。在图2-1的连续体中，利基营销处于一对一营销与市场细分战略之间。从本质上来看，利基营销与纯粹的市场细分方式不同，因为从定义上来讲，利基营销中的细分市场通常要更小一些。

市场细分的依据

1. 人口因素

顾客的许多信息都可以作为市场细分的依据（见表2-1），其中有些顾客属性很容易识别，比如性别。举个例子，某个公司生产两类产品，分别针对男性顾客和女性顾客，产品包括：剃刀、维生素、跑鞋、电视频道、科隆香水。有的产品为了满足男性顾客和女性顾客的不同需求，在产品构成上会有所不同（比如，

为男人设计的剃须刀有四片刀片，而女人的剃刀却会设计成适合放在女人手掌里的形状），而有的产品在构成方面可能是完全相同的，但在针对不同顾客的营销诉求中体现出来的感知因素却不相同。当然，一个公司也可以只选择男性市场或女性市场作为目标市场。

其他比较容易识别的人口因素包括年龄、家庭成员、家庭生命周期所处的阶段。例如，年轻人可能对最新的音乐科技产品感兴趣，而不太可能关心像纸尿裤这样的产品；年轻的夫妇可能会对家具和度假感兴趣，接下来他们会开始计划孩子的教育费用；年龄再大一点的夫妇由于没有孩子拖累，可以随意支配他们的收入，因此会考虑外出旅游或把资金投入一些业余爱好；再老一些的人会参加卫生保健活动和慈善捐赠活动，这部分老人中的很大一部分是由婴儿潮时期的人成长起来的（在美国以及全世界都是这样），这部分人群规模巨大，几乎影响了每一种产品的销售情况。例如，某个发展中企业就发出这样的口号：生产一些老年人喜欢或需要的产品，因为婴儿潮的这批人正在引领企业生产的方向。

表2-1 消费者市场细分依据

人口因素	• 性别 • 年龄、家庭成员、家庭生命周期所处的阶段 • 教育程度 • 收入水平
地理因素	• 国家 • 文化 • 城市或农村
心理因素	• 态度 • 知识和意识 • 需要 • 归属感（如隶属于哪个政党） • 性格特征（如外向性格） • 专业性与涉入度（如有没有这方面的业余爱好） • 品牌属性追求（如追求高质量还是低价格） • 风险取向（如金融投资、保险旅游）
行为因素	• 该品牌或产品使用者的行为特征，竞争对手产品使用者的行为特征，以及不使用该品牌或该产品种类的消费者行为特征 • 组合购买模式（如由代理机构建议购买以及对相似产品的购买行为）

|专|栏|2-2 种族特性

非裔美国人

• 人口规模较大的少数民族群体：3 800万人，占美国总人口的13％。

• 购买力：超过7 250亿美元。

• 这个群体在以下城市的增长速度最快：亚特兰大、华盛顿、纽约市。

• 相关的主要杂志：*Jet*、*Black Enterprise*、*Ebony*、

Essence

亚裔美国人

• 人口数量：超过1 300万，占美国总人口的5％。

• 购买力：超过250亿美元。

• 相对受过更好的教育（50％有硕士学位，而美国的硕士学位平均比例是30％）。

• 90％来自中国、印度、菲律宾、越南、韩国和日本。

拉美裔美国人

• 增长最快的少数民族群体：超过3 800万，占美国总人口的13％。

• 购买力大且处于增长状态：超过650亿美元。

• 网上购买率快速增长。

由于同化作用，例如从第二代和第一代拉美裔美国人的行为对比中可以看出，这些少数民族群体与非少数民族群体越来越相似。

另外两个容易识别的人口因素也经常在市场细分中用到，一个因素是教育程度，因为教育有助于形成顾客偏好，例如，教育程度的不同可能导致有的人偏好歌剧，而有的人偏好木偶戏；另一个因素是收入水平，收入水平会促进顾客做出某种消费决定，例如，收入高的家庭会雇用更多的家政服务人员（草坪护理工、儿童保育人员等），帮助他们处理日常家庭事务。

种族也是一个重要的人口因素。在美国人中，非裔和拉美裔的数量均为4 000万左右，亚裔约为1 200万。这几个人口群体的规模都大到足以影响市场的程度。

还有更多的人口因素可以作为市场细分的依据，因为任何人口因素跟产品之间都可能存在潜在的相关关系。总的来说，上述这些人口因素很容易识别，但是仅仅根据这些因素对市场进行细分，有时候显得过于粗糙。举个例子，如果以性别为细分变量，那么试想一下，你的所有男性朋友都喜欢穿同样的衣服吗？喜欢开同样的车吗？喜欢吃同样的食物吗？不可能。当然，你的女性朋友也是如此。类似地，同样属于老年人群体，有的老年人对像自动取款机这样的科技产品很不习惯，而有的老年人却对这些技术运用得非常熟练。所以，我们要考虑，男人和女人或者老年人和年轻人这样的群体，除了性别和年龄这种

明显的差异之外，还存在很多其他差异时，我们该如何对他们进一步地细分？如果企业营销人员正在寻找喜欢本企业产品的男性顾客和女性顾客，那么除了性别以外，还有哪些因素在促使顾客喜欢本企业产品，营销人员一定要找到这些因素并作为市场细分的依据。[4]

2. 地理因素

顾客所处的地理差异也可以作为市场细分的依据。例如，由于存在社会差异，有些国际旅游景点因秩序混乱而造成重大损害，例如，英国和德国的消费者喜欢有秩序地排队，而来自其他国家的消费者则很少有这种意愿。其实，在同一个国家内也存在着文化差异，如城市居民与乡下小镇居民的娱乐方式截然不同。另外，气候也是要考虑的地理因素，如气候温暖的地区对皮毛制品的需求并不迫切，而气候寒冷的地区则多数人都要穿皮毛服装。同样，滑雪衫适合在寒冷的地方销售，而檀香扇适合在炎热的地方销售。

地理因素和前面提到的人口因素有一个共同点，那就是这两种因素都很容易识别，但根据这两者来细分市场都显得过于简单。PRIZM市场细分方法⊖试图超越单纯地以地理因素为

⊖ Potential Rating Index by Zip Market，按邮政区域划分为基础的潜力等级指数。——译者注

依据的市场细分模式，它认为居住在奥斯汀的雅皮士（Yuppies）与居住在菲尼克斯的雅皮士的共同点更多，而与奥斯汀附近社会经济层次较低的雅皮士的共同点更少（见图2-2）。实际上，这个例子是把地理因素和人口收入信息结合起来了。

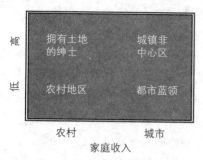

图2-2　PRIZM市场细分方法

3. 心理因素

知道顾客的心理和想法当然是最理想的了。要了解顾客的心理，需要考虑以下问题：顾客想要什么？顾客知道什么？可以说服顾客喜欢本企业的产品吗？企业会改变已有的产品来迎合顾客的兴趣吗？

与人口因素或地理因素一样，按照心理因素进行市场细分或多或少有一定的说服力，但也有一定的局限性。例如，由于政治意识的差异，我们可以预测到民主党成员和共和党成员在一些关键的方面会有所不同，但当这种差异转化成消费差异时，他们的政治立场不一定对所有的商品购买行为都产生影响，例如在麦片、手机或参观主题公园等这些产品的购买上可能就没有影响。

用其他一些典型的心理因素进行市场细分时也会受到一些限制，也就是说仅仅根据这些心理特征进行细分显得过于简单。例如，以性格为细分变量，可以把顾客分为外向型顾客和内向型顾客，性格差异可能导致这两类顾客之间的某些消费行为差异，例如，是否喜欢穿颜色靓丽的衣服，是否喜欢参加宴会，是否喜欢参加读书俱乐部，但在有些消费行为上却不一定产生差异，如在养宠物、选择常去的餐馆或者进行投资这些消费行为上可能没什么差异。

对营销人员来说，了解顾客的心理以及生活方式非常重要，因为这些往往跟企业正在推广的产品极其相关。比如，如果我们知道有些顾客是园丁、葡萄酒迷或周末登山运动员，再加上一些其他信息，如顾客的喜好、社会定向、购买倾向，那么我们就可以对这些顾客进行交叉销售，即我们可以把登山鞋、防晒板以及花园里装饰台阶的石头一起卖给那位园丁；把昂贵的冰箱和去阿根廷（为了瞻仰葡萄酒鉴定专家）的旅游项目推销给那位葡萄酒迷；同样，可以把斗篷和登山鞋一起提供给那位登山运动员。

VALS分析法[⊖]是心理市场细分的典型工具。这种方法主要是基于这样的认识：一个人的态度和价值观会决定其对产品或品牌的购买意向。例如，VALS可以把顾客区分为"奋斗者"（strivers）和"实干家"（achievers）两大类，"奋斗者"通常是时尚的、追赶潮流的人，因为他们总是喜欢让人留下深刻的印象，而且他们通常是冲动型购买者；"实干家"总

专栏 2-3　VALS

心理细分方法认为顾客驱动主要来源于三种主要动机，即理想、成就感、自我表达。

• 理想驱动型顾客主要受知识和原则的引导。

• 成就驱动型顾客会寻找能够在同伴当中体现他们成功

形象的产品和服务。

• 自我表达型顾客渴望社会或体育活动、渴望多样化、渴望风险。

⊖　Values and Lifestyles System，价值观与生活方式。——译者注

是把自己投身于工作和家庭，在购买行为上表现为风险厌恶型，且在购物时非常节约时间。营销人员会以不同的方式跟这两类细分市场进行交流。另外一个例子是VALS也可以用来识别美容手术的潜在顾客——谁会对美容手术最感兴趣以及谁有可能选择这种手术。

顾客的市场导向态度也会发生变化。例如，业余爱好使得有些顾客对某种产品具备更多的专业知识（有些人对某种产品可能是新手，而有些人却可能已经相当熟悉），从而会影响顾客的购买行为。如果大家都认为某些顾客对某种产品相当专业或涉入度很深，并且这部分顾客也表示愿意跟别人分享信息以及提供建议，那么其他人就会把这些顾客当成意见领袖、购买先锋或市场行家。营销人员应该识别这些顾客，向他们传播产品信息。总有一些顾客会成为"早期使用者"，他们关心产品的新发展，积极寻找新产品，而其他一些顾客则可能更少关注这种产品，或者因为厌恶风险总是等其他人试了新产品并发现没有问题后才会考虑购买。

营销人员会根据自己关注的顾客属性进行市场细分——对于任何产品，他们一般都会对顾客做这样的细分：高端顾客、品牌敏感型顾客、价格敏感型顾客。另外，具有挑战性的是，同一位顾客可能在一种产品上表现为质量敏感型（如衣服），而在另外的产品（如旅游）上却表现为价格敏感型。

除了了解顾客的职业、爱好之外，企业营销人员还应该知道顾客自己渴望的理想状态。[5]顾客的这种愿望有助于我们预测顾客即将购买的新产品种类。举个例子，当某人拿起某本技能方面的指导书时（如重塑、烹饪、打扑克方面的书籍），往往意味着在真正开始学习这项新技术之前他们会购买更多这种类型的书籍。报名参加初学者网球课的人将会开始注意网球设备的品牌和特性，以做好行动准备。明星代言广告被认为有效的原因是普通人都渴望明星所拥有的一些东西，如明星的生活方式、明星的发型或者品牌太阳镜。

4. 行为因素

除了态度、心理、生活方式之外，营销人员还应该知道顾客到底购买什么，而不仅仅是听顾客自己说他们想要购买什么，因为有时候顾客说的和做的不一定一致。商店的扫描记录就是顾客真正购买行为的一个例子，某位顾客可能说他吃的是健康食品，但他在超市或购物中心的购买记录却证实他在说谎。

行为因素可以帮助营销人员预测顾客未来的购买行为。另外，还可以从顾客的行为中看出"他们是谁"这样一些信息。我们不能直接去观测顾客的态度，但我们可以从他们的行为中去推测他们的态度以及心理状态。

企业焦点品牌的现有顾客是非常重要的行为细分市场，与这部分顾客进行交流相对来说比较简单（交流方式包括在产品包装上提供信息、在顾客喜爱的网站上发布营销信息等，至于选择哪一种要看公司与顾客之间处于一种什么样的关系），并且这些顾客已经对这个品牌显示出一种喜爱倾向。虽然现有顾客的维持费用可能很高，但是这些顾客大多数还是值得去维护的。

相对比较困难的是，获得竞争对手现有顾客的信息以及根本没有购买过该类产品的顾客信息，如果企业要争取这两部分顾客就更具挑战性了。竞争对手的顾客会问："我为什么要转换品牌？为什么你的品牌比我现在熟悉的品牌更好？"没有购买此类产品的顾客会问："我为什么要买这种产品？"另外，顾客的购买行为还受到购买渠道的影响，购买渠道包括网上购物、目录购物、商场购物等。

在企业或竞争对手的现有顾客中，每个顾客的忠诚度互不相同，保留或获得这些顾客的难易程度也不相同，顾客的使用频率也不一样，其中使用频率不但会影响公司的收益，而且会影响企业的物流成本。大家应该听过80：20原则，意思是大约80%的销售额来自于大约20%的顾客。你也应该听说过

"获得一个新顾客的费用是维持一个忠诚的老顾客的6倍"。因此，使用频率、忠诚度等行为倾向是值得去了解的，而且我们也能够识别使用频率高的顾客。

在行为因素研究中，营销人员还应该关注组合购买模式。例如，当消费者购买或租用滑雪板时，会同时购买或租用长筒靴、防雪装、升降机、旅馆房间以及饮料。网络推荐代理就是运用组合购买模式促进销售的一种方法。[6]像亚马逊（Amazon）这样的供应商会记录顾客的购买（或浏览）信息，同时把这些相关记录与其他顾客的记录信息进行比较，从而给顾客提出某些建议。举个例子，许多顾客在网站上同时购买作家Whodunnit和Thebutler的侦探小说，如果某位顾客购买了其中一个作家Whodunnit的小说，那么网站就会自动推荐另一个作家Thebutler的小说。

5. B2B

尽管营销人员对消费者市场细分关注得比较多，但实际上，营销人员也经常要对商业客户进行细分，比较常见的是通过规模大小细分商业客户。首先，规模可以通过很多途径进行定义：公司销售额、市场份额、雇员数目、客户在公司业务中所占的比例。企业通常会为一些大客户制定商业计划、分配更多的客服人员以及投入更多的客户关系管理努力，因为这些客户值得企业这样做——大客户往往可以让企业盈利。

当然，有一点需要注意，规模也并不总是跟未来的增长潜力和维持客户的高额成本联系在一起，有时候这部分客户尽管订单数量很大，但也有可能不值得保留。因此，对于商业客户，我们还需要考虑除了规模以外的一些细分依据（见表2-2），这些细分依据与消费者市场的细分依据具有相似性。

商业客户细分与消费者市场细分最主要的区别是数据资源不一样。例如，对于商业客户来说，没有到处可见的购买记录。另一个区别是，形成一个商业客户细分市场的客户数量比消费者细分市场的客户数量要小得多。另外，在研究商业客户细分时，由于销售人员经常与顾客打交道，会得到一些有用的商业客户信息，企业可以把这些信息系统化，整合成一个更完整的资料库，以作为细分商业客户之用。

2.3 实例分析

第13章分析了市场细分的聚类分析方法（cluster analysis technique）。一旦营销人员掌握了人口、地理、心理或者行为这些变量的信息，就可以进行聚类分析。下面是关于汽车保险业的一个例子，这个行业市场规模巨大且竞争激烈，在此行业中的企业通常会通过市场细分来获得企业优势。

市场细分从企业在顾客当中收集调查数据

表2-2 B2C和B2B的市场细分依据

消费者市场细分	商业客户市场细分
• 地理因素，如国家、地区、气候、市场规模、邮政编码	• 地理因素，如国家、销售覆盖面
• 人口因素，如年龄、性别、收入水平以及教育水平、家庭情况（家庭生命周期阶段、孩子数目、婚姻状况）	• 人口因素，如公司规模、北美工业分类制度、资金进出量
• 行为因素，如接触何种媒体（杂志、电视、网络、电影）、忠诚度、购买频率	• 公司类型，如建筑公司、非营利性企业、零售商、学校、医院
• 态度，如意识、涉入度、价格敏感度、风险承受能力、价值便利性、寻求威望的倾向	• 态度，如价格敏感性、风险承受能力、企业文化、盈利性

开始，顾客调查首先要确定调查问题是什么，这些调查问题应该能够测试出顾客对某些问题的反应差异。如果顾客对某件事情反应没有差异，那么就意味着这些顾客的看法具有同质性，也意味着调查问题中的细分变量已经没有继续分析的必要了，因为进行市场细分必须要求顾客之间存在一些差异。

如图2-3所示，图2-3a的调查问题表明了大多数顾客都喜欢把房子、汽车保险在同一个公司投保，因为他们觉得这样很便利。尽管这个信息很有趣，但对于市场细分研究来说毫无用处，因为大多数顾客都持一致意见。

相反，关于打折的调查问题（见图2-3b）却显示出一个有助于进行市场细分的变量。我们可以看到，其中一组顾客仅仅为了节约10%的费用就会将保险转移到别的公司（价格敏感型），另一组则不会发生转移（品牌忠诚或者已习惯于原来的做法不想变动）。因此，图2-3b的这个变量对保险行业的市场细分研究来说会更有用。[7]

2.4 营销人员如何细分市场

当结合管理层、高层的想法和从顾客、底层得来的信息进行分析时，营销人员可以更好地识别细分市场。另外，营销人员应该从一些市场信息入手，包括顾客、竞争者的信息以及公司自身实力情况，并结合这些信息理解顾客的想法。

市场信息有助于公司更好地进行目标市场选择。从市场规模和未来增长潜力来看，某个市场可能看起来很诱人，但是这个市场可能已经被竞争对手所占领而呈现饱和状态。那么对公司来说，可能在其他的细分市场会有更多的机会。管理层的观点在评价某个细分市场的服务与企业目标是否一致时非常有用。

下面举一个结合管理层观点和顾客层信息进行市场细分的例子。以个人投资顾问服务行业为例，这个行业中的专业人员经常会按照人口变量对顾客进行细分，比如可以按照收入水平进行细分，也可以通过风险厌恶程度等心理特征进行细分。其中按照收入水平进行顾客细分时，他们会把地区作为收入的代理指标，可以在相对较富裕的邮政区域开展直接邮寄服务。另外，为了判断销售前景，这些投资顾问可以通过潜在顾客进行问卷调查来测量顾客的风险承受能力。很显然，这个顾问正从现有的信息和数据（如关于收入和地区代码相关的信息）中过滤出一些更有用的信息，然后通过个人评估对这些信息和数据进行补充，从而可以知道哪些金融产品对客户最有吸引力。

结合管理层观点和顾客层信息在市场细分中非常关键，还因为有时候营销经理所认定

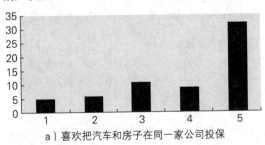

a）喜欢把汽车和房子在同一家公司投保

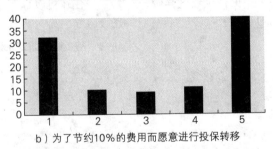

b）为了节约10%的费用而愿意进行投保转移

图2-3 汽车保险：寻找市场细分变量

注：图2-3a的数据显示大多数顾客很享受一站式购物的便利性，并且喜欢和同一个公司保持关系（第5个直方图所示）。遗憾的是，这些调查数据虽然非常清楚，但对市场细分来说没有多大用处，因为这些消费者具有太强的同质性。

图2-3b的数据对市场细分更有价值——有些顾客会为了更低的价格而进行投保转移（第5个直方图所示）；其他人则不会（第1个直方图所示，他们要么是想要更大的折扣，要么是对某个公司真的很忠诚）。

营销人员的任务就是得到数据，了解顾客，做出事实求是的推断和决策。

的事情与顾客层面的信息往往不一致。例如，伦敦电影院的一位营销人员认为利用收入水平这样的顾客行为指标可以对兴趣或影院的票房做出预测。他的这个判断可能来源于平常的所见所闻，例如听朋友说的或者偶尔间接转听来的，但是那些趣闻轶事没有经过系统地收集整理，可能并不能代表客观的顾客观点。因此，当有更真实的资料显示顾客的收入水平与去电影院的频率没有十分紧密的联系时，营销人员应该重新考虑他们的判断。从经验上来看，我们可以得出这样的结论：通过顾客的一些艺术相关的行为（订阅某种杂志以及频繁地参观博物馆）可以更好地预测出喜欢去电影院的顾客群体。[8]

如何评估市场细分方案

可以结合营销经理良好的判断力和顾客层面的信息来评价细分方案的好坏。一套好的市场细分方案不仅要从统计上看起来一目了然，还要让管理者也觉得非常有价值。因此，目前的问题是，当一个市场细分方案放在你面前时，你如何判断它是否是一个好的细分方案。

1. 识别细分市场的相关数据

如果说精明的营销人员是好的细分方案不可或缺的元素，那么完善的顾客资料就是另一个必要的元素了。在进行市场细分时，经常面临的一个问题是：你所要识别的细分市场有现成的资料或数据吗？例如，人口普查资料总是现成的，但是他们可能只是一些原始数据，没有经过提炼处理，对你的案例来说可能太过粗糙以至于用处不大，而通过像PRIZM或者VALS这些分析方法得到的商业数据则要以一定的价格购买。如果你的预算资金足够，那没有问题，可以去购买这些数据，但是如果你的预算资金有限，那么你可能需要大致估计这些现成的数据。如果你正在对一些特定的专题做调查研究，比如研究顾客对电子器件的反应，那么获得顾客数据可能就非常棘手了。

2. 细分市场的资料库

接下来我们要关心的问题是，是否存在潜在顾客的资料库，因为当你识别了细分市场之后，会想办法接近目标市场，获得相应的信息。举个例子，如果你想跟在纽约和棕榈滩都有房子的顾客交流，你会怎么做？你有这些顾客的名单吗？你有途径接触到这些顾客吗？如果你没有这个细分市场的直接资料，你能找到间接的资料吗？例如，你可以查找这些潜在顾客曾经浏览过的网站，然后在这些网站上做广告宣传。你也可以在往返于这两个城市（纽约和棕榈滩）的航线相关的航空杂志上做广告，也可以跟这两个城市里的出租车、小轿车、的士代理公司一起进行促销活动。

3. 盈利模式

虽然大多数营销人员都会对细分市场的规模感兴趣，但实际上规模大小与盈利性没有那么大的关系。细分市场规模大小仅仅意味着顾客数量的多少，但盈利性却是一种更精细的信息：顾客的购买频率、购买金额、价格敏感性以及细分市场的稳定程度和增长潜力。我们结合顾客数量和盈利信息评价细分市场的价值大小，如果营销人员对小型细分市场非常关注，并很好地满足这个细分市场的顾客需求，那么小的细分市场也可能是高盈利性的，这就是利基营销的本质。

有时候，细分市场规模很小可能是由于聚类分析做得太过精细了。当你面临太多的细分市场时，将会发现对每一个细分市场的描述都变得相当模糊。例如，细分市场A是一群非常时尚的年轻女性，她们平时很关注鞋子和头发但不关心汽车，而细分市场B拥有市场A所有的特征，唯一不同的是对汽车更加关心，面对这样两个细分市场，你认为你有明确的细分市场吗？或者你能注意到这两个细分市场的微小差异吗？

4. 与企业目标的一致性

聚类分析和市场细分都可以做得很好，但

|专|栏|2-4 · 文化差异

在同一个国家内人们之间的差异还不是很复杂，但是我们的大多数市场正在演变成国际化市场，从而国家差异以及文化差异体现得相当明显。下面举几个相关的例子。

◆ 在图2-4中，我们可以看到在进行B2B市场细分时，不同的国家对营销工具有不同的偏好：

· 促销在除了英国以外的其他国家都占据着主导地位。

· 互动营销（在线营销）还是跟以往差不多，各地都还不是很普遍。

· 直接邮递模式在美国和英国用得比较广泛，但是不如在人际关系更密切的国家发展得好（如亚洲和拉丁美洲）。

◆ 图2-5是消费者使用信用卡情况的一个简单统计。如果有的企业要进入图中所列地区开展B2B业务或金融服务业务，可以把这些数据作为背景参考资料。当然，这些数据与顾客的实际行为可能会有些差异

◆ 图2-6主要显示了亚洲国家存在巨大的人口差异和经济差异。这个结果对亚洲人来说并不奇怪，而其他人可能会有些惊讶，因为他们通常认为亚洲人的需求非常同质化。另外，图中也显示了一些相似的顾客态度模式（如都渴望奢侈产品和高科技产品），也显示出了不同地区顾客之间的态度差异（如有的顾客追求国外品牌，有的顾客寻求产品价值）。

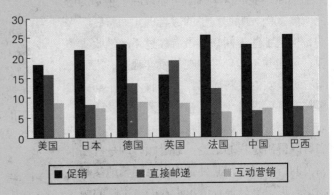

图2-4　不同国家的三种营销支出

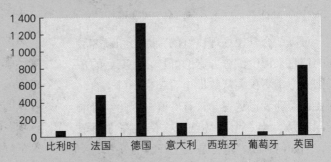

图2-5　信用卡总消费者量（单位：亿万）

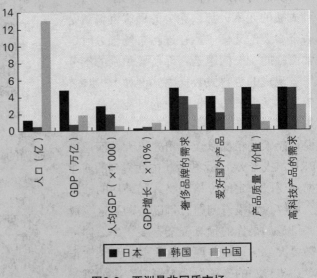

图2-6　亚洲是非同质市场

对实现销售目标来说，有时候可能不是那么有用。例如，营销人员在确定目标市场时，高端细分市场可能是非常诱人的，因为他们假定高收入的顾客有能力购买其产品或服务，与其他顾客相比价格敏感度要低一些。但有时候这样的观点会适得其反，例如，假定某个企业的市场形象是"天天平价"，那么如果再用新产品去努力争取高端顾客的话，就会把现有的顾客搞糊涂了。而且，新的高端目标市场顾客也可能没有准备去关注你的广告，因为至今为止，你的产品还没有引起他们的兴趣。

关于细分市场选择的另外一个战略性问题是：目前细分市场上的竞争情况如何？对营销人员来说，最理想的是找到一个未开发的消费者群体，至少服务方面相对还不是很完善的市场，并能在有利润的基础上易于满足这群顾客的需求。但是，如果由于企业间的跟随行为，几个企业都先后进入这样的细分市场，那么这样的市场也会被进一步细分，其市场规模和盈利性也会相应缩小。

5. 可行性

由于市场营销人员运用了错误的标准，导致许多市场细分方案失败。有时候数据统计和聚类分析可能做得相当好，甚至相关的说明和管理意义也非常清楚，如某个特别的细分市场看起来非常合适，但是如果营销人员不能把这些信息很好地转化为实际行动，那么这个细分方案还是无效的。例如，在理解顾客的基本需求和动机后，营销人员可以得知为了吸引顾客应该推出什么样的产品，进行怎样的交流。也可以通过顾客心理特征来很好地界定细分市场的边界。然而，仅仅了解顾客的这些特征还不够，营销人员还需要把这些信息综合起来才能很好地实施市场细分方案。

顾客的态度有助于营销人员理解顾客"为什么要这样做"，顾客的心理和行为因素有助于营销人员理解"顾客是谁"、"顾客在哪里"。其中理解顾客是"谁"有助于使广告明确地针对目标市场（例如性别、年龄、收入水平），理解顾客在"哪里"有利于进行渠道结构的设计（例如顾客住在哪里、在哪里购买商品）。一个好的市场细分方案应该是栩栩如生的，你可以想象这些顾客的样子，如他们的形象、他们谈论的内容等。

在进行市场细分研究时，使用变量（如经常使用、偶尔使用的用户）、态度变量（如对我们的品牌很忠诚或对竞争者品牌很忠诚）、人口变量（如年龄）同时出现在交叉表中的现象非常常见。我们已经知道仅仅通过人口因素细分市场的方法过于简单，因此，我们更喜欢用行为变量或态度变量进行市场细分，但是人口特征往往又更容易识别和操作（如在选择广告媒体时）。因此，我们希望能够发现这些不同变量之间的相关性，例如，我们可以总结出喜欢我们品牌的人是男性顾客，或者总结出中年人更倾向于对竞争者品牌持忠诚态度，那么性别或年龄变量就可以作为我们真正想要的态度变量的代理变量。

下面我们将通过预览一些市场细分模式来结束本章内容。图2-7描述了一个市场中的几个细分市场。图2-8描述了一个企业企图把它的产品投向一个以上的细分市场。图2-9显示一个公司为某一个特定的细分市场提供各种产品，并且对于这个细分市场的顾客服务得非常好。图2-10描述了顾客定制化战略，即为不同的细分市场提供不同的产品。上述每一个战略都可能是精明的、持久的，关键要看公司的实力高低以及市场环境的好坏。

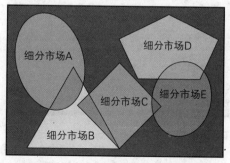

图2-7 同一市场中的几个细分市场

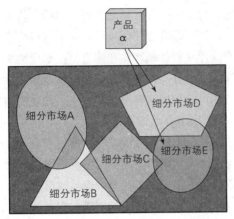

图2-8 宽度战略：同时瞄准多个细分市场

注：这个公司会把它的产品投放到一个以上的细分市场，如游戏机同时面对中学男孩和社会上的男青年。

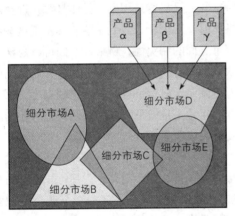

图2-9 深度战略：全面地服务于一个细分市场

注：这个公司想为某个细分市场提供各种各样的产品，并且对于这个细分市场的顾客服务得非常好。

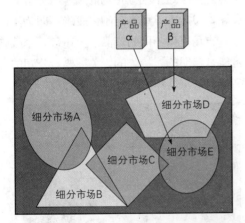

图2-10 定制战略：为细分市场提供顾客定制化产品

注：这个公司试图采取一对一的战略为不同的细分市场定制不同的产品，如Victoria's Secret会发送印有产品图片的目录给女性，把邮件反馈信息发送给男性，并推荐可以作为情人节礼物的香水。

图2-11解释了最后一种方案。如果最初在妇女杂志上的广告显示企业的目标市场是22～55岁的妇女，但是发现销售一直平平，因此企业正在考虑扩张市场，那么如果你是企业的营销人员，你将会怎么做？你会通过多种媒体同时向原来的细分市场做广告宣传吗？你会试着将你的产品或品牌形象塑造成与男人的目标相兼容吗？你会尝试着通过吸引更年轻的或更老的顾客，从年龄上来扩张市场吗？很显然，除了以上这些问题，盈利性分析和企业适应性方面的问题肯定也是要进行讨论的。总之，如果要对某个细分市场结构有很好的理解，我们就一定要把这些问题解释清楚。

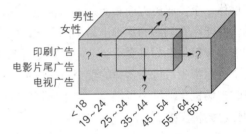

图2-11 服务于一个细分市场并进行市场延伸

2.5 结论

细分市场不一定要很大，但是至少要达到具备盈利可能性的规模。因为，如果细分市场不能盈利，企业可能不会改变营销组合策略，相反，可能会把这个细分市场和另外的市场合并，然后对这两个群体提供同样的产品。因此，营销人员只有识别出细分市场，才能够把人口数据和行为特征作为态度和购买意向的指标进行分析。细分市场必须是可以接触了解的，也就是说，必须通过一些途径接触到他们，最好是能够以低成本的方式接触。最后，所选择的细分市场必须与公司能力相匹配——公司在市场中的地位以及公司的营销能力、产品容量等都要相符合。

精明的营销人员、精明的公司不是试图去抓住整个市场，而是对整个市场进行细分，然后选择目标市场。研究表明，成功本身也会带来问题，成功可能意味着从更多的顾客身上获得更多的销售额。同时，随着细分市场规模的增大，细分市场内的顾客群体也越来越趋向于同质化。然而，要服务好这种大的、多样化的细分市场会变得越来越困难。实际上，这种时候就应该进行新的市场细分研究重新调整细分市场结构。[9]

如果一个公司能够找到更小的（不一定是利基规模）、顾客需求同质化的细分市场，而且能够很好地传递、满足、超越这些顾客需求，那么顾客就会为他们的特殊需求而定制的这些产品或服务支付高额费用，从而这个细分市场将会为公司带来盈利。

注释

1.感谢以下教授的有益反馈：Darren Boas（Hood College）、Richard Brown（Freed-HardemanU）、Adam Duhachek（Indiana）、Jennifer Escalas（Vanderbilt）、Gavan Fitzsimons（Duke）、Renee Foster（Delta State）、Harry Harmon（U Central Missouri）、Gary Karns（Seattle Pacific U）、Ann Little（High Point U）、Chris McCale（Regis College）、Chip Miller（Drake U）James Oakley（Purdue）、Anthony Peloso（ASU）、Charles Schwepker（U Central Missouri）、Donald Shifter（Fontbonne U）、Deborah Spake（U South Alabama）、Keith Starcher（Geneva College）和Clay Voorhees（Michigan State）。

2.请参看Claes Fornell（U of Michigan）教授的相关研究。

3.因此，像Goldilocks所说的，我们必须找到一个不是太大也不是太小、"刚刚好的"细分市场。

4.例如，Josh Eliashberg（Wharton）发现观众对于电影类型的偏好，不仅仅是通过性别或年龄来细分的，而且是通过像"寻求刺激"这样的个性特征来细分的。

5.请参看Jennifer Escalas（Vanderbilt）教授的相关研究。

6.请参看Anand Bodapati（UCLA）教授的相关研究。

7.请登录marketingpower.com了解相关信息。

8.请参看Bobby Calder和Ed Malthouse（Northwestern）教授的相关研究。

9.如果想获得更多的信息，请参看Claes Fornell、Eugene Anderson以及Michael Johnson（U Michigan）教授的相关研究。

Chapter3

第3章

目标

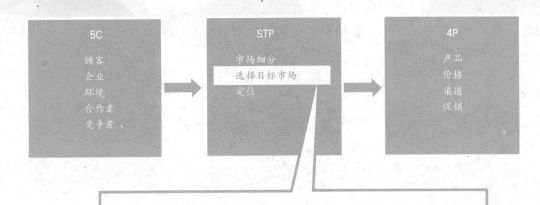

营销框架

5C	STP	4P
顾客	市场细分	产品
企业	选择目标市场	价格
环境	定位	渠道
合作者		促销
竞争者		

- 市场人员如何选择一个顾客细分市场作为目标?
- 如何计算一个市场的规模?

3.1 什么是目标？为什么市场营销需要确立目标

为了解释这个概念，我们做过一个细分分析，发现大量可变因素是可利用的（例如人口统计因素或者媒体选择因素）和有用的（例如有关态度和品牌偏好的心理因素）。本章将介绍在细分市场中的目标市场定位。[1]

> "市场人员选定一个细分市场的顾客作为目标！"

有关目标市场的措辞是源于射击，也可以说是一种典型的系列隐喻，意指"我们已经确立了我们的目标顾客群"。对于那些不喜欢将商场比做战场的读者来说，可以设想我们拥有一架望远镜，看见了我们的细分目标市场，然后用"弹弓"将我们的产品和交易向目标市场瞄准。

目标市场的确立仅仅是一种选择。在分析了市场、竞争对手和内部优势之后，我们就能发现它们的细分更加一致。所以我们将尝试根据我们的能力来区分不同的细分市场，依据需求的不同来提供配套服务，以培养忠诚顾客群。

我们确立目标市场和进行细分的理由是一致的，因为为所有客户提供所有服务是一种莽撞的行为。大多数市场是由需求偏好不同的顾客群组成的，因此，我们实行市场细分，让那些被我们所选中的顾客成为我们的客户。

3.1.1 如何选择细分市场进行目标定位

确立目标市场的过程中，在评估每个细分市场潜力对我们的吸引力上存在两种不同的观点，在实施过程中，兼顾考虑这两种不同的观点是非常重要的。在确立细分市场大小和盈利潜力方面，我们崇尚一种自上而下的公司战略和一种自下而上的数据信息搜集方法。

3.1.2 盈利和战略匹配

第一种评估目标细分市场潜力的观点是指对于细分市场自身，最基本的问题就是确定该细分市场是否具有盈利的可能性（如果具有，盈利能力又有多大）。盈利潜力的大小是确定目前市场容量、未来成长能力、目前和未来竞争水平、消费者行为和期望的一个关键要素，例如有些消费者细分市场要求高、难伺候，并不值得投入。

第二种观点要求我们对自身经营能力持有一种长远而深刻的审视态度：该细分市场是否符合我们的定位？我们能否满足这一细分市场，即我们是否有能力吃透它？我们的优势在哪里？我们有哪些可利用的资源？我们这方面有哪些经验，我们的企业文化是什么？我们目前的品牌特性是什么？根据这些指标，我们投资服务这一特殊细分市场是不是一种聪明的举动？

图3-1显示了这些可能的情况。图左上象限显示，如果该细分市场很有吸引力，同时我们公司的能力足以服务该细分市场，就意味着可以采取简单的行动。例如，假设我们是一家运动服装生产商，发现排球队越来越受欢迎，他们需要印有他们队标的队服，然后我们就按他们的要求去做，那么成功的可能性就会很大。

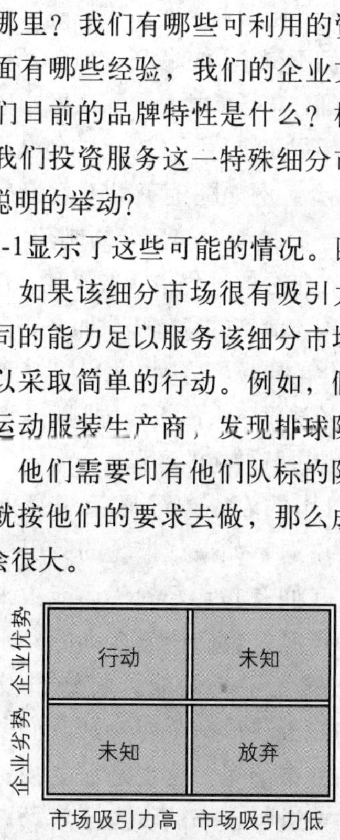

企业优势	行动	未知
企业劣势	未知	放弃
	市场吸引力高	市场吸引力低

图3-1 目标市场细分的战略标准

图右下象限显示，如果某细分市场的特征并不显著，同时从任何一方面看都非我们公司的能力所及，那么我们大可放弃这个机会。例如电子书市场，尽管我们是个人电脑生产商，但并不意味着我们在电子书技术或者渠道方面存在特别的优势，所以没必要在这一市场上烦恼。

该矩阵中的上述两个象限显示的是无须深入考虑的决定。而现实中的情形却要复杂得多。在图左下象限中，市场吸引力虽然很高，但是公司没有与之匹配的经营能力，例如，电脑游戏盈利能力非常高，前景非常好，但是公司只具有生产音乐CD的能力，那么关键问题就在于我们是否能发展足够的能力，例如以CD市场的薪资雇用年轻小伙子编程。而依赖于从公司内部能力发展最新需求的能力，则意味着时间和金钱资本的巨大投资，尽管这是一种我们希望去做的投资。如果我们是一家私有企业，又或者我们的股东非常有耐心，那么我们将有这个时间发展新项目（例如雇用新员工、开发新渠道等）。如果市场趋势如此，这或许是我们不得不做的投资，例如那些完全无法忽视的细分市场的增长。买卖双方直接交易的供应商不得不进行更复杂化的包装投资以保证安全风险。例如医生不得不回答病人的问题，类似于直接面对消费者的制药广告。[2] 我们也不想在细分的过程中制造混乱，例如若公司想为那些不满意的顾客提供服务，又该如何进行高端化的市场细分呢？相应地，很多时尚的商家开始提供不太昂贵的仿制品，就相当于在对其品牌进行潜在的稀释。

图3-1中的右上象限显示了另外一种左右为难的境遇：如果该市场的吸引力不是很高，但是我们有非常好的营运能力来开发这种类型的产品，我们该怎么办呢？解决这一问题的关键在于我们能否将该市场发展起来。我们能否获得一个能渗透我们所提供的利益的细分市场呢？这也是需要投资的：首先我们需要进行市场调研去了解顾客知识水平以及抵制观点，尽可能地将产品改变得更具吸引力，然后在广告中向消费者"灌注"这一伟大产品的各种信息。

在第14章中我们将继续讨论企业在战略上的匹配能力，但是目前我们将用一种非常简单、使用频率很高的分析框架（SWOT分析）客观地评价我们公司的能力，如图3-2所示。SWOT分别代表优势（strengths）、劣势（weaknesses）、机会（opportunities）和威胁（threats）。通过优劣势分析，我们可以描述公司的特性：我们的优劣势分别在哪里？而机会和威胁分析就是在分析外部环境（例如行业、供应商、政府等）：我们的机会和威胁在哪里？优势和劣势分析主要是考虑组织内部因素，而机会和威胁主要是考虑外部环境。

图3-2　SWOT分析

SWOT分析方法可以有效地使很多市场营销问题清晰化。在这种分析方法中，我们可以了解我们与竞争对手相比的优劣势，但是我们的观点缺乏顾客信息基础。因此，我们还需要获得一些市场调研数据。如果我们的品牌、产品线或公司涉及顾客所在意的劣势区域，我们就必须想办法应付这些不足之处。如果我们的品牌和产品处于优势，我们仍需要考虑该如何将这些优势发展成我们持续稳定的竞争优势。

机会和威胁通常被5C之一的环境变化所驱动：经济和自然环境可能在变化，原来的供应商可能会转向竞争对手，或者竞争对手可能会提供我们客户所需要的外部服务。上面所提到可能作为威胁或者机会的任何一条是否被涉及，取决于公司经营哲学：乐观还是悲观，我们的反应是否足够灵活，是否能将很快发生的变化视为机会？或者说我们是否太过于官僚而缺乏创造力，以至于将变化直接悲观地反应成威胁？

当我们考虑市场营销策略问题时，会特别借助SWOT方法。在接下来的部分，我们将从顾客的视角分析优势和劣势之间的相关度是如何决定的。

3.1.3 市场竞争比较

当我们试图评估公司的能力时，如图3-1所示，我们尝试用一种权威的测量方法。然而，在顾客的观念中，或者在他们最终的购买决策中，更直接的影响因素却是评估我们与竞争对手之间的能力高低。

图3-3就是竞争对手分析的一个例子，我们称之为"认知图"（perceptual map），这张图显示了顾客所感知到的我们与竞争对手相比的优势。质量和价格这两部分可能会比较一般和抽象，但大部分产品分类中的属性和优点都可以浓缩到这两点上。价格是不言而喻的。关于质量需要说明的是，它的定义需要根据行业来分类。例如手机，质量可能在计划中所占的比重很小甚至没有，即使真有的话，也只是看其是否耐摔；对于航空公司而言，质量可能就是考虑其便利性（例如航班次数）、是否准点、行李托运费用和前线员工是否友好（在登记处和飞机上）；对于书店而言，质量可能就意味着书店的数量、分类的深度（如是否包括悬疑小说）等。

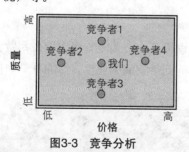

图3-3 竞争分析

图3-3所描述的市场中，反映的既有好的信息，也有不利的信息。我们不会被视为最差的供应者或者最贵的提供者，但同时我们也不是最好的或者最值得推崇的。我们在价格和质量方面可以被视为中等

水平。我们相对竞争者3有质量优势，相对竞争者4有价格优势。但同时我们相对竞争者1有质量劣势，相对竞争者2有价格劣势。

这些信息在我们考虑目标市场细分时意味着什么呢？如果我们考虑的目标细分市场属于价格敏感型，我们就必须谨慎应对竞争者2的反应——它在市场中可能会进行这样一种战略移动，因为它具有价格优势，所以它在价格战反应中表现灵活。竞争者2很可能会向我们发起进攻，并取得胜利。同样，如果我们在细分目标市场时更注重质量因素，就不得不对竞争者1给予更多的关注。

如图3-4所示，我们可以看见一个细分概况的对比，包括一些商业特性及它们相似的吸引力。以细分市场1为例，它没有最大的市场规模——细分市场2和4更大，但是它的增长速度最快，从而导致该细分市场更具吸引力。然而，增长率也能成为一把双刃剑。虽然目前现存的竞争对手很少，但当市场足够成熟的时候，越来越多的竞争者就会加入。但至少在对市场进行细分时，我们会有一个优先的细分权，因为该市场更符合我们目前所正在开展的工作。因此，即使更多的竞争者进入，我们也能很好地应对它们，因为我们相信在这一细分市场上我们能做得更好。

细分市场2也具有发展的可能性。它看起来也很具有吸引力，因为它有更大的市场规模，增长也相当快，但也存在两点疑惑：一个是存在一个很大的竞争对手，另一个则是与公司能力的匹配度不是最好。

细分市场3也具有它的优势（例如较少的竞争者，现存的竞争者也很容易被打败）。但

	规模（万美元）	增长率（%）	特性 竞争者	匹配度	优先权
细分市场1	100	5	很少	非常好	★
细分市场2	200	3	一个很大的	可以	?
细分市场3	100	3	很少很弱	可以	?
细分市场4	100	1	很少很弱	不好	🚫

图3-4 细分战略比较

它也存在缺点：它没有最大的市场规模、增长速度也不是最快的，同时，与公司能力的匹配度也不是最好的。

细分市场4是我们能很快干掉的一个对手。因为它的增长率最小、最慢，即使忽略掉任何层次的竞争对手，我们也不知道在这样的市场环境下能干什么。

综上所述，细分市场1将会是我们的首选，因为细分市场1与我们的目标相比足够大，我们也有能力开发。但是如果细分市场1比较小，我们就可能会考虑扩大我们的目标市场，例如扩大到细分市场2或者细分市场3，或者两者都兼顾。在花费了必要的资源去渗透细分市场1之后，我们可以拓展并持续地瞄准其他目标市场，只要我们能提供一个合适的市场组合给另外的细分市场，并保证不会失去原来的细分市场1。

正如我们开始所叙述的那样，一个细分市场的选择涉及市场规模和公司目标能力匹配等信息。很多时候，公司目标能力匹配比市场规模要更具挑战性，例如在一个大的细分市场上"一扫而空"是一件很容易的事，它促使我们相信自己有能力做好这个市场，然而事实上我们可能并没有特别的优势保障自己一定能做好。最终，评估就会变得概念化——我们是一家怎样的企业，我们又将变成什么样。然而，另外的一些信息（例如细分市场的规模）是我们可以去测量评估的，也是我们接下来将介绍的。

3.2　市场规模测量

如图3-4所示，我们可以看到有关细分市场规模和可能增长率的描述。毫无疑问，市场营销人员可能想知道我们是如何发现这些特性的。那么接下来我们就分析市场规模，并讨论如何确定它的增长率。

我们现在先大致看看测量方案，以帮助我们理解这一逻辑原理。你将会发现大部分测量方案中的输入数据都是我们比较有把握的，而少数数据则是把握性比较小的，以至于你不得不拟定一些假设条件和改变一些数据，观察最终结果的敏感度，确定预期结果的上限和下限。因为很多最初的测量数据都有可能被累计计入最终的结果中，所以必须确保每个组成部分都尽可能准确，否则，结果所产生的误差就会比较大。还需要考虑的一点就是目标市场确定得越准确，所需要测量的数据就越容易获得。

我们接下来看两个市场规模测量的实例，第一个是卖高校橄榄球队服短裤，第二个是测量指甲贴片的需求。最后我们将对测量某一产品细分市场规模过程中所必须考虑的几点要素做出总结。

3.2.1　高校橄榄球队服短裤总共有多少

假设你是一个为麦肯锡咨询公司做大量咨询工作的商学院的毕业生。你的哥哥向你咨询

专|栏|3-1　菲奥莉娜

在卡莉·菲奥莉娜的著作《勇敢抉择》中，她探讨了在企业经营活动所必需的各种估测工作中，需要先确定结果应该精确到哪一种层次水平，以便让那些以估测数据为基础的决策制定大致上正确。例如一家企业文化相当保守的公司所需要的估测就必须"足够完美"。有时候你会发现自己也处于一种数据相当可信、估测也相当精确的境况，这种情况在制定战略时会非常理想。其他时候，你可能会处于一种数据不是很可信、市场也在不停变动的境况，但仍然需要做决定。如果你能很快得到更好的数据，继续做吧，否则按你所知道的进行吧。

意见，他和他的合作伙伴刚刚开了一家卖橄榄球队服的公司，他们想要你帮助测量出他们在不同细分市场上分别能卖多少产品。你哥哥的合作伙伴居住在达拉斯，他可以开车去那里的高校推广产品。你将帮助他测量出这一市场规模，接下来是具体的做法。

他们已经做了一些背景统计，但是你还需要做更多。橄榄球，就像得克萨斯州的其他一些事物一样，是很受欢迎的一项运动。达拉斯地区有85所高校，其中最大的区域有33所高校，大约有40 000名学生。平均每所高校容量为1 212名学生：60%是来自拉丁美洲，30%是非洲裔美国人，6%是白种人，4%是其他肤色人种。[3]达拉斯高校细分市场的营销人员能很快地发现大部分高校（90%）人数足够建立大学橄榄球代表队（通常是高年级和低年级的学生）和初级橄榄球代表队（通常是由大二和大一的学生组成）。大学橄榄球代表队一般有40名队员，初级橄榄球代表队一般有35名队员。

每名队员将有两套队服（一套浅色和一套深色，分别应对校内和校外的比赛），同时，每人平均有1.5条运动短裤（50%的队员一条短裤支撑一个季节，另外50%的队员拥有两条）。

所以每个季节可能出售的短裤总数，或者说是市场潜量的计算如下：33所高校×90%×（40+35）名队员×（2+1.5）条短裤=7 796.25条短裤。具体数据如下：

- 达拉斯地区大容量的高校有33所；
- 90%的高校同时拥有大学橄榄球代表队（40名队员）和初级橄榄球代表队（35名队员）；
- 每名队员有两套队服；
- 平均每名队员还有1.5条运动短裤；
所以市场潜量计算如下：
33所高校×90%×（40+35）名队员×（2+1.5）条短裤=7 796.25条短裤

这是不是一个吸引人的机会呢？如果每条短裤定价75美元（实际上，他们的报价是100美元，但是给每个队打了大量购买的折扣），扣除生产商（每条成本35美元）的利润之后，在该市场能获得的盈利额为272 868.75美元。

作为比较，我们来分析一下达拉斯地区的85所高校，粗略统计共计103 020名学生或者5 737.50（=85×90%×75）名队员，也就是20 081.25条短裤（=5 737.50名队员×3.5条/人），总利润702 843.75美元（=20 081.25条×35美元）。作为不同的比较，分析一下南达科他地区。整个地区共198所

专栏 3-2 "瑜伽"的目标市场

一家以提供环境友好的产品和身体灵魂哲学著称的编目员正考虑在网上提供瑜伽服。在服装行业所搜集到的相关数据建议细分的顾客群主要有如下（高端的和全面的）几类，每类顾客的大致比例也标示如下：

- 30%大学生
- 20%待在家的主妇
- 20%性格内向者
- 15%做过心脏手术的男士
- 10%20～30岁的女士
- 5%20～30岁的男士

一位顾问告诉这位编目员应该"遵循金钱"原则，即以人数最多的三类顾客群为主要的细分目标市场：大学生、待在家的主妇和那些性格内向者。这位编目员同意"遵循

金钱"原则，但是以上所提供的关于市场规模的大致的盈利能力信息都是在可能的细分市场增长率上估测出来的。例如做过心脏手术的男士，他们虽然数量不多，但是很容易寻找到，也愿意在这方面做投资，且他们有大量现金，而这名编目员却没有仔细考虑。

高校，登记在册的学生共计35 325名，假如以198名高校做个平均统计。假设85%的高校都能组建一个35名队员的代表队，这一市场潜量计算方式如下：198×85%×35×3.5=20 616.75（条），或者是721 586.25美元。（注：我们可能将市场交易价格下调到35美元以下，因为这些高校的地理位置并不像达拉斯那样位处中心区域，也就意味着销售经理们不得不跑更远的距离，兑现所有的折扣。）

这些数据是否大到对你们的公司有足够的吸引力则由你们说了算，但以上这些就是测量的方法。

3.2.2 指甲贴片的数量有多少

现在有另外一种情况：你想用你在商学院新学到的知识给你最喜欢的阿姨留下深刻印象。她即将退休，并打算在朋友的一家美甲沙龙店里做一名接待员。你阿姨的朋友正在考虑提供指甲贴片的专门化服务，但是她想知道这种沙龙店的服务是否存在盈利空间。你的工作就是测量这个市场是否足够大。

涂指甲贴片是一种针对多样顾客群的服务——年龄层和收入水平不受限的女性顾客群。主要有两类细分市场：①那些不是经常做美甲的女士，一般一年1~2次（平均下来就是1.5次），通常是为了好玩、节日庆祝事件等；②频率较高的使用者，这些人长久持续地戴着这些指甲贴片，一套指甲贴片一般能保持6周，就需要换新的了，这些人一年大概要更换新的指甲贴片8~9次（平均8.5次）。

如表3-1所示，我们可以看到关于美甲沙龙店潜在顾客的容量的基本分析。因为你阿姨的朋友无法确定是否应该待在密尔沃基市，还是去一个较为暖和的地方，如亚特兰大或者菲尼克斯，所以需要将这三个城市进行对比分析。而各城市的人口数量则是需要首要统计的，现有的人口统计来自于政府的人口普查数据，同时也要加上各地区的邮政编码，如接下来所展示的市场规模的测量过程。

接下来，我们大致假设各城市有50%的人口是女性，你阿姨通过行业数据统计了解到只有大约5%的女士对指甲贴片感兴趣。所以对每个城市而言，估测做美甲贴片的人数总计=城市人口数量×50%（女士）×5%（对指甲贴片感兴趣的人数）。

表3-2是对这一测量方式的进一步改良，行业数据统计中显示低频率做指甲贴片者与高频率做指甲贴片者的比例为1：2。虽然这个行业比例数据不是非常精确，但这就是你所能运用的全部数据。如果你愿意，你也可以加入一定的调节数据（如20：80，40：60等），然后看看假设分析条件下的结果。我们继续用33：67的比例，这样计算出来指甲贴片使用者的平均数据将会较为准确（频率高的使用者和频率低的使用者每年的更新次数分别为8.5和1.5次），这样一来就可以对比出不同市场下的指甲贴片的潜在顾客数量。因此，较为精确的计算方式如下：（城市人口数量）×50%（女士）×5%（对指甲贴片感兴趣的人数），然后再乘以33%和8.5次的更新频率或者67%和1.5次的更新频率。

表3-1 市场规模：指甲贴片不同城市使用者（一）

城市	人口数量	×50%（女士）	×5%（对指甲贴片感兴趣的人）
亚特兰大	471 000	235 500	11 775
密尔沃基	579 000	289 500	14 475
菲尼克斯	1 462 000	731 000	36 550

表3-2 市场规模：指甲贴片不同城市使用者（二）

城市	使用者	市场细分	指甲贴片更新	总数
亚特兰大	11 775			
高频率（33%）		3 886	×8.5=33 031	44 865
低频率（67%）		7 889	×1.5=11 834	
密尔沃基	14 475			
高频率		4 777	×8.5=40 605	55 152
低频率		9 698	×1.5=14 547	
菲尼克斯	36 550			
高频率		12 062	×8.5=102 527	139 259
低频率		24 488	×1.5=36 732	

成长

本节首先将讨论一些能让市场变得更具吸引力或者更少吸引力的标准。目前这部分的分析仅与市场规模有关。先不考虑市场成长率，假设人口越来越向南部和西南部迁居，亚特兰大和菲尼克斯地区的人口增长率将会更大。当然，这并不意味着对于这些退休者来说，指甲贴片的需求也会同时增长。

尽管推算和预测增长率存在一定风险，但也还是存在一种较为技术性的方法：搜集行业内最近三四年甚至十年的数据，然后推算出一条平均移动曲线。一条三年平均移动曲线以第一年、第二年和第三年的数据为基础，可以计算出一个平均值；以第二年、第三年和第四年的数据为基础，可以计算出一个平均值；以第三年、第四年和第五年的数据为基础，也可以计算出一个平均值……然后根据这些平均值描点画出曲线（通过回归方法）。这种方法主要是通过附近年份的数据来预测，从而增强了预测的稳定性。即使某一年的数据不太寻常，也不会对未来的预测结果产生过度的影响。

而对于竞争对手，我们目前还没有什么线索。一种较快的分析方法是翻看当地的黄页，例如我们在雅虎网站上面的黄页搜索"美甲沙龙"，我们可以得到以下各个城市的指引：亚特兰大（20），密尔沃基（16），菲尼克斯（21）。这些数据可能小得有点可笑，它们与城市人口完全不成比例。但是如果输入"美体沙龙"，我们将得到的竞争者数量如下：亚特兰大（144），密尔沃基（62），菲尼克斯（170）。

然而，对于每个细分市场的盈利能力我们还没有线索。我们还没有讨论怎么定价，所以现在就可以开始讨论这个问题。首先，我们假设在每个城市从每个顾客身上所获得的利润大致相同。因此，尽管我们无法知道如何将这个数据（例如33 031）转化成美元的统计结果，但无论这种转化方式是什么，我们都能将表3-2中的所有数据同样假设为平衡的。

对于高校橄榄球队服短裤生产商和指甲贴片服务者来说，最大的区别在于前者提供的是实物产品，后者提供更多的是一种服务。正如这种比较所阐述的那样，当与实物产品相比较时，服务通常更多的与可变成本相联系。如果生产橄榄球队服短裤的固定成本包括厂房建设、机器和员工，可变成本则

专|栏|3-3　"腹部拉皮除皱"的目标市场

A.U.S.的一个医疗小组在整形手术中有特定专长,他们聚焦腹部拉皮手术,因为随着生育高峰期的到来,这类服务的需求将增加。这些专家教授在这方面的技术非常好,但令人惊讶的是,这方面经营活动及市场策划的信息很少。他们也不愿意花很多钱去做广告。

以下记录的是该医疗小组在过去两年的服务过程中,病人相关的性别和年龄信息:

男士,21~40:1人
男士,41~60:9人
男士,61~80:1人
女士,21~40:15人
女士,41~60:31人
女士,61~80:3人

该医疗中心出于健康原因,会尽量避免接待80岁以上的病人,同时,也会因为道德和伦理原因,而避免接待21岁以下的病人。

该医疗中心选择的目标顾客群是41~60岁的男士,考虑到盈利能力(他们具有大量可支配的财富),还包括61~80岁的女士,主要考虑的是生育细分市场的增长性。你是否同意该中心有关目标细分市场的战略选择?为什么?

包括短裤的原材料等。而对于美甲沙龙店而言,固定成本就是店铺和设备,但是原材料和员工成本可能就属于变动成本了,因为一旦沙龙店的经营启动,需要的就是一个更庞大的员工体系了。

如果你是B2B的卖家,市场规模测量可能会相对容易,政府普查网站依据部门(如北美产业分类体系编码)和规模(例如销售额或者员工总数)对商业进行了交互分析。如果你是生产橄榄球队服短裤所需的斯潘德克斯弹性纤维的厂家,你可以将自己的产品出售给橄榄球队服生产商,也可以将你的弹性纤维产品卖给其他生产运动服装的厂家,例如游泳服、舞蹈服、女子贴身内衣或睡衣生产商、行李箱生产商,或者药品供应商,以作为一种弹性媒介产品的替代品。

在任何情况下,无论你是开展B2B还是B2C的经营,市场规模测量的原理都是相同的。从人口统计开始,然后再进行相关的比例计算。

市场人员通过估计购买决策制定过程来尝试这种分析方法,包括要素的知晓、试用、重复等。举个例子,首先计算出总人口数量,然后乘以知晓我们品牌的顾客比例:总人口数量×知晓我们品牌的顾客比例(%)。其次,询问顾客使用我们的品牌到了什么程度?最后,考虑我们能做些什么让这些顾客能重复购买。这一逻辑原理如下所示:

总人口数量
×知晓我们品牌的顾客比例(%)
×试用顾客比例(%)×重复购买顾客比例(%)

当我们继续向下挖掘问题,就可以搜集每个顾客在他购买时大概会购买多少金额。再按如下公式计算:

[总人口数量
×知晓我们品牌的顾客比例(%)
×试用顾客比例(%)
×重复购买顾客比例(%)]×每年的购买总量

将每个顾客每年的消费量转化成美元的统计结果是很简单的,只需要乘上平均每次交易金额的数量。

市场规模估算并不是很难。对于美国和国际市场,有关消费者和商业经营活动所需的现有的人口统计数据已经足够了。这些实例中最终的估测还需要一些额外的信息,例如行业背景或者顾客调研的数据等。

最终决定将哪个细分市场作为目标市场取

决于两个因素的相互作用：①定量问题，例如细分市场的规模、盈利能力及成长性；②战略问题，如细分市场与公司经营哲学和未来的市场定位的匹配度问题。本章已经集中讨论目标市场规模。有关盈利能力的问题将会在第12章中讨论。

注释

1. 感谢以下教授提供的信息反馈：Desislava Budeva（Florida Atlantic）、Robin Coulter（UConn）、Jennifer Escalas（Vanderbilt）、Gavan Fitzsimons（Duke）、Harry Harmon（U Central Missouri）、Devon Johnson（Northeastern）、Ann Little（High Point U）、Chip Miller（Drake U）、Nicolas Papadopoulos（Carleton）、Anthony Peloso（ASU）、Donald Shifter（Fontbonne U）、Tillmann Wagner（Texas Tech）和Bruce Weinberg（Bentley）.

2. 工作中，有时候你会发现问题的答案在大多数情况下受公司政治和利己主义的影响远比凭借好的商业感觉多。举例来说，公司CEO想开发一种新产品，以进入某一高端市场，同时也增加了公司产品组合长度，即使这个公司一贯以低价格、低质量的产品形象著称。

3. 这些统计数据可以从网上搜索到。

第一部分
营销战略

Chapter4
第4章

定位

营销框架

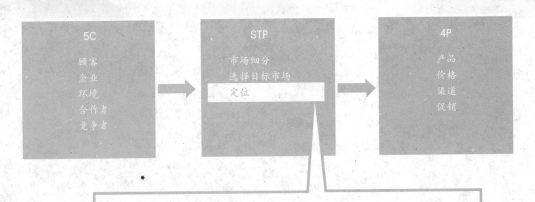

5C	STP	4P
顾客	市场细分	产品
企业	选择目标市场	价格
环境	定位	渠道
合作者		促销
竞争者		

- 我们通过认知图能了解定位的哪些内容?
- 在定位矩阵中你的位置在哪里?
- 营销者如何撰写定位陈述?

4.1 什么是定位？为什么它可能是营销最重要的内容

我们已经讨论了市场细分以及目标市场营销的重要性，它们是我们在STP策略中的S和T策略。本章我们转而讨论P策略。[1]

定位包括很多有形成分，但更多的是感知成分。定位用来确认在市场竞争中你到底是谁。一旦你知道了自己是什么样子，你就能决定自己想要变成什么样子。

> **"** 定位需要设计一个产品，而这一产品对于目标市场而言有价值的。**"**

定位包括营销者的很多责任：设计对于目标市场来说有价值的产品，即你想让消费者怎么看待你的产品；制定一个有利可图的，并且对于目标市场来说是合理的价格，即你能对品牌设定一个多高的价格；建立渠道关系，使得消费者能得到我们的产品或服务，即消费者去哪里找我们的品牌；通过促销活动向消费者传递这些信息即你对于你的品牌会说些什么。定位包括所有的市场营销组合变量。因此，本章不涉及书中的其他部分。我们在本章讨论定位，并在之后的部分学习市场营销组合的具体内容。

我们通过一个认知图开始关于定位的讨论。然后，我们使用一个矩阵，看一下我们在后面章节中会详细讨论的市场营销组合变量。最后，我们用一个定位陈述指南结束本章。

4.1.1 通过认知图定位

有人说一张图抵得上很多文字。营销者和高层管理者喜欢看通过图形描绘出来的他们的品牌在消费者心中的地位。这些图形帮助我们理解消费者如何看待我们的品牌以及其他的品牌，并且能对我们的很多问题给出一些初步的答案，例如在消费者的心目中我们的优势和劣势是什么。竞争对手的优势和劣势是什么？尽管我们把一些公司和品牌看做我们的竞争对手，但是消费者认为谁是我们的竞争对手，他们认为什么是我们最接近的替代品，并且可以在购买这类产品时替代他们所寻求的利益。认知图提供了这样的图景。[2]

图4-1描绘了一个有四家知名连锁酒店的认知图。图上点用来代表品牌，那些相互接近的点所代表的品牌是相似的（比如希尔顿和万豪），而离得较远的品牌区别很大（比如Motel6和丽兹）。横轴和纵轴是消费者的认知。在图4-1上，它们可以解释成消费者对服务质量的期望以及相对成本。

图4-1 认知图中的竞争

这些连锁酒店的品牌经理和公司管理层可能不会对这一结果感到惊讶，因为它表示消费者认为希尔顿和万豪在这四个连锁酒店中是最相似的，丽兹和Motel6显然并不相互竞争。此外，细分市场1的消费者的位置接近希尔顿和万豪，因此我们能根据这一模型预测这两个连锁酒店中的其中一个会是这一组消费者的首选；这一细分市场的消费者可能不会特别忠诚于希尔顿或万豪，但与丽兹和Motel6相比，他们更偏好这两家酒店。

细分市场2的消费者处在右下方，这里的品牌较少，显然有很多潜在消费者。认知图上的空缺提供了新的市场机会，这些市场机会是有吸引力的。在本例中，我们并不想利用这一机会——这些消费者寻求低价格、高质量的服务。连锁酒店也许会发现这样的定位并不会使人获利。或者即使能获利，这样的定位也不是可取的，因为很难使消费者相信你可以在基本的价格水平上提供高质量的服务。

图4-2也是一个认知图，但它并不描述通常意义上的竞争对手。它描述的是一家全球性的大公司所拥有的酒店和其他财产所在的城市。[3]这家公司想更多地了解它的消费者对于旅行的需求，因为它正在重新设计它的某些旅行套餐。横轴和纵轴分别代表的是消费者对于不同城市的印象：是文化旅游及相关活动的城市，还是晒太阳及休闲的城市？是消费水平较高的城市，还是消费水平较低的城市？

这一认知图通过费用和活动两个方面告诉我们这些城市的定位。伦敦和纽约被认为是有很多可以观光和游玩的城市，但是它们消费相对较高。拿骚和劳德代尔堡被认为是相对便宜的海滨度假城市。

考虑到图4-2给出的消费者认知，通常出现在营销者心中的问题是：我们的品牌定位是最优的吗？消费者对我们的理解就是我们想要的定位吗？例如公司的连锁酒店在一次广告活动中投入了大量的资金，向潜在旅游者宣传拿骚丰富的文

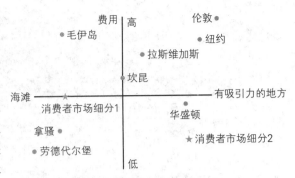

图4-2 通过认知图进行定位

化内涵。也就是这家公司想把拿骚的定位向右方移动一些，但它看起来并不具有很大的说服力。

这张图也确认了两个消费者细分市场。这项调查是针对公司的典型旅游者进行的，并且样本来自于它所有酒店的客户。也就是说，这一理解是来自于现有客户，而不是其他细分市场的潜在客户。这些酒店因为价格合理而闻名，因此它吸引了那些收入并不高的年轻群体，而不是年长的旅游者。你可以想象，公司喜欢对年轻人保持吸引力（或定位），但也认识到它只抓住了并不富有的群体。年龄稍长且富有的旅行者喜欢去比劳德代尔堡更贵的伦敦和纽约，但他们可能更倾向于去劳德代尔堡旅游。通过广告活动强调，即使是在被认为是更贵的目的地，连锁酒店的价格也是合理的，重新定位就有可能实现。

认知图上的消费者细分市场给公司提供了另一个对于市场发展状况的诊断。消费者细分市场1得到了很好的服务——那些旅游者寻

|专|栏|4-1 拉斯维加斯

➤拉斯维加斯最近想对自己重新进行定位，并不是对它的臭名昭著的"罪恶之城"形象不满意。家庭旅行业是有利可图的，但大部分家庭会绕过拉斯维加斯，他们认为那里是不健康的，或者至少都是赌博，很少有供孩子的娱乐。正如Gamblingmagazine.com所说

的，这座城市"仅仅靠一点点东西吸引家庭，如MGM主题公园和平流层滚动滑翔机"。这些吸引家庭的活动和其他努力是不成功的。

➤拉斯维加斯没有回顾过去，它更加信奉其早期定位。只要需求允许的话，它就继续升级，为寻求极度奢侈的客人

提供"宫殿"级的房间。拉斯维加斯不再是一个拥有廉价旅馆和食物、靠赌场赌博赚钱的地方，这里现在靠赌博、住宿和餐饮赚钱。

拉斯维加斯有110 111间酒店房间，比世界上其他城市的都多。

求便宜的海滩旅行，公司在拿骚和劳德代尔堡的酒店能满足他们的要求。而组成细分市场2的旅游者想在假期有更多的娱乐，但也希望价格合理。公司对他们不能提供什么，但华盛顿可能是一个例外。公司可以降低它在伦敦、纽约、拉斯维加斯等地方的价格，或者它能告知消费者，尽管大家认为这些城市消费水平高，但其连锁酒店的价格还是可以接受的。

图4-3提供了一个有些不一样的认知图。我们有一个对专门提供昂贵的日间温泉浴的提供者的描述。顾客们评价了这一温泉浴的很多特性：地点的便利性、提供的服务项目（比如美容、按摩、理发和修指甲）以及安静的环境。消费者也给出了他们在选择温泉浴时对这些属性重要性的判断。

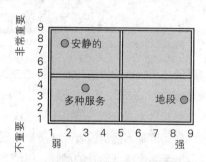

图4-3　温泉1的优势和劣势

这张图告诉我们，这家温泉地点便利，但提供的服务有限，并且也不是很安静。由于安静的环境是放松的保证，对于一个日间温泉来说，它是重要的属性，因此这家温泉有一点点问题。它可以提供更多的服务，但服务的多样性并没有安静的环境重要，至少消费者对属性重要性的评价是这样显示的。

可以将这类的认知图进行修改来进行竞争性分析（comparative analysis），如图4-4所示。这张图使我们了解，我们温泉（温泉1）相对于竞争对手（温泉2和温泉3）的感知优势（perceived strengths）和感知劣势（perceived weaknesses）。这张图显示的结果并不是很理想。大家认为温泉1相对较贵或者至少不如温泉3。相比而言，大家认为温泉2提供了更多的价值。此外，在服务的多样性属性上，两个竞

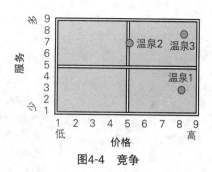

图4-4　竞争

争对手的评价都比温泉1要好。如果除了图上的两个属性之外，没有其他的重要属性的话，公司必须采取一些措施了。

图4-4的问题部分是由于我们每次只能分析两个属性，因而我们不得不用较多的图来显示整体的情况。图4-5看起来并不像是一个图，但它依然能显示有关认知的信息。这张图能展示更多的属性，而在这里，这三家（或更多）温泉用来进行竞争性分析。现在我们看到我们确实有一些好的属性——我们是幸运的，因为地点是很难改变的。温泉1处在城市之中，这使得它地处中心因而非常便利，但它也很难避免它周围嘈杂的交通，因此它在安静环境上的评分很差。

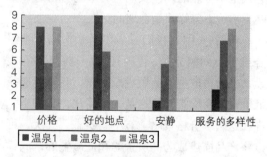

图4-5　竞争者分析

4.1.2　定位矩阵

正如消费者会有很多要求一样，他们在每个属性上都要最好的（快速、使用里程长、外观漂亮和价格低廉），公司可能也同样是不理性的。当你阅读他们的使命陈述时，很多公司都宣称它们在每个方面都是最好的，消费者是他们存在的唯一理由，并且它们的员工是业内最好的。然而，消费者不可能得到完美的东西，并且公司也不可能在每个方面都做得很好。

|专|栏|4-2 运动鞋

定位常常是对所有的4P进行修改。尽管有时产品保持不变，但由于公司追求不同的细分市场，感知会发生变化。例如同一家公司针对三个不同的细分市场生产同样的跑鞋：跑步者、时尚的跑步者和爱逛商场的人。

市场的需求是有差异的。例如跑步者的鞋子易磨损并要使用很长的里程，跑步是他们个性的一部分，他们为了形象和健康而运动。他们是最年轻的群体，平均年龄25岁。他们对鞋的要求是最新的技术（例如良好的吸震性）。

时尚的跑步者使用的里程并不像跑步者一样多。他们希望在外显得好看，并且他们年龄稍长，平均年龄29岁。正如他们的名字，他们对鞋的要求是良好的风格和设计——鞋子看起来和他们一样好。

爱逛商场的人年龄更大，平均年龄39岁。他们更多是为了健康而不是外形而跑步（步行）。他们也希望鞋子好看，但他们最主要的是追求舒适和防护。

向每一个细分市场销售同样的鞋子。不同的定位是通过市场营销组合中其他的P产生作用的：

价格？对跑步者的索价更高，并且他们愿意支付。

渠道？跑步者在运动鞋店买鞋；为了使时尚的跑步者能买到，公司在鞋店和百货公司销售；爱逛商场的人在折扣鞋店买鞋。

促销？促销告知要寻求的利益。对于跑步者，鞋是"帮你取得最好成绩的最新技术"；对于时尚的跑步者，鞋是"最新的风格和设计——当你外出的时候让你更好看"；对于爱逛商场的人，鞋是"在优惠价格上的舒适和风格"。

因此问题就是：你想在市场上如何定位？"最酷"的品牌？提供最大价值的品牌？实现其中的一个目标是有可能的，但是同时都实现它们是不可能的。让我们看看市场营销的4P策略，看一下怎样才是合理的。

在图4-6中，我们看到在两个市场营销组合维度上同时定位。我们先做一些简单的假设，然后再取消这些假设。首先，我们能选择低价或者高价策略。这是一个简化，我们不允许在这两个价格策略上有中间状态。其次，可以将产品描述成为高质量的和低质量的，同样没有中间状态，也没有代表产品的其他属性，只有总体质量水平。

在图4-6的基本2×2矩阵中，我们能看到一对低质量低价和高质量高价策略（也就是低的或

适中的质量并且较低的价格与高质量和较高的价格）是合理的。[4]有时，会出现高质量低价的品牌，我们将其称为高价值。但出于降低成本的考虑，最终公司很难不提价或者降低质量。反之，有时候会出现高价格低质量的品牌，但消费者不是傻子，这种品牌不能持久——公司需要降低价格以便更有竞争力，提高质量使其和价格相一致或更常见的是退出市场。[5]

在图4-7中，我们看到一个类似的关于其他两个P的2×2矩阵——促销和渠道。为了简化，我们说对于促销最重要的决策是花费多一些还是少一些（也就是高促销还是低促销）。对于渠道来说，最重要的决策是广泛分销还是有选择性地分销（我们会在以后的章节讨论市场营销组合的具体问题）。

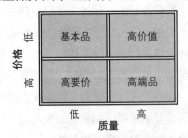

图4-6 营销管理框架产品质量和价格

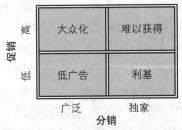

图4-7 营销管理框架促销和分销

与图4-6一样，图4-7有一个自然的匹配。如果公司进行大规模的促销，它很可能需要销售大量的商品。因此广泛地分销商品才是明智的，仅仅进行选择性分销是无益的。同样，如果品牌有更加独一无二的形象和分销渠道，和那些普通的针对大众的商品不一样，进行大量的促销才是更合理的。因此，高促销配合广泛的分销渠道而低促销配合选择性分销渠道，比其他的组合更加的合理。[6]

如图4-8所示，我们有对于4P的所有16个组合，理论上来说任意的组合都是可能的。你可以提供高质量的产品，并有选择性地进行分销，同时进行较少的促销，并制定低廉的价格。但是你为什么这样做？我们来看看哪些组合更合理，哪些不合理，哪些比其他的更好。

图4-9建议排除低价和独家分销的组合。可以想象，如果一个品牌定低价的话，公司需要售出大量的商品才能实现盈利。这一描述也是一个推断，因为公司需要注意品牌的收益性或毛利。然而，低价常常意味着低利润——你能从更高的价格中获得更高的利润。当然也有例外，但这些例外恰恰证明了这一规律。

图4-10排除了高价低质量策略。对你的顾客要价过高是对他们的不尊重。例如，当消费者报告（www.consumerreports.org）称索尼的便携式电脑虽然有它自己的风格但是价格太高了，并且技术支持和可靠性也并不突出，难道消费者不会转而购买其他品牌，直到索尼将它的价格调低到和其竞争对手一致时才不会转换品牌？

图4-11排除了高促销独家分销策略。当常常告知消费者"去买我们的商品"，但他们又无法找到这些商品的时候，他们会感到茫然。

图4-9、图4-10和图4-11描述了比较差的组合，图4-12和图4-13描述了公司难以长期坚持的策略。图4-12中，我们有"高价值"购买——高质量和较低的价格。但这种定位同样也很难持久，公司会提价或者降低质量以使质量和价格达到平衡。

图4-13中，我们有广泛分销和低促销，这些组合也许算得上是策略，但他们不是积极的策略，甚至对于品牌来说是消极的非策略（non-strategies）。品牌广泛地进行分销，但是促销力度小，公司对品牌并不在意。这一策略是达到某一成熟阶段品牌的典型策略：消费者认知度足够高，以至于促销是不必要的，并且商品是随处可买的，以至于消费者习惯性地购买这些产品。这些品牌也许是公司投入很少的现金类业务，公司想从中赚取更多的利润，而不保证品牌未来的生存。由于在营销上得不到重视，这些品牌很容易在一段时间后就消失。

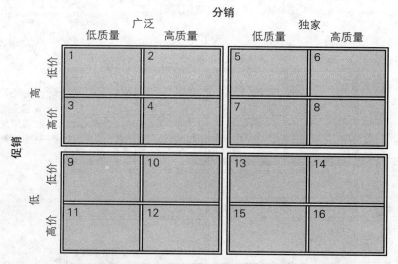

图4-8　营销管理框架：所有的4P——产品、价格、渠道和促销

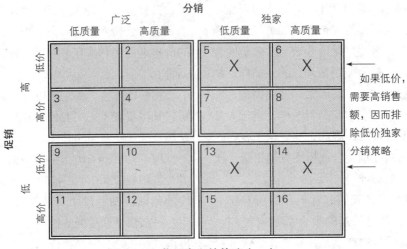

图4-9 一些无意义的策略（一）

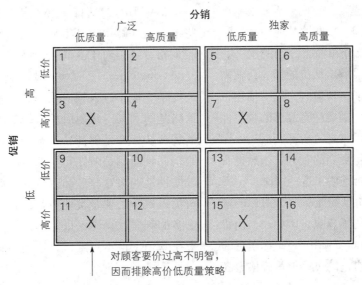

图4-10 一些无意义的策略（二）

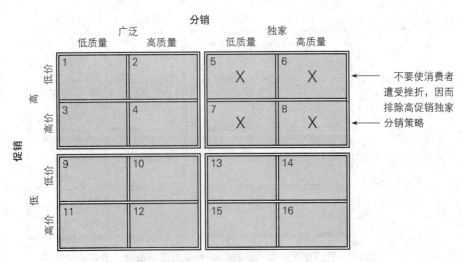

图4-11 其他无意义的策略

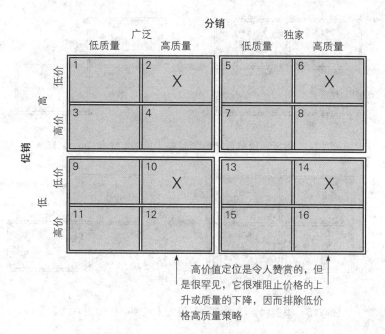

图4-12 一些难以坚持的策略

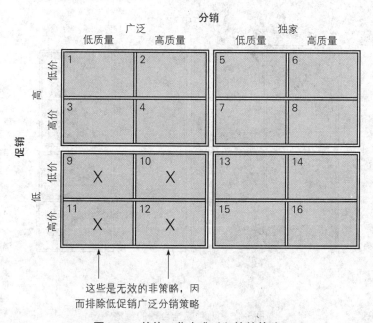

图4-13 其他一些也难以坚持的策略

图4-14结合了我们从图4-10和图4-12中了解到的，我们很少见到要价过高的产品或者具有高价值的产品，更常见的是基本产品（低价格低质量）或者高端产品（高价格高质量）。同样图4-15结合了我们从图4-11和图4-13中了解到的，市场上高促销和广泛分销常常是结合在一起的。

我们从16种组合开始，但到这里我们将前面的定位矩阵削减到图4-16中描绘的两种策略：

>> 低价格，低质量，广泛分销，高促销

>> 高价格，高质量，独家分销，低促销

这种简单假设的好处是，剩下的两个极端情况使我们的工作目标变得清楚。我们可以

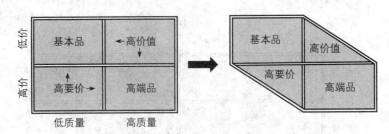

图4-14 质量和价格重新排列趋向（见图4-10和图4-12）

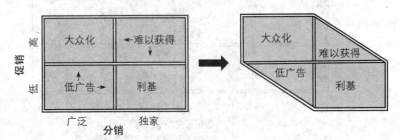

图4-15 渠道和促销重新排列趋向（见图4-11和图4-13）

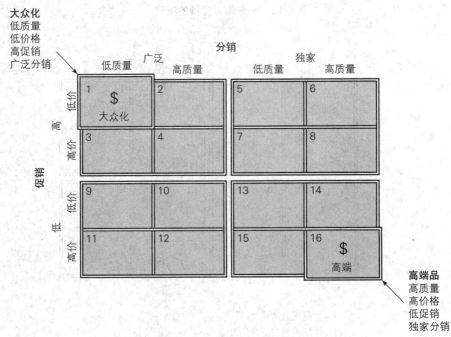

图4-16 两种完全合理的策略

将我们的品牌定位为低价格、低质量，或者我们可以实现高质量并索取高价格，等等。如果我们有理由去调整市场营销组合中的一个P（比如低价格、低质量、广泛分销，但是低促销），那是我们的战略或战术性的选择。这样可能并不明智，但是我们可以试一试。但是这两个极端情况使得品牌市场定位的目标非常清楚，并能帮助我们保持从产品设计到渠道选择

中所需做决策的一致性。

图4-17中，我们看到很多品牌能归类到左上角或右下角——我们认为这样的组合是最常见的。尽管如此，我们简短的澄清一下，当做简单的归纳时，现实中也常常会出现一些例外，也就是一些品牌会在其他的那些看起来是次优的组合（suboptimal combination）中出现。我们也许会怀疑公司或者品牌能在我们所

说的次优定位上维持多久，但在任何一个给定时点，对市场的提供可以分布在图4-17矩阵上的所有地方。

促销		分销：广泛 低质量	分销：广泛 高质量	分销：独家 低质量	分销：独家 高质量
高	低价	福特、沃尔玛、Movies、Gap、嘉年华邮轮	本田、丰田	H&R Block、西南航空	有时是迅速销售完的新产品
高	高价	流行时尚	亨氏、耐克、索尼、联邦快递	圣诞礼品	美国运通公司、雷克萨斯、迪士尼乐园
低	低价	好时、美国航空	日产	国际食品原料	IKEA
低	高价	微软、设计时尚、路易威登	星巴克	博物馆礼品商店	四季酒店、哈雷、保时捷、宝马、卡地亚

图4-17　框架中的品牌实例

图4-16中的简化矩阵和那些管理学大师的见解是一致的，这些大师观察潜在市场领导者的常见问题的。比如Michael Treacy和Fred Wierema在*The Discipline of Market Leaders*这本书中，描述了三种基本的创造价值和获得市场地位的企业战略：①出色的运作（operation excellence），比如擅长生产、配送、价格和提供便利的公司，像戴尔、西南航空、沃尔玛和Costco，类似的中国公司有如格兰仕、长虹和联想；②产品领导（product leadership），比如那些以质量和创新为荣的公司，像强生和索尼；③紧密的顾客关系（customer intimacy），比如那些愿意按照特定的顾客需求调整产品的公司，这样做虽然成本很高，但是预期可以从长期的顾客忠诚和顾客终身价值中获得回报。这类公司有诺德斯特龙、家得宝、亚马逊和土星。在图4-16中，出色的运作和产品领导能力分别被放在低成本和高质量方格中。紧密的顾客关系是简单的优质服务，因此我们也可以将它放在高质量格中。

同样在迈克尔·波特关于竞争战略的书里，讨论了由于保持低成本和有竞争力的价格而导致的通用战略（generic strategies），同时实现差异化（如优良的质量或创新），或者（在合适的时候）定位于利基市场。后者仅仅是独占性或市场规模的问题，而前两种战略也能归于我们基本的“低价格”与“高质量”组合。

因而，改造图4-16中的简单矩阵的假设不是不行。你可以不在矩阵中这两个极端的位置定位，但你最好有一个理由。那是你的顾客想要的吗？你在那里能获利吗？

> “记住两种基本定位：
> • 低价、低质量、广泛分销、高促销；
> • 高价、高质量、独家分销、低促销。”

重要的是，图4-16中的矩阵是有用的。这样的集中重点有助于我们在许多营销情况下制定决策：非常简单，我们是选择“基本的”（低价格，低质量，广泛分销，大量促销），或者选择“高端的”（高价格，高质量，独家分销，低促销）策略？[7]

4.1.3　撰写定位陈述

一旦公司完成了对自己或者品牌的定位，它必须能向不同受众（顾客、员工、股东、普通大众等）简洁地传播定位特征。定位陈述能提供这样的传播，并且它采取了一种非常标准的形式。

营销从STP策略中的市场细分开始，定位陈述也包括了对目标市场的描述。如同在市场细分这一章所描述的一样，你不力求对所有的人提供一切。你的定位陈述也应该针对你的目标市场。你在定位陈述中所说的需要和其他细分市场的顾客无关。比如说，在定位陈述"Alphatronics是真正的健身者的健身房"中，它的目标市场是"真正的健身者"。那些不是真正的运动员被这一陈述简单的排除在外，周末的举重练习者和照顾孩子的家庭主妇就可能不在此列。确实，非目标顾客可能会被吓住，因为定位陈述暗示了在这里的是一群在健身房中进行肌肉练习的爱好者——如果你只是一个偶尔的举重练习者或者一个照顾孩子的家庭主妇，你不会想同他们比试的。又如百事可乐的"新一代的选择"，它的目标消费者是青年一代。通过这样一个定位陈述，它将不属于青年一代的人排除在外，并使自己的消费者在消费产品时更加感觉到自己是青春活力群体中的一员。

定位陈述接下来的部分是独特的销售主张（USP）。它的意义在于清晰简洁地表达品牌的竞争优势。USP包括两层含义：产品类别是什么（"SP"）以及你提供的东西怎么比别人的好（"U"）。为什么顾客应该买你的东西而不是竞争对手的？为什么你是更好的选择？

如果你不能回答这些问题，更别说将它们写进定位陈述。要么你的定位不清晰，要么你的产品没有差异。没有任何借口，你的定位要建立在"真正的"属性差异上，或者感知差异要建立在你所建立的形象上。如果你没有真正的差异，并且也不能找到创造差异的方法，那么就树立形象差异。

此外，陈述必须简洁。为了便于传播（表述意图，并且提高市场了解传播内容的可能性），最好保持内容的简洁。因而，当你认为你的品牌在很多方面都是最好的时候，尽量将这些属性用一个词表述。另一种方法是列出品牌的利益，衡量它们的重要性，在定位陈述中只使用最重要的和最吸引人的差异。在你的有些传播中，你可以重复使用其他的一些特性，但它们必须和定位陈述中的基本信息保持一致。如果你可以把品牌层面的属性抽象成更加普遍无形的消费者利益，这一目的还是较容易实现的——你所需做的就是问顾客为什么会喜欢。

Alphatronics的定位陈述将自己直接与其他的健身房进行比较，这些健身房包括了产品类别和竞争模式。然而，它的差异点是隐含的，不明确的。比如健身房名字中的"tronics"部分暗示它拥有高技术的健身设备，但这一事实并没有陈述出来。

因而定位陈述包括你希望别人如何理解你。为了撰写定位陈述，要回答以下问题：

（1）你要说服谁？（你的目标市场是谁？）

（2）你在和谁竞争？（你的竞争对手是谁？它们的主要产品范畴是什么？消费者进行选择时采用的参考框架是什么？）

（3）你们怎样才能更好？（你的独特性是什么？你的竞争优势和差异点是什么？你有优于竞争对手的特征和利益吗？）

将这些要素放在一起，结果就是你的定位陈述：

对于需要……的顾客［细分市场］，我们的品牌在……是最好的［独特的销售主张——竞争对手和竞争优势］。

一些定位陈述是令人意外的。例如，沃尔沃以安全著称，然而在它的网站上，你会看见下面的内容："我们为全世界的高要求顾客提供交通解决方案。"也许沃尔沃在安全类汽车中的优势是如此的确定，以至于它不需要对此进行陈述。

一些定位陈述是令人诧异的，因为它们可能并不反映目前的市场认知，而是公司想要达成的目标。例如，戴尔因为没有提供良好的顾客服务而受到批评。戴尔正在进行市场地位重建的努力反映在这一陈述中："戴尔公司倾听顾客并提供他们信赖和重视的创新性技术和服务。"

最后，定位陈述的一个或若干个要素经常是隐含的，并不说出来。例如，大众汽车长期播放的广告的宣传语是"驾驶者想要的"。这清楚地说出了目标细分市场，反映了公司的定位，暗示了竞争结构和大众汽车在这一类产品中的优越定位。

可以将定位陈述当做一个内部的记录，它使得所有经理把它作为一个基本的指导原则来增加一致性的决策。定位陈述也可以是提供给外部受众沟通的基础。包括了顾客和股东。他们能传播宣传词或者更广泛的信息。对于这种受众，定位陈述应该简洁以便有效地传播，也应该是积极和热情的，从而显得突出并能吸引注意和激发情感。

|专|栏|4-3　定位陈述

>>有些是直接的
- 卡夫，"帮助全世界的人们吃得更好，生活得更好"。
- Movie.com，"让夜晚全是电影"。
- Pepcid AC，"只心痛一次"。
- Red Lobster，"杰出的服务，优质的海鲜"。
- Sealy，"它是帮助睡眠的，它是一片Sealy"。
- 雅芳，"比女人更了解女人"。
- 王老吉，"怕上火，喝王老吉"。

>>有些更抽象（它们销售的东西清晰吗？）
- Bose音响，"研究，技术，性能"。
- Mayo Clinic，"更健康生活的工具"。
- Olive Carden，"在这里，你们是一家"。
- 海尔，"真诚到永远"。

注释

1. 感谢以下教授对本章提出的意见：Jennifer Escalas（Vanderbilt）、Robert Fisher（U Alberta）、Mary Gilly（UC Irvine）、Kent Grayson（Northwestern）、Harry Harmon（U Central Missouri）、Yoshi Joshi（Maryland）、Ann Little（High Point U）、Chip Miller（Drake U）、Anthony Peloso（ASU）、Joe Priester（USC）、Neela Saldanha（Wharton）、Donald Shifter（Fontbonne U）和 John Zhang（Wharton）。

2. 细节见第13章关于如何作图的内容。

3. 注意：因为这是一个认知图，而不是一个地理图，所以这些城市不像它们在现实中是东西—南北排列的。更多关于偏好和认知图的形式，参见如下教授的研究：Minhi Hahn、Hyunmo Kang和Yong Hyun（KAIST Graduate School of Management）以及Eugene Won（Dongduk Women's U）。

4. 对于这些极端的两个巧妙剖面图，参见Fishman的*The Wal-Mart Effect*和Michelli's的*The Starbucks Experience*这两本书。

5. 权力和社会地位相关的汽车的可靠性（使用寿命和维护）以及显性质量和价格不是非常相关。一些被高估价值的汽车品牌有路虎、大众、沃尔沃和奔驰。啊，但他们很酷！一些价值被低估的汽车品牌有水星、无限、别克、林肯和克莱斯勒。

6. 一个对高端品牌的反驳可能是独占，是神秘性的一部分，例如多年来Tiffany进行全国范围的宣传，即使它只有三个店面。我们知道，定位矩阵是一种简化。注意，我们感兴趣的策略是可以持久的策略。比如，Tiffany现在可以在网上购买，但它在价格上依然脱离大众市场，使得它对于大多数消费者是遥不可及的。

7. 更多营销策略的信息，参见以下教授的成果：George Day（Wharton）、Shelby Hunt（Texas Tech）、Robert M.Morgan（U Alabama）和James Twitchell（U Florida）。

Chapter5

第5章

产品：商品和服务

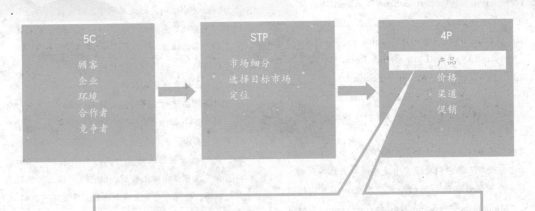

营销框架		
5C	**STP**	**4P**
顾客	市场细分	产品
企业	选择目标市场	价格
环境	定位	渠道
合作者		促销
竞争者		

- 什么是产品？
- 如何区别商品与服务？为什么这些差异对营销人员很重要？
- 市场支持为企业提供了哪些核心要素？供给的核心要素有哪些？产品定义如何帮助我们确定竞争对手？

5.1 什么是产品

我们用"产品"作为表达商品（例如鞋子、汽车、公寓）和服务（如健康服务、信息、博物馆旅行）的通用术语。我们将讨论如何区别这些产品类别以及必要时进行产品差异化的方法。不过，不管是做瑞登巴克（Orville Redenbacher）爆米花还是洛斯影城（Loews Cineplex）[1] 连锁店的品牌经理，基本的市场营销目标都是相似的。[2]

> 产品是：
> • 商品和服务；
> • 4P 的组合；
> • 顾客与企业之间交换关系的组成部分。

有时候，"产品"这个词包括的范围更为广阔，它指的是整个产品形象，即所有的市场提供物，不仅包括产品本身，还包括产品价格和品牌形象，等等。产品、价格、渠道、促销，4P中的每个元素都有许多细节需要考虑，所以我们会分别加以学习和讨论，但是4P的执行是一个整合性的过程——它需要每个元素都处在合适的位置，传达出整体一致的产品信息，才能吸引顾客。

产品是4P的核心，是客户最终要购买的东西。例如，司机们购买沃尔沃汽车，买的是安全感。安全是汽车的一种修饰成分，而汽车是基本产品。沃尔沃的工作是创造出良好的产品特征，这是其将产品打造成汽车中的安全品牌必不可少的条件。

本章我们将介绍产品的特征，然后将它和服务相比较，而在描述绝大部分购买行为的时候，我们将其看成二者的结合。购买中的核心元素，我们称做"核心产品"，基于核心产品的之外的部分，我们称做"附加产品"。

我们将讨论企业如何通过强调这些附加产品的价值来确定自己的目标市场，以及公司定义如何随着时间的推移而发展。最后，我们将讨论产品线的广度和长度问题。在下面的两章中，我们将讨论品牌，新产品和产品生命周期。

5.1.1 交换中的产品

在企业眼中，产品是可以让他们的顾客受益的东西。交换是营销学的核心——企业向顾客提供产品（比如航班），顾客给以回报（支付费用）。消费者和企业都在寻找某些有价值的东西，都在进行交易。企业可以把产品包装得更加光彩夺目（例如航班时刻表更准确，飞行时间点更频繁），消费者当然也可以包装自己（例如尽量表现忠诚，经常购买和向同事推荐等）。当然了，企业也可以减少产品包装的吸引力或者没有吸引力（例如通过提高票价，裁员，提供劣质的客户服务），消费者也可予以应对（例如，出现要求很多的顾客，要求在标准化、批量生产的快速服务中得到定制化关注）。

对于交换，有以下几类问题需要关注。首先，顾客想要什么？某些顾客寻求价值和低价格，而某些顾客寻求优质，但"价值"和"优质"对你的产品和行业意味着什么呢？还有一些客户寻求特定的产品品质，或者相当奇特的功能和利益。这些有关顾客需求的问题，可以通过某些市场研究技术得到解决（见第13章）。

交换的另一个问题在于，到底企业最适合提供给顾客什么。公司的价值主张是什么？这个企业在市场中的地位如何（它是什么），公司未来想要怎么演进（它想要的），在企业能力和顾客需要之间，是不是有一个最优化的交集？理想情况下，市场应该提供明显的差异，因为货物本身无法获取持续的竞争优势。这些正是企业和营销策略的问题（见第14章）。

营销人员早已认识到，要把短期购买交

易关系转变成长期关系营销。这一理念可以在以下这种话中得到反映："培养一个新顾客比维持一个老客户要多花费6倍的成本。"一个关系交换的重复性质始于客户满意度和忠诚,这种互动用来加强于客户关系管理和数据库营销系统,以取得成果(见第12章)。

5.1.2 产品类型

营销将顾客购买的产品类型进行区分。从第1章可知,对产品分类有三种:方便购买、商场购物和专业购买。其区别在于顾客的介入度,而不是产品本身固有的特性。例如,购买牙膏,当购买者无意识地将常用的牙膏品牌扔到购物车中的时候,可能就是方便购买;当顾客考虑选择新品牌时,也许就是商场购物;当购买者看到一种很贵的牙膏品牌,说明书写着保证使牙齿变白,而购买者会在购买决策之前详细研究这个产品,这应该是专业购买了。对于B2B企业,类似的分类是直接重购、修正重购和新购。这些采购类别之间的主要区别在于购买者思考和参与的程度。方便购买和直接重购是公认的不经过大脑的购买行为,相应地,市场营销人员面临的挑战是要打破这种无思考的模式——用你所掌握的信念动摇消费者,消除白色噪声(white noise clutter)。另一个极端是专业购买和新购,这种购买情况买方参与度高,因此,营销人员面临的挑战是说服买方选择他的品牌。

后面的章节中,你会发现品牌类别和目标细分市场决定了你将选择的营销活动类型。例如,对于低介入度购买,你可以期待你的客户对价格更敏感。当然,在进行购买时,如果顾客面对的是真的很喜欢或想要的产品(例如,最新的技术小工具或时尚配件)、期望着高品质的产品(例如,一间四星级酒店客房)或认为重要的产品(例如,专业化地照顾孩子),顾客将愿意付出更多成本。

还要考虑忠诚度的影响。营销人员可以不管顾客的参与程度创造一些这样的方案,但是他们会采取不同的形式,例如对于低介入度购买的价格折扣,对于高介入度的产品和品牌开展的品牌社区、事件营销。对于低介入度购买行为,顾客满意度或许很高,但不要期望顾客会形成口碑效应——他们不会关注很多。相反,对于高介入度购买行为,会有很忠诚的跟随者、高满意度的顾客及狂热喜爱者。

对于分销渠道,我们会发现,低介入度产品必须是到处都可以买到,这样顾客会不假思索地购买,而高介入度产品则需要更多的顾客活动才能找到。

促销也和顾客的介入度有关。对于低介入度产品,营销人员只是希望得到足够长时间的客户关注,成为在客户心中绝对熟悉的品牌。随着高介入度购买,客户渴望营销商提供更多的信息。

除了关注介入度,产品分类的方法还有很多。接下来继续讨论。

5.2 如何区别商品与服务?为什么这些差异对营销人员很重要

一些营销人员强调商品与服务的差异性,而另外一些人则认为"市场营销就是市场营销"——不管你是卖牙膏还是提供法律服务。我们兼顾以上两种说法,本书将重点关注产品和服务的相似点,以方便读者学习和理解。但是,在市场营销中,产品和服务确实存在一些策略、概念及战略方面的区别。在这里,甚至在全书中,我们都会介绍产品和服务的差异性,只要这种差异性对市场产生了影响。

5.2.1 有形性

当营销者谈及商品和服务时,他们将其作为一个统一体。如图5-1所示,某些商品看起来只是单纯的商品(比如牛仔裤睡衣和DVD),某些服务也是纯粹的服务(比如咨询和摇滚音乐会），另一些产品则是商品和服务的结合（比如汽车出租）。关键点似乎是购买对象的有形程度。当你购买牛仔裤，你能从商店拿回家的是实体的东西；当你去一场摇滚音乐会，那是一次很酷的经历，从音乐会出来时，也许你已经变了一个人，但这些变化对于其他人不一定可见。或者在咨询时，你可以得到一些建议（也许它被写在一张纸上），但大部分是你必须付钱，别人才会和你谈。这些是无形的。

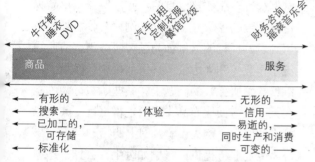

图5-1　商品到服务的连续统一体

5.2.2　搜索，体验，信用

商品到服务的连续统一体（goods-to-services continuum）与搜索（search）、体验（experience）和信用（credence）有关。搜索特征是指那些在购买之前，在顾客获得更多的竞争产品信息的阶段，就可以被评估的产品属性。例如，当你去百货公司买袜子时，你看着一双袜子，在购买之前你就可以判定是否喜欢——你可以看到颜色、价格以及材质，你可以想象穿在自己的脚上的感觉。

体验特征是指在给出评价之前你需要试用或者经历一次。如果朋友向你推荐一个新餐馆，你应该会信任朋友并且希望自己也会喜欢这个餐馆。但是你还是要亲自去一趟，感受一下的环境和服务，尝一下它的食物，然后你才可以判断满意还是不满意。

信用特征很难判断，因此最好的办法是选择长期信任——你只需要信任或相信产品的质量是好的。当你离开你的心理治疗师的办

公室，他的治疗真的让你的情况改善了吗？访问脊椎神经科医师有效吗？有时候，信用意味着我们怀着纯粹的希望，大步向前（例如，我们希望技工修好我们的汽车，而不要告诉我们有什么新的问题）。美国化妆品大亨Charles Revlon概括得很精辟："在工厂里我们制造化妆品，在商店里我们销售的是希望。"

产品由搜索和体验特征决定，而服务主要是由体验和信用特征组成。这些区别导致了一些市场影响。例如，相对于给咨询意见定价，给一双袜子定价很简单。既然如此，咨询师们往往希望采取一些营销行动暗示客户：他们的服务是值得信赖的。

我们注意到，袜子和咨询的情况不同，但并不代表商品购买行为简单，而服务更加复杂。美国和全球经济的发展很大一部分来自于汽车类产品的推动，这就是一类很复杂的商品。笔记本、耐用品、飞机和医疗设备就是类似的复杂而有形商品，餐馆、宾馆和信用卡是相对简单和标准的服务产品。

认为商品和服务是连续统一体的一个原因是这些差异比较模糊。例如，苹果公司销售一台笔记本，他会在卖出产品的同时附带送上超值客户服务包。又如当顾客购买类似牙膏的简单商品时，拥有更白的牙齿这个无形的优势是否更具吸引力？

5.2.3　易逝性——生产和消费的分离性

服务在其他方面与商品有所不同：服务是生产与消费同时进行。当商品在生产后通过分销渠道到达终端时，大部分服务是顾客现场生产和消费的。例如，你必须到理发店现场理发。这种生产和消费的不可分离性，不可避免地导致更多的易逝性服务。

淡季时航班的空余座位，并不能补偿给旅游旺季的客运高峰的需求。同样，时间也是没有弹性的。如果你是一个税务顾问，你在8月的空闲时间不能投入4月初的繁忙工作中。这种易逝性要求营销人员必须使需求平衡，在定价[2]那一章我们再详细讨论。

生产和消费的不可分离性也影响顾客与服务提供者的互动。例如，排练百老汇戏，在排练过程中提供的服务与在演出时间所提供的服务大致相同，但是观众在演出现场爆发的笑声，给予掌声，能使演员更具有活力。从生理角度看，肾上腺素和荷尔蒙的作用使在现场观看变成另一种体验。相互作用随环境和社会规范的过程而不同。一个乐团在大礼堂表演时，一般情况下不希望有笑声和掌声，只能在音乐适当的休息时给予掌声。太早的掌声是不尊重表演者的，其他观众会皱着眉头指责。[3]

5.2.4 可变性

商品和服务的最后一个主要区别是服务更具可变性。商品制造商可以设置产品标准，比如摩托罗拉公司的"6σ"（即每百万产品只能允许出现三个或四个错误）。对于一个服务提供商，比如按摩治疗师，不同的顾客的体验不同，甚至时间分配会不同。或许你的朋友极力推荐这个理疗师，但是你也许喜欢比这个理疗师提供的稍微深一点或者浅一点的按摩。即使你找到一个很好的信息理疗师，也许某一天你怀有情绪，或者这个理疗师注意力涣散，有人身攻击倾向，以致让你感觉很不愉快。体验的异质性主要是由服务的人员因素导致的。服务交换关系发生在顾客和服务提供商（即代表企业）之间。你和接待人员有着不同且在不断变化的需要和能力，因此顾客与服务的互动过程中有时会卓有成效或者令人沮丧。

自助服务在许多行业很流行，也就是顾客和技术的交互，例如银行、机场办理登机手续和处方药的替代品。[4]这种营销交换关系发生在人与机器之间，通过设备标准化，降低服务接触点的可变性。可变性有好有坏，坏的可变性包括系统（例如很糟糕的客户服务）、物流以及人力资源的故障。营销人员总是试图降低这类可变性。相反，好的可变性包括根据顾客个性化需求定制服务，这能提高顾客满意度。自动化服务通常减少容易出错的不良变化。随

着时间的推移和当菜单变得更复杂时，选择会更多，可变性也可以增强（至少相对于会使用该技术的顾客而言）。

5.2.5 以后的产品和服务

无形性、搜索\体验\信用特征、不可分性和可变性，组成了商品和服务之间的基本差异。纵观全书，在谈到营销问题时，我们可能适时引入以上种种概念，尤其是在有关广告（例如在广告脚本中设置明显的期望）、品牌（例如针对服务接触点的可变性特点，用品牌传达一致的形象）、定价（例如在收益管理中用到它）、物流（例如为顾客服务创造清晰的流水作业）和人力资源（例如授权一线员工，以便恢复服务）的问题上。某些购买行为可能在无形性方面比商品或服务走得更远，其中包括专业服务、购买体验、网上购物。

专业服务提供商（例如医生、会计、建筑师等）需要了解有效营销是多么重要，他们时常需要营销咨询机构或人员帮忙确定办公场所建在哪里，以及如何找到患者或者客户。他们愿意为这些营销建议付费，因为他们清楚自己需要一个良好的职业形象。精明的专业人士已经了解，在黄页上刊登广告远没有直接开辟他们的个人和商业网站获取的新老客户更多。因此，他们可能会举办派对或者"客户答谢"早餐之类的活动。专业服务提供商首先不愿意推销自己，但体验促进了竞争和愿望优势，从而让他们更好地理解市场营销。现在越来越多的职业学校提供业务技能和营销课程。在本书中，专业服务是很好的代表。

对于体验营销，正如去博物馆，与其说是一种服务，不如说它是一种体验（而且比服务更无形）。对于体验，营销人员有着和对服务一样的担心，但是体验购买强调的是体验要素。例如，像耐克城（Niketown）、索尼店和美国丫头（American Girl）娃娃店，他们在销售商品的同时也提供一种购物体验。太阳马戏团（Cirque du Soleil）承诺，这里不是一个马

戏团的杂技表演，而是"一种独一无二的体验"。大众公司（Volkswagen）的透明工厂提供的多媒体节目、现场演示、自制展品、虚拟测试驱动器、汽车配置程序以及购买汽车交付的互动。即使是简单的商品，也越来越注重体验行动：德芙（Dove）的巧克力饼干给出的承诺是"饼干中最好的巧克力体验"。

最后，如果没有网上购物，我们会在哪里？也许我们的购物中心很兴旺，但是当凌晨3点钟睡不着时，穿着睡衣在家里购物是最方便之举。在网上比较产品属性和价格比人工智能机器人购物还要简单（详细请见后面的章节）。在线购物包括商品和服务，有形的和无形的，这本书中的所有营销主题都谈到了网络元素。

5.3　市场支持为企业提供了哪些核心要素？产品定义如何帮助我们确定竞争对手

有营销者说，我们消费的每一件东西都是由一部分商品和一部分服务构成的。也许只有像煤、小麦这样的原料才算是纯粹的商品，其他的都是经过加工的，而加工过程应该称为一种增值服务。所以，有一种思路，就是检查商品和服务的比例，并考虑核心业务和增值服务业务部分。如图5-2所示，它

描述的是一个酒店。对于酒店，房间、清洁和安全是其核心业务，是企业的基本业务。作为酒店业务，该公司的质量越好就越有地位，因为这是客户的期望。酒店的增值服务就是该酒店用来区别于其他酒店的服务，例如，它会宣称和竞争对手相比，它的入住流程更为快捷和流畅，床更为柔软，SPA服务更是独一无二。

当我们谈到顾客满意（见第12章）时，我们会看到，对于一个服务提供者来说，这些核心要素与增值要素之间还有另一个区别。核心要素是可以预料的——它们是特定的。即使这些核心要素很好，在顾客的眼中，企业也不会获得更多的分数，顾客也不会在朋友面前赞美这个品牌有多么的好。但是如果这些核心要素不符合规格，例如酒店的房间不够干净，就会引发顾客不满意。相反，营销人员可以通过好的或者符合规格的增值服务，比如酒店房间里的豪华设施，影响顾客满意度。企业可通过增值服务竞争。例如，星巴克以提供无线上网服务而闻名，星巴克咖啡的核心顾客群处于25～40岁。经过长期的市场调研，星巴克发现这个核心顾客群每月平均来星巴克喝18次咖啡。考虑到越来越多的年轻顾客会带笔记本电脑来喝咖啡，2002年8月星巴克推出服务策略，在1 000家门市提供快速无线上网，顾客使用笔记本电脑或掌上电脑等数码设备可以在店内无线上网。虽然看上去核心和增值的概念简单易懂，实际上并非如此。企业在确定

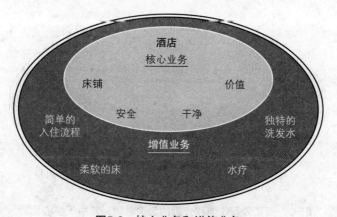

图5-2　核心业务和增值业务

其核心业务时，会有"近视症"，往往只是着眼于产品供给物（比如销售笔记本），而忽略了他们真正的目标是向消费者提供利益和价值（比如提供IT解决方案）。当业务进展得很好的时候，没有问题。但随着网站越来越多的提供软件和存储，终端特定的配置变得不那么重要的时候，如果企业只关注它的笔记本，看不到笔记本未来发展的趋势，那么该企业很快会停业。这个企业的业务越广泛，它就更能站在为客户开发软件平台的前沿。

不过，企业可能会犯另一个错误，即把核心业务界定得过于抽象。例如，许多酒店经营者不再声称他们只是提供住宿，现在他们宣称自己是最好的旅游供应商。涉入更广泛的领域，酒店公司就卷入了更具激烈的竞争中。因为供应商（如航空公司和旅行社等）想保护自己的领地，为了绕过这一领域，连锁酒店运营商需要和这些运营商合作，成为B2B企业，使合作者在住宿上对其形成偏好。

5.3.1 动态策略

当产业改变或者公司的能力要求改变时，核心业务也会改变。例如，以前，维多利亚的秘密（Victoria's Secret）业务的70%由服装带来，但现在改由70%的非服装（美容，化妆品，香水生产线）带来。当生产和销售的比例和比重发生了演进，问题出现了，如何适应：我们的业务是什么？我们想

提供给顾客的利益和价值是什么？我们的竞争对手是谁？如果维多利亚的秘密给自己的定位是内衣部门供应商，那么它的竞争对手就是百货公司的内衣部门；如果它将自己视为对美容和香水产品供应商，它的竞争对手是百货公司的化妆品部门。

体育是一个巨大的商机。这个产业的核心服务和辅助服务也区分得很明显。核心服务也许是球类比赛，但是增值部分是在球场或者在电视机前或者在网上收看的体验。表演队的表现很鼓舞人心或者并不如意，但是家庭或者朋友会有很充实的消费体验。就范围而言，把竞争界定得广泛一些会比较明智：当这支球队在和联盟的其他球队竞争时，营销人员正在与其他运动和其他形式的娱乐项目竞争，如电影和家庭周末游的商品总价。核心和增值的区分有利于评估哪些是公司级的业务。图5-3描述了百事公司多年来的扩张和收缩情况。企业成长和扩大是投资者所期望的事情，实现这个目标的一个普遍做法是收购。百事公司收购了必胜客（Pizza Hut，1977）、塔可钟（Taco Bell，1978）、肯德基（KFC，1986）。但现实是，这些业务的成绩并未达到预期效果，并且很难运作。百事公司将他们剥离出来组成百胜全球餐饮（1997）。这件事情让百事公司知道，餐饮业成功与饮料业的成功所用的技能略有不同，百事认为应该将重点放在其核心优势上。

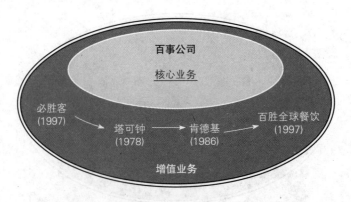

图5-3 百事公司收购和分拆的经验教训：集中于核心优势

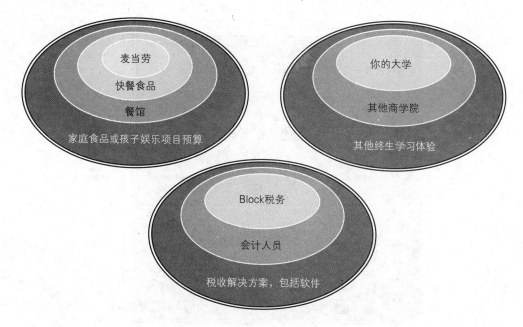

图5-4 我们的业务是什么？谁是我们的竞争对手？

公司核心业务的界定类似于公司的使命陈述。当公司宣称，它是一家广告公司，是这样么？准确地说，你到底擅长什么？你和其他做广告的有什么不同？"我们是一个整合客户网络交互和有针对性地展开邮件营销的广告公司"则更贴切。

图5-4展示了在顾客的心中，广泛的竞争该如何界定。很重要的一点，当我们计算市场份额时，品牌经理不要把竞争范围界定得过于狭隘。麦当劳不仅仅和汉堡王、橄榄园西餐厅竞争，所有的当地的食品和家庭娱乐产业都是它的竞争对手。H&R Block税务是全美最大的一家报税公司，但是H&R Block公司不仅是世界上最大的税务服务提供商，而且是全面综合的金融服务公司，它在美国拥有12 000多个办事处。

5.3.2 产品线：广度和深度

当企业扩大范围，不仅包括某个具体的品牌，还有更大的组合形式时，所有与产品相关的问题都会变得很复杂。管理者认为，一个产品组合包括几条产品线，而每一个产品线的广度和深度都会发生变化。在图5-5中，我们可以看到公司1有两条产品生产线：保健品和美容产品，其中美容产品有些深度；作为比较对象，公司2的产品线宽一些、浅一些。当然，这些设定条件是偏主观的；公司3有三条产品线，但他们都可能被定性为在健康食品商店提供的有机线。

当品牌经理的主要职责是集中于产品线时，监督产品线的经理必须监督整个投资组合的情况。如果客户感觉品牌之间或产品线之间没有区别，产品线可以采用修整性策略；如果公司自认为有生产出顾客认为有价值的东西的能力，特别是如果公司可以制造优于竞争对手的新品牌或产品线时，可以采用补充性策略，这个将在第14章讨论。

当经济情势很好，并且公司当前在市场的产品和品牌财务状况良好时，公司可尝试着通过改变产品线广度或者深度的方向，将优势转移到更多的产品上。这种做法是可取的，但在许多情况下，即使被告知要做多样化的投资，将鸡蛋放在同一个篮子里也是很明智的做法。毕竟，品牌是一种投资。

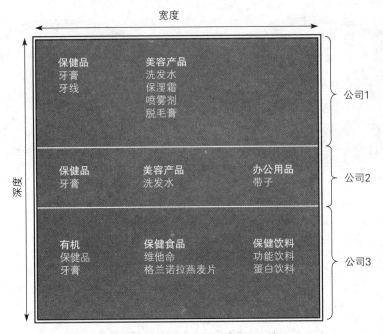

图5-5 产品线：广度和深度

图5-6展示了如何服务不同的细分市场。一个公司可以寻求优化服务于专一顾客群，也可以多元化，给不同客户提供多样化的产品。

但是，请记住，不要贪婪。从市场细分可知，不要试图为所有客户提供所有产品。这方面同样需要注意。在广度或者深度上扩展商业企业，需要做得明智，需要从战略的角度考虑问题。新推出的产品符合当前的品牌\企业定位吗？如果不符合，在不稀释已有定位的条件下，该品牌是否可投向不同的目标细分市场？在下一章我们将继续讨论这些问题。在第6章，我们将讨论许多涉及品牌建设的市场营销问题。在第7章，我们将看到新产品投放市场，以及这些产品是如何适应产品生命周期的。

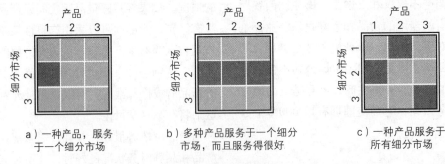

图5-6 产品线策略

注释

1.感谢Melissa Bishop（UT Arlington）、Adam Duhachek（Indiana V）、Mary Gilly（UC Irvine）、Harry Harmon（U Central Missouri）、Charles Hofacker（Florida State）、Ann Little（High Point U）、Tracy Meyer（UNC Wilmington）、Chip Miler（Drake U）、Anthony Peloso（ASU）和Donald Shifter（Fontbonne U）睿智的评点。

2.在下一章我们会讨论联合和品牌的机遇。

3.定价是4P中营销人员用来控制收益管理最简单的。

4.在学习时，最容易区分的是黑和白。但真正的世界往往是灰色的。所以，即使服务相对于商品更具易逝性，某些商品又比另一些商品更具易逝性（比如香蕉和喷气滑雪器材）。以后，当为了争取其他预期目标时，也许产品比现在更具易逝性。例如针对顾客的需求，包括很少库存的JIT传送系统。

5.参考Gian Marzocchi和Alexandra Zammit（U Bologna）、Neeli Bendapudi（OSU）、Roland Rust（Maryland）、MaryJo Bitter和Amy Ostrom（OSU）以及Paul Bloom（UNC）的研究。

品牌

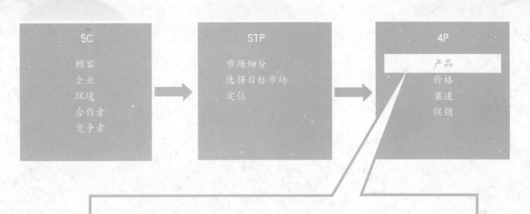

营销框架

5C	STP	4P
顾客	市场细分	产品
企业	选择目标市场	价格
环境	定位	渠道
合作者		促销
竞争者		

- 品牌是什么？我们为什么要做品牌？品牌的功能是什么？
- 什么是品牌联想？
- 商品和服务的品牌战略是什么？
- 我们如何评估品牌资产？

6.1 品牌是什么

可口可乐、迪士尼、通用电气、IBM、英特尔和微软公司，听到这些名字，你会想到什么？这些都是商业杂志通常认定的全球顶级品牌的代表。[1]

市场营销人员为什么关注品牌？如果品牌真的这么好或者这么重要，那么我们如何操作它？可口可乐和迪士尼的品牌战略为什么如此强大，有什么不同之处？

上一章我们讨论了商品和服务。本章我们将不再讨论产品的类别，我们来讨论产品的品牌化：不是皮鞋，而是Fendi、Gucci；不是汽车，而是法拉利、奔驰；不是高级公寓，而是川普大楼。服务也走向品牌化，例如，世界上最有名的四家会计师事务所，即德勤、普华永道、安永和毕马威，还有麦当劳叔叔之家的医院支援服务。

市场营销人员认为品牌的价值远远高于产品自身价值。可口可乐不仅仅是一个家喻户晓的名字，还有更为深刻的含义——每当你听到可口可乐这个名字，你的脑海里会出现可乐的瓶子、它的标识、红色、还有它的广告。因此，一个品牌首先是以一个名字出现的，但它不只是一个名字——这是一个与名字特性相关的投资组合。

企业可以决定某些与品牌名称相关联的特性。正如可乐瓶一样，每个企业的产品形状和包装都各有特色。例如，想象一辆与众不同的雪佛兰Corvette，iPhone简洁的设计线条和摩托罗拉的RAZA手机。一开始，标识可能只是一些有固定含义的形状和符号，慢慢地，标识会和品牌联系在一起，继而成为快速记住该品牌的代码，例如耐克的旋风和麦当劳的金色拱门是全球知晓的标识。有些品牌和颜色紧密相关，例如，百事可乐和联想的蓝色，华伦天奴（Valentino）的红色和香奈儿（Channel）的经典黑白。

除了名字和其他有形的产品特性，附加的关联元素可以提升品牌形象和加强顾客的印象。有些元素是由公司提出的，但是与品牌关联较少，例如一些广告歌、标语或者公司挑选的代言人。企业希望，当你在杂货店时，这些脍炙人口的广告歌能留在你的脑海里，或者通过标语传递一个企业的使命和目标，或者由于公司的品牌代言人受众人敬慕，顾客会通过购买其代言的产品模仿他们（例如，兰斯·阿姆斯特朗）。

专|栏|6-1　DREK

广告公司不断扩大规模，以获取该品牌的功能性和象征性的价值。

• Young和Rubican认为，品牌应有助于与竞争对手区别开来，给顾客提供相关利益，获得顾客的好评（顾客喜欢该品牌），而且顾客应该熟知该品牌。是的，他们使用缩写词DREK代表上述意思。也许他们不是伟大的营销大师，但是这个标准提得很好。

• 全球领先的市场调研公司明略行公司（Millward Brown）尝试从认知、相关度、表现（品质）、优势（竞争定位）和债券（顾客喜爱度高）方面增强其品牌。

不要被缩写词或者以上的名目吓晕了。这些都来自基础原理（会在有关顾客购买决策和广告的章节中讲到）：顾客需要认知（有一些品牌知识），试用（支付能力，可接触到），偏好（喜爱度），购买行为（重复购买者，口碑效应）。而且，如果营销管理者很幸运，很高的品牌偏好代表着顾客强烈的忠诚度。

某些隐性的关联元素则超乎了企业的控制范围。例如，也许在你小的时候，妈妈习惯用可口可乐代替麦根汽水来做冰淇淋花车；或者每场比赛结束后，你的足球教练给全队成员准备冰镇可乐；但是在大学的派对上，当你选择可乐而不是啤酒时，会被人取笑为不入流的家伙。企业不能完全控制这样的一些元素，但是企业可以保证自身向外发放的信息是积极和无懈可击的。

6.1.1　品牌名称

品牌最初是一个名字。某些市场营销人员认为，品牌是一个符号，但是首先它是一个名字，否则你怎么通过雅虎或者黄页来点击或注册？当然，不可否认的是，在传播过程中所有的单词都是符号，某种情况下品牌也是符号。某些品牌名能立即向受众传递信息，例如奇客（Geek Squad）就是一个为计算机随时提供技术服务支持的品牌名字。[2]其他的品牌名称会暗示他们的特色，例如，可口可乐暗示它的原始配方，摩托罗拉的RAZR代表它的超薄造型，iPod想必是意味着"我的音乐快取缓存区"，而耐克被命名为穿着运动鞋的希腊女神。

许多企业和品牌以创始人的名字命名。虽然这样的品牌名称没有特别的含义，在营销上也没有多少创意，似乎只是创始人的自吹自擂，但是使用创始人的姓氏作为品牌也不是很不好。正因为这样的品牌名自身没有明确的意思，所以它们能够很好地转化为整个企业的其他品牌。例如，世界知名的法拉利是一家意大利汽车生产商，主要制造一级方程式赛车、赛车及高性能跑车，1929年由恩佐·法拉利（Enzo Ferrari）创办；德国保时捷汽车公司的创始人是费迪南德·波尔舍（Ferdinand Porsche）。随着时间流逝，没有人记得这些人，但是顾客记得这些企业后继生产的车。

6.1.2　标识和色彩

当一个品牌进入市场时，除了品牌名本身

包含的信息量，品牌内涵在企业与顾客的沟通、交流中逐渐积累。如果培养顾客对品牌内涵的理解很重要，那么帮助那些原本意义抽象的标识和符号在市场中传播也很重要。品牌名称是从字面上吸引顾客，而标识和包装色彩是从视觉上吸引顾客。

图6-1给出了一些广告执行的例子，因为你已经很熟悉品牌的包装，它们只是作为简单的识别。这些标识虽然过于抽象，但已被受众熟悉。例如，《纽约时报》（*The New York Times*）的字体就发挥了足够的识别功能。[3]图6-2展示了另外一组具有同样特征的品牌名称：EBay的色彩、Intel的下标和花旗集团标识上面的弧线，有些标识从视觉上暗示了该企业的业务经营范围。例如，艾德熊（A&W）和黑啤露的图片，以及迪士尼字体上的魔幻王国城堡图片。相反，某些标识不能清楚地向顾客传递信息。在图6-3中，中国电信、中国移动分别推出了3G业务品牌"天翼"和"G3"，这两个品牌标识都体现出了3G，在设计上也体现出上网速度快的特点。再来看中国联通的品牌"沃"。联通3G全业务品牌名称就是之前流传的"沃"，英文则是"WO"，品牌标识没有明显的3G的字样。对于这个"沃"字，相对来说，无法和3G通信业务有更多的关联。

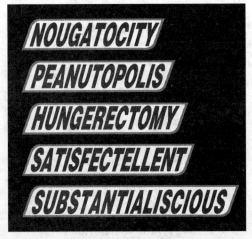

图6-1　通过色彩和字体看品牌熟悉程度

© AP Images/PRNews   © AP Images/   © AP Images/
Foto/eBay,Inc.   PRNewsFoto/SAP AG   PRNewsFoto/Citibank

图6-2 品牌名称和标识

中国移动的3G标识 "G3"

中国电信的3G标识 "天翼"

中国联通3G标识 "沃"

图6-3 品牌名称和用符号作为标识

© AP Images/PRNewsFoto/   © AP Images/PRNewsFoto/
Metro-Goldwyn-Mayer Inc.   Paramount Pictures

© AP Images/PRNewsFoto/Universal Studios Partnerships

图6-4 品牌名称和抽象的符号标识

有些品牌的标识太过抽象。例如图6-4中展示了娱乐行业的三个标识：米高梅公司（MGM）的雄狮造型，不是动物园的广告；环球不是提供天文学课程的公司；派拉蒙也不是提供登山设备的企业。不过，随着时间推移，通过学习和观察市场，这些标识也深入人心。还有其他的例子，例如本田汽车的"H"标识，或者肯德基的那张已故上校的愉快的照片；美国在线（AOL）服务公司的旋涡图案意味着一种网络连接；宝马的标识被蓝色和白色环绕，代表该公司的飞机发动机的起源（白色是螺旋桨，蓝色代表它后面的蓝天）；法拉利跑车的标识很像马，大概是描绘马力。

经过数十年风雨依然存活的企业，它的标识必须适应时代的变迁。图6-5展示了英特尔、腾讯和柯达公司换标过程。英特尔之所以换标，主要是因为公司的业务范围已经不仅仅局限在处理器领域，英特尔希望借换标向外界表达英特尔不再是单一产品的提供商。腾讯公司解释换标原因是，经过8年的发展，原标志不足以体现腾讯品牌的全部内涵，而企鹅的外围之所以有三色轨迹线，是指腾讯的各个平台之间要形成有机的互动连接，为用户提供真正一体化的网络服务。新标志体现的是公司全新的"在线生活战略"。对于柯达换标的原因，柯达公司对表示新标识体现了柯达向多元化品牌形象转变的最新发展，也反映了柯达已经成为跨多种行业的数码影像领导者。[4] 你喜欢这种改变吗？这个有关系吗？你会因为标识的改变而放弃对这家企业的关注吗？也许不会。企业通过品牌名和标识与顾客交流："这就是我们。这就是我们的样子。"

腾讯换标（右边是旧标识，左边为新标识）

英特尔换标（右边是旧标识，左边为新标识）

柯达换标（右边是旧标识，左边为新标识）

图6-5　标识的修正

6.2 为什么要做品牌

某些学者声称，现在出现了品牌反弹（branding backlash），品牌化在下降。显然只是少数人这么认为。美国国家专利和商标办公室公布，每年有超出100 000的新品牌诞生。同样持反对观点的专家指出，美国的品牌忠诚度在下降，但是品牌化支持者认为这个趋势并不就代表着品牌不重要。确实，综观所有的现实，我们有一个假设，新品牌的激增意味着品牌变得越来越重要。企业要做的就是竞争顾客心中的品牌地位。

那么，我们为什么关注品牌名称、标识和色彩呢？因为品牌会向顾客传达信息，就像品牌名称代表了公司的生产和所有权。[5]例如，当Sony把它的名字印在DVD播放器、电视机或者音乐设备上时，那代表着索尼为提供这些产品而自豪。顾客在购物过程中想到这个品牌名称，认为"索尼是个好品牌"。那么，索尼生产的所有产品都将会贴上好品质的标签。

品牌的建立以被购买的产品的可预见性为基础。如果某些苹果电脑很好，而另外的却很差，想让顾客重视这个品牌就很困难。不良行为会降低品牌的声誉，所以市场营销人员的目标是创造可信且高品质的产品。当然，苹果电脑有着狂热的粉丝，因为它不仅仅是做得很好，应该称得上完美。[6]

如果品牌名称是可靠品质的保证，顾客的购买决策制定就更为简单。顾客选择市场上提供的产品时，感知风险就少一些——好品牌的产品会被列入最好的一列。从财务角度来看，风险是检测可变性的一种方式。可靠性说明了产品性能的连贯性和可预测性。可靠性是一个信号，表明了产品性能一次又一次地接近质量标准。如果随着时间流逝和针对不同的顾客，产品性能几乎没有变化并且保持着高质量，那么品牌已经成了一个已知的实体，顾客可以依靠它来判断产品预期的性能。

有些品牌还是社会地位的象征。一旦知名设计师设计了新款的手袋和手表，市场上很快就有对应的假冒或仿造产品出现。之所以有这种现象出现，是因为有些人觉得能够拥有这些实在是太帅了，但是这些产品的价格往往超出了很多顾客的支付能力。奔驰和宝马也生产低档次的汽车，是考虑到那些年轻而小有成就的人的需求，他们只想花尽可能少的钱与这个品牌沾上点边，证明他们创造的世界。这些品牌的威望有助于顾客改善或加强自我形象。

品牌能给顾客带来好处，当然也会给企业带来收益。好的品牌会带来忠诚度。[7]重复购买是因为惰性，即顾客对品牌的熟悉感（品牌名称、包装、标志、色彩）。如果这个品牌是高质量的且很可靠（没有风险），品牌选择就很简单，顾客不会在品牌选择和购买决策上考虑很多。重复购买和真正的品牌忠诚度是一个铭记的过程，因为顾客喜欢这个品牌，所以记住了这个品牌。当购买使顾客满意了，品牌的卓越形象就会深入人心。

> *做品牌是顾客与企业双赢的过程。*

|专|栏|6-2 为什么要做品牌

对于顾客	对于企业	
1.品牌传递信息	1.品牌增强忠诚度	4.品牌协助市场细分、目标市场选择和市场定位
2.品牌暗示品质的一致性	2.品牌控制获得溢价	5.品牌助长渠道伙伴的支持
3.品牌降低顾客风险	3.品牌预防企业的一些竞争行为	
4.品牌使购买决策更为简单		
5.品牌赋予产品某种地位		

如果品牌代表一致性，那么在服务市场上建立品牌是个挑战。有些服务可以标准化，所以想在酒店连锁、航空公司甚至餐馆行业创建品牌，和有形产品创建品牌的程序是一样的。但是，因为顾客和第一线的服务提供者之间的交换关系，有些服务是异质的。

• 为了提高可信性和品牌化，服务提供商选取素质高的应聘者，对他们进行长期培训，以确保他们向顾客提供一致的交互服务。

• 一致性的客户与员工的互动，如果是加强培训，包括对服务交付过程严格规范，并在另一面为恢复服务提供明确战略。

• 绘制流程图客户体验，并注意到在这一过程中的每个点的各种指标。可以帮助诊断可能有问题的部件，使设计更为成熟（在第12章我们会更多地讨论流程图）。

令企业欣喜的是，大部分顾客愿意为看重的品牌支付溢价。因为顾客太在意品牌的可靠性、高质量和社会地位，以致他们对价格不太敏感。即使要他们多支付一点也情愿，毕竟得到的是好品牌。企业也可以用品牌（或他们品牌的变型）向不同的细分市场提供不同的产品。例如，保时捷911的销售对象是家庭收入超过30万美元的52岁以上的男性，保时捷的Boxster则是为稍微年轻的男性和更多的女性准备的。

一个品牌名称应该如何暗示品牌品质和一致性、降低购买决策风险、培养顾客忠诚度、获得社会威望和高定价？品牌联想可帮助定义顾客心中的这些品牌形象。品牌联想来源于企业投放到市场上的广告和传播，顾客对品牌、拥有品牌的企业和竞争对手品牌的体验，和其他顾客与该品牌的一些故事。所以我们来看一下品牌联想的相关知识。

6.3 什么是品牌联想

如果品牌最初只是简单的物理特性（名字、标识、色彩和包装），认知联想和情感联想是一个品牌更为有趣的方面，它们帮助顾客与品牌产生联系。[8]市场营销人员经常谈论品牌联想的层次体系，第一层是具体的产品属性，比如色彩、规格、形状和口味；第二层的品牌属性延伸到产品效益。例如，这件蓝色毛衣真是讨人喜欢；这罐沙拉的量对于这个食谱应该够了，Forgo de Chao的牛肉真是够辣。相对于属性，产品效益的表现是无形的。情感效益是品牌联想层次体系的第三层，而且情感效益更为无形。例如，一件讨人喜欢的毛衣意味着使人变得更有吸引力，一顿好的墨西哥大餐可以使朋友或者家人开心。

战略上，这些具体属性是最容易向顾客传达和解释的。当然，对于竞争对手也同样简单。更为抽象的好处是那些对于顾客更有意义并且企业可以作为竞争优势的价值。当然这些价值很难创造。

最关键的品牌联想，至少在崇尚个人主义文化的西方社会，是顾客感觉到的品牌与个人的关联程度。[9]例如，哈雷的发源地在美国，哈雷摩托车的成长浓缩了自1903年美国一个世纪以来品牌的发展历程。它创造了一个将机器和人性融合为一体的精神象征，并深刻地影响了其目标消费群的生活方式、价值观、衣着打扮。想象一个骑着哈雷的中年男性——他在自嘲："我是一个标新立异的人。如果我不在办公室，那么就骑在我的'猪'上。"品牌不仅仅是扩展顾客，也是顾客自身想法的表达。一个品牌给顾客的承诺，就是帮助他们成为他们期望的形象。品牌可以作为愿望实现的工具。当孩子们相信，某种程度上，受欢迎和被认可就是穿着恰当的运动鞋或者拿着合适的MP3播放器听着合适的曲子时，这个功能在小孩子身上就得以展现。成年人会否认他们也这样做，那品牌城市和国家越来越成为寻求旅游和商业投资的热门目的地。

• 亚特拉大的品牌定位为"the ATL"。ATL想让大家记住，它是世界上第八大媒体市场。这个大都会有400万人口。亚特兰大不只是可口可乐和CNN，不只是《乱世佳人》和交通拥堵。亚特兰大的工作口号是"机遇，开放，乐观"。

• 爱沙尼亚旨在成为一个伟大的国际网点。苏联解体后，爱沙尼亚大力发展出口业务。

• 苏格兰，通过它的旅游网站VisitScotland.com吸引欧洲游客，特别是来自法国、德国和西班牙的游客。它采访转播旅游的故事：

"我和一个可爱的女士讲话，我以为她是园丁，不曾想，她是这座城堡的主人。"

"被一群绵羊困住了——苏格兰的方式来放慢你生活的脚步。"

• 瑞典和荷兰都是很小的，同类的国家（900万～1 000万人口），它们的兴趣在于逐步提高技术和培养企业家。它们强调自己流利的英语和与美国商业合作伙伴的良好关系。

• 多伦多已经启动"多伦多品牌项目"和"多伦多无限"计划，增加全球旅游和商业参与率，它活化和扩展艺术中心来提升它的"产品"。

么他们为什么一定要进某些学校读书、驾驶某些车或者必须穿某些设计师设计的衣服和鞋呢？

品牌也可以执行其他社会功能。市场营销人员也一直在研究品牌"社区"，哈雷跋涉（Harley treks），参加土星集会（Saturn rallies）的人们，苹果电脑的使用人群，欧洲汽车俱乐部或者传统的粉丝俱乐部网站（例如，哈利·波特）。粉丝的奉献有时是疯狂的，例如人们讨论喜爱的品牌。[10]

所有的这些联系在图6-6的品牌联想网络系统中得以显示。网络中的节点包括这些元素，例如品牌名（也可能是企业或者竞争对手）、品牌属性和抽象的品牌效益。节点之间相互连接，说明了它们之间有联系；节点没有相互连接，说明它们之间没有联系或者联系较弱。我们用加粗的线表明节点之间联系很强。这种感知图并不能完全反映顾客脑中所想，但它不是一个糟糕的隐喻。我们的记忆中储存了关于品牌的大量信息，当这个品牌名被激活了（例如通过广告），品牌联想立即启动，就好像品牌信息在神经元之间跳跃。与品牌关联不密切的联系比那些最密切和直接相关的联系需要更长的时间（以毫秒为单位）来检索和激活。以此方式，

当图6-6表明顾客感知佳洁士较贵，当佳洁士品牌受到刺激时，但是该属性不可能作为第一属性想到。除了记忆的影响，也有态度因素。[11]例如，品牌的顾客满意度测量受到附近联想的积极的或者消极的影响。

当企业的广告只针对一个利益点时，认知图就相对简单。例如，沃尔沃主要关注安全感，美国零售巨头诺德斯特龙公司主要是提供优质顾客服务。如果这种单一联系很强而且是积极的，品牌的主要信息得以传递，那么品牌的市场定位就很清晰。如果企业在市场中有着悠久的传统，网状认知图就很复杂。例如麦当劳可能与薯条、快速服务、经济餐、"两个全牛肉饼"的广告歌、自驾游、关注脂肪食品有联系。或者因为不连贯的广告信息和顾客体验，网状认知图也会复杂。

研究者逐渐收集顾客信息并添加到认知图中。这些个人属性包括购买历史、社会属性和愿望，例如他们是追求的品质或者渴望被接纳的群体。当品牌成为顾客生活不可或缺的一部分时，企业就牢牢抓住了顾客。[12]

如图6-7所示，营销人员也考虑到，记忆是分层储存的。其中实现口腔卫生是终极目标，使用漱口剂、牙膏和牙线等都是为了实现口腔卫生这个最抽象的目标。牙膏是根据品牌

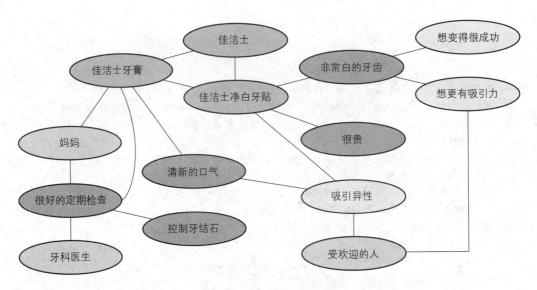

图6-6 品牌联想网络系统

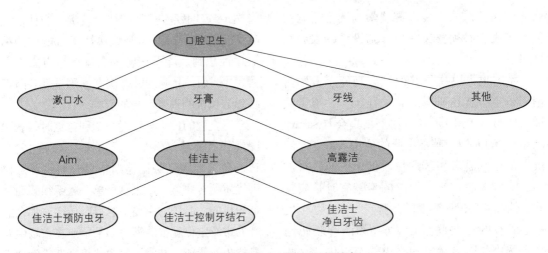

图6-7 品牌信息的分层记忆储存

和产品性能进行分类。

图6-6和6-7中的模型是备选方案,两个都很有帮助。图6-6的布局很吸引人,因为它是对顾客大脑的隐喻——品牌和属性相当于大脑中的神经元,品牌联想是神经元之间突触的跳跃。图6-7的布局也很吸引人,因为它展现了品牌经理如何思考产品类别管理,即一个产品类别经理监督几个品牌经理,每个品牌经理负责主品牌内的几条产品线。除了按照品牌联想的传统研究去了解顾客的记忆和属性,品牌联想的研究现在开辟了两个新门类:品牌个性和品牌社区。

6.3.1 品牌个性

塑造品牌"个性"是营销人员使顾客与品牌产生联系一种方式。有些品牌表现得很明显——万宝路男人的大男子主义和皮尔斯布力面团宝宝(Pillsbury Doughboy)的可爱。有些品牌即使没有拟人化,仍然个性鲜明。例如:

- MTV不仅仅是一个音乐有线电台,它是年轻人的一种生活方式。
- Coach的包描述了一个年轻女性职业生涯中的每一步。
- 中山装是年轻人不穿的,因为他们的父辈穿这个。

- 贝蒂克罗克（Betty Crocker）不仅仅是蛋糕和布朗尼，它的目标是给家人一份甜美的呵护。
- 吉飞润滑油（Jiffy Lube）使用方便快捷，而且这样做能保证你的安全感并给你一个更健康的环境。

表6-1给出了五种不同品牌的概念化。有粗犷朴实的、高雅的、令人兴奋的、有足够能力的和真诚的。[13] 个性化抓住了品牌的一些很特别的东西，或者关于品牌和企业市场定位的整体思想。例如，顾客会说佩珀里奇农场（Pepperidge Farm）很真诚。他们的意思可能一半指这个企业提供的饼干（例如，企业拥有独家配方生产），一半指这个企业本身（企业的配方是通过正规交易渠道获得）。

表6-1 品牌有哪些类型

真诚的：	麦当劳　佩珀瑞奇农场
有足够能力的：	IBM　丰田　甲骨文
令人兴奋的：	耐克　摩托罗拉　eBay
高雅的：	宾利
粗犷朴实的：	约翰·迪尔

不能说哪个品牌的个性化配置相对于其他的品牌有多好，只能说他们是不同的。如果品牌战略是获得某种个性，并且这种品牌战略成功了，那么企业的品牌和营销努力就成功了。如果品牌经理不喜欢当前的品牌描述，那么需要付出新的品牌和营销努力对品牌重新定位。例如，eBay的品牌定位被分在"令人兴奋的"这一类比IBM的品牌定位被分在"有足够能力的"这一类更有趣，但是"有足够能力的"和"令人兴奋的"都很好，只是不同而已。有足够能力的企业会有很大的市场空间和回报空间，如果IBM的品牌定位变成"令人兴奋的"，它会失去"IBM的个性"。

6.3.2 品牌社区

许多品牌宣称抓住顾客的内心和思想，但是营销人员逐渐地看到了顾客的某些狂热表现。[14] 某些顾客对他们喜爱的品牌太有热情了，以致他们想要与同样喜欢这个品牌的人交流和联系。不管这些品牌社区是否采用博客的形式，或者像哈雷车主俱乐部和他们的波西游戏机和巡回集会（Harley Owner Group）一样狂热，总之，由于品牌爱好，顾客团结起来了。目前的品牌社区有欧洲汽车俱乐部、哈利·波特、战士公主西娜（Xena）和耐克品牌社区。[15] 营销人员也不清楚该如何应对这些品牌社区。

接下来，我们转向更为宏观的品牌战略议题，即如何利用我们掌握的顾客品牌联想的知识。

6.4 什么是品牌战略

作为企业市场营销战略整体的一部分，企业需要回答品牌的以下几个问题。企业是多个产品放在一个品牌下，还是不同的产品用不同的品牌？品牌延伸、产品线延伸和联合品牌的目的是什么？品牌资产如何评估？自有品牌是个什么角色？在本节内容中，我们会找出影响以上问题答案的因素。

6.4.1 家族品牌和多品牌组合

许多企业最初只提供一种产品。品牌名也许就是企业的名字。企业在做产品广告时，他们也许会考虑是每种产品都用公司名作为品牌名，还是为新开发的产品选用新的品牌名。

如果企业决定其产品都使用统一的品牌名称，这是家族品牌战略（umbrella branding approach）。[16] 例如，本田生产的汽车、摩托车和割草机统一使用Honda这个品牌名称；耐克生产运动鞋、运动衫、运动包等其他类的产品，这些产品都是使用耐克作为品牌名称，并且使用耐克公司的注册商标——旋风标志（swoosh logo）；美国惠普公司（HP）生产的产品都以惠普作为品牌名；佳能（Cannon）的照相机和复印机也都是以佳能作为品牌名；通用电气提供的器械、照明、财务服务和引擎等所有生产线也是统一使用GE作为品牌名称。

相反，多品牌组合战略（a house of brands）是对于投入市场的每条主要产品线使用新的品牌名称。[17] 宝洁是多品牌组合战略的典型，它拥有80多个品牌，有佳洁士、海飞丝、象牙、潘婷等。面向顾客时，这些品牌之间没有明显的联系。在B2B业务中，杜邦公司有一个品牌组合，包括Kevlar、Kalrez、Lycra、Teflon、Thinsulate和Stainmaster。

品牌战略都有其优势和局限性。在家族品牌战略中，只要企业确定了在市场上使用的主要品牌名称，新产品也都用这个品牌名，顾客比较容易理解和接受。新产品的上市推广可以借助于已有品牌的口碑。当然，如果已知两种产品使用同一个品牌，这两种不同产品的联想会有很大程度的交叉。所以说，既有品牌的品牌联想必须是积极的，否则新产品投入市场会遭遇感知障碍。

相反，在多品牌组合策略中，不同的品牌享有自主权。这种优势在于，即使某一个品牌出现问题，也不会给其他品牌造成负面影响。即使品牌不是问题的焦点（例如，爆胎，饮料装瓶的问题，对导致心脏问题的非处方药的控制），企业也会从品牌生命周期的不同角度关注它们。在多品牌组合战略中，由于品牌名不会跨产品线进行共享，所以即使某个品牌的形象减弱了，承担的责任也相对较少。更加积极的说法是，品牌的独立性使得我们不需要品牌形象的一致性，这有助于企业进入多个细分市场。例如，万豪国际酒店集团的品牌资产有Courtyard和Fairfield，还有巴黎丽兹酒店作为高端产品。每个细分市场之间没有混乱状态，每个细分市场的酒店提供的顾客体验也不同。

有证据说明，相较于多品牌组合战略，家族品牌战略能给企业提供更好的财务结果。[18] 有一个原因是某些成本缩减了。例如，多品牌组合战略需要更多的广告支出来建立不同的品牌资产，而家族品牌的广告则是在不同产品间协同，建立共享品牌。不过，在多品牌组合战略中，顾客心理上似乎与具体产品的联系更强一些。例如，顾客会积极地考虑潘婷，却不太会关注它的生产商宝洁。而对于家族品牌，比如耐克，不同产品使用同一个品牌名，在不断的重复中，加强了品牌忠诚度。

6.4.2 品牌延伸、产品线延伸、产品类别延伸和联合品牌

品牌延伸是对品牌资产的战略利用，即市场营销人员利用好品牌的影响力促使顾客购买新的产品。[19] 回忆第5章关于产品线的宽度和深度的知识点，在此品牌名会用到某条产品线中，追求深度——这是产品线延伸，或者品牌名被应用到不同种类的产品中——这是产品类别延伸。

图6-8说明品牌延伸是指在熟悉的情况下，品牌在宽度（产品类别）和深度（产品线）上的延伸。瑞士军刀（Swiss Army）最初生产的是一个简单的产品，通过垂直扩展[20] 和产品线延伸提供了更简单和更复杂的刀。水平或产品类别扩展使得瑞士军刀冒险进入其他领域——手表、箱包以及更多产品。

以下是通过品牌延伸增加产品线深度的例

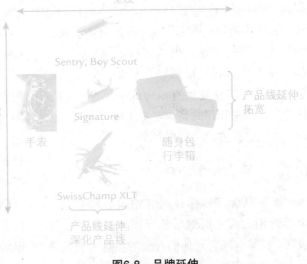

图6-8 品牌延伸

子：QuickBooks有它的基本软件，一个专门为苹果电脑准备的版本，还有为其他小企业需要准备的版本，以及为专业公司、非营利组织和零售商准备的程序包，这些软件的服务内容相同，但是为不同的主机服务，而且所有软件命名为QuickBooks；欧舒丹（L'Occitane）提供泡泡浴和乳液产品，该品牌推出的新产品是基于新的香味，每一样产品都是以欧舒丹为品牌名称，进一步延长产品线；百事可乐提供了许多新口味的可乐产品；海尔集团的彩电产品线下有宝德龙系列和美高美系列等17个系列的产品，而在宝德龙系列下，又有29F8D-PY和29F9D-P等16种不同型号的产品，这表明海尔彩电的深度是17，而海尔宝德龙系列彩电的深度是16。

有的品牌延伸策略旨在扩大一个企业提供给市场的产品的数量和类型。例如万宝路、登喜路、骆驼等国际知名香烟品牌莫不如此，这些企业利用他们多年积聚的巨大品牌实力进行了品牌延伸，涉及服装、皮具、食品、家装等行业。亚马逊公司（Amazon.com）从销售书延伸到CD、DVD、电子、游戏、药店的商品、电脑、家具、衣服、珠宝和更多的产品，甚至是服务（例如注册管理机构和拍卖）和信息提供（黄页、电影、旅游）。所有这些产品都使用亚马逊这个品牌名称。

有时候，品牌和产品线延伸之间的界限并不那么清晰。汽车模型既可以作为一个品牌，也可以用做产品线延伸。例如，大众公司一直定位于生产可靠的、相对实惠的小型汽车（例如甲壳虫和高尔夫），这应该作为品牌延伸来深化产品线延伸考虑。但是，当大众推出辉腾（Phaeton）车型时，大众是在尝试进入豪华轿车市场，这是一个需求不同的细分市场。得知辉腾的销售业绩后，大众不得不重新考虑它的品牌延伸——大众跨越了不同的产品类别（宽度），这样会将它拖出自己的能力区。

品牌延伸程度的不同导致截然不同的结果。一个稍微有点新的汽车车型推出，也许只是延深产品线；一个截然不同的汽车车型或者产品推出，那是在拓宽产品线。正如前文所述，因为未参考大众这个家族品牌的性质，大众推出了一款高档车，希望这款车能独立出来，作为大众多品牌组合中的一个新品牌。但是，如果这款高档车依然用大众作为品牌名，大众面临着这样的挑战：一方面，要挖掘潜在高档车购买者，进攻豪华车市场；另一方面，现有的英菲尼迪、雷克萨斯和宝马购买者深知大众是一个比较温和的知名汽车品牌，认为其可以退出豪华定位。

行业研究表明，大部分推向市场的产品并不是现存产品的新规格或者新包装加上"最新改进"的表述，而是相对原有品牌变化显著的产品。营销人员在推广这些产品时，不但要考虑顾客将怎样接受这些新产品，而且要考虑顾客对公司目前的产品和品牌的看法可能发生哪些改变。顾客也许会相信，以制造可靠的汽车而闻名世界的品牌本田，凭它的制造能力可以生产出优质的割草机。但是，如果本田改行生产软饮料或者牛仔裤，该企业将不会有任何公信力——这并不意味着本田不可能在这两个行业干得出色，只是它的新产品线将不只是品牌延伸这么简单。[21] 对家族品牌战略下的品牌延伸，这种转行的态度和影响会很强烈，对于多品牌组合战略下的产品线延伸倒是不会有什么影响。[22]

联合品牌（co-branding）指两家企业合作成立合资企业为顾客提供商品和服务。成分品牌联盟（ingredient branding）是联合品牌的主要形式，即某一个企业和其产品是主导地位，其他的企业和其产品作为主要产品起补充和增值作用。联合品牌和成分品牌联盟的区别在于程度。联合品牌强调两个企业的均衡，在成分品牌联盟中则是一个品牌主导另一个。营销人员称，美国航空公司在飞机上为顾客提供乌诺比萨坊（Pizzeria Uno）的产品就是一个使用联合品牌的例子。但是，美国航空公司显然占有首要地位，顾客登机当然不是为了吃比萨，而是为了去某地。但是品牌比萨是一个很好的增值部分。确切地说，这是一个成分品牌联盟的例子。单纯的关于联合品牌的案例，应该是

对于整体来说某种产品相对于其他的产品更加不可或缺，例如采用新鞋履技术的鞋和耐克气垫技术的一起被推向市场。

营销人员应该放远眼光，开始把某一要素品牌化，从品质上与竞争对手区别开来。当企业只是做一些细微改变时，比如调整当前的某个属性（例如对当前的洗衣粉增加一种新香味），联合品牌适用于这种短期策略。对于企业的长期发展，做自主品牌更好（例如汰渍的"Ever Fresh"香型）。当新产品有很大创新时，例如涉及一种全新的属性，如将减轻咳嗽的药加入糖果中，那么使用联合品牌更好，无论是长期还是短期，都能提供战略利益。[23]

6.4.3 如何最好地实现品牌全球化

首先，什么是全球品牌？如果一个品牌被定义为全球品牌，那么至少品牌总收入的30%应该是来自于其他国家，不超过70%的收入来自于品牌产生的母国。

其次，我们如何推出全球品牌？类似多品牌组合和家族品牌决策，很多企业在实现全球化的过程中，在不同的国家使用不同的品牌名称，他们的座右铭是"全球制造，品牌本土化"——所谓的全球化哲学。还有一些企业在他们到达的任何一个国家的市场，都是用相同的品牌名称。

在全球化过程中，使用一个品牌名似乎有更多的优势。一个真正的全球品牌（可能并非

|专|栏|6-6

大部分联合品牌的案例偏向是成分品牌联盟的例子。

➤联合航空提供星巴克咖啡和菲尔德夫人饼干。

➤伊佐德（IZOD）的球衣全是秘鲁比马棉做的。

➤笔记本上的标签标明，它的中央处理器是英特尔提供的。

➤软饮料和甜点的标着Nutra Sweet和Splenda两种代糖品牌成分。

➤最后，看看这些汽车和它们的部件战争：

• 雷克萨斯汽车保留着马克莱文森（Mark Levinson）的自动系统。

• 阿斯顿·马丁保留着莲（Linn）音响

• 宝马的车保留着苹果的播放器（iPod）

• 宾利装备着百年灵表（Breitling）。

（更多的请参考www.trend-watching.com）

|专|栏|6-7 关于法律

商标是身份的合法所有权——商标可以只包括品牌名称，只有标识，或者有品牌名称、标识、短语、符号、设计、色彩和声音等。

商标因侵权索赔时，一般为竞争对手开发的品牌形象的某一部分和一个现存的商标很类似，这可能导致顾客认知出现混乱，顾客购买仿冒的品牌，而不是购买真正品牌。

"TM"这个符号的意思是"不准动手——这是我们的创意"（商标权的要求）。当从"TM"变成了符号"®"，这个更为严格，它的意思是"不准动手——不然我的律师就会找上你"（这个商标是已注册的）。

如果你想使用的品牌名称没有特别的内在含义。如Geico公司①，你会获得一个"奇特商标"。如果你想采用一个一般词汇作为商标，如亚马逊，你可以提出"任意商标"的申请。最后，"暗示性商标"是指品牌名称暗含客户可获得的利益。

随着时间推移，如果品牌特别成功，公司的资产会改变和增值。例如，阿司匹林曾是德国拜耳的一个商标，但是这个名称如此通用，以致其他的止痛药片也叫"阿司匹林"。

网上也有域名和所有权形式的商标问题，一般的名字不能像已注册的名字一样受到保护。

不同国家的法律变动很大，但是对商标依旧存在严格的规定。

①Geico是美国第四大汽车保险公司，是沃伦·巴菲特的伯克希尔·哈维斯投资公司的合伙人。Geico，即政府员工保险公司，是美国第四大私人客户汽车保险公司，拥有保险客户约600万人。

巧合，最大的品牌）无论它的产品走到哪里，都使用同一个品牌名称和同一个标识，而且在全世界的大部分市场是可用的。Amazon.com看起来和amazon.co.uk相似，msn.com看起来和msn.nl类似。使用相同的品牌信息、沟通方式和战略，能获得很好的企业效率。严格说，真正的"全球品牌"，是在其涉及的所有市场上寻找、实现和维持相同的市场定位。

如果一个企业想得到不同细分市场的不同类别的顾客，他们需要使用不同的品牌名称。例如，品牌名称的一个功能是质量保证，但是质量建立在文化、细分市场或者产品基础上，而且某些品牌名称翻译得并不好。最后，它们因为法律上的限制被迫削减某些市场营销活动，甚至有的品牌名称因国家而异（例如健怡可乐和Coke Lite）。最好的营销思路还是认为，在全球化过程中，尽量使用一个品牌名。[24]

6.4.4 自有品牌

自有品牌（store brand）的角色是什么？不要笑。尽管这个术语听起来有些矛盾，但是

这里面可蕴藏着巨大商机。自有品牌背后的传统观念是，自有品牌更便宜，而且比创新的品牌提供更多的"我也是"产品。大部分的人对于自己不关心的产品类别是价格敏感型，当他们选择其他品牌时又成了价格敏感型。有些顾客似乎对所有的产品价格敏感——顾客天生有"追求廉价"的基因，在众多的产品类别中追求自有品牌（或者他们只是简单地处理有限的资源）。[25]

对于顾客来说，节省成本不是唯一的动机。零售商也提供溢价自有品牌。传统上，一般（无）品牌往往包装上没有吸引力，而且质量也差些。但是如今，自有品牌产品的包装和质量和国际品牌是一样的——以致很多顾客看不出那是自有品牌。沃尔玛、家乐福等都有自有品牌产品，其他专业的连锁（百安居）都大力发展自有品牌。沃尔玛的品牌"Sam的选择"（Sam's Choice）是一个很明显的名称，西夫伟美国零售（Safeway）的"选用正确的饮食"（Eating Right），好市多的"Acher Farms"，克罗格（Kroger）

的"Kirkland Signature"，这些高端产品（或很特别的产品）是在以"物有所值"的价格在销售。

零售商可以以更低的价格提供质量不错的产品，因为某些成本降低了，例如，他们可以在当地的报纸上刊登广告或者利用广播广告，这样做成本较低，也可以在店内促销自有品牌。对于顾客，只要自有品牌看起来像个品牌，感觉上像个品牌，那它就一定是个品牌。而只要它是品牌了，那就必须具有高品质。一般都是这样，广告鼓励顾客们试用，但是产品的品质决定顾客满意度和重复购买的发生。

在零售中出现很多自有品牌和定价游戏。零售商当然想要顾客购买他们的品牌，并带给零售商巨大的增长动力。顾客要求零售商从制造商那里获得更好的交易条件。在不断增加的竞争和交易需求中，制造商也不会保持沉默。真正的品牌（优质品牌）会开发出第二品牌，定价后放在自有品牌旁边，充当价格敏感型顾客的备选购买产品，而不是看着他们的产品输给了自有品牌或者其他竞争对手的产品。那么优质品牌的制造商在做什么呢？他们抬高产品的价格。[26]

如果品牌代表文化，那么非品牌商品就受到了非主流文化的影响。

6.5 如何确定和评估品牌资产

最近几年，品牌的普及已经要求营销人员更好地为他们的营销支出和项目负责，例如缓慢的经济增加和紧张的竞争，这导致了测量品牌价值的一系列工作。[27] 表6-2列出了商业周刊年度报道中的排名前20的美国品牌和非美国品牌。对于这些榜上有名的品牌你感到惊讶吗？这些不是大的企业或者品牌的是否有评估指标？如果可口可乐明年下滑到第10名，你是否就认为它成了次要品牌？

表6-2 顶级品牌

美国品牌	非美国品牌
可口可乐	诺基亚
微软	丰田
IBM	梅赛德斯-奔驰
GE	宝马
英特尔	路易·威登
迪士尼	本田
麦当劳	三星
万宝路	雀巢
花旗	索尼
惠普	汇丰
美国运通	佳能
吉列	思爱普
思科	宜家
戴尔	诺华
福特	瑞银
百事	西门子
美林证券	古驰
百威	任天堂
甲骨文	欧莱雅
耐克	飞利浦

表6-2的排名使用了因特品牌形象策略（Interbrand's method）的数据（详细见www.interbrand.com）。这些排名是怎么决定的？当劳斯莱斯（Rolls-Royce）以6 000万美元将他的品牌卖给宝马时，这个数目是怎么算出来的？让我们来看看如何考虑一个品牌的价值。

基本上，品牌评估就是寻找一些能尽量将品牌价值转化成财务术语的措施。推理似乎是公平和合理的——如果商家声称他们的品牌是资产，他们应该能够用货币估算品牌价值。品牌价值计算中的某些相关数据在企业公开的年度报告中可以看到，有一些数据可以从客户调查数据里拿到。还有一些企业专有的数据，例如因特品牌形象的数据。

我们也可以找出品牌需要什么样的溢价。营销人员可以开展一个分析研究，把品牌作为一个属性，把价格可以作为另一个属性来进行研究，例如在壳牌加油站，您愿意为加油支付多少？在当地的另一个加油站，您愿意为加油支付多少？在第7章以及第13章的市场研究中我们会谈到对新产品的分析研究。

还有一个方法，它的重点不是价格，而是比较品牌产品和非品牌产品。除了品牌名称，这些产品与功能特征匹配。顾客偏好和顾客选择是可以测量的，例如用799美元买索尼的一个有全息投影屏幕功能的电视，你觉得怎么样？如果给你一个无品牌的具有同样功能的电视，你又会觉得怎么样？

实质上，因特品牌形象方法是用来评估一个企业的价值，即减去企业的实物资产和金融资产，然后把剩下的称为"品牌价值"。[28]即使这种计算方法揭示了企业的无形资产，但其过于单一。除了品牌，企业还有其他无形资产，例如人力资源和研发的投资。品牌评估公司还需要分解出品牌效应。如今，一个企业大约50%的价值是无形资产，包括它的品牌名称。估算这些无形资产的价值是一个挑战，但是需要这么做。所以必须做好。

那么，到底该怎么做呢？表6-3给出了以下计算方式。找出本年度你最喜欢的品牌的年度报告，然后找出年度报告中代表该品牌营业收益的数据，例如一个家族品牌的营业收益或者多品牌组合中某个品牌的数据。你

可以看到，净销售额是2 500万美元，这个品牌的营业收益额是700万美元。这些收益是税前利润，税率是25%，所以减去税额175万美元。如果有形资产的数据是1 250万美元，乘以盈利率6%（比较保守的数据），然后减去这个75万美元，得出的结果是无形资产的收益额。

下一步是计算出品牌效应。因特品牌形象方法用于估算香水品牌的效应非常重要（例如，企业90%的无形资产归因于它的品牌），而对于汽车品牌不是那么重要（40%），对于零售商品牌重要度还要低一些（20%）。当把"品牌贡献指数"作为一个乘数，乘以无形资产收益，我们就计算出了品牌价值，即品牌收益额。

这种方法并不完美，而且该指数的专有性质很麻烦。但是因为计算品牌价值还是一个新领域，我们寻求更好的发展。不考虑任何一种方法的缺陷，当我们把顾客对众多品牌的判断和企业财务相关的数据收集起来，营销人员可以找到明确的证据，证明品牌与股东价值之间有很强的积极联系。

好品牌带来更高的回报和更低的风险（典型的理想状态：提高平均值，降低方差）。[29]总之，品牌使企业财务更为健康。

表6-3 品牌估价 （金额单位：美元）

	试算表	所需数据
a）净销售额（品牌收入）	2 5000 000	
b）营业收益额		7 000 000
c）收入的税收	25%×b	−1 750 000
d）有形资产	1 2500 000	
e）收益率	6%×d	−750 000
f）无形资产收益额		4 500 000
g）品牌贡献指数（BCI）	40%①	
h）品牌收益额	g×f	
	1 800 000	

①由产品类别决定

注释

1. 感谢Professors Harry Harmon（UCentral Missouri）、Ann Little（High Point U）、Chip Miller（Drake U）、James Oakley（Purdue）、C.W.Park（USC）、Anthony Peloso（ASU）和Donald Shifter（FontbonneU）的反馈信息。品牌化的突破来自David Aaker（Berkeley）、Jennifer Aaker（Berkeley）和Kevin Keller（Dartmouth）。还有Stephen Ball（Shefield Hallam U）、Karen Becker-Olsen（College of New Jersey）、Susan Broniarczyk（U Texas）、Pierre Chandon（Insead）、Leslie de Chernatony（The Open U）、Singfat Chu（National U Singapore）、Colin Clarke-Hall（U Gloucestershire）、Andrew Gershoff（Columbia）、Peter Golder（NYU）、Ronald Paul Hill（Villanova U）、David Hillier（U Glamorgan）、Peter Jones（U Gloucestershire）、Hean Tat Keh（Peking U）、Deirdre O'Loughlin（U Limerick）、Debanjan Mitra（U Floria）、Patrick Moore（Western Kentucky U）、Francesca Dall'Olmo Riley（Kingston U）和Michelle Roehm（Wake Forest）等教授。

2. 许多电脑和技术问题的紧迫性掌握在他们在美国百思买品牌专卖店中的品牌和分销渠道。

3. 美国商业周刊认为，使用海尔维希的字体是以下几家公司标志的共同点：美国在线（American Airline）、宝马、吉普（Jeep）、德国汉莎航空公司（Lufthansa）、微软，日本松下公司（Panasonic），西尔斯百货（Sears），斯特普尔斯美国零售（Staples）和3M。

4. 资料来源《北京现代商报》http://www.bjbusiness.com.cn/。

5. 思考，原来用铁在牲口身上烙印来阻止偷猎。参见Barbara Stern（Rutgers）教授对品牌使用历史的研究。

6. 参见Leonard Berry和Sandra Lampo（Texas A&M）、Leslie de Chernatony（OpenU）、Francesca Riley（Kingston U）、Metka Stare，Andreja Jaklie和Partricia Kotnik（ULjublijana，Slovenia）、Michaela Wänke（U Basel）、Andreas Herrmann和Dorothea Schaffner（U St.Gallen）以及Asli Tasci和Metin Kozak（MuglaU. Turkey）。

7. 参见Arun Chaudhurit和Morris Holbrook（Columbia）以及Piyush Kumar（UGeorigia）教授的研究。

8. 参见Jennifer Aaker和V.Srinvasan（Stanford）、Jennifer Chang Coupland（PennState）、Susan Fournier（Dartmouth）、Gita Johar（Columbia）和Jaideep Sengupta（Hong Kong U Science&Technology）。

9. 在传统上更为"社区"文化的地区（例如亚洲、南美洲的大部分地区，欧洲南部和中东的某些地方），品牌是群体同质联系的手段，也是被他人接受的一种方式。

10. 参见René Algesheimer（U Zurich）、Utpal M.Dholakia（Rice U）、Andreas Herrmann（U St.Gallen）、Catherine Yeung（National U Singapore）和Claudiu Dimofte（Georgetown）的研究。

11. 即使广告公司确实在乎记忆（例如"一天后回收（day-after-recall）"的播放广告），他们更关心人们对广告和品牌的态度。

12. 参见Jennifer Escalas（Vanderbilt）、Mirella Kleijnen（Vrije Universiteit Amsterdam）、Ko de Ruyter（Maastricht）和Tor Andreassen（Norwegian School of Management）对自有品牌联系的研究。

13. 参见Jennifer Aaker（Berkeley）的研究。

14. 登录www.manutd.com曼联的"世界最受欢迎球队"官方网站。

15. 参见Rene Algesheimer（U Zurich）、Neeli Bendapudi（OSU）、Venkat Bendapudi（OSU）、Utpal Dholakia（Rice U）、Jennifer Escalas（Vanderbilt）、Henry Fock（Chinese U HongKong）、Kent Grayson（Northwestern）、Andreas Herrmann（U St.Gallen）、Michael Hui（Chinese U HongKong）、Harold Koenig（Oregon State）、Clinton Lanier（U Nebraska）、James McAlexander（OregonState）、Albert Muniz（De Paul）、Thomas O'Guinn（U Illinis）、Ann Morales Olazbalábal（U Miami）、Stefania Ordovas de Almeida（U São Paolo）、Hope Jensen Schau（U Arizona）、John Schouten（U Portland）、Silvia Vianello（U Ca'Foscari di Venezia），and Ka-shing Woo（Aston U）的研究。

16. 营销人员喜欢弄出新的术语：家族品牌营销还有类似短语表述，例如公司品牌（corporate branding）、特许经营品牌（franchise branding）、家族品牌（family branding）和单品牌（monobranding）。

17. 这种策略还有其他的名字，比如多品牌（multibran-ding）。

18. 参见David Reibstein（Wharton）、Vithala Rao（Cornell）和MannojAgarwal（Binghamton U）的研究。

19. 品牌延伸也译为"子品牌"。对于品牌延伸，参见Joe Alba（U Florida）、Subramanian Balachander（Purdue）、Michael Barone（Iowa State）、Paul Bottomley（Cardiff U）、Sheri Bridges（Wake Forest）、Roderick Brodie（U Auckland）、Susan Broniaczyk（U Texas）、Tom Brown（Oklahoma

State）、Peter Dacin（Queen's U）、Niraj Dawar（U Western Ontario）、Richard Fox（U Georgia）、Sanjoy Ghose（UWisconsin）、Paul Herr（U Colorada）、Stephen Holden（Bond U）、Chris Janiszewski（U Florida）、Christopher Joiner（KansasState）、Jung Keun Kim（Korea U）Amna Kirmani（SMU）、Barbara Loken（U Minnesota）、Michael McCarthy（Miami U），Tom Meyvis（NYU）、Sandra Milbey（Georgetown）、Maureen Morrin（Rutgers）、James Oakley（Purdue）、C.W.Park（USC）、Jong-Won Park（Korea U）、Martin Pickering（U Edinburgh）、Srinivas Reddy（U Georgia），Deborah Roedder John（U Minnesota），Henrik Sattler（U Hamburg）、Danier Smith（Indiana）、Sanjay Sood（UCLA）、Andrew Stewart（U Manchester）、Patrick Sturt（U Glasgow）、Vanitha Swaminathan（U Pitt）、Alice Tybout（Northwestern）、Franziska Völckner（U Hamburg）和Catherine Yeung（National U Singapore）的研究。

20.有些研究认为，具有"认知弹性"的顾客更易接受品牌延伸，参见Eric Yorkston（TCU）、Joseph Nunes（USC）和Shashi Matta（OSU）的研究。

21.只是为了迷惑你，有些时候垂直延伸是为了创造高档品牌或者低档品牌这样的特定情境保留的（例如在瑞士军刀的例子中）。

22.兼并和其他联合组织还必须考虑客户对走到一起的公司是否互补或不协调的看法。看看这些联合企业：

Toyota&Lexus、Chrysler&Mecedes和Ford&Jaguar。这对每一组中第一个公司和第二个公司的动机、形象以及企业联想（地位和声望的提升）的影响是什么？

23.如果需要关于母品牌和品牌延伸互补性的更多信息，参见Ceraldine Henderson（Northwestern）、Piyush Kumar（U Georgia）、Maureen Morrin（Rutgers）、Allard van Riel、Jos Lemmink和Hans Ouwersloot（Maastricht U）以及Marieke de Mooij（Cross Cultural Communication Co.）的研究。

24.参见Kalpesh Desai（SUNY，Buffalo）和Kevin Keller（Dartmouth）教授的研究。

25.参见David Reibstein（Wharton）教授的研究。

26.参见Karsten Hansen（Northwestern）、Vishal Singh（CMU）和Pradeep Chintagunta（U Chicago）的研究。

27.参见David Dunne（U Toronto）、Tulin Erdem（Berkeley）、Chakravarthi Narasimhan（WashingtonU）、Ana Valenzuela（San Francisco State）和YingZhao（HongKong U Science and Technology）的研究。

28.感谢Rajesh Bhargave对于研究的支持，参见David Aaker（Berkeley）等教授的研究。

29.感谢Jagmohan Raju（Wharton）教授的笔记和想法，同样可参考David Reibstein（Wharton）的"多品牌组合&品牌屋"研究。

30.参见Thomas Madden（U South Carolina）和Susan Fournier（Boston U）教授的研究。

产品定位

Chapter7
第 7 章

新产品

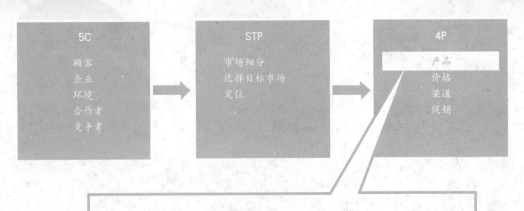

营销框架

5C	STP	4P
顾客 企业 环境 合作者 竞争者	市场细分 选择目标市场 定位	产品 价格 渠道 促销

- 如何开发新产品并推介给顾客?
- 什么是产品生命周期?
- 新产品和新产品延伸如何与市场营销战略匹配?
- 应该关注哪些趋势?
- 什么是信号?

7.1 什么是新产品？为什么它很重要

"全新升级！"你随处可见这样的标语。为什么？因为新产品能够引起顾客的兴致，为雇员增添工作的动力，而且还能为企业增加收益。下面我们来看一下，怎么会如此，为什么会如此。[1]

企业跟人一样是不断发展变化的。企业做出改变的主要方式就是向顾客提供"全新升级"的商品和服务。企业寻求"升级"当前产品的原因很多是相同的，例如，企业为了寻求自豪感，为了维持企业持续创新的形象，力图更好地满足现有顾客或吸引新顾客，或者是出于避开竞争的考虑。在"全新"产品导入市场的同时，企业已经在现有投资组合基础上取得了一些成就，为了吸引顾客，我们还可以做些什么？我们能够比竞争对手做得更好吗？我们如何利用自身的实力和技术优势？我们如何服务新市场？

变化是不可避免的。企业外部的宏观环境总在变化，而对于新产品和差异化产品来说，人口特征的趋势变化又自然而然地会引起市场和客户的需求变化（本章中，我们稍后讨论这个问题）。举个例子，自然资源，即便是像石油、木料、糖类这样最简单的基本供应品，它们的可获得性会影响很多公司。

变化是件好事。事实证明，新产品会增进企业的长期财务业绩和企业价值。[2]

变化也是件很有意思的事。从顾客的角度来看，车迷们总是迫不及待地想看到明年的新车型；季节变换之时也正是时尚风格变换之时，时尚达人热切地加入每一个新季节。从营销人员的角度看，投入一个全新的项目，并积极地向市场注入一些新的东西，然后观察消费者的反应，能够从事这样的工作是很有意思的事。在本章中，我们将会涉及新产品的开发过程和产品生命周期的各个阶段，我们会考察强势产品投资组合的维持策略，而且正如之前所强调的，我们需要密切关注5C：经营环境的变化、企业的优势、顾客的欲望、可能的合作者和竞争者的行动。

7.2 营销人员如何开发新产品并推介给顾客

7.2.1 自上而下

开发新产品的程序首先由企业文化决定。某些企业几乎完全按照自上而下的方式运作，其新产品开发遵循以下三个简单的步骤：创意构思，设计和开发，商品化。在这个过程中，市场营销主要充当马后炮，在新产品导入市场之前，帮助进行最后的商品化和新产品发布阶段的筹划。

自上而下的方式在工程、制药和生物医学公司、金融服务等高新技术公司比较常见。一般认为，企业内部研发团队具有最终用户缺乏的专业知识，因此，他们可以创造出具有技术利益和优势的前沿产品，例如，新款电脑、药品、信托基金和电视等。对于他们这些专家来说，技术利益和优势是再明显不过的东西。所以他们相信制造出来的产品自己就能推销自己。

这种方式正是"建立一个较佳的捕鼠陷阱"哲学，该方法成就了不计其数的新产品。但是注意，在自上而下的方式中，虽然新产品的开发过程只有几个步骤，但这并不意味着这样的产品很简单，也不是说它能在短时间内迅速得到发展，例如开发新药需要好几年。

自上而下方式意味着企业的CEO通常会拿到一个他喜欢的项目，而且绝对不会放过。他"伟大的想法"会交给技术组开发，如此一来，团队的任务就是在CEO的梦想和顾客的喜好之间反复调整。

自上而下也被称为"由内而外",因为按照它的运作流程,新产品创意首先源自企业内部,然后才从外部搜寻到反馈信息(顾客,供应商等)。事实是,相比于他们的顾客,企业对新产品的想象通常更具创新性。

当然,有时自下而上(或者由外而内)即与顾客一起"共同创造",这是一种好的"营销"方式。[3]事实上,在现实世界中,不出意外的话,企业会征询工程师或IT人员的意见,相反,顾客就没有这个福分。所以,不同风格之间的差异在于,在整个新产品开发过程中,你从顾客和商业伙伴那里搜寻到了多少反馈信息,以及相互之间沟通的频率。

营销对于许多市场导向的企业来说,在新产品开发过程的一些最为重要的阶段中,他们都要获取顾客的意见反馈。和大多数市场现象一样,消费品公司(以及那些提供一些简单服务的公司)擅长这样的工作,即企业提出他们可以创造的产品,然后测试这是否违背了顾客的需求。即使是上文提到的工程类的公司,他们也逐渐意识到市场和顾客的反馈很重要。梅赛德斯-奔驰说:"这是我们的新车。如果你能买下,是你的幸运。"他是对的。相反,土星汽车说:"我们可以为我们的车配置任何性能和服务,但是要想想,我们的顾客想要的是什么呢?"相比较之下,土星是更好的营销者。[4]

结果是,上述简单的新产品开发的程序(创意集成、开发和发布),已经被扩展为更多的步骤:创意集成,内部筛选和完善,概念测试,内部再次筛选和完善,产品开发,产品测试,进一步完善,市场试销和产品发布(见图7-1)。概念测试、产品测试和市场试销阶段中涉及消费者和市场研究(customer and marketing research)。

销售管理贯穿始终,特别是在创意集成阶段中,顾客需求信息与企业愿景、营销战略信息的相互作用,从而确定什么样的新产品能够使企业受益。市场研究也贯穿所有的完善

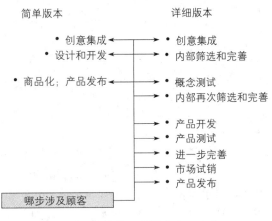

图7-1 新产品开发程序(NPD)

和细化阶段,而随着产品发布的临近,必须做出的营销决策的数量也在增加。理想情况下,从新产品开发程序的最初到最终的产品发布环节,企业需要全盘考虑所有的营销元素,例如定价、包装和渠道。因此,为了向顾客展现一个始终定位一致的产品,在产品概念完善的同时,零售店、零售价格等方面的决策也都要做出改进。接下来,我们就来看一下新产品开发的更详尽过程。

7.2.2 创意构思

创意无处不在(见表7-1),"需求是创造之母"。新产品的来源之一是营销人员对他们周围世界的观察,这种非系统化、定性的市场研究告诉营销人员,有些问题可能需要通过创造新产品来解决。

表7-1 创意从哪里来

企业内部
➢老板
➢内部专家
➢员工
➢第一线或销售团队
企业外部
➢顾客
• 抱怨
• 领先用户
• 市场营销调研
➢商业伙伴
• 要求提高质量或降低成本
➢竞争对手

- 父母们为了让孩子刷牙并且刷足够长的时间而煞费苦心。一家公司认为，孩子们喜欢玩具，所以要把牙刷做成玩具的形状。现在，当孩子们使用这种牙刷时，它还会闪光。结果，这个创意成功地吸引了孩子们，他们刷牙刷得更久了（smallbiz.com）。
- 再来看成年人的世界。许多人都发现了高尔夫球手遇到的难题，丢球问题就是常见的一个。听说过GPS吧？我们现在说的是BPS——高尔夫球定位系统。如果你丢了你的高尔夫球，这种手持设备能够探测到嵌入在球中的芯片（radargolf.com）。同样，高尔夫球手还有一种通病，他们的计分卡有时会不小心掉在池塘里，撕破了或者弄脏了。于是，一种制作记分卡的新材料诞生了，它是防水的，球员们可以在上面写字（drygolf.com）。
- 观察社会、文化或者经济的趋势也可以获得创意。例如，Country Harvest 的"更好的半块面包"（better half bread）的创意就是这样得出的，大人们想要吃得更健康，但他们的孩子不一定认同这种追求，并且一个面包太大，小孩子无法一次吃完。瞧！这种面包装在两端开口的袋子里：面包的一端是小麦做的，大人们可以吃；另一端是白面包，孩子们可以吃（quieks.com）。
- 通过听取顾客们的意见、销售团队的意见、第一线的服务人员的意见或者观察竞争者的做法，也可以产生创意。了解顾客对当前市场上的产品（或服务）不满意的地方，是你获取这部分顾客业务的机遇。例如，即使是短程航班，飞机中间的座位也是最不受欢迎的，所以美国中西航空公司（Midwest Airlines）的飞机不设中间座位。他们还提供巧克力曲奇饼干。为什么不呢？饼干能使乘客开心。
- 也可以采用听取特定用户组意见的办法产生创意。比较典型的一种称为"领先用户"调查。这种方法中，企业从某一部分顾客身上努力寻求创意以及对创意的反应，这些顾客是那些自身有革新精神的人，他们很快地尝试新创意，并且在本领域富有专业知识。领先用户是新创意的来源，但是他们也不能代表大部分顾客群。所以，要看市场利润是否足够大，你还是需要把这些想法在普通的受众身上试一下。

路易斯·巴斯德（Louis Pasteur）说"机会青睐有准备的大脑"[5]，但创意往往是偶然发现的东西。例如，伟哥最初是用于缓解头痛的，这方面它倒是没有什么特别的疗效，但是用户们反馈了一个有趣的副作用……从此以后开始创造光荣的历史。

或许，最典型的创意集成方式要数已经过时但效果很好的头脑风暴会议（brainstorming meetings）。头脑风暴会议是集中讨论的一种，"没有想法是最坏的想法；让我们在无约束的思维空间里进行一切行动"，这些正是它造就的经典。[6]渐渐地，那些以具有革新精神而自豪的企业将口头宣言转为了实际行动，他们支持员工每月分出几天（或者每周几个小时）的时间来发展他们感兴趣的项目，企业会对这些项目进行评估，可能还会给予资金支持其发展。[7]

我们将诸多创意汇集，然后进行概括性的描述之后，接下来要做的是"内部筛选和完善"。在这个阶段中，我们需要做出确认，"好了，也许有些创意事实上并不好"。根据创意所构建和提供的东西的合理性，与企业和市场目标的相通性，以及他们成功吸引顾客的可能性，我们对其进行筛选。也就是说，企业内部的专家，比如设计师、工程师和药剂师等，知道哪些技术进步可能会被创造。他们关于产品优化和突破的创意，也要与营销人员对目标市场顾客的认识和企业管理人员关于企业个性的导向达成平衡。尽管这些可行性评估和业务分析只是建立在该阶段的模糊统计的基础之上，但是这些实践有益于我们的假设清晰化：谁是我们的目标市场？有多大规模？哪些竞争者已经在搜寻这个市场的利润了？我们现有的哪些产品可以蚕食他们？我们是已经具备这些产品的分销渠道了，还是这些问题依然有待考虑？这些新产品如何与我们的组织目标及营销目标匹配？随着新产品开发过程的继续，会有专门的团队针对这些问题进行调查和研究。

7.2.3 概念测试

在新产品开发的这个阶段，企业已经有了一些他们认为可行的创意，是时候获取顾客的反馈信息，然后决定哪个创意更有价值了。这个阶段的市场营销调研方法主要是焦点小组和网上调查，尤其是针对技术型的目标受众。论重要性，市场营销调研的形式和具体使用的技巧，完全不亚于任何一个市场调研的结果。有些时候，营销人员可以将企业从不好的创意中拯救回来，比如他们可能利用收益率的信息，去扭转一个并无意义的创意，或者去支持企业采用有潜力的创意。概念测试阶段就是这样的一个阶段。新产品的反复成功（反之，失败）要归因于好的（反之，不好的或者不存在的）市场营销调研。[8]

如果采取焦点小组方式，我们需要邀请人来了解我们的概念并给予反馈信息，一般从每个细分市场中选择两三个小组，每个小组8~10个目标顾客。这样的访谈持续1.5~2小时，开始时可能只是很广泛地让顾客们表述一下他们使用这种产品（例如，家庭产品、食品、驾驶习惯）的情况，目的是获取产品开发的背景信息或者结合后面的沟通素材获取产品定位。这些产品概念可能用口头描述的，当然，通常情况下，辅以视觉因素会更好。这些视觉辅助有的非常简单，就像艺术家用的透视图、光面照片或者模型；也有非常复杂但可以实现的，比如对现实零售情况的虚拟透视图。竞争对手的产品也会作为一个讨论点，以获取顾客对已经存在的有形产品的反应。同样，现有产品和所提议的产品的描述及照片也可在网上调查时展示。

不管是焦点小组，还是在线调研，我们都可以启动联合分析程序。联合分析将不同的属性组合放在一起比较，然后由顾客做出简单的决定，哪种产品组合听起来最好，哪个次之，等等。联合分析正是从这些总体的评估中鉴别出最关键的属性，例如，企业可能认为笔记本电脑便于携带、功能强比较重要，而包装的颜色则不那么重要。对于顾客关注最多的属性，还要知道他们想要达到什么样的程度。例如，笔记本电脑"轻"和"强"的特质，很显然重量越轻、功能越强悍就越好。但是对于一个关注颜色的细分市场，他们想要什么呢？高科技灰？霓虹蓝？如果顾客认为"笔记本电脑自带很多软件"这个属性很重要，他们想要的是什么样的程序或软件呢？

联合分析法很有效，因为它使顾客达成了折中平衡的交易。消费者们常说他们什么东西都想要最好的，哦，对了，价格必须很便宜才行。这并不奇怪。一般来说，满足顾客的全部要求，企业便无利可图。联合分析法正好可以决定顾客愿意以什么样的价格购买组装好的笔记本电脑，或者如果不想出更高的价格购买的时候，联合分析可以决定哪些属性突然变得不那么重要了——也就是那些顾客愿意妥协的属性。[9]

在概念测试阶段，执行市场营销调研之后，营销管理人员会对于哪些产品和特征最能够吸引顾客有更深的认识。从内部看，第二个主要阶段，也就是"内部筛选和完善"阶段，用来评估那些已经没有潜力的开发路线，并将其抛弃，例如哪些要求先进的技术和社会接受程度，还有就是要找出那些顾客觉得有吸引力的路线或者是未来要经过进一步修正的。从客户留言反馈信息得出的经验往往会让人大开眼界。企业内部的专家总认为他们知道什么是最好的东西，但顾客的反应往往会让他们感到惊讶不已。当顾客并不喜欢他们推荐的产品时，这些专家往往不予理会，认为这些顾客很愚蠢。但是，偏偏是这些专家们认为的没有教化的灵魂构成了目标购买市场。问题由此产生，关键在于产品或产品愿景没有进行完全的交流。例如，高科技产品的发明者将各种性能融入他们的产品，这很平常，但是顾客往往反应冷淡，因为虽然装备和性能看起来让人无法拒绝，但现实是产品本身并不好用。[10]

如果还有模糊不清的地方存在，或者有变化发生并足以导致最初构想的概念不再相关时，我们需要做另一轮的完善概念测试。当企业对于该开发哪一种产品很有信心时，他们会立即开始行动。乍一看，同时开发多种样品看起来似乎比较明智，但事实并非如此。一般情况下，这个进一步的测试只选定一种产品，然后决定是否将其作为最终的产品发布，而不是让管理人员在多个样品中挑选也就是说，只决定应该被发布的那个产品。对于价格昂贵而且结构复杂的产品，例如手机和耐用品，选择开发单一产品是明智的。事实上，价格便宜的包装消费品，甚至通常也是只选择一种主要的样品，并不仅仅是预算的问题，而是为了让管理人员和产品开发团队在一段时间里把重点放在一种产品上。如果一款产品的开发程序进展良好的话，再好不过了；否则，又要回到原点接着重新构思下一款新产品，更别提两个开发程序平行进行了。

7.2.4 产品测试

在这个阶段，企业发布新产品的测试版，用于测试和消费。理想状况下，为了以后能够得到更精确的预测数据，这样的产品需要在消费者家里或类似的情境下使用，尽量模拟现实世界中的购买决策和评估过程。

在市场推进这种产品的同时，营销人员也要开始整理市场方面的资料。这些测试版产品早期的开发和完善有助于保证顾客所接收到的产品定位信息的一致性。所以，向顾客展示产品并测试他们的反应的同时，广告文案要定下来，价格点也要明确，渠道和可获得性要解释清楚，等等。营销人员向顾客展示相关的市场信息，有助于明确产品形象，也可以使企业得到相应的市场反馈。

7.2.5 市场试销

现在，营销管理人员已经了解了顾客潜力，而且产品也得到反复完善。在展开全面的商业部署前，是时候开始小范围市场的产品试销了。

到目前为止，市场调研已经包括了控制相当严密的促进因素——产品、广告和价格都展现给一组客户，然后他们的反应被记录下来。即使竞争者知道我们开发新产品的情况，他们也无法干预市场测试的执行。然而，参加焦点小组或者在线回答问题的顾客，会感觉他们在做一些奇怪的事情，所以他们的反应也许会和在真实的市场环境里（例如，杂货店、步行街或者Amazon.com）表现不太一样。因此，为了提高顾客在测试市场的反应与新产品导入后"真正的"顾客购买行为反应的相似度，可以用不同形式的市场试销来模拟真实的市场环境。

区域试验市场是个好办法。市场调研公司认为，美国大概有40～50个大大小小的典型城市，它们的特征（例如，人口特征，社会的经济地位）可以代表整个国家的情况。营销人员可随机抽取其中的两三个城市作为试验市场，还要保持某些区域作为控制市场，并且在这些市场试销售新产品。我们在试验市场投放广告，想办法建立起当地的零售链。在试验期间，我们关注试验市场的新产品销售（持续3～12月），并且与控制市场的销售情况对比，对比分析的结果提供给企业，以为该产品的销售情况预计做参考。

现在很少用区域试验市场的方式，因为它的成本太高。如果采取区域试验市场的方法，即使试销市场的规模很小，它也要求安排生产管理、设备和人员培训。而且，这也会给敏锐的竞争对手发出信号，竞争者会监视测试市场接下来可能出现什么状况，再者，很多产品之外的诉讼是由竞争对手挑起的。最后，虽然每个区域试验市场符合了代表最广泛的目标人群的标准，但是每个市场有其自己的口味和个性，这些无法预测的方面也会使结果有所偏倚。如果一个市场的销售额很高，而另一个市场的销售额很低，是不是意味着在这些市场中有什么东西刻意扩大或者缩小了产品的销售额呢？

要解决试销市场的一些问题，电子测试市场也是一种好方法。在这种方法中，我们挑选一个大城市作为样本，在每一个市场，把某些住户设定为实验对象，其他的作为控制对象，确保所有这些地方所处的环境是一样的，电视台、报纸、商店、品牌和文化利益等。这样，接触广告（通过有线网络传输给实验对象，不发送给控制对象）或者接触产品（例如在他们家附近的店铺里）的住户在购买行为上的差异，就更能反映出现实情况。由于严格的限制，电子测试市场方法的有效性胜过区域试验市场方法，但营销人员仍不能控制一切。

现在很流行采用一种前市场产品发布测试方法，叫做模拟测试市场。这类测试和早期的产品测试很类似，但是它采用的是真正的产品，而不是样品。他们把顾客招募（例如商业区拦截）到一个地方，然后给这些顾客一定的资金，这样顾客就有机会购买他们的新产品，当然，这些新产品是被放在竞争对手或者相关的产品中间的。在过去，营销人员用物料搭起棚架模拟杂货店通道进行测试，而现在，试销不再仅仅是机械的和有形的，通常是在线完成的——一个电脑屏幕也许是三维或者虚拟现实的，但一般采取平面视图，展示着顾客们通常在周六的杂货店购物行中会看到的信息，顾客会看到很多图片，上面是他们的新产品和竞争对手产品一起摆在"货架"上，像是真的已经发售了一样。

他们会让顾客看广告材料，包括竞争对手的广告，这是通过微妙的方式提供的（例如在一本著名的杂志中），或是要求他们观看插播的电视广告。营销人员观察顾客购买新产品的情况，然后顾客填写一系列的调查

问题，最后所有这些数据都作为销售预测时的存储数据。

一切都是在线完成，新产品展示、数据收集等。控制也很严格，竞争对手不可能知道测试的过程。当然，在线调查不可能现实地代表在商店购物的情况。但是因为有条件控制，并且这种形式的市场试销成本低、行动快捷，营销人员相信这种模拟结果已经足够好了。

7.2.6　市场预测

在市场试销的基础上，营销管理人员利用顾客数据，尝试预测新产品成功的可能性。如果销售预测的结果不理想，营销人员应该在这个阶段撤掉该新产品项目，这是避免重大损失的最后一次机会。如果销售预测的结果很好，企业会继续向前，新产品进入商品化阶段和预备导入市场。对于整个组织来说，预测数据十分有用，有助于财务和会计做好预算，有助于销售团队设定目标，还有助于生产和物流部门计划设备、存储和运输需要。

在营销科学中，虽然市场预测属于不精确的一部分，它也是高度技术化的工作。[11]但是这里我们利用一个简单的公式提供一种基本的逻辑。目标是估算销售潜量，不是估算销售额，只是提供一个销售额的上限。

市场估计，需要的第一个数据是市场潜量（market potential，MP），就是说市场上可销售多少个单位。等式里面的这个元素有点棘手——你可以从二手资料开始，例如人口普查统计提供的目标市场的规模，或者是相关的内部基准数据。例如，如果新产品和当前市场的产品很相似，比如是同一个品牌或者生产线延伸的产品，企业可通过现有产品的情况推算新产品的数据。

下一个数据是估算购买意向（purchase intention，PI），或者说是目标市场顾客购买该新产品的可能性。这个数据来自刚刚执行的市场调研的结果。假设在目标总体中抽取顾客样本，平均购买意向$P = 0.7$，顾客可

能会被要求回答购买的可能性，使用7分等级量表（1 = 永不……7=极有可能），然后将这个量表转化为0~100的百分率或者0~1的概率。

重要的是，要注意顾客会夸大他们的购买意向。企业如果已经建立起包含了过去新产品发布资料的数据库，可以看一下以前的购买意向和实现的销售额，并做出相应调整。对于没有这些资料的企业，研究者建议每个因素顺次下调至其3/4。那么，如果数据表明$P=0.7$，市场预测中用到的估计量$PI=3/4 \times 0.7=0.525$。另外一种方法是，设置一个假的"控制"产品作为对照点进行检验。

最后一个数据是企业对新产品的预定价（Pr）。当然，这个等式中的各个元素并不是独立的，随着价格下降，PI会上升。综合所有因素，等式如图7-2所示。

$$SP=MP \times PI \times Pr$$

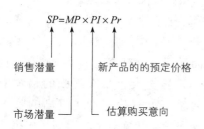

图7-2　市场预测

例如，business week.com报道了Verizon通信公司针对十几岁男孩试销的游戏。测试在达拉斯和福斯沃思城区近郊进行，这是一个富裕的地区，据推测Verizon想将试销市场的结果推算至广泛的美国市场。但是达拉斯的人口估计仅有130万，整个美国的人口有3亿。美国的青少年人口有3 300万，大概有50%是男孩，同时假设1/3的男孩处于13~15岁。根据整个游戏行业的数据，Verizon了解到符合条件的顾客中，有20%的人会购买录像游戏和订阅游戏，根据这些二手数据，MP的上限是1 100 000（=33 000 000/2/3×0.2）的符合条件的男孩被锁定。如果测试建议PI（已经包括了校正因子）是0.525，而且企业计划将DVD或者下载

定价为9.95美元，估算的结果如下：

$$SP=1\,100\,000 \times 0.525 \times 9.95$$
$$=5\,746\,125（美元）$$

注意，这个数目不是盈利，而是销售额，没有将产品开发、生产和营销的成本计入在内，并且它不是预计销售额，而是销售额的最大理论值。那么这个数目是个好消息吗？可以高枕无忧了吗？如果企业认为这是一个有价值的数据，那么下一步就是新产品的发布。这意味着最后经过几个月或者几年的研发，这个产品诞生了。

7.2.7 时间

在一个成熟的包装消费品公司，通过简单的品牌或者产品线延伸，新产品开发进展得非常快。但是在其他的环境下，新产品开发的程序可能缓慢得让人痛苦。例如，一种药品的测试，首先从动物开始[13]，需要几个月或者数年时间；然后会在20~100个病人身上检验基本的安全性，这也需要数月时间。下一步，药品将用于数百个患有此类病症的病人测试，进一步检验安全性和功效的检查。这个大概需要几个月到两年的时间。最后，药品还要对数百到上千的人们（有健康的，也有患病的）进行测试，这需要1~4年的时间来检验安全性和功效，以调整剂量。[14]

确实，时间就是金钱。除了这些测试费用和投资，制药公司还需每年花费200亿美元用于促销活动，例如向零售终端或者医生促销。这些年，直接面向顾客（D2C）的药品广告快速增加，每两年翻一番，这引起了营销人员的兴趣，而且因为它的新奇性，成为突出的商业新闻。即便这样，D2C药品广告现在的规模还比较小，大约5%~10%的规模。

新产品发布既有外部延迟，也有内部延迟。为了促进商业发展，美国食品药品监督管理局（FDA）正试图在临床试验中走捷径，以缩短新药品进入市场的时间。当然，

因为任何行动都同时具有积极效应和负面效应，当前，FDA正面临调查，它被指控推进新药品进入市场的速度过快。治疗常见的不危及生命的疾病的药物也会存在问题，当药品太快被批准进入市场，药品生产中罕见但严重的副作用就可能没有被发现或者影响被低估，例如用于缓解疼痛的药品被发现与偶发心脏病和中风有关。和制药行业一样，其他行业也在抱怨，由于类似专利局等审批机关的缘故，延迟了新产品开发程序。因此某些大企业会寻求法院干预来加快新产品开发的速度，以避免错失良机带来的巨额成本。[15]

类似软件、电影DVD、录像游戏以及音乐CD等无形产品，版权登记是一个需要处理的问题。当前，与产品开发的速度有关的争论点是，什么时候算是"拿到"了版权。特别是物质产品，是不是注册就相当于有版权了，还是需要版权申请？有一起关于建筑平面图的案件——房地产开发商想使用一所房子的图纸，案件起因正是版权局的处理速度太慢，因为他们要按照程序对收到的版权申请进行备份。加快无形产品开发程序的一个方法，即对某些产品类别提前注册，包括电影、音乐、书的手稿、计算机程序和广告图片等。

7.3 什么是产品生命周期

产品生命周期（product life cycle, PLC）是一个很通行的比喻，意指一个产品在市场上演变和持续的时间。就像人，先是出生，然后长大，变成熟，最后死亡，产品也会经历类似的演变历程。产品生命周期的阶段包括市场导入期，即前文所讨论的新产品开发阶段，市场成长期，市场成熟期，市场衰退期。在不同的阶段，销售和利润表现得颇有规律，这些指标通常决定产品处于哪个阶段，而且每个阶段的市场反应在怎样的情况下才算实现最优，相关理论已有明确的规定。

在市场导入阶段指一种新产品（商品或者服务）进入市场需要巨额的营销支出，例如为获得高度知名而进行的宣传。除了通过使用广告提供信息和说服顾客购买，促销手段也要用上，包括以新产品样品和优惠券刺激试用等。在早期，定价是件很麻烦的事情，因为可以来做参考和比较的信息很少（市场上没有可比较的产品，也不知道目标市场顾客会接受什么）。战略上讲，早期的时候，产品的价格应该定得较低——渗透定价。但是实际上，早期的价格往往被定得很高——撇脂定价，一部分是为了弥补新产品开发的费用支出，另一部分是因为在产品导入期，市场上很少或者没有竞争对手。在市场导入期，渠道有限这些因素导致在导入期销售额很低且增长缓慢。服务的市场导入期相对于有形商品要短一些，因为服务很容易被快速复制，所以服务必须快步进入下一阶段，不然很快进入衰退期。

第二个阶段是市场成长期。首先，销售额增长，利润增加。这时候，顾客意识很强，而且产品会有一些市场口碑。分销渠道的覆盖范围扩大，带来更强的销售增长。企业可能开始提价（产生更高的收入和利润）。同时，竞争对手观察到了先进入企业的成功，开始谋求潜在利润，他们也进入市场的竞争中。竞争对手企业要不就淘汰对方，要不就开始专业化，以他们的利基产品为目标顾客定制产品，确立起新兴的细分市场。如果先进入企业有足够的远见，推出了一些具有竞争优势的产品，而且该产品稍有改变就可保持特色（还要为特定细分市场做出价格让步），那么他们就可以保持地位。在这个阶段，企业的广告开始展现本企业的产品品牌相对于竞争者的优越性，从而说服顾客购买企业的产品。

接下来，某些因素会将一个产品带向市场成熟期。广告继续用于向顾客宣传新产品品牌的相对优势，提醒顾客在购买该类产品时选择该品牌。产品可能会激增，更全面的产品线出现满足了更多细分市场顾客。行业销售已趋于平稳，所以竞争更为激烈。在整个产品生命周期中，这个阶段的竞争最激烈，竞争导致更高的营销成本和更低的价格。因此，在这个阶段，在销售达到巅峰的同时，利润却在降低。此外，市场不再增长，所以强势的竞争对手只能通过掠取其他竞争者获得市场份额或销售额增长。这样，弱势企业被踢出市场。另外，因为企业相互模仿，他们的产品趋向同质化。与其卷入价格战的旋涡，更明智的选择是保持现有市场，或者寻找新的利益点和增长点。

最后一个阶段是市场衰退期。销售额和利润都在下降，新产品代替旧产品。企业需要考虑如何处置旧产品。

- 有时候可以将产品出让。如果采取这条路线，那么越早做出决定越好。因为，产品早出手的时候，它对于其他的企业还有吸引力，能获得最好的销售价格。例如，如果研发部门早点建议，该新药品没有达到预期效果，很正常，其他的制药公司会购买该产品的专利权，完成开发，得到FDA的许可，然后将产品推向市场（详细请见the medicines company. com）。不幸的是，在早期应该出让新产品的时间点很难判断，通常企业不能肯定该产品已经走到了衰退阶段，以致不愿意放弃。企业往往守着产品直到过了应该出让的时间，因为那时候该产品对于其他的企业已经没有吸引力了。
- 旧产品可以"收割"，意味着该公司让产品"慢慢衰亡"。公司降低赞助和营销支出，从中提取更多的利润。该公司不再培养该产品，而且知道需求将继续下降。服务属于劳动密集型产品，收割的方式对于服务产品不是一个可行的选择。相反，这样的企业采取的方法是简化服务，去掉利润较少的服务项目。
- 也许对于即将衰退的产品，最开心的结果是使其"返老还童"，例如最经典

的全新升级。旧产品按照顾客的需求翻新，拥有了新的特征。或者某些企业维持该产品的赞助，吸引一个新的目标市场，期待有一个新的开始。如果这个企业很幸运，旧产品重新回到市场，新一轮的产品生命周期开始。

一般情况下，在导入期、成长期和成熟期，销售额呈增长状态，在衰退期下降。利润在产品导入期和成长期呈增长状态，某些时候利润在成长期也有下降的情况，处于成熟期和衰退期，利润是下降的。利润下滑的原因往往是因为新技术的开发取代了当前的产品，然后资金流减少，资产被用于支持新一代产品的开发。

即使产品生命周期是一个直觉上很有吸引力的比喻（见图7-3），批评家们会说，那只是一个比喻。他们指出，品牌和产品不是动物，他们不会死亡。他们认为，只有当一个企业将某种产品定义为"成熟"的时候，企业会减少对该产品的广告支持，导致产品的衰退。

产品生命周期的长度变化很大。研究者指出，电影的寿命那么短，需要几年来拍一部电影，但是在电影院上映仅仅几周或者几个月。但是，电影会在国际上、有线电视、DVD出租和销售中"再生"或者"转世"，以延续产品生命周期。每个新的生命带来产品和销售的复兴，即使采用不同的形式，面对的是不同的目标受众。[16] 其他的产品和品牌，像可口可乐、汰渍、西尔斯百货和国际假日酒店，似乎总是停留在"成熟"这个有利可图的阶段。[17]

最后，产品类别生命周期的长度似乎比单独品牌的生命周期要长。那是因为，某个特定的电影也许不能在荧屏上存在很久，但是某种电影类别也许已经100岁了。就像"运动"这个宏观类别，其产品健全而成熟，但是有人也会指出，全美汽车比赛协会（NASCAR）如今正当其时，正在经历爆炸性增长，它是更年轻的子产品。

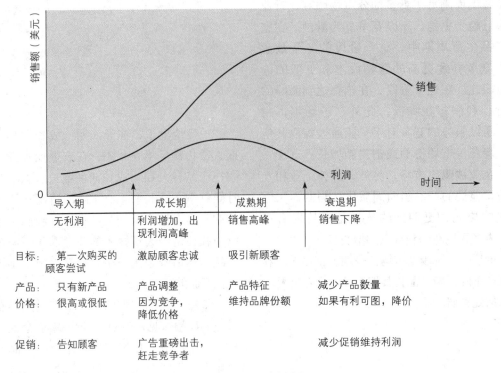

图7-3   产品生命同期

创新扩散

除了研究产品生命周期下基本的营销活动外，营销人员还需要对顾客在这些阶段中的行为做出理论关注。有一种理论认为，新产品的扩散类似于传染病。[18] 如果你把一个患有感冒的人放在一屋子人当中，这个人在打喷嚏，想象谁会先病倒——当然是离打喷嚏的人最近的那群人。

当新产品导入市场时，类似上文的现象也会发生。假设你的圈子里，某个朋友喜欢高科技产品，他拿到一个电子玩具并且向他所有的朋友展示这个玩具。他的朋友发出"哇"之类的赞叹声，接下来的事情，你很清楚，其中的某些人也有了这个玩具。然后他们又告诉各自的朋友。也许你的圈子中，喜欢电影的朋友会更早知道哪些新电影即将上映，他会成为最先观影的观众之一。然后他告诉所有的朋友，推荐他们看某些电影，或者劝他们不要在哪些电影上浪费时间。这种口耳相传有助于激活"创新扩散"（diffusion of innovation）。[19]

理论模型很简单，营销人员用一条正态曲线（如图7-4所示）将顾客群分组。"创新者"就是最前面的那3%～5%的喜欢尝试新想法和愿意冒险的人，他们受过教育，有能力、有信心自己评定某种产品的信息。[20] 需要注意的是，你可能是电子产品的创新者，但不是电影的创新者，反之亦然；有些人则是跨越多种产品类别的创新者。一般情况下，除非你有很强的风险规避倾向，你会成为自己介入程度最高的产品类别的创新者。

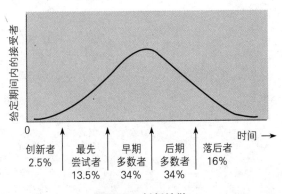

图7-4   创新扩散

下一组是"最先尝试者"（10%～15%），他们多是意见领袖，一部分是因为他们是一个更大的群体，另一部分是因为往往有名的创新者恰是那些狂热分子。这个群体如此有影响力，以致企业失去这些最先尝试者的成本远大于失去后期多数者的成本。[21] 早期尝试者通过口碑进行传播，尤其是对下面这一组人群。

相对于上述的两个组，"早期多数者"（34%）这一群体更属于风险规避型，他们等着听早期尝试者对新产品的良好体验。"后期多数者"（34%）则更为谨慎，年纪更大，更保守，依靠口碑传播获得的一致信息对新产品做出判断。

最后一组我们称其为"落后者"或者"不尝试者"（5%～15%），他们最具风险规避性，他们一般对新产品持怀疑态度，而且收入相对低一些，所以对于具有风险的购买，也许负担不起。某些时候，他们不去特别关注某个产品类别，例如你的祖父并不会欣赏你的新MP3有什么特性。

有时，营销人员会提及累计销售额。如果通过图表表现出来，图7-4中的正态曲线图就会呈现出类似于图7-5中的S曲线图的状态。微积分计算可知，销售率迅速增长的地方，或者说当销售"起飞"的时候，是这个曲线的转折点。用现在的说法，它被称为"引爆点"，从这一点开始，产品或创意像野火一样在市场中拓展、蔓延。

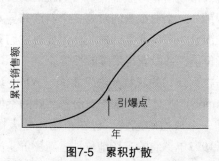

图7-5 累积扩散

营销人员做销售预测时，正是依据了这样的道理。在图7-6的等式中，我们想知道 n_t，即在未来 t 时间内的销售量。销售预测要考虑以下几个因素：N_{t-1} 代表目前为止产品的销售量（单位范围内的累计销售量，M 是市场潜量的最大值（第3章目标市场选择中，我们讲到过市场规模的估算方法，可以用来估计 M）；$M-N_{t-1}$ 指的是，到目前为止，我们做得怎样，即我们理论上可以销售的数量（M）和我们至今售出的数量 N_{t-1} 之间差异有多大。

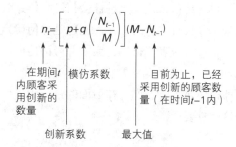

$$n_t = \left[p + q\left(\frac{N_{t-1}}{M}\right) \right](M - N_{t-1})$$

在期间 t 内顾客采用创新的数量　模仿系数　目前为止，已经采用创新的顾客数量（在时间 $t-1$ 内）

创新系数　最大值

图7-6 扩散模型

通常，吸引营销人员的是参数 p 和 q。第一个参数 p 代表创新系数，即根据营销人员那里获取的信息，顾客购买新产品或适应新产品的可能性。第二个参数 q 是模仿系数，根据从其他顾客那里获取的信息，顾客购买或适应新产品的可能性。

扩散模型有两种不同的应用形式。第一，我们可以观察销售数据，与模型匹配，然后对未来进行预测。例如，一旦销售开始，我们有了 n_t 和 N_{t-1} 的数据（t 可以按小时、周、月或者年为单位汇编），如果我们已经进行了估算市场规模的相关工作，比如根据第3章讲述的办法，那么 M 值可以估计，然后我们也可以估算 p 和 q。或者，我们可使用与该新产品相似的产品的历史数据。在新产品发布前，加入这些数据对新产品的销售前景进行预测。例如，我们可使用以前产品发布的二手数据，找出相似产品的 p 和 q，将这些数据加到预测估计中。[22]

模仿系数 q 通常很高，$p:q$ 大概是 $1:10$。如果你参考图7-4中早期多数者和后期多数者所占的比例，其中的原因很容易明白。"创新者"和"最先尝试者"（推动 P 值的顾客）大约占据市场的10%～15%，而剩下的85%～90%

的市场推动q值。营销人员可以通过在早期引入降价来加速创新（使p变大），也可以通过过段时间后引入降价来加速模仿（使q变大）。

营销人员正是在这些阶段中与顾客形成互动的。新产品发布的第一项工作是提高顾客对新产品的认知，一般由广告来完成。广告费用很高，而营销人员早已知道，如果他们的产品很火、口碑传播很快，这种社会口耳相传达到的效果可以代替广告的工作。问题是如何确定"意见领袖"或者"市场行家"并激活他们的人际网络。一般认为，口碑传播有利于提高q值，即模仿系数。我们会在后面的章节中详细讨论这个重要话题。

7.4 新产品、品牌和产品线延伸如何与营销战略相适应

我们已经讨论过新产品开发程序、产品生命周期和创新扩散过程。回过头来，我们重新检视市场营销中的4C。确定了企业和营销通过新产品和服务所要实现的任务和目标以后，新产品计划开始在公司内部运行。借助SWOT分析（参见第3章），营销人员从企业处找寻答案："我们的优势和劣势是什么？"从行业中找寻答案："现在的机遇和威胁是什么？"

讲到这里，营销人员应该承认，在新产品开发过程中，顾客提供的反馈信息很重要。下面列出了一系列影响因素，涉及顾客对新产品的认可以及贯穿整个市场的创新扩散。顾客总是会问："新产品的好处是什么？""为什么我要购买它？"那么在以下情况下，顾客的认可程度会高一些：

- 与现有产品相比，新产品有明确的相对优势；
- 新产品与顾客的生活方式很协调；
- 新产品一点都不复杂，或者友好的界面减少了其复杂感；
- 新产品易于审查或采样，方便评估。

营销先是确定目标市场，进行市场分析，然后据此开始销售预测，比如估计销售额、市场增长、顾客的潜在需求和市场走向，顾客从一开始就很重要。

竞争对手分析不可或缺，因为新产品的好处就在于差异化（在价值表述中保持竞争优势），而竞争对手分析使新产品的这一优势更为清晰。例如，顾客会问："你的新产品怎么就比竞争者的好呢？"竞争对手会问："我们提供的产品不是一样吗，甚至更好？"竞争对手分析也采用这种形式，即确定真正的竞争行业和企业，并猜想他们的行动。

研究者发现，如果具备以下条件，新产品更容易获得成功：产品优势明确，符合某些顾客的需求，处在一个具有合理市场潜量的市场中，在产品发布中得到某些企业资源的辅助，例如研发和人力资源部门支持。这些因素听起来像是凭直觉获知的，但是研究者也测试了其他的一些因素。例如，价格和产品的创新感知，相比而言就不那么重要。[23]

大部分企业采用多条产品线，这样，在企业处于生命周期的不同点时，企业可以持续平衡产品的战略需求。生命周期的不同阶段需要不同的投资，例如，企业的成长期需要资金流，而缓慢发展期需要聚集现金进行再投资，以保证市场份额。对于新的服务创新，在新服务进入市场前，对雇员进行培训就是研发投资的一部分。企业很难同时将多个新产品导入市场，而且，随着产品的成长，还要对它们重新进行价值评估以获得后续的投资。

吉列公司的沃特曼洗发香波（White Rain shampoo）就是一个重新启动老品牌的案例。这是一个成熟的品牌，已在市场运营大概50年，1992年，它的市场地位被重新评价。洗发水市场被简单的细分为"实用"护发市场和"优质"护发市场。在"实用"护发市场，顾客看重使用价值，该市场的竞争者有沃特曼、爱得利（Ivory）和丝华芙（Suave）；在"优

质"护发市场，顾客的需求更体现在形象升级方面，并愿意支付更高的价格，该市场的竞争者有菲奈诗（Finesse）和潘婷。吉列本可以固守它的定位，分得一份小的市场份额（3.4%），5 300万美元的销售额也不少。沃特曼的用户特征更类似于优品品牌，而非相反类型的实用竞争对手：他们很年轻，受过更好的教育，而且收入较高一些。吉列认为，即使不改变产品配方，只要对沃特曼做出形象改变和价格提升，应该可以将沃特曼重新导入市场，与优质护发市场的竞争者较量。果然，吉列获得了成功。[24]

就像创新扩散过程中人的个性一样，根据是否渴望成为"前沿"，企业也有区别。某些企业看重作为创新者的声誉，其业务主要依靠新产品的市场增长，例如3M和苹果公司。[25]还有一些企业更喜欢扮演反应者的角色，他们可能不是创新者，但是擅长快速响应，例如，只是对产品属性稍作改变或选择更好的价格点，他们就可以快速进入市场。其他则是风险规避型企业或非进攻型企业，只有清楚地确定顾客需求后，他们才会向目标市场提供产品。

这些战略中的每一种，都已经得到了众多研究者的关注。[26]市场先进入者很难处理"全新"产品，第一个进入市场的企业通常是第一个失败的。新概念进入顾客的意识，需要一段时间。而如果是发布"渐次新"的产品，因为风险变小了，第一个行动的企业往往有优势。在其他情况下，除了第一家企业，后面的一些"早期跟随者"企业，在导入全新的产品或者渐次新的产品时，也会有相同的生存风险。下一代的产品上市会容易些，因为已经有了顾客基础、渠道和市场的可预见性。[27]

有关市场增长的战略思想

营销人员必须决定，什么情况下可将所有的新产品纳入市场营销和企业的投资组合中。生命中有些东西是偶然出现的，有时我们需要

及时抓住机遇。但是随着企业的发展壮大，越来越多的人指望着你，你必须具备某种愿景，让员工知道企业正走向何处，而不能让他们随心所欲。

营销人员经常谈及的市场增长战略路线可以分为两种，一种是坚持现有的产品组合然后将它带入新的细分市场，另一种是同时开发多种新产品。一言以蔽之：新产品（对应第一种战略），或者新市场（对应第二种战略）。图7-7展示了市场增长机遇矩阵。

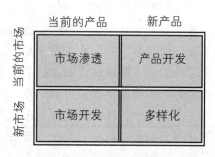

图7-7 市场增长矩阵

市场渗透 这意味着我们坚持当前的市场，并且想要销售更多——还是同样的产品，面对同样的顾客。如果顾客没有被完全挖潜出来，这种战略是四种战略中最简单的一种。我们不需要做新的改变，我们知道如何延伸到尚未挖掘的顾客。在这种战略下，企业通过介绍新的产品使用方法来争取更多的销售额：他们可能会开更多的分店，或者提高市场营销组合：更多令人感兴趣的广告，更好的价格，更好的奖励计划，更好的店内服务，更好的店内氛围。

产品开发 创新型企业很适合这种战略，企业向现有顾客提供新产品或改进的产品以愉悦顾客。这些产品会像品牌或产品线延伸一样激动人心，但通常这些产品只是适度延伸，例如规格大一点或新口味。[28]

市场开发 当我们解决了产品组合，并寻求更多细分市场可以作为目标市场时，可采取这种战略。当我们将品牌导入国际市场时，这种路线往往引人注目，但也更为微妙。例如，尝试着吸引稍微年轻的或年老的群体，或者当

产品大多销向女性市场时，尝试吸引男性消费者。在这种战略中，产品不变，但是延伸到新的细分市场。我们需要扩宽渠道，调整促销活动，在新的市场树立新的形象。[29]

多样化 这种战略最麻烦——我们要用新产品吸引新的顾客。如果你把图7-7中2×2矩阵看做一个游戏板，企业的起点是左上角的角落（市场渗透），掷下骰子以后，我们就可以移到右边（产品开发）或者下边（市场开发）——这样的话，不管从以上哪个地方开始，我们都可以达到多样化。但是，对于大多数企业，要从一个"我们知道怎么对待喜爱我们的顾客"的区域（左上角），跳到一个"我们不了解顾客，顾客也不了解我们，而我们对于该做什么又没有一点思路"的区域（右下角），这个跨度太大了。通常采用的基本步法是：从右上或左下开始，然后向下或向右走。

7.5 我应该关注哪些趋势

关注世界正怎样变化和事物在向什么方向发展，这是重点所在，因为这些趋势决定了对新产品进行预测的环境。人口特征、生活方式以及文化趋势可以促进或制约新产品最终能否成功地导入市场。

也许，在美国和西欧社会，最令人惊讶的人口特征变化趋势是人口老龄化现象。未来20年，欧洲65岁以上的人口比例将达到欧洲人口总量的20%。人口老龄化会带来健康和经济问题。就健康方面，随着人们的类风湿关节炎、骨质疏松症、前列腺等健康问题越来越多，人口老龄化带来更多的保健需求，保健产业也会成长起来。例如，因为人们试图延迟老龄化进程，肉毒素和保健温泉的市场也在增长。同时，为了帮助减少骨质疏松，在美国，很多人退休后迁往南部和西部的阳光地带，这将给房地产和零售带来巨大影响。[30]

老龄化带来的其中一个经济方面的问题是退休人员能否保持经济独立。例如，在美国和日本，人们挣多少花多少（甚至花得更多），为了满足当前的需求，退休人员可能没有提前储蓄、投资的习惯。在欧洲，意大利的国民位于最老的行列，但他们是善于储蓄的人。德国民众的老龄化特征和储蓄习惯处于这两种情况之间。在英国，人口老龄化表现不是那么极端，出生率没有那么低。[31]

在人口特征巨大转变的其他方面中，有一个正是美国当前的现实情况：在美国，8个人中有1个是西班牙裔，而且西班牙裔人口增长的速度超过了非西班牙裔人口。所以，西班牙裔消费者的力量是一个潜在趋势：西班牙裔消费者控制了高达1万亿美元的消费能力，部分原因是更好的就业机遇带来的影响。对于任何一个期待找到最利基的市场和最天真的竞争对手的企业，这个数目（包括刚刚提到的老龄化）不能忽视。

当企业在考虑新的发展方向时，应该关注生活方式的巨大改变。例如，如今美国富人的数量远高于以前的数量，而且富裕家庭数量有继续增长的趋势。[32]全球范围内的金融财富值也是巨大的，至少有100万美元的超过800万人，至少拥有3 000万美元的接近10万人，而且在50个国家中，大概有700个跨国亿万富翁（trend watching.com）。

还有环境和企业社会责任问题。例如，众多污染源中，消费者最容易看到的是交通运输带来的大气污染。全球有几百万使用汽油的交通工具，而且在亚洲、北非和部分中东地区，数量还在增长。在B2B产业中，工业设备副产品是一个问题，污染问题剧增的原因往往是由于发电需求过强和日益增加（simpco.ws）。企业慢慢了解到，绿色营销（比如减少排放）会有利可图，例如使用农作物作为燃料将会抑制污染且使农民受益。

文化差异问题依然存在，典型的是国际间的文化差异，通常影响着全球跨国公司，而国内的文化差异也存在，并影响着国内企业。例

·专业知识的确认要依靠社会来完成。例如，罗伯特·帕克（Robert Parker）是葡萄酒鉴赏家。人们认为他的意见是可信的，因为他没有依靠于葡萄酒生产业或者某个特定的葡萄酒商。

·年轻女性留意意见领袖的举动，并且在DailyCandy.com的时尚版把自己当做意见领袖。

·阿玛尼（Armani）和其他设计师一样，通常免费为名人提供服装，因为他们深知在时尚界具有意见领袖作用的红地毯事件对于他们的重要性。

如，大学生经常使用网络，但是看看网络渗透的数据吧，在瑞典、荷兰、英国、德国、爱尔兰和意大利，网络使用率超过50%，在法国、西班牙、波兰和中国则低于50%。[33]

中国庞大的数字将驱动很多近未来现象，即中国将对不远将来的很多东西产生影响。很多年来，中国一直是一支很强的制造力量，但是它的角色总是在幕后。现在，中国希望实现自己的全球品牌，寻求更好的利润和实现更强的民族自豪感。但是，我们要正确地看待事物，日本人均国内生产总值和美国一样，是30 000美元，而相比而言，现在的中国则是另外一个水平，1 700美元。中国政府似乎很有信心，他们想通过投资国内基础设施建设拉动经济增长，而且尽量缩小城乡收入的差距。

中国不是我们唯一关注的国家。在B2B产业中，市场营销会讲到金砖四国——巴西、俄罗斯、印度和中国，这些都是经济增长最快的国家。鉴于西欧和中东之间的地理位置，埃及、墨西哥、波兰、南非和土耳其的市场前景不那么突出，但也许更有前途（business week.com）。

7.6 口碑要去哪儿，要跟着它走吗

口碑营销（蜂鸣式营销）（buzz marketing）的理念是，新产品是有新闻价值的——它们创造了口碑。就像蜜蜂飞回蜂巢，跳着有节奏的蜜蜂舞蹈，告诉其他蜜蜂哪里有新的鲜花一样，意见领袖回到朋友中间，谈论他们发现的最新产品（见图7-8）。这些信息对于接受者很有帮助，他们将"头蜂"视做专家，视做关注该类产品、经常上网了解这些新东西的人。意见领袖们（头蜂）帮助接受者节省了他们自己上网搜寻信息的时间。此外，因为意见领袖们更为专业，相对于接受者，他们能更有效地对信息分类。况且，这种信息传递对意见领袖们有益——他们享受了充当意见领袖的过程，通常他们相信把产品的专业知识告知给朋友是自己在发挥作用的表现。口碑营销还有个名字是"病毒营销"，因为产品热情是可以传染的。

信息工具创造了许多可能性，营销沟通逐渐不仅仅是单向的"企业向顾客谈判"的传统形式，而更多是一种互动关系。当前很流行的一种媒介是不计其数的博客文章和留言板，这种媒介的势力很大，一部分是因为参与者的数量庞大，另一部分是因为交流的内容不受商业控制。博客是口碑传播的一种形式，它们被称为"互联网上的现实电视"。它们组成一个社区，相互提供社会性的支持，发布各种信息。

类似这样的网站，包括凤凰网的车吧（www.chinaauto.net）谈论关于车的话题，智联招聘（www.zhaopin.com）是著名的招聘网站，减肥成功案例的品牌网站以及小企业业

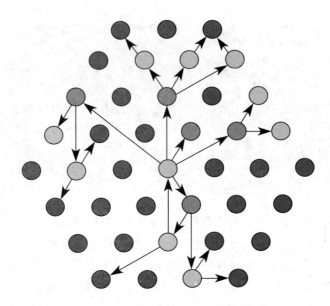

你

你的朋友

你朋友的朋友（等等）

图7-8 口碑扩散网络系统

主之间相互支持和小额贷款网络，还有针对8～12岁青少年的网站，包括由重庆市委、市政府正式确立的重庆市青少年门户网站——赛乐网（www.cn6154.com）。社会网络（social networks）逐渐地嵌入通信技术中，例如，当你的朋友进入你的手机服务网络的时候，他们会从中受益。你可以轻松地在人人网上给你选定的好友留言，你的skype好友则形成了另一个网络。

口碑通过网络进行传播。口碑传播如此重要，以致某些营销人员认为口碑传播比顾客满意和顾客忠诚度还要重要。[34] 例如，美国在线（AOL）服务公司跟踪了顾客对如下言论的反应：我将向朋友推荐美国在线，美国在线是最简单易用的在线服务，大部分我所熟知的朋友使用美国在线，等等。美国在线相信，这些言论能帮助顾客转变——从利用免费试用期到选择网络服务购买。

|专|栏|7-2 WOM

• 在阿根廷，雀巢招募50名消费者（25～45岁）转发一篇关于其产品链接的电子邮件，短短一个月，该链接获得10万次点击（Advertising Age.com）。

• 研究发现，健怡可乐和曼妥思薄荷糖溶合会引发爆炸（通过视频在网络上传播）是不完全信息，但两家公司都未阻止视频的继续传播，因为大家都在讨论这件事情（消费者或持中立态度，或淡然，或作为闲聊的谈资）。

专栏 7-3 宝洁和汉堡王

有些企业很精通口碑营销。

➢ 宝洁公司

• 有一个25万青少年（13～19岁）组成的专门小组，向他们的朋友介绍宝洁公司提供的产品或创意。这些青少年不是宝洁花钱雇来的，但是他们确实收到了宝洁的产品试用装——而且他们喜欢作为这样一种声音（有一些批评的声音关于他们的合法性审议，考虑到有些青少年是未成年的）。

• 宝洁公司还有一个由6万名妈妈组成的"隐形军队"，这些妈妈是宝洁公司根据她们社会圈子的规模进行筛选的，这些妈妈聊天时都要谈论宝洁的产品（每天，她们至少要和20～30位妈妈交谈）。

➢ 汉堡王（Burger King）

• "小鸡侍者"策略十分有效，该网站的浏览者可对网站上穿着公鸡服装的人做各种动作。给大量的浏览者带来了快乐和对汉堡王的热烈讨论。

• 汉堡王有一个MySpace网页，面向所有的汉堡王的顾客。到目前为止，汉堡王已经得到了100 000个朋友。

关于市场营销和口碑，主要有两个相关的业务发展方向。第一，营销人员在考虑对口碑进行测量，了解口碑对后续顾客及顾客行为的影响。做这种业务的企业有著名的市场研究公司——niesol-online.com、Echopinion.com和startsampling.com。他们赚取点击率以获得广告，提升产品售价，并设法出售。

第二，企业积极地尝试收集口碑。这类企业的代表是BzzAgent.com。BzzAgent的创办人兼执行官是戴夫·巴尔特（Davie Balter），这家开创性的口碑行销公司曾登上《福布斯》（*Forbes*）、《快速企业》（*Fast Company*）等杂志，也曾是《纽约时代杂志》（*New York Times Magazine*）的封面故事。BzzAgent 公司会派出品牌代理，对于BzzAgent的每一种产品，只要进行了有关产品的口碑传播，公司则要求品牌经理形成相应的意见（积极的、消极的或者中立的）并提交报告。该企业每周和1 000个新代理商签订合同，而且其中一半的代理商是25年以上的老客户。积极的口碑显然比较好，某些负面的口碑也没有关系，因为它们增加了诚实性和信用，无论发表什么意见都似乎是"真实"的，企业的声誉不受影响。

在C2C产业中，口碑带来的一个很重要副产品，即它常常能招来那些很难被企业发现的新顾客，于是企业对其提供推介奖励。对于那些人们很感兴趣的产品，"口碑"的效应显著；对于那些人们不太感兴趣的产品，只要它对于顾客有点价值，它一样重要。

大型企业常常使用不同形式的口碑传播，类似亚马逊，所有人都可以在这里给产品评级（所以他们不能像真实的社会关系网络得到同样的信任），浏览者以为它们是该产品的用户对产品评级——可能是正在考虑购买相同产品的客户。[35]

注释

1.感谢以下教授的相关研究：Rick Briesch（SMU）、Erin Cavusgil（Michigan State）、Serdar Durmusoglu（Michigan State）、Harry Harmon（U Central Missouri）、Ann Little（High Point U）、Stefan Michel（Thunderbird）、Chip Miller（Drake U）、Anthony Peloso（ASU）、Donald Shifter（Fonthonne U）、Rebecca Slotegraaf（Indiana U）和 Bruce Weinberg（Bentley）。

2. 例如，businessweek.com报道，美国强生（Johnson & Johnson's）计划开发更多新产品来"治愈其境况不佳的股票"。当然，还可参见Koen Pauwels（Dartmouth）和Jorge Silva-Risso（UC Riverside）的研究。

3. 参见Stefan Michel（Thunderbird）、Stephen W.Brown 和Andrew Gallan（ASU），Steve Hoeffler（Vanderbilt）和ElieOfek（HBS）的研究。

4. Kenneth Kahn（《新产品开发的PDMA参考书》，Wiley）说市场导向（Market Orientation）回报：研究表明，表现最好的企业往往是能够将新产品的利益和顾客认为最重要的需求保持一致的企业。更多研究参见Kah-Hin Chai、JunZhang和Kay-Chuan Tan（National U Singapore），还有一个很有用的网站：pdma.org。

5. 参见Lisa Troy、David Szymanski和Rajan Vanderajan（Texas A&M）的研究。

6. 参见Darren Dahl（UBC）和Page Moreau（U Colorado）教授关于新产品开发中创意问题的研究。

7. Professor Rajiv Grover（U Georgia）研究了影响新产品开发程序中创意流的个人和组织因素。也可参见Alva Taylor（Dartmouth）和HenrichGreve（Norwegian School Management）的研究。

8. 参见marketingpower.org的市场营销管理；copernicusmarketing.com上Kevin Clancy和Peter Krieg的研究；参见Ashwin Joshi（York U）、Sanjay Sharma（Wilfrid Laurier U）、Jeery Wind（Wharton）和Vijay Mahajan（U Texas）的研究。营销人员说宝洁在经历20世纪20年代的萧条后，认识到市场研究的重要性，所以再也不需重新接受这样的教训。

9. 联合分析提供了概念测试无法匹配的详细程度（Paul Green和Abba Krieger）。第13章中有关于联合分析的更多信息。

10. 参见Debora Thompson、Rebecca Hamilton和Ronald Rust（U Maryland）教程的研究。

11. 参见Al Silk 和 Stefan Thomke（HBS）、John Hauser和Glen Urban（MIT）的研究。

12. copernicusmarketing.com的Kevin Glancy和Peter Krieg。

13. 需要更多信息，请联系Youngme Moon（HBS）和参见Rajesh Chandy 和Om Narasimhan（U Minnesota）和Jaideep Prabhu（Imperial College London）的研究。

14. Businessweek.com报道了一个波士顿咨询团体关于"长度发展时机"的研究是创新中最大的障碍。

15. 参见Robert Krider（Simon Fraser）、Tieshan Li 和Charles Weinberg（U British Columbia）、Yong Liu（Syracuse）的研究。

16. 我们可把产品分类，看他们是采采蝇的寿命（例如时尚）或者龟的寿命（例如软饮料）。http：//info.wsj.com/classroom/catalog/poster.html展现了几个当前流行产品的寿命。

17. 这是"病毒营销"（viral marketing）这个术语的出处。

18. 这个模型首先归因于Everett Rogers，参见他的书《创新的扩散》（*Diffusion of Innovatious*），随后该模型在营销中流行开来。参见Frank Bass、Vijay Mahajan（U Texas）和Eitan Muller（Tel Aviv U）的研究。如果你想知道更多，可以阅读Duncan Watt 的《六度分隔》（*Six Degrees*）和Macolm Gladwell的《引爆点》（*Tipping Point*）。

19. 参见Jan-Benedict Steenkamp（UNC）、Katrijin Gielens（Erasmus U）、DeAnna Kempf（Middle Tennessee State）、Russell Laczniak（Iowa State）、Robert Smith（Indiana U）、StacyWood（U South Carolina）和Page Moreau（U Colorado）的研究。

20. 参见Kay Lemon（Boston College）、Bart Bronnenberg（UCLA）和Barry Bayus（UNC）的研究。

21. 对于巴斯扩散模型（Bass Diffusion Model）的元分析，参见Fareena Sultan（Northeastern U）、JohnFarely（Dartmouth）和Donald Lehmann（Columbia）在《市场研究杂志》（*Journal of Marketing Research*）中的研究。他们发现，对于任何种类的产品和任何市场，p在0.02～0.06变化；q在0.3～0.6变化；p：q的比例大概1：10。

22. 参见David Henard（North Carolina State）、David Szymanski（Texas A&M）、Bill Rbinson（Purdue）和David Midgely（Insead）的研究。

23. 更多信息请看Geraldine Handerson 教授的Darden案例。

24. 参见Rebeca Slotegraaf（Indiana U）和Chris Moorman（Duke）关于营销与技术对公司影响的研究。

25. 参见Steve Hoeffler（Vanderbilt）、Raji Srinvasan和Pamela Haunschid（UTexas）、Rajdeep Grewal（Penn State）的研究。

26. 参见Sungwook Min（Cal State, Long Beach）、Manohar Kalwani 和William Robinson（Purdue）Peter Danaher（U Auckland）、Bruce Hardie（London Business School）和Erica Okada（U Washington）的研究。

27. 参见Glemn Voss（UNC）Mitzi Montoya-Weiss（North Carolina State）和Zannie Giraud（Duke）建

议，如果一个企业与其顾客的联系太亲密，这种联系会制约创新——企业不想偏离顾客的喜好；高水平的创新要求兼顾企业开发的能力和维持企业与顾客的紧密联系，因为企业的定位和其吸引的顾客基础可能始终在变。

28.电影续集是一个尝试着向已有顾客群推销新产品的好例子。参见Xavier Dreze（Wharton）、Sanjay Sood（UCLA）、Joshua Eliashberg（Wharton）、Suman Basuroy（Florida Atlantic U）和Kalpesh Desai和Debabrata Talukdar（SUNY，Buffalo）的研究。

29.需要了解顾客对营销活动的反应，参见Patti William（Wharton）、Aimee Drolet（UCLA）、Mark Uncles和David Lee（U New South Wales）的研究。Bert Weijters和Maggie Geuens（Ghent U）发现采用标签

"50+"、"有经验的"还可以，使用"老年人"会激起负面联想。

30.Mckinseyquarterly.com

31.如果需要人口统计特征组合和家庭生命周期的影响的更多信息，参见Du（U Georgia）和Wagner Kamakura（Duke）的研究。想走在趋势的前头，参见Valarie Zeithaml（UNC）、Ruth Bolton（ASU）、John Deighton（HBS）、Katherine Lemon（Boston College）和Andrew Petersen（U Conn）的研究。

32.Internetworldstats.com。

33.参见Fred Reichheld的书《*Ultimate Question*》和Chrysanthos Dellarocas（U Maryland）的研究

34.参见Judith Chevalier和Dina Mayzlin（Yale）的研究。

35.参见Anand Bodapati（VCLA）的研究。

通过定价、渠道和促销定位

Chapter8
第8章

定价

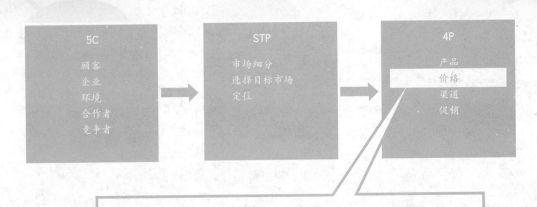

营销框架

5C	STP	4P
顾客 企业 环境 合作者 竞争者	市场细分 选择目标市场 定位	产品 价格 渠道 促销

- 需求和弹性如何影响价格决策?
- 对于低定价,我们如何确定盈亏平衡点?
- 对于高定价,我们如何测量顾客的价格敏感度?
- 我们应该保持价格不变,还是允许改变呢?
- 如何为不同的细分市场定价?

8.1 为什么定价如此重要

我们所熟知的营销是利益和成本在消费者与企业之间的交换，而营销的4P理论主要关注企业如何向顾客传递价值。生产一件好的产品，使消费者通过便利的渠道获得它，并能够把产品的优点清楚地传递给顾客。而正是价格，为企业从顾客身上获取价值提供了一种机制。[1]

8.2 营销人员关心什么样的定价问题

有一些定价问题对于营销人员来说是重要的。营销人员需要知道如何定价：价格必须根据品牌地位的高低来相应制定。营销人员需要了解顾客对于价格以及价格变化（例如临时促销）的感知来判断什么样的价格是易于被消费者接受的。最后，我们将会看到价格如何作为一种细分的工具被使用。

> " 确切的定价方案对于营销人员来说至关重要 "

8.3 背景知识：需求、供给以及弹性

如果你十分了解供给需求表，那么你可能会想要跳过这一部分，继续阅读关于定价的部分。如果你只是一个新手，那么请读下去。

可以从图8-1看出，当价格上升时需求量是减小的。当品牌价值过低时，公司可以通过提高价格来获得更大的收益（更大的边际收益）。当产品价格过高时，销量就会下

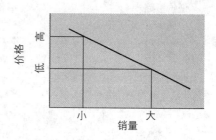

图8-1 需求曲线（线性）

降。如果价格被调低，那么销量会增加，公司可以获得更大的收益（对于每单位的需求量更大）。

定价较之其他营销要素（改变产品本身促销信息或者供应链中的合作伙伴）更容易调整，但实际上这远比听起来复杂得多。我们将会讨论几种主要的定价方法，尽管这些方法听起来是比较精确的，但其中仍然可能会存在一些误差。问题的关键在于什么因素对于定价策略的影响更大，是系统性的计划还是随机的误差？

当谈论到产品定价时，一般会考虑定价是低了、适中或是高了。图8-2阐述了这三种简单而最常被用于公司定价的方法：最低价是根据成本再加上利润来制定的；最高价的制定原则是先获知顾客所愿意支付的价格，然后基于此价格定价；竞争价格则处于适中位置，通常

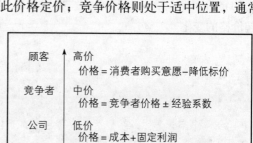

图8-2 典型定价策略

|专|栏|8-1   各种定价策略

低价策略
- 成本加成定价（cost-plus pricing）：在平均价格之上加价。
- 招徕定价（loss leader）：用低于成本的价格销售以吸引其他产品的顾客。
- 市场渗透（market penetration）：以低价换取销量。
- 掠夺定价（nearly predatory）：用足够低的价格吓退竞争者。

中价策略
- 竞争性："现在的利率是多少？"
- 将产品价格定于略低于商品的感知价格。
- 如果你能提供更多的利益或者品牌价值，那么这个价格可以略高于商品的感知价格。

高价策略
- 撇脂定价（skim market）：尽量定高价，不考虑销量。

- 声望定价（prestige pricing）：定高价以树立高端的品牌形象。
- 凭借产品的异质性和稀缺性制定高价。

评注
"价值定价"有时意味着"低价"，例如物美价廉，而有时意味着"高价"，例如消费者从产品中感知到价值并愿意出高价。

采用竞争者的价格作为标准并根据这一标准进行修正。

值得注意的是市场营销的5C策略与定价相关：知道了企业的制造成本可以帮助制定低价，知道了顾客对于产品价值的感知可以帮助制定高价，而关注竞争者的价格可以帮助制定一个相对适中的价格。一旦你为品牌制定了这些基准，那么如何做出选择便成为了一种战略行为。

在制定价格策略的时候还有其他许多需要考虑的因素，而我们同样要对这些因素进行检验。举例来说，在产品生命周期的不同阶段，所采取的定价策略也是不同的。在不同的细分市场，购买意愿也不尽相同，因此一个公司可能会针对不同的细分市场采取不同的定价策略。另外，还有一些要素可以引起价格的变化。

在可变性上，价格较之营销的其他要素是不同的，因此价格经常变动。而价格改变的影响力比起其他要素来说更容易测量。然而，值得注意的是我们应该避免通过大幅度降价来获得销售量的急速增长，因为这种做法只重视短期利益。

作为向顾客、竞争者和合作者传递品牌定位以及品牌形象的方式，定价和其他的营销要素是同等重要的。你正向顾客传递信息："我们的产品价格低廉"（物美价廉或仅仅只是便宜）或者"我们的产品价格昂贵"（专用的或者定价过高）。

有人也许会有这样一种观点，价格要素比其他的营销要素更为重要，因为价格可以被消费者清楚地辨析。[2]例如，顾客可能会看见一则广告或者一家零售店，而后想到"这个产品是一款高档品"（但并不确定），而在面对高

|专|栏|8-2   π=利润

在营销模型中，我们常用π代表利润，而市场份额通常用饼图来表示，扇形面积的大小代表了对应企业所占有的市场份额的大小。很像一块饼吧，想吃吗？这只是经济式的幽默。

价产品时这种不确定性是几乎不存在的，或者一个零售商合作伙伴可能会认为"制造商不会再为那个品牌提供服务了"，而当制造商大幅削减价格后，任何的不确定性都会消除。

因此，研究定价问题非常有必要。下面让我们看几种定价策略并指出如何针对实际情况进行选择。

8.4 定价与营销一样，必须同消费者相关

众 所周知的是定价同公司的收益是紧密相关的，我们通过如下方式来定义利润：

$$利润（\pi）=价格×需求量-固定成本-$$
$$可变成本×需求量$$
$$=（价格-可变成本）×$$
$$需求量-固定成本$$

由此可见利润是随着价格的升高而增加的，就如同图8-1中的需求函数所展现的那样。然而，价格的升高也意味着需求量会显著下降。因此我们必须找到一个利润均衡点。

在另外一种形式的营销悖论中，随着固定成本或者可变成本的降低，利润也是会提高的。企业有时会为了提高品牌形象而提供一些特殊服务，而这样做则会提高成本。但如果这些企业不这么做，消费者会认为产品和服务质量在下降，这样无疑会降低产品的市场需求量。[3]

如图8-1中的需求曲线所展现的那样，在极端情况下，我们可以通过以最低的价格向所有人出售橡胶而暴富，或者以极高的价格出售优秀的艺术品来达到相同的目的，当然，这种情况下我们只需要售出一两件艺术品即可（也就是说，边际利润）。

但到底什么是低价而什么又是高价呢？如果我们的橡胶卖疯了，那么为什么不能提高价格赚取更多的钱呢？如图8-1所示，当价

格提高到什么程度时会使得消费者愤怒并认为"忘了吧，那只是橡胶而已，它不值得这个价钱"，继而离开？就此而言，绘画作品不会从墙上不翼而飞，雕塑作品同样不会从展览柜里消失；因此，如果商品没有被摆上货架，那么美术馆的经理又怎么能知道是否仍然会有特别的买家前来，或者价格被制定的过高呢？[4]

8.4.1 弹性和价格敏感度

上述问题表明图8-1中看似精确的曲线也同样存在波动的空间。众所周知的是，这种波动被称为"弹性"（elasticity）或"价格敏感度"（price sensitivity）。一种情况下弹性是这样被描述的：如果企业降低了价格，那么销售量会增加，表现为卖出了更多的商品。而值得关注的问题则在于这些增加的销量所带来的收入增加能否弥补价格下降带来的损失。

而另外一种对于弹性的经典解释则是站在消费者的角度来讲的，如果价格下降了（或者上升了），那么需求量（售出的商品数量）会增加（或者减少）多少呢？如果需求量几乎不受价格的影响，那么这种情况则被称为"非弹性"但如果需求量围绕价格波动，那么这种情况被称为"富有弹性"。

从更具有理论性的角度来解释，在图8-3中，我们看到两种不同的需求情境。在图8-3a中，需求弹性是很大的。图8-3a中需求曲线的倾斜程度较之图8-3b中的曲线来说平缓许多。我们可以利用图中区域内已给的数据来研究随着价格的升高和降低，需求量是如何变化的。

设想在图8-3a所给的情境中橘子的价格是7美元。而根据曲线显示，在此价格下橘子的销售量为10单位（区域1和区域2），因此总收入70美元（＝7美元×10）。如果我们将价格降低到4美元，那么我们将卖出40单位（区域1和区域3），总收入160美元（＝4美元×40）。因此，即使价格降低了，所取得的160美元的总收入仍大于初始状态下70美元的总收入。我们说该种情况下的需求是富有弹性的。

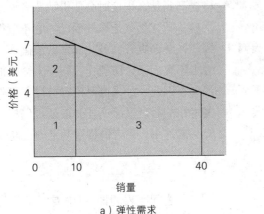 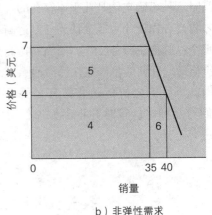

a）弹性需求　　　　　　　　　　　　b）非弹性需求

图8-3　需求弹性和非需求弹性

相反，仍然是图8-3a，但假设初始价格为4美元。那么初始总收入为160美元（=4美元×40）（区域1和区域3），如果我们提高价格，我们将会看到销售收入降低为70美元（=7美元×10）（区域1和区域2）。这也就再一次的表明（注意是同一幅图），消费者的需求是富有弹性的。

与此相对照的是，在图8-3b中，需求被视为缺乏弹性的——让我们来看看是什么原因导致了这种结果。价格从7美元开始下降，在此状态下销售量为35个单位（区域4和区域5），总收入245美元（=7美元×35），而当价格为4美元时，销售量为40单位（区域4和区域6），总收入160美元（=4美元×40）。由于销售量的增加量太小，无法弥补价格降低带来的损失，因此此时是缺乏弹性的；我们损失了边际收入（每单位产品少了3美元的边际收入），但没有从销售量的增加中得到补偿（销售量仅仅增加了5个单位）。从相反的角度可以得到相同结论。当价格从4美元提高到7美元时，总收入从160美元（区域4和区域6）提高到了245美元（区域4和区域5），这一情况同样表明此时需求是缺乏弹性的。现实生活中，缺乏弹性意味着即使我们提高价格，消费者同样愿意购买。对企业来说，此种情况是幸运的。[5]

如图8-3所示，我们可以看到弹性由需求

曲线的倾斜程度来决定。而事实上，倾斜度确实是用来衡量弹性的。用E表示弹性，其定义是价格的变化率对于销售量的变化率的影响：

弹性[6]，$E = P_1 (Q_2 - Q_1) / Q_1 (P_2 - P_1)$

因此，在图8-3中，$E_a = -7$，$E_b = -0.334$（将相关数据带入上一行的公式中即可）。

通常情况下，谈到需求弹性时负号常常被忽略。综上所述，弹性E可以从以下几点衡量：

- 当$E > 1$时，如图8-3a所示，需求是富有弹性的。价格和总收入反方向变化：随着价格降低，总收入增加；随着价格提高，总收入减少。

- 当$0 \leqslant E < 1$时，如图8-3b所示，需求是缺乏弹性的。价格和总收入同方向变化：如果价格提高，总收入增加；如果价格降低，总收入减少。

- 当$E = 1$时，则需求被称为具有单位弹性，不论价格提高还是降低，总收入都是不变的。

最后，换一种思路考虑，图8-4反应的是现实的营销活动中的发现。拥有品牌忠诚的顾客需求是缺乏弹性的（较低的价格敏感度）——无论价格怎么变化他们都会坚持购买。而对于交易倾向的消费者来说，其需求是富有弹性的，他们对价格的敏感度较高，当企业提高价格时，他们会放弃购买行为或者转而购买竞争企业的产品。

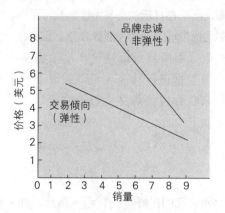

图8-4 不同消费群体的需求弹性

8.4.2 影响需求和供给的因素

如果我们在需求增加或供给急剧下降时提高价格，此时又是什么因素在影响需求？需求的变化被视为消费者欲望的函数，当更多的消费者想要这个品牌的产品或某一消费者想要得到更多的该品牌的产品时需求便会增加。[7]需求同样会随着产品质量的提高以及品牌形象的提升而增加。如果竞争者的品牌形象不佳，那么需求也会增加，如果替代品较少或替代品定价过高时，结果是相同的。

需求受到品牌、产品以及企业的影响，那么我们现在并不只考虑需求本身。每块硬币都有两面，我们不妨考虑另外一个方面，即影响消费者价格敏感度的因素。以下几种情况会导致消费者具有更高的价格敏感度，或者说价格对于他们来说更具有弹性：消费者不关心购买产品的类别以及品牌，消费者的品牌偏好性不强烈，消费者不具有特殊的品牌忠诚。相对于生活必需品来说，消费者对于奢侈品有着更高的价格敏感度，当市场上有很多替代品或者购买的商品是大件商品（同消费者的家庭收入相比较）的话，消费者的价格敏感度均会较高。而毫无疑问的是，对于低收入家庭来说，他们的价格敏感度普遍更高。[8]

互联网对于价格的影响作用也日渐显现出来。当诸如价格之类的信息可以被消费者方便地获取以便在不同的竞争品牌中进行比较时，价格敏感度会增加。对于商家来说，进行网络销售比进行实体店销售更容易一些，网络经销点可以让顾客在价格等其他方面对不同产品进行快速简单的比较。有证据表明互联网上的商品价格更低，但不能忽视的是，仍有相当数量的实体销售点存在着。[9]

8.5 低价

论及低价时，有两个议题：第一，我们如何判定成本是否得到了补偿？为了解决这一基本问题，我们将计算一系列的盈亏平衡点——通过简单的数学运算决定我们应该制造多少产品来进行销售。第二，低价策略是否能够作为持续性的策略选择，例如那些坚持天天低价（EDLP）理念的企业，它们试图在消费者的心目中将自己的产品定位为具有高价值的产品，或者说我们应该通过价格的浮动来影响市场，提高或者撤销当下的价格折扣？当我们在谈论价格恒定和变化时，我们先讨论盈亏平衡点而后讨论EDLP。

补偿成本（covering costs），将价格定为能够确保企业生存的最低水平。成本加成定价法如下：

每单位产品定价＝单位成本/（1−X%）

式中，X% 是期望回报率。若期望回报率为30%，那么我们的定价为：单位成本/0.7。

如果固定成本（包括营销费用、广告费用、研发费用以及折旧费用）与可变成本（包括劳动力费用以及生产原料费用）相比更高时，战略性目标就应该是最大化产品销售量（用尽可能多的产品销售数量来分摊固定成本）。如果可变成本较高，那么战略性的目标就应该是最大化边际收益。我们不能指望通过增加产品销售数量来降低价格，因为较大的产品数量会带来更高的边际成本。

8.5.1 产品的盈亏平衡点

什么是盈亏平衡点 (break-even，BE) 呢？通过盈亏平衡分析，可以知道企业需要卖出多少产品才能够补偿成本。假设你正要到城外去面试一份工作。你可以选择乘坐出租车或自驾车的方式从公寓去机场。假设乘坐出租车要花费20美元+5美元 (1美元的机场税以及4美元的小费)，而机场停车场的使用费用是每天20美元，为了简化问题，假设油价为0。那么选择哪一种方式是最明智的呢？是乘坐出租车，还是自驾车？

如果这趟旅程花费1天时间，也就是说，你乘飞机到一个临近的城市，而且当天就会返回。如果你选择了乘坐出租车，那么将花费50美元；如果你选择自己驾车并把车停在机场停车场，将花费20美元。如果这趟旅程花费2天时间，乘坐出租车将花费50美元而选择自驾车并将车停在机场停车场将花费40美元。对于3天的旅程来说，乘坐出租车将花费50美元而自驾车会花费60美元。如果旅程花费的时间为d天，那么乘坐出租车的方式将花费50美元，而选择自驾车并将车停在机场停车场将花费20d美元。因此，如果旅程花费一天或者两天，明智的选择便是自驾车并将车停在机场停车场；如果旅程花费三天以上的时间，你就应该选择坐出租车。

生活中我们常常会遇到需要做盈亏平衡分析的情况。现在我们将重点讨论这一问题，我们要明确的是我们在为一次性的交易定价。如果营销人员着眼于长期，例如基于客户关系管理的关系营销，他或者她在初次交易时并不刻意保持盈亏平衡，而是在日后的交易中达到盈亏平衡。公司早期的损失可以当做在消费者身上的投资。

盈亏平衡点可以通过产品销售量或者货币量等数据进行计算。可以通过盈亏平衡分析法来获知应该卖多少数量的产品。对利润定义如下：

$$利润 (\pi) = (价格-可变成本) \times 需求量-固定成本$$

如果我们正好达到盈亏平衡点，那么利润为0，这种需求级别我们称为BE：

$$0 = (价格-可变成本) \times BE-固定成本$$
$$BE = 固定成本/(价格-可变成本)$$

价格-边际成本，也被称为固定成本的单位分摊率 (contribution per unit to fixed costs)。

我们现在考虑一种更复杂的情况。假设你有这样一位朋友，她的爱好是在T恤上印制图案，而她则通过给T恤印制图案赚取很少的钱。与此同时，你设计出了一款出色的模板并利用一个滚筒刷生产出了大量的廉价T恤。表8-1列出了成本的详细内容。固定成本包括付给你朋友的合理的工资、营销费用和管理费用 (如网站维护)，而很大一笔费用花在了屏幕、滚筒及设备上。可变成本的明细则如表8-1所示：每件T恤7美元和印制图案需要花费4美元，还列出了生产50、100及150件印花T恤的总成本。

表8-1 印花T恤的生产成本 (单位：美元)

固定成本（每月）	
你朋友的工资	1 000
营销和管理费用	250
屏幕、滚筒及设备费用	650
总计	1 900
可变成本（每件）	
衬衫	7
印刷费用	4
总计	11
不同数量的成品T恤所需总成本	
50	1 900+（50×11） = 2 450
100	1 900+（100×11） = 3 000
150	1 900+（150×11） = 3 550

表8-2在列出了收入情况，再仔细看的话可以看出这其实是通过一个价格和需求的函数来表示的。因此，为了取得销售收入的最大值，我们在一个月内卖出150件T恤而且消费者为每件T恤支付35美元，我们将取得5 250美元的收入。喔！不过等等，我们现在必须减去我们的成本。

表8-2　印花T恤项目的盈亏平衡点

（单位：美元）

收入	T恤的销量		
价格	50	100	150
10	500	1 000	1 500
15	750	1 500	2 250
20	1 000	2 000	3 000
25	1 250	2 500	3 750
30	1 500	3 000	4 500
35	1 750	3 500	5 250
总成本			
	2 450美元	3 000美元	3 550美元
收入－总成本			
价格	50	100	150
10	−1 950	−2 000	−2 050
15	−1 700	−1 500	−1 300
20	−1 450	−1 000	−550
25	−1 200	−500	200
30	−950	0	950
35	−700	500	1 700

如表8-2所示，我们可以看到一系列由不同价格点和需求量构成的亏损情况。事实上，可以发现将T恤的价格定位10美元是相当愚蠢

的；我们甚至无法弥补可变成本，而且随着T恤销量的增加，我们的损失会更大，该列的数据持续减小。

在这个例子中，存在着一个精确的盈亏平衡点；在我们将价格定位30美元而卖出100件T恤的时候所获得的利润为0。利用盈亏平衡方程对每一种价格点分别计算其销售量可以得到以下结论：

$$BE = 固定成本 / (价格-可变成本)$$
$$BE15 = 1\ 900 / (15-11) = 475.00$$
$$BE20 = 1\ 900 / (20-11) = 211.11$$
$$BE25 = 1\ 900 / (25-11) = 135.71$$

$$BE30 = 1\ 900 / (30-11) = 100.00（因此在盈亏平衡点将售出100件T恤）$$

$$BE35 = 1\ 900 / (35-11) = 79.17$$

达到盈亏平衡点并不是一个理想的商业目标。因此让我们来看看表8-2中有哪些组合能够真正让我们赚到钱：如果我们卖出150件T恤并将价格定在25美元，或者仅仅卖出100件T恤而价格定位35美元。这两种组合的方式同样令人担心。价格看起来比较高，而且没人能确定我们可以在一个月内卖出100～150件的T恤——也就是说每天要卖出3～5件。换一种思路，我们是否能通过缩减成本开支赚取更高利润，例如我们可以要求朋友接受一个较低的工资？是否能够找到一个同意给我们折扣的T恤供应商或者屏幕及滚筒的供应商？这些都是管理层需要考虑的问题。就现在而言，主要任务是考虑盈亏平衡点。

8.5.2　服务的盈亏平衡点[10]

第二类的盈亏平衡情境同样是值得关注的，因为它涉及对服务的定价。由于在可变成本中服务成本占有相当高的份额，因此对于服务的处理是比较棘手的。这样便导致随着需求的增加，成本会更快的提高。让我们设想另外一种情境：你拥有一位想要开托儿所的朋友，

一项固定成本是她的工资,每月2 500美元;另一项则是咨询聘用费,由于你们是朋友,所以每月仅收取100美元。

在考虑其他成本时,情况是这样的:你的朋友知道一家教堂愿意出租地下室,里面有7间房,每个房间能够容纳20个儿童。每间房的月租仅为100美元。因为该教堂是非营利性质的,所以租金并不高。

家长们选择托儿所,一定程度上要考虑托儿所的看护和儿童数量之比。因此每间房至少要有1名成年人照看,最好是每间房2人。托儿所每天营业8小时,而每名成年看护每小时工资为15美元则每间房每天的劳动力成本为240美元(=2人×15美元×8小时)也就是每月4 800美元。

儿童需要喂养,并且需要书和玩具供他们娱乐。每名儿童一天需要花费5美元,每月20天,20个儿童则需要花费100美元。

此时的问题便是你可以向家长们收取多少费用来照看他们的孩子,或者说达到盈亏平衡点,在开始盈利之前,我们要清楚了解需要招收多少名儿童。

如表8-3所示,前三行列出了固定成本的相关情况,第二组的五行则列出了可变成本的情况,而总成本的情况在表的底部。表8-4中列出了基于不同需求和价格(表现为对每个儿童的看护价格)的可能性收入。表8-5则将不同组合的利润情况列出。这次的分析并不是十分的精确,例如儿童的数量并不是连续变化的,举例来说,我们可以用儿童的数量从0~140进行计算,但我们只是粗略地取了几个特殊值:15、20和30等。同样,对于父母的收费也可以作为连续变量进行计算,每月0~1 000美元,但离散的价格方便我们获得盈亏平衡点。

表8-3 托儿所运营的成本 (金额单位:美元)

固定成本									
朋友的工资	2 500	2 500	2 500	2 500	2 500	2 500	2 500	2 500	…	2 500
咨询费用	100	100	100	100	100	100	100	100	…	100
总计	2 600	2 600	2 600	2 600	2 600	2 600	2 600	2 600	…	2 600
儿童数量										
可变成本	15	20	30	40	50	60	70	80	…	140
房间数量	1	1	2	2	3	3	4	4	…	7
租金	100	100	200	200	300	300	400	400	…	700
劳务费	4 800	4 800	9 600	9 600	14 400	14 400	19 200	19 200	…	33 600
食物,饮料	1 500	2 000	3 000	4 000	5 000	6 000	7 000	8 000	…	14 000
材料费	100	100	200	200	300	300	400	400	…	700
每月可变成本	6 500	7 000	13 000	14 000	20 000	21 000	27 000	28 000	…	49 000
总成本	9 100	9 600	15 600	16 600	22 600	23600	29 600	30 600	…	51 600

表8-4 托儿所运营的盈亏平衡点（一） （金额单位：美元）

儿童数量									
	15	20	30	40	50	60	70	80	…140
30	450	600	900	1 200	1 500	1 800	2 100	2 400	4 200
300	4 500	6 000	9 000	12 000	15 000	18 000	21 000	24 000	42 000
400	6 000	8 000	12 000	16 000	20 000	24 000	28 000	32 000	56 000
现金流收入销量 500	7 500	10 000	15 000	20 000	25 000	30 000	35 000	40 000	70 000
600	9 000	12 000	18 000	24 000	30 000	36 000	42 000	48 000	84 000
700	10 500	14 000	21 000	28 000	35 000	42 000	49 000	56 000	98 000
800	12 000	16 000	24 000	32 000	40 000	48 000	56 000	64 000	112 000
900	13 500	18 000	27 000	36 000	45 000	54 000	63 000	72 000	126 000
1 200	18 000	24 000	36 000	48 000	60 000	72 000	84 000	96 000	168 000
1 500	22 500	30 000	45 000	60 000	75 000	90 000	105 000	120 000	210 000

在表8-5中，我们可以看到盈利（或者是亏损）的情况。首先，如果我们收取每天1美元的费用，即每月30美元，得到的是一个令人感到滑稽的结果。我们将很快亏损，而且招收的儿童数量越多我们的亏损越大。如果我们收取每天10美元，即每月300美元的费用，最后的结果仍然是亏损。略微将价格提高到每月600美元，在儿童的数量大于等于20时我们可以盈利。

注意此函数中每行的结构特点，我们会发现利润并不会随着儿童或者说顾客数量的增加而呈现一个线性增大的状态。更确切地说，如果我们新开放一间房，为此将支付额外的租金和额外的两名看护的工资，我们的托儿所同样有可能满员。这也就是说，招收30个儿童并不是一个明智的选择，这样需要2间房；同样的道理，招收70名儿童不如招收80名儿童，因为两种选择都需要4间房。

因此我们该如何定价呢？稍后我们将用一种更精确的方式进行计算。但单单看这张表8-5，为了达到盈亏平衡，在表中所展示的那么多种组合中，我们至少应该将价格定位为每名儿童每月700美元。而后，当讨论顾客价值或者购买意愿时，我们可以指出是否应该刚刚好收取700美元、800美元还是1 500美元或者更多。根据相关调查研究，我们发现收取

表8-5 托儿所运营的盈亏平衡点（二） （金额单位：美元）

儿童数量									
	15	20	30	40	50	60	70	80	…140
30	−8 650	−9 000	−14 700	−15 400	−21 100	−21 800	−27 500	−28 200	−47 400
300	−4 500	−3 600	−6 600	−4 600	−7 600	−5 600	−8 600	−6 600	−9 600
400	−3 100	−1 600	−3 600	−600	−2 600	400	−1 600	1 400	4 400
销售收入–总成本 500	−1 600	400	−600	3 400	2 400	6 400	5 400	9 400	18 400
600	−100	2 400	2 400	7 400	12 400	12 400	12 400	17 400	32 400
700	1 400	4 400	5 400	11 400	12 400	18 400	19 400	25 400	46 400
800	2 900	6 400	8 400	15 400	17 400	24 400	26 400	33 400	60 400
900	4 400	8 400	11 400	19 400	22 400	30 400	33 400	41 400	74 400
1 200	8 900	14 400	20 400	31 400	37 400	48 400	54 400	65 400	116 400
1 500	13 400	20 400	29 400	43 400	52 400	66 400	75 400	89 400	158 400

1 500美元是可行的，那么这样说的话，为什么还要仅仅收取700美元呢？

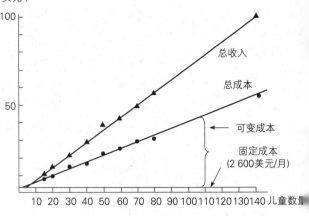

图8-5 盈亏平衡点处价格为700美元/月

我们再一次回到盈亏平衡方程。固定成本是2 600美元，而可变成本（每个儿童或者说每单位的月均水平）是350美元[11]，即租金（100/20）+劳动力（4 800/20）+食物（5×20）+材料（100/20）=5+240+100+5=350（美元）。将价格定为700美元，通过以下方式表示：

$$BE=固定成本/（价格-可变成本）$$
$$=2\ 600/（700-350）$$
$$=7.4$$

由于儿童的数量应该为整数，故取整数值8。

以上便是通过盈亏平衡分析法得出的需要招收的儿童数量。那么如何通过收入衡量盈亏平衡点呢？我们按照如下方法对方程做出修改：

$$BE=固定成本/（1-每单位价格的可变成本）$$
$$=固定成本/（1-可变成本/价格）$$
$$=2\ 600/（1-350/700）$$
$$=5\ 200（美元）$$

最后，我们当然可以制定一个利润目标，而不应该仅仅是达到盈亏平衡点时的零利润。为了实现利润目标，我们可以这样表述：

$$目标利润=（价格-可变成本）$$
$$×需求-固定成本$$
$$BE=（固定成本+目标利润）/$$
$$（价格-可变成本）$$

图8-5用图的形式直观反映了盈亏平衡目标，其中横轴表示儿童的数量，纵轴表示成本和收入。第一条水平直线所反映的是固定成本，由于其值是固定的，所以对于不同的儿童数量来说都是一个定值。标记为"总成本"的直线包括了这些固定成本，而该直线向上倾斜则反映了可变成本，这些可变成本会随着产品销售量的增加而提高。"总收入"直线代表的是我们的收入，而该直线和"总成本"直线相交的地方就代表了我们的盈亏平衡点。根据这个事实，我们可以得出结论：在我们达到盈亏平衡点之前并没有较多数量的儿童进入我们的托儿所——两直线的交点处所代表的儿童数量少于10。通过方程计算可以得到更精确的结果。

在你做出任何定价决策的时候，都应该参考使用盈亏平衡的分析方法，这样便于你知道价格的下限。下面，让我们转而讨论价格的上限问题。

8.6 高价及价格敏感度

以"……无价"结尾的万事达信用卡广告确实非常有趣，但对于我们所买的大多数商品来说，都存在着一个价格上限。营销人员需要掌握的便是如何将价格刚好制定在低于价格上限的位置。

我们在前文已经讨论了价格弹性的概念，并通过计算价格弹性回答了当价格提高时销量会怎样减少的问题。

在实际市场中上述问题的结果是相当稳定的，例如技术含量较低的成熟期产品，营销管理人员可能会发现他们对于价格敏感度的估测也是相当稳定的。[12]如果事实如此，我们便可以推导出弹性或者价格敏感度

（PS）的方程。如果可以控制价格变化，而且价格敏感度也是相当稳定的，我们便可利用如下的方程对销量的变化做合理的预测：

$$销量变化的百分比 = PS \times (P_2 - P_1)/P_1$$

这种估测对于做预算是非常有帮助的。如果我们对于价格敏感度没有一个很好的预测或者说近期的历史数据波动较大，我们就应该进行现时预测。对于如何收集数据对价格敏感度进行一个较好的测算，方法其实有很多种，以下是其中几种。

8.6.1 使用观测数据

任何从事大数量产品销售的营销人员都可以拥有极多的观测数据，而这些数据可以为我们精确测算需求和价格敏感度提供无数的价格参考点。观测数据包括已购买的品牌、已购买的数量、目标商品的标价、实际交易价格（考虑消费者在购买行为中使用了优惠券的情况）以及竞争者产品的价格，此外还能够知道这些竞争品牌的产品是否出现在了当地的报纸传单上，或者这些品牌的广告刊登在了家用产品的版面上。

如果所有的这些变量都保持不变，那么企业便可以随机选取经销店作为测试市场进行实验，可以考虑在某些店里将价格提高20%，而在另外一些店里将价格提高33%，另外选取其他一些经销店作为控制组，同其他组进行比较，以防竞争者价格变动等事件发生。例如，提价20%所带来的影响可以表示为：

$$PS = \frac{\left[(S_{@20\%off} - S_{benchmark})/S_{benchmark} \right]}{\left[(P_{@20\%off} - P_{benchmark})/P_{benchmark} \right]}$$

这里将初始销售量作为基准，或者将控制组经销店的平均销量当做基准也可。

如果价格敏感度较高，那么20%的折扣对于刺激销量会起到一个积极作用；如果价格敏感度较小，那么折扣的幅度就显得不够了，或者说消费者对于价格并不敏感。

即使是没有兴趣进行实验的企业也可以利用观测数据测算销量的变化。例如，为了考虑价格的影响，我们可以通过价格方程预测销售量，而这一方程将营销和市场信息作为控制变量[13]：

$$预计销量 = b_0 + b_1 \times 价格 + b_2 \times 广告费 + \cdots + b_k \times 因素_k$$

8.6.2 使用问卷调查数据

即使没有观测数据，我们同样可以通过营销调研的方法预测消费者的支付意愿（willingness to pay，WTP）。[14] 例如，我们可以简单地询问消费者希望购买何种商品。那么请设想以下情境，一张关于银行服务的网络调查问卷，消费者被要求按如下的方式作答：

问题1　当价格定为25美元

一定不会购买　1 2 3 4 5 6 7　一定会购买

问题2　当价格定为35美元

一定不会购买　1 2 3 4 5 6 7　一定会购买

即使我们不是价格敏感型的消费者，我们中的大多数人还是期望对产品或者服务支付尽可能低的价格。所以说最终问题2的分数比问题1的分数要低就不足为奇了。

即便如此，我们还是能够通过这些简单的调查获得一些信息。但仍然有一些消费者无论价格如何，他们对这种调查问卷都没有兴趣，因此他们的分数可能出现类似Q_1为2或3、Q_2为1或2的结果。在另外一些极端的例子中，他们的分数可能会出现类似Q_1为6或7、Q_2为5或6的结果。而如果价格设置得当，最终的调查问卷可能得出有趣的结果，他们的分数会出现类似Q_1为4或5、Q_2为3或4的结果。

我们同样可以利用不同的样本作为价格研究的数据。在一项调查中，一些消费者愿意填写A类调查问卷，而另一些则愿意填写B类调查问卷。除了A类问卷中的价格高于B类问卷中的价格之外，两类问卷的其他内容是完全一致的。而且，实际的问卷类型可以更多，以确保能够更精确地估测价格的需求弹性。

8.6.3 交互分析

相对于调查法来说，营销管理人员更倾向于使用交互分析（conjoint analysis）的方法研究定价。[15] 在交互研究中，展示在消费者面前的是不同特征和属性（价格是其中之一）组合的产品，消费者需要回答他们最倾向于哪种组合，第二倾向的组合又是哪种等问题。

例如，如图8-6所示的四方格中，红牛功能饮料的价格可以取2.99美元或者3.99美元，而另外一种类似的品牌饮料的价格与红牛饮料的价格相同。这里的问题便是哪一种产品组合是最受青睐的。图中的数字代表了组合的种类。可以看到，不同情况下的结果都显示顾客最青睐的组合是低价的红牛功能饮料，而最不青睐的则是高价的类似品牌饮料。而区分不同组合的标志便是价格和品牌是否匹配。图8-6a显示的是一位品牌导向的消费者，其愿意为获得该品牌支付更多。图8-6b显示的则是一位价格导向的消费者，其愿意牺牲品牌换取更低廉的价格。

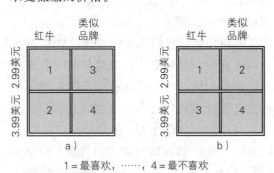

1 = 最喜欢，……，4 = 最不喜欢

图8-6 交互分析实验

交互分析的有趣之处在于消费者并不是直接被问到价格，这种方法也就杜绝了消费者自然而然地做出"我想少付点钱"的回答。我们同样了解消费者愿意为其觉得物有所值的商品支付更多，因此交互分析帮助我们得知消费者真正觉得有价值的产品属性。在交互分析中，消费者通常被问到的是简单的判断形式的问题：你最喜欢哪一种，次之是哪一种，再次是哪一种？消费者可以对此类问题做出简单而快速的回答。交互分析可以帮助我们推测消费者中意的是商品的哪些属性和他们愿意购买怎样的商品。[16] 这种分析方法可以帮助我们推测消费者的价格敏感程度。

8.6.4 品牌和高价

人们通常认为建设品牌的其中一个作用是可以帮助企业索取更高的价格。如果你通过品牌发展所建设出的品牌价值已经高过了一般情况下大众对于该产品的估计，那么消费者会愿意为你的产品支付更高的金额。例如一般的雪糕冰激凌卖3～5元，而一盒哈根达斯的冰激凌要卖到25元以上。一些市场人员通常将顾客敏感度低甚至是迟钝的产品定义为好产品，对于这类产品，消费者会不计成本地选择购买。

8.7 产量或收入；销量或利润

当然，产量或销量的最大化与收入或利润最大化之间是有区别的。图8-7展示了飞机产业内销量和收入的比较情况。美国航空公司、三角洲航空公司以及西南航空公司在一条特定的飞行线路上进行竞争。美国航空公司拥有最大的乘客数量（400），第二位是西南航空（250），最后是三角洲航空公司（225）。西南航空的飞机票票价最低，为99美元，这一价格相对于美国航空公司的209美元是相当具有竞争力的，而三角洲航空公司的票价最高，为319美元。这些不同之处导致了最终利润的不同（美国航空公司和三角洲航空公司的表现较为出色）和销售量（乘客数量）的不同（美国航空公司的销售量处于领先地位，三角洲航空公司和西南航空公司的销售量近似相等）。

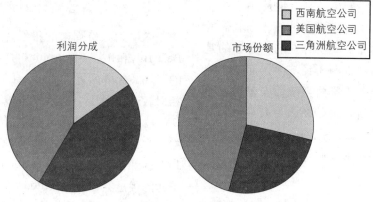

图8-7 利润对销量

如果利润＝收入－成本，而收入＝价格×销量，为了实现利润最大化，我们需要找到一个特殊的价格，高于此价格的定价将会导致需求的下降。利润最大化时，边际收入（MR，多卖出一个单位的产品所获得的额外收入）等于边际成本（MC，每多生产一个单位的产品所增加的成本），即利润最大化的条件为MR＝MC。

在表8-6中，我们可以看到这种情况（MR＝MC）的出现。在图8-7中，我们看到的是飞机票价的影响。在表8-6中，价格被列了出来，从1美元到2美元变化，而研究的对象则是用于携带食物的饭盒。随着价格的提高，愿意购买的消费者数量在减少。随着第一列中的价格的降低，第二列中的销售量是增加的。可变（或者说边际）成本是每盒1美元，因此第三列的数值与第二列中的数值是对应相等的。而在第四列中，我们有收入＝价格×销售量。

表8-6 利润最大化 （金额单位：美元）

价格	数量	边际成本	收入	边际收入
2.00	100	100	200	
1.75	200	200	350	1.50
1.50	300	300	450	1.00
1.25	400	400	500	0.50
1.00	500	500	500	0.00

最后一列表示的是边际收入，这一列的数据是通过如下方式进行计算的：（350-200）／（200-100）＝1.5（美元），而

（450-350）／（300-200）＝1（美元），其他同理可得。开始的边际成本是1美元，而当饭盒的价格达到1.5美元时，边际收入为1美元。因此，当我们将饭盒的价格定在1.5美元时我们达到了利润最大化。[17]

8.8 顾客对于价格的认知是怎样的？了解弗洛伊德和定价心理学

到此为止，我们对于定价的讨论包括了战略性的思考和数据运算。而我们所知道的（营销学、统计学、经济学等）一些模型通常是通过以下这种模式表述：

$$我们的预测＝我们的模型＋\varepsilon$$

式中，ε是误差，也可以被称为噪声、变异性、异质性或经验系数。之所以采用这种做法，是因为不论我们把自身设想的多么的系统化，例如影响顾客做出购买决策的因素，我们终究还是在同人类打交道。而且虽然购买行为看似简单，但影响顾客购买决策的因素可能是无穷无尽的。一般情况下，我们不可能对所有因素赋值，事实上，我们甚至不可能知道全部的影响因素。因此数学模型只是对现实世界的一种简化[18]，我们在做出预测时会犯一些错误，但我们仍会尽可能地做好工作，直到我们可以从更多的影响因素上面获得更好的数据。

有些时候，我们生搬硬套地使用一些模型会导致定价结果过高或者过低。当我们发现此类系统性偏差是确实存在的，特别的是大多数的定价方法都源于经济学，而这会给经济学家以误导：人类将系统性误差引入错误的范畴内。经济学家始终认为人类行为是理性的、追求效用最大化的。这种观点是可行的，因为心理学家同样认为人类的行为都是最佳化的。

8.8.1 价格反映质量

提高价格的经济学效应是导致销量的下降，但对于某些产品和服务来说却是相反的，有时较高的价格可以吸引更多顾客购买。对于一些产品来说，顾客将价格作为反映质量的风向标，很简单的原因就是只有产品质量好，商家才敢定高价。这一论点在商业界形成了一个经典的观点，但同样值得注意的是，一个市场的消费者有多么不理性，那么这个市场便会多么无效。不断地学习也告诉我们对于大多数种类的产品来说，价格和其质量之间是没有联系的。[19] 但人们还是坚信价格是可以反映产品质量的。

价格作为标示的作用过于强大，以至于通常情况下我们认为价格对于顾客期望的影响作用是优先于对于购买行为的影响的。价格是清晰的、可见的、确切的知识，而高价会带来更高的顾客期望。[20]

价格差异可以反映不同的产品功能。仅仅看产品的外形差异是肤浅的行为，但这并不代表它们是无关的或非理性的（如果这些差别可以反映品牌形象的差异）。此外，如果广告宣称某一品牌因为存在（或缺失）某种特征而显得更优秀时，这些差异也同样是值得考虑的。[21] 一个较高的价格几乎代表了产品的特征，例如拥有一张维萨卡并不需要交年费，但与此同时，你可能会为了拥有美国运通的一张顶级黑卡而付出85～2 500美元的年费。

8.8.2 绝对数量和相对数量

你拿到一份周末的报纸并首先观察到了Best Buy和Jo's Electronics的广告。Best Buy的卖场离你非常近，而Jo's Electronic的卖场相对较远。对于一款原价为49.99美元的新款DVD，Jo's Electronic提供了15美元的优惠券。你会去那里买吗？与此同时，一款原价为199美元的iPod，Jo's Electronic也同样提供15美元的优惠券，而这款iPod是你承诺要送给你的小妹妹作为生日礼物的。你会去那里吗？

在两种情况下，优惠券的面值是相同的，而相对于iPod的价格来说，15美元的折扣幅度显得很小，因此购买DVD看起来是一项更好的决策。理性地说，我们有可能只考虑了绝对价值，但实际上我们必须同时考虑相对价值。[22]

8.8.3 框架

你与一位朋友正在计划一次初春旅行，而且可供选择的旅行方案已经被局限到两种：第一种花费499美元，另一种花费599美元，但如果预定旅行服务的话可以享受100美元的折扣。哪一种方案看起来更有吸引力呢？由于第二种方案的原始价格更高，因此不难断定这一方案更好一些，可能有更舒适的酒店或更多活动。你可能会认为自己是一个精明的消费者，用499美元享受到了599美元的服务。此外，能拿回钱让人觉得更有乐趣。两种选择方案最终的价格都是499美元，我们之所以选择第二种方案是因为其看起来更加理性一些，而不是因为我们缺乏逻辑理性。[23]

8.8.4 用折扣引导情绪

临时性价格折扣并不仅仅是经济杠杆。当顾客完成一次好的交易（物美价廉）后他们会认为自己是聪明的消费者。当人们以一个同往常相比更为低廉的价格购得商品时，他们会感到愉悦。而这种经验包括以下几种感受：幸福，自豪，感激，乐观和自信，而不仅仅是金钱本身。

8.8.5 以9结尾的价格

你肯定已经见过诸如4.99美元、49.99美元和4 999.99美元这样的价格，这些商品同我们的日常生活密切相关——零食、书籍、服装和汽车等。难道你不认为这些价格如果取整数5美元、50美元及5 000美元会更容易做广告和销售吗？我们可以相信4.99美元比5美元更具有吸引力，而不仅仅是因为这1美分的区别。为什么？因为我们在看价格时是从左到右的，我们首先会看到4，而后才是0.99，所以我们会认为"哦，价格是4美元"，如果不这么标价，结果会是"哦，价格是5美元"！[24]

8.8.6 心理账户及折扣

前面我们从经济层面讨论了货币的时间价值，而在心理层面，这样的问题是同样存在的。如果我们要为一次即将举行的聚会购买一箱葡萄酒，那么这种购买行为被视为一种投资而不是花费。而随后的喝葡萄酒过程则被视为是"免费的"，这是因为行为发生的时间距购买的时间并不近。[25] 这种当下成本效益（immediately cost benefit）和未来成本效益（future cost benefit）的观点也可以用来解释一个现象：为什么我们在短期内很难做出对长远未来有意义的事情，例如保护环境的行为。因为我们对未来结果的关注度不够。[26]

另外一种形式的心理账户是我们如何来区分钱的种类。你可能认为钱就是钱，钱是可以替换的。然而，我们经常将钱划分为不可替换的。例如，我们上个星期将钱挥霍在了一家新开张的餐馆里，并不意味着我们要为计划中下个月的旅行而缩减开支。

一种新的现象出现：消费者之间正在交换货币。这并不指的是美元兑欧元或人民币，相反，指的是企业所有的忠诚方案（企业对于忠诚用户提供优惠券），这些方案可以为公司带来额外的收入，并且这些方案都

有着相当透明的货币价值，可以被交易或是被移除。[27] 航空里程是这些方案中最为成熟的，而且经常能够看到顾客表现出不一致的行为，如拒绝接受商务舱，但愿意为提升级别而做出补偿。

8.8.7 折中效应

在很多简单重复的研究中，一种被称为"折中"的效应反复被提到。[28] 为了对其做出解释，请先考虑如下情景：一组顾客能够以200或者250美元的价格购买2张专业篮球赛的门票。当然，大多数人希望能够买到较便宜的门票，按照2∶1的比例，也就是说，67%的人希望买到200美元的门票，而33%的人希望买到250美元的门票，那些愿意出高价购买门票的人有着某种偏好，比如希望得到更好的座位。现在提供另外一组完全不同的顾客，他们可以用300美元、250美元或者200美元购得相同的2张门票。大约10%的人愿意购买300美元的门票。谁知道为什么？或许他们认为这些票价对应的座位更好一些，也许他们并不关心价钱。剩下的90%的顾客中，对于250美元门票和200美元门票的偏好性和第一组中的顾客是相反的——现在想要购买250美元门票的人更多，两者之比为2∶1。也就是说，60%的顾客倾向于购买250美元的门票，与此同时有30%的顾客倾向于购买200美元的门票。

以上即是折中效应的具体表现，折中效应指的是在两种极端情况下，折中的选择更具有吸引力。产生这种现象的原因从根本上讲，是因为人们都相信市场是有效的。这也就是说，如果一个企业收取更高的价格，那么我们便会认为其产品更好，或者说可以提供更多的东西。但如果市场是无效的，那么消费者最终会指出来，而企业就不得不采取降价的措施。

8.8.8 参考价格

当我们在评估某个产品的价格以判断这个价格是否合理的时候，我们会使用一些参考价格（实际缴费价格或者内部购买价格）

专|栏|8-3 定价的相关法律政策

• 无价格垄断。两家或者更多的公司之间达成的协议，协议规定了能够消除竞争效应的价格，然而利润也随之降低。

• 无纵向价格垄断。制造商不得强迫零售商更改价格，这也就是为什么我们现在能够看到制造商建议零售价的原因。事实上，零售商应该按制造商的最低价格来定价。举例来说，不断加强品牌形象建设

并确保制造商而不仅仅是零售商有利可图。

• 无掠夺性定价。企业不能通过不合理的低价策略驱赶竞争者，零售商也不能以过低的价格（低于成本）销售产品。大企业常常采取降价的方式打压竞争者。

• 不允许对顾客和渠道合作伙伴实行价格歧视。企业不得向不同消费者就同一产品收取不同的费用。不同

的收费价格必须体现出成本的差异。举例来说，对企业的大客户提供优惠，这是因为大批量、同质化的生产可以节约大量成本，而对零散顾客收取高价，因为这类顾客需要更多样化的服务。

• 不允许出现欺骗定价。不允许企业通过广告的形式误导消费者购买名不副实的产品，或以昂贵的价格购买廉价产品。

进行对比。[29] 有时候某一产品的标价可能起到参照的作用，进而让消费者认为当下的价格是划算的，例如当生产商规定制造商建议零售价（manufacturer's suggested retail price, MSRP）后，实际情况可能是"此产品的制造商建议零售价是49.99美元，而现在你只需要35.99美元就能够获得"。另一种外部参考形式在实际销售中较为常见，例如"常规价格是35美元，而现在只需要14.99美元"，一些自我定位为"天天低价"的企业也会采取同样方法，"我们产品的价格是34.99美元，而其他人的是45美元"。确实，我们常常会发现标签上的价格会比参考价格高许多。[30]

参考价格也可以是内部的。形成顾客对于产品期望价值的因素有很多，但最基本的是购买经历。例如，如果该产品是某一顾客经常购买的，那么该顾客便会对该产品的基本价格有所了解。当然，内部参考效应可能是建立在错误的或者非相关性的经历之上。举例来说，你5年前购买轿车的花费并不适合现在的情况，这是因为5年前你购买的是经济型轿车，而你现在要购买的是豪华型轿车。内部参考效应同样有可能建立在偏好之上，这是一家高档商店，那么这可能会引导你认为相对于这家商店所提供的服务来说，这样

的价格似乎稍微贵了点，但同样会让你认为这个品牌是高质量的。

我们知道顾客是不同的，这也就是为什么我们要考虑市场细分。他们对于价格的心理反应也是不同的，那么我们就应该利用这些信息更巧妙地定价，关于这一点，我们将在下一节里进行更细致的讨论。

8.9 价格歧视，细分定价

价格歧视（price discrimination, ）是非法的。对于相同的产品或者服务来说，企业不应该向同的顾客收取不同的价格。然而，营销人员常常谈论着价格歧视，用小写字母p和d来表示。以防混淆，即使我们并没有参与到价格歧视当中，我们也同样应该避免使用价格歧视这一词语，让我们将其称为"细分定价"（segmentation pricing）。

为什么？因为事实上优秀的营销人员已经对市场做了充分的研究，并发现了有价值的细分市场，接着向这些购买了不同产品或服务的顾客收费就变得异常容易了。在大多数的市场中，存在着一个价格敏感度细分点和一个质量细分点（见图8-4）。企业对处于衰退期的产品制定低价而对处于成长期的产品制定高价也

是一种合理的定价策略。

例如，百货公司的化妆品专柜会通知女顾客该专柜会定期开展一些优惠活动，例如"花费45美元，你将可以得到一瓶小包装的指甲油、唇膏以及免费的保湿霜"。一部分女性对其使用的化妆品牌有着较高的忠诚度，并不断重复购买该品牌的化妆品；另外一部分女性并不看重品牌，她们会选择价格更低廉的化妆品。那么化妆品公司该如何定价以迎合不同的消费群体呢？

在表8-7中，我们看到随着价格的提高，不论是对于交易导向的顾客还是品牌导向的顾客来说，其对于产品的需求量都会减少。而区别在于低价更容易受到那些交易导向的顾客的青睐，而品牌导向的顾客愿意支付更高的费用。第四列表示总的销售情况，包括了销售量和销售收入。而第五列则告诉我们，如果我们对不同的消费群体定一个统一的价格，那么当这个价格定为4美元时达到收入最大化。

图中的最后两列将总收入按不同群体分开表示。对于交易导向的顾客来说，定价为4美元是最为有利的；对于品牌导向的顾客来说，当制定一个更高的价格（5美元或者6美元）时可以达到收入最大化，而且由于这类消费者的价格敏感度较低，我们可以选择6美元（两者之间的较大者）作为销售价格。现在我们能利用这一信息做些什么呢？我们可以实行高端品牌战略，定价为6美元，让交易导向的顾客退出该市场。或者说我们可以在通常情况下定价6美元来迎合品牌导向的顾客，而在促销时期定价为4美元迎合交易导向的顾客。

使这些不同的细分群体相互独立是十分重要的，除非品牌忠诚者认为自己得到了更多的好处、规范化的服务等，否则他们很可能因为听说了交易导向的顾客获得了折扣而感到愤怒。网站设计者也同样需要对下面的情况引起足够重视：当结账过程涉及电子优惠券的使用时，一些顾客可能会因为自己没有获得优惠券而感到愤怒。而使用非公开的网络交易模式是避免出现这种情况的一种有效途径。[31]

8.9.1 数量折扣

另一种被接受且合法的细分定价方式被称为"数量折扣"（quantity discount）即"买得越多，省得越多"。表8-8通过DVD的购买数量具体解释该问题，表中最上面的内容展示的是一组调查数据，该数据反映了有多少人愿意接受"买1台15美元、买2台25美元、买3台30美元"的定价方式。顾客对于这种定价方式已经是习以为常了。我们可以计算每台DVD的平均价格，而需求量是会随着价格的提高而下降的。毫无例外的是，总利润那一列数据告诉我们应该选择"买3台30美元"的策略，但实际上发现最后一列的每单位净利润数据则提示我们最应该选择的是"买2台25美元"的策略。[32]

表8-7 交易导向定价和品牌导向定价 （金额单位：美元）

价格	交易导向的顾客需求	品牌导向的客户需求	总销量（总收入）	总利润（每单位成本1美元）	交易导向利润贡献	品牌导向利润贡献
2	9	0	9（18）	$1 \times 9 = 9 = 18-9$	$1 \times 9 = 9$	$1 \times 0 = 0$
3	7	9	16（48）	$2 \times 16 = 32 = 48-16$	$2 \times 7 = 14$	$2 \times 9 = 18$
4	5	8	13（52）	$3 \times 13 = 39 = 52-13$	$3 \times 5 = 15$	$3 \times 8 = 24$
5	2	7	9（45）	$4 \times 9 = 36 = 45-9$	$4 \times 2 = 8$	$4 \times 7 = 28$
6	0	6	6（36）	$5 \times 6 = 30 = 36-6$	$5 \times 0 = 0$	$5 \times 6 = 30$
7	0	5	5（35）	$6 \times 5 = 30 = 35-5$	$6 \times 0 = 0$	$6 \times 5 = 30$
8	0	4	4（32）	$7 \times 4 = 28 = 32-24$	$7 \times 0 = 0$	$7 \times 4 = 28$

表8-8　价格折扣　　　　　　　　　　　　　　　　　　　　（金额单位：美元）

消费者的购买意愿							
15美元购买一台DVD?			25人愿意购买				
25美元购买两台DVD?			35人愿意购买				
35美元购买三台DVD?			40人愿意购买				
购买数量	总价格	平均价格	净值 （−2美元 成本）	净利润	需求量	总利润	每单位净利润
1	15	15.0	13.0	13.0	25	325	325.0
2	25	12.5	10.5	21.0	35	735	367.5
3	30	10.0	8.0	24.0	40	960	320.0
a	b	$c = b/a$	$d = c-2$	$e = d \times a$	f = above	$g = e \times f$	$h = d \times f$

8.9.2　收益或需求管理

有一则迪士尼的卡通描述了这样一个场景：一名爱因斯坦扮相的教授站在一块写有了复杂方程式的黑板前面，说道："爱因斯坦发现时间真的是金钱。"这就好比不同细分群体的消费者有着或高或低的价格敏感度一样，他们对于时间的敏感度也是不一样的。

"易逝性"是服务的特征之一，这也就意味着服务是无法储存的。如果所有的消费者都涌向一个服务系统寻求服务，假设超过了服务系统承载能力，那么服务的提供商便会面临问题，而且此时服务的质量也会慢慢降低。因此细分定价的另外一个实例便是针对需求的高峰期和非高峰期采取差别定价，将价格和时间表结合起来运用同样可以帮助管理需求。[33]

例如，如果你愿意白天去电影院看电影，此时大多数人都在工作，那么影院老板为了刺激消费便会降低价格。你同样可以通过预定的方式获得打折机票或更廉价的酒店客房，因为预定的方式可以使这些服务提供者更从容地安排计划。补充说明一下，如果经营者的计划拥有更高的时间弹性，那么你甚至可以最后一分钟享受到廉价的机票和酒店服务，因为大多数经营者都希望做到尽量满员。[34]一些餐厅也通过时间段的划分（工作日和周末）来对顾客群进行细分。

企业的管理人员必须遵守公平公正的原则。考虑到时间因素，先进先出（first in first out，FIFO）的方式在排队等候的过程中是显得比较公平的，但当特殊情况时，例如大型的聚会通常需要更长的等待时间，消费者也同样需要理解。考虑到价格因素，消费者能够理解特定时期的打折行为，但他们会因为知道了自己比别人支付了更多而感到愤怒。[35]

以上对于收益的管理通常应用于服务领域，而提供服务的企业都拥有较高的固定成本和较低的可变成本，比如航空业、酒店业和汽车租赁业。这一系统变得越来越复杂，正因为这样许多企业正在试图简化其复杂程度，而消费者的知识水平也是相当高的，他们有时会认为收取不同的价格是不公平的做法。尽管如此，这一方法的优点在于从本质上看是基于市场而非成本的。

8.10　非线性定价

制定单一价格的方式似乎并不足够细致，营销人员而后将产品进行分割并进行相应定价。例如，一些人采取"两步定价法"（twopart tariff），这就意味着消费者要为服务的一部分支付一定数额的费用，通常是一项固定费用，比如酒吧的入场费或者体育公园的进场费；还将为服务的另一部分支付相应费用，通常表现为单位使用费，例如俱乐部里的饮品或者体育公园内的饰物、T恤和纪念品。

例如，图8-8a展示了手机通信运营商的收费方式：在支付一定数量的月租费用后，消费者可以在规定的总通话时长内随意通话，但超过这一规定的总时长后消费者将会为此支付额外的费用。图8-8b则反映了运动场的收费状况：进入体育场的门票作为初始费用，而额外费用则表现为消费者在体育场内的其他消费。两幅图的A部分均展示了基础费用，而B部分则展示了额外费用，因此每位消费者的总花费取决于消费者的购买欲望。

图8-9的数据来自去酒吧的大学生，35名学生表示如果服务费定为5美元的话，他们愿意每个月去酒吧一次，而有20名学生表示在此价格水平下他们愿意每月去该酒吧两次。有10名学生表示如果服务费定为15美元的话，他们愿意每月去一次该酒吧，而在此高价格水平下，没有学生表示愿意每月去该酒吧四次。

我们通过单位收益率估算销售额，我们假设边际成本是2美元，那么图8-9中的数据通过如下方式计算得出的。

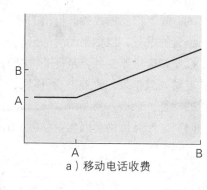
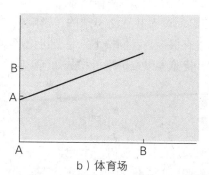

a）移动电话收费　　　　b）体育场

图8-8　两步定价

（金额单位：美元）

价格	卖出的数量					总收入
	1	2	3	4		
5	35	20	10	5		
10	20	10	5	0		
15	10	5	0	0		
@5	105	120	90	60		375
@10	160	160	120	0		440
@15	130	130	0	0		260

图8-9　通过调查数据制定价格

- 第1列中：$105 = 35 \times (5-2)$，$160 = 20 \times (10-2)$，$130 = 10 \times (15-2)$
- 第2列中：$120 = 2 \times 20 \times (5-2)$，$160 = 2 \times 10 \times (10-2)$，$130 = 2 \times 5 \times (15-2)$
- 第3列中：$90 = 3 \times 10 \times (5-2)$，$120 = 3 \times 5 \times (10-2)$，$0 = 3 \times 0 \times (10-2)$
- 第4列中：$60 = 4 \times 5 \times (5-2)$，$0 = 4 \times 0 \times (10-2)$，$0 = 4 \times 0 \times (15-2)$

当我们计算得出三种情况下总的利润分别为375美元、440美元和260美元时，结果显示将价格定为10美元时可以获得最大的利润。

通过两步定价法，即使明确知道消费者会将产品的两部分都购买下来，但依然可以分开定价。捆绑销售则是反其道而行，我们可以通过捆绑销售的方法将互补性质的产品组合起来并按照统一价格销售。[36]

8.11 收入在发生变化

一家聪明的公司不会在制定了品牌价格之后却对其置之不理的。影响价格变动的因素有很多，我们接下来将要讨论产品生命周期、优惠券以及价格折扣是如何影响价格变动的。

8.11.1 定价及产品生命周期

就如同4Ps中的其他任何一个元素，一家企业需要时常回顾其定价的战略问题。下面我们将市场渗透策略（market penetration）和市场撇脂策略（market skimming）进行一个对比研究。如果你希望自己的品牌能够迅速、全面地打入市场（也就是说市场渗透），那么就应该在产品的导入期定低价以刺激消费，鼓励消费者进行尝试，为产品树立一个好口碑。[37]这样做的目的是为了争取较大的市场份额。但这样做有点冒险，因为如果有大量的消费者开始购买你的产品，那么你必须做好准备——你的产品仅仅好是没有用的，你需要做到更好，而且机会就只有一次，相应地，你的生产能力和渠道管理也需要得到更好的组织。随着时间的推移，价格通常会伴随品牌的成熟而逐步提高，不同细分市场的产品定价策略也会日趋完善，价格也更能反映那些消费者所关心的产品属性和特征。

相对而言，市场撇脂策略则是指公司通过使用高价策略来掠取边际利润，反而对于销量并不是很在乎。愿意以高价购买该品牌产品的消费者都是真正想要这件产品的人。想想你朋友中的计算机迷，他们会愿意为购买最新的软件和硬件而付出一大笔费用。再想想你所喜欢的作家出版了一本新的小说，为了先睹为快，你宁可花高价钱买精装版也不会愿意去购买几个月之后推出的平装版。为了迎合更多样化的消费群体，价格会随着时间慢慢降低。

在不考虑起始点的情况下，在产品走向成熟的过程中，调高价格（撇脂）或者调低价格（渗透）的情况都可能发生。例如，随着时间的推移，更多的消费者会参与到购买行为当中来，而不同的消费群体所需要的产品可能是完全不同的，因此，相应的价格也可以是不同的。随着产品的成熟，价格的降低会再次刺激销量的增长，但如果品牌的影响力足够大，那么坚持价格不变甚至是提高价格的策略也同样能够刺激销量，此外公司可以赋予产品更多新的特征。最后，当品牌"一只脚已经踏入坟墓时"，产品价格会因为企业急于清仓而暴跌。

8.11.2 价格波动

价格变动的另外一种表现形式就是价格促销，而实现价格促销的途径包括临时性的降价或者派发优惠券。这些手段对于短期销售量的提高确实有明显作用，但同样可以预见的是这么做会产生一定的副作用。

首先，降价可能会带来问题：竞争者会立刻跟随降价，那么企业扩大市场份额的计划就会落空，对于企业自身和竞争者来说，这种压缩自身市场份额的行为是自杀性的。其次，降价会吸引非忠诚客户，因此会带来什么坏处呢？通常情况下消费者是精明和对价格敏感的，而且如果能以一个合适的价格购买他们心仪的品牌，那么他们会迅速购买。降价的确能够拓宽企业的用户群体和刺激消费者重复购买，但一部分新近被吸引过来购买的消费者有可能不会持续购买。那么你必须充分挖掘产品的与众不同之处，甚至是赌上品牌的荣誉来挽留消费者。如果你的品牌和产品与竞争者的类似，那么当企业再提高产品价格时消费者便会立刻转而购买竞争者的产品。

这样做的另外一个缺点是，价格折扣通常是无利可图的。折扣的确能对需求增加起到积极作用，但这是仅就一点而言的。而且即使临时性的价格折扣在短期内能够带来利润，但这些短期利润是以牺牲长期利润为代价的。例如，对于许多消费性商品来说，由于价格促销带来的销售量增加只是暂时性的，许多消费者可能会等到下次价格促销时才会再次购买。因此在价格促销之后销售量会迅速回落。[38]

偶发性价格波动最后一个值得关注的地方就是可能会对品牌形象起副作用。从企业的角度来看，价格促销的目的在于刺激销量，而且这样做偶尔也会给消费者带来实惠。从消费者的角度来看，偶尔能省一笔的确是非常好的感觉，但消费者心中仍然可能会有些疑虑：如果一个产品足够好，为什么还要通过价格促销赢取利润？

8.11.3　优惠券

优惠券是一种截然不同的手段，其具有暂时性和不稳定等特点，这是因为优惠券只会对经济人（古典微观经济学认为人都是具有经济理性的，人们会自觉追逐自身利益最大化）起作用。因为这些顾客对价格比较敏感，在他们看来价格上的实惠比品牌形象更重要，这就意味着同降价相比，消费者更关注的是对优惠券的使用。

基于以上几点原因可以得出结论：优惠券是不容忽视的。相关数据显示，美国每年要印发3 500亿张优惠券，而这些优惠券的平均面值达到1美元。这些优惠券有可能为消费者总共省下3 500亿美元，当使用率达到约1%时，企业将从中获益。在激励新老消费者购买新老产品和品牌延伸方面，优惠券的作用体现得尤为明显。另外，优惠券同样可以作为广告的一种表现形式（对营销工具进行整合）。

以上涉及的问题和假设同品牌定位是紧密相关的。出于长远考虑，企业可以将自身定位为"天天低价"的企业，而不应该单纯依靠价格促销给消费者以"平价"的印象。关于价格促销，我们将在第11章做更详细的介绍。

8.11.4　竞争策略和博弈论

补充说明一下价格或价格改变对品牌形象的影响。营销人员必须意识到企业间的竞争是动态的，并且是不断变化的，企业不能单纯依靠降价刺激消费者。营销人员经常使用博弈论推算各种市场行为所带来的可能结果，且最多应用于研究降价和竞争性反应。你的企业可能刚起步，也可能是竞争者之一，此时市场领导者将产品价格降低，然后你的企业需要决定是否跟随降价以维持价值均衡，并向消费者强调你的产品价值是基于非价格特征之上的，或者说为了避免直接冲突将产品线进行扩张，但同样会承担品牌替换的风险（全新的品牌的消费者认知度比较低）。

博弈论并不是任天堂游戏机，它为分析利益相关的参与者（好比两家或是更多家的公司）之间的行为提供了途径。这一理论的关键点在于让每一个参与竞争者不要只重视眼前的利益，应该着眼于更广阔的市场，而不仅仅是为了达到自身的利益最大化。尽管这起初看起来是有悖于常理的（而且应该尽量避免冲突），但问题的关键在于寻找一种解决的办法以避免价格战争。相比较每个竞争者都站在自己角度上实现利润最大化而言，合作反而会带来更大的收益。

图8-10展示了一种形式的价格博弈模型——价格战争。现在的价格是每单位5美元，两家公司都试图把价格降到4美元，为什么呢？当两家公司都把价格定在5美元时，双方会各自卖出100单位的产品，这是一个好的结果。但当我们降价而竞争者没有降价的时候，我们将卖出300单位的产品，而竞争者仅仅只能销售50单位。[39]不幸的是，我们的竞争

者并不是傻子。他们也会想到同样的事情：如果竞争者减价而我们不这么做的话，竞争者会获得相同的利益。但如果双方都这么思考问题，而且均采取降价策略，两家公司将平分整个市场，但相应的利润会减少。

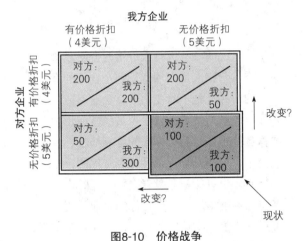

图8-10　价格战争

8.11.5　拍卖

当我们谈到价格变化时，不可忽视的一个话题就是"动态价格"。这一说法指的是价格并不是固定的，而是买家和卖家商议后得出的结果。在一定程度上，拍卖在我们的日常生活中已经是司空见惯的了。回想一下你看过的电影镜头，在家庭农场或者是豪华住宅里举行的拍卖会。拍卖可以说是非常有趣的，因为当顾客拍卖或拍得物品时可以聚集足够多的关注。

我们之前所讨论的影响需求的因素和把交易权交给买家或者卖家是相似的。当买家的购买量占到卖家很大一部分销售量时，买家是强势方，或者当买家拥有很多选择来满足需求时情况也是一样的。当产品处于供给短缺或者高需求状态时，当卖方的产品具有独特性时，或者当经济处于繁荣时期时，卖家则是强势方。当供给过多或品牌间竞争状态激烈时，价格会持续走低。而当出现以下几种情况时价格则会被提高：供给受控，产品价值高，产品的异质性强，买家对供应商呈现高依赖性且转移成本很高。

拍卖的特点就在于价格点并不是固定的，而且通常参加价格谈判的参与者数量是大于2的。买家/投标者共同竞争拍卖品。这一行为是同大多数情况下市场的动态演变过程相一致的，卖家希望高价，而买家希望低价。众所周知的是，以最高价拍得商品的人就是认为该商品价值最大的人。而当价格超过了一些人的"保留价格"（价格底线）时他们就会选择退出，有人以一种漠不关心的口吻这样说道："如果你抬价，算了，我不会买；如果你降价，行，我会买。"因此，保留价格可以用来衡量顾客价值，或者说是支付愿望。当然，价格也会因为消费群体和产品类目的不同而发生变化。

拍卖也可以由非常少的参与者参加，好比当B2B供应商们在竞标一个工程，例如一栋新办公大楼的建筑设计权或者能源和矿石的开采权。相比较而言，网络拍卖的参与者的数量则可以是非常巨大。

许多非营利组织会举行不公开的拍卖。在这种情况下，参与者对想要得到的商品出价，但他们不会知道其他竞标者的出价是多少，最终出价最高的人将得到商品，而其他人的出价也不会被公开。

很多大型竞拍系统里的拍卖行为都是公开化的，所有参与者都能够得知其他参与者的出价，而拍卖也可以有序地顺利进行。在英国式拍卖中，价格会随着竞拍的进行而提高，当价格超过某一消费者的价格底线后，这位消费者将退出竞拍，与此同时，仍然留下的消费者将继续出价直到其他人都退出，而他将以最高价拍得该件商品。相对而言，德国式拍卖中一开始的价格很高而后会慢慢降低（不会低于消费者的价格底线）。当价格降到消费者能够接受的价位时拍卖就结束。[40]

无论你是对拍卖感兴趣还是对价格变化感兴趣，如果你并没有利用数学方法来研究定价问题的话，请记住价格竞争并不是明智的——我们应该找到产品对于目标群体的价值所在，接着便是着力渲染这一价值，然后为产品收费。价值是用来衡量相对于所失去的（金钱、时间、体力成本）来说，消费者得到（质量、精神享受）了什么。消费者可以从成功的购物经验（消费者所购买的产品价格与产品价值相符时）中学会如何衡量产品的价值。因此，做一个聪明的营销人员并让你的顾客了解你品牌的价值所在。

专|栏|8-4　B2B定价策略

B2B市场是如何进行定价的呢？以下几种定价工具虽然名称不同，但实际上是相同的方法。

• 贸易折扣和价格歧视。给予买家折扣或者针对不同的B2B客户制定不同的价格，包括先进折扣、数量折扣、容量折扣和季节性折扣。

• 贸易配额。根据中间商的表现给予其折扣，这里的表现是指中间商广告参与度或销售支持活动参与度。

• 基于地理位置的不同定价。根据运输成本或是买家和卖家之间的距离来制定相应价格。

• 转移价格。通过网络渠道实现价格转移。

• 贸易交换的形式。相比较现金支付的形式而言，充分利用产品交换和服务交换的支付形式。

注释

1. 感谢以下教授的反馈意见：Pelin Bicen（Texas Tech）、Darren Boas（Hood College）、Rick Briesch（SMU）、Jane Cai（Drexel）、Renee Foster（Delta State）、Gary Karns（Seattle Pacific U）、Chris McCale（Regis College）、Ann Mirabito（Texas A&M）、Charles Schwepker（U Centrl Missouri）、Keith Starcher（Geneva College）和Jakki Thomas（Northwestern）。

2. 想要了解更多这方面的信息，请参考以下教授学者的研究：Robert Dolan（HBS）和Kent Monroe（Illionis）。

3. 如果营销是那么容易的话，那也就没有任何乐趣可言了。

4. 如果你成为一名企业家或者咨询顾问，你将如何为你的产品和服务定价？

5. 许多专业比赛以及音乐会的门票都是非弹性的，价格持续提高，而消费者依然愿意购买。

6. 价格弹性同样可以这样表示：价格每变化1%时，销量变化的比例是多少。当价格和销量存在线性关系（价格由低提高到中等的效应和价格从中等到高的效应是相同的）时价格弹性的方程是比较简单的，然而现实的情况也许是更为复杂的。举例来说，将价格从高提高到更高时，销量可能会大幅度减少，那么图8-1中的直线会发生弯曲。有时候，对于奢侈

品的购买，消费者通常愿意付出昂贵的价格追求产品的异质性，而图8-1中的曲线将会呈现另外一种形状——从左下角开始上升一直到到右上角，但这完全符合价格弹性的定义。

7. 下列教授研究了手机市场中的竞争情况对于价格的影响：Mengze Shi（U Toronto）、Jeongwen Chiang（National U Singapore）和Byong-Duk Rhee（Syracuse U）。另外请参考Getu Hailu和Peter Boxall（U Alberta）两位教授对于旅游行业内影响需求因素的相关研究。

8. 不同的市场因素和文化都会对消费者价格敏感度造成影响。例如，在通货膨胀现象严重的国家，如果消费者认为产品的价格将会提高的话，他们会毫不犹豫地购买。

9. 请参考以下教授的研究：Florian Zettelmeyer（Berkeley）、Fiona Morton（Yale）、Jorge Silva-Risso（UC, Riverside）、Dhruv Grewal和Joan Lindsey-Mullikin（Babson）。此外，需要考虑信息是通过网络渠道传播，还是通过现实渠道传播，如果消费者只知道一部分产品的比较价格信息而不是全部产品的话，他们会变得怀疑。例如，产品信息的缺失会对特色品牌造成影响吗？请参考以下教授的研究：Michael Barone（Iowa State）、Kenneth Manning（Colorado State）和Paul Miniard（Florida International U）。而

下列教授的研究有助于我们理解弹性以及影响品牌换购的因素：Baohong Sun（UNC）、Scott Neslin（Dartmouth）、Kannan Srivinvsan（Carnegie）、Vijay Mahajan（U of Texas）、Paul Green（Wharton、U penn）和Stephen Goldberg（U of Texas）。

10.了解盈亏平衡点对你是有好处的。通常情况下，价格是难以制定的。有一些公司的目标就是帮助其他公司更好地定价，但这些公司制定的价格通常是在盈亏平衡点处。

11.350美元的价格是有一点点低了，然而当房间能够被充分利用（招满儿童）时，我们计算出单位成本费用为350美元。但当能够容纳40个儿童的两间房里只有30个儿童时，平均成本就会显得有些高了。350美元只是理想状态下的总体估计值。

12.例如，通过实际调查研究，我们发现冰激凌的价格弹性大概为-3，也就是说价格每增加1%，需求量会下降3%。参考以下教授的研究：Andres Musalem（Duke）、Eric Brandlow和Jamohan Raju（Wharton）以及Duncan Simester（MIT）。

13.请参考以下教授的研究：Sachin Gupta（Cornell）、Jordan Louviere（Australian Graduate School of Management）、Joffre Swait（U Alberta）、Naufel Vilcassim（LBS）和Dick Wittink（Cornell）。

14.请参考以下教授的研究：Franziska Voelckner（U of Hamburg）、Klaus Wertenbroch（Insead）、Gerald Smith（Boston College）、Stefan Roth、Herbert Woratschek和Sven Pastowski（U of Bayreuth）以及Thomas Nagle（Strategic Pricing Group）。

15.想要了解更多这方面的信息，请参考Eric Bradlow（Wharton）教授的研究。最先开始进行交互分析的学者有以下三位：Paul Green、Jerry Wind和Abba Krieger（Wharton），你可以从网站免费下载他们出版的相关书籍：http://marketing.wharton.upenn.edu/people/faculty/green/green_monograph.cfm。

16.我们将在第13章对交互分析做详细的介绍。

17.很显然，定价从来都不是一件容易的事，但这是个很好的案例。在这个案例中，当价格定在1.75美元时获得的利润（350-200）和将价格定在1.50美元时获得的利润（450-300）是相同的。因此，我们可以将价格定在1.50美元或者1.75美元。如果为了提高产品形象就定高价，但如果为了给消费者物美价廉的印象，就定低价。

18.这种将现实世界抽象为一个模型的方法在任何学科里都是适用的，例如在真空或零重力条件下研究物体的运动。

19.价格品质的联系在高端（奢侈）商品上体现得尤为明显。请参考以下学者的研究：Manoj Thomas（Cornell）、Vicki Morwitz（NYU）和Leonard Lodish（Wharton）。

20.请参考David Soberman（Insead）教授的研究。事实上，购买打折品的消费者会认为购得的产品比全价购买的产品价值低。请参考以下教授的研究：Baba Shiv（Stanford）、Ziv Carmon（Insead）、Dan Ariely（MIT）、Tobias Greitemeyer、Eva Traut-Mattausch和Dieter Frey（Ludwig-Maximilians U）、Stefan Schulz-Hardt（Georg-August U）、Akshay Rao（U Minnesota）、Caglar Irmak和Lauren Block（Baruch）以及Gavan Fitzsimons（Duke）。

21.请参考以下学者的研究：Gregory Carpenter（Northwestern）和Christie Brown（Michigan）。

22.我们可以以另一种方式提出问题：与Best Buy相比，Jo's Electronis的距离为多远时，你会放弃去那里？1英里？5英里？还是30英里？

23.参考以下教授的研究：Hyeong Min Kim和Thomas Kramer（Baruch）以及Michal Strahilevitz（Golden Gate U）。

24.这种现象也被称为"古怪定价法"，这种定价方法看起来有点奇怪，因为我们很少能看到以1、3或7为结尾的价格（我们看到的可能是5，比如4.95美元）。如果想了解更多有关信息，请参考以下Eric Anderson（Northwestern）的研究。Manoj Thomas（Cornell）和Vicki Morwitz（NYU）同样发现4美元同5美元的差别相对于4.99美元和3.98美元的差别更容易辨别，这是因为4美元同5美元的差距在消费者看来更明显一些。

25.请参考Richard Thaler（U Chicago）和Eldar Shafir（Princeton）。

26.请参考以下教授的研究：Shane Frederick（MIT）、Teck Ho（Berkeley）、Noah Lim（U Houston）和Colin Camerer（Cal Tech）。

27.请参考以下教授的研究：Xavier Dreze（Wharton）、Joseph Numes（USC）、Yu Wang和Aradhna Krishna（Michigan）。

28.请参考以下教授的研究：Alexander Chernev（Northwestern）、John Gourville（HBS）、Ran Kivetz（Columbia）、Ziv Carmon（Insead）、Oded Netzer（Columbia）、Dilip Soman（U Tronto）、V.Srinivason（Stanford）、Meg Meloy（Penn State）和Kristin Diehl（USC）。

29.请参考以下教授的研究：Daniel Howard和Roger Kerin（SMU）、Tridib Mazumdar（Syracuse U）、S.P.Raj（Cornell U）、Indrajit Sinha（Temple U）、Joel Urbany（Notre Dame）、Russ Winer（NYU）。

30.请参考Steve Shugan（U Florida）的研究。

31.想要了解更多这方面的信息，请参考Mikhael Shor和Richard Oliver（Vanderbilt）的研究。对于B2B企业的细分定价策略，请参看Ruth Bolton（ASU）和Matthew Myers（U Tennessee）的研究。

32.价格折扣可以用来改善渠道关系，请参考Yunchuan Lin（UC Riverside）、John Zhang（Wharton）和Romana Khan（U Texas）的研究。对于不同的包装尺寸同样也有相应的数量折扣政策，请参考David Sprott（Washington State）、Kenneth Manning（Colorado State）和Anthony Miyazaki（Florida International）的研究。

33.购买时间对于购买行为也是非常重要的。例如，如果你想买一辆轿车，那么最适合的购买时间是10月，此时销售商希望减少库存量。

34.纽约的TKTS影院和HotTix影院采取类似的经营策略——电影票打折幅度很大，这是因为电影院老板希望在下午5点喜剧开始的时候能够满座。当然，如果电影票卖光了，你事先也没有做好应对措施，那么你需要再加一场。或者说你可以事先计划一下如何弥补损失，例如通过网络售票的方式减少人工售票的服务成本。

35.如果想了解更多有关定价策略的信息，请参考以下教授的研究：William Bearden（U South Carolina）、Meg Campbell（U Colorado）、Kelly Haws（U South Carolina）、Sheryl Kimes（Cornell）、Kent Monroe（U Illinois）、Rajneesh Suri（Drexel）、Jochen Wirtz（National U Singapore）和Lan Xia（Bentley）。

36.想要了解更多有关产品和价格组合的信息，请参考以下教授的研究：Dilip Soman（U Tronto）、John Gourville（HBS）、Robert Leone（OSU）、Priya Raghubir（Berkeley）、Judy Harris（Towson U）、Edward Blair（U Houston）、Vithala Rao（Cornell）、Joel Urbany（Notre Dame）、Stefan Stremersch（Tilburg U）和Gerard Tellis（USC）。想要了解更多复杂定价模式的信息，请参考Anja Lambrecht（LBS）的研究。想要了解更多有关渠道内定价策略的信息，请参考Bart Bronnenberg（UCLA）、Carl Mela和William Boulding（Duke）的研究。

37.请参考Hani Mesak和Ali Darrat（Louisiana Tech）的研究。

38.请参考以下教授的研究：Naufel Vilcassim（Insead）、Eric Anderson（Northwestern）、Carrie Heilman（U Virginia）、Caroline Henderson（Dartmouth）、Sandrine Mace（European School of Management）、Kent Nakamoto（Virginia Tech）、Scott Neslin（Dartmouth）、Koen Pauwels（Dartmouth）、John Quelch（HBS）、Ambar Rao（Washington U，St.Louis）、Jorge Silva-Risso（UC，Riverside）、Inseong Song（Hong Kong U Science and Technology）和Jie Zhang（U Maryland）。

39.如果我们把总销量定为之前的200单位，但是临时性的价格促销并不令人感到意外。想要了解更多定价中的博弈论信息，请参考以下教授的研究：John Zhang（Wharton）、Wilfred Amaldoss（Duke）和Joel Urbany（Notre Dame）。

40.想要了解更多有关拍卖的信息，请参考以下教授的研究：Eric Greenleaf（NYU）、Eric Bradlow（Wharton）、Young-Hoon Park（Cornell）、Sandy Jap（Emory）和Joydeep Srivastava（Maryland）。

通过定价、渠道和促销定位

Chapter9

第**9**章

分销渠道、营销网络及物流

营销框架		
5C	**STP**	**4P**
顾客 企业 环境 合作者 竞争者	市场细分 选择目标市场 定位	产品 价格 渠道 促销

- 分销渠道是什么？为什么营销人员要使用分销渠道？
- 如何设计高效率的分销渠道网络？
- 什么是密集型分销渠道和选择性分销渠道，营销人员应该如何做出选择？
  什么是推进和拉动？
- 渠道中相互联系的成员如果存在分歧怎么办？如何运用权利、收入分成以及一体化的策略化解冲突？
- 零售、特许经营、电子商务、目录销售以及销售团队分别在营销渠道中扮演什么样的角色？

9.1 什么是分销

在一个阳光明媚的星期六上午，某地开放了一个农贸市场，如图9-1所示。Joe是当地的一个农民，他准备在市场上销售玉米，当地的面包师Joan带来了她制作的家喻户晓的苹果派，Jack则贩卖芦笋和南瓜，而Jill从自家的花园中采来新鲜的花朵销售，Jerry则销售辣椒，Jeanne销售的是燕麦甜饼。以上所有的商贩均通过了社区活动中心的注册，并各自租到了一个小店面来销售他们的商品。[1]

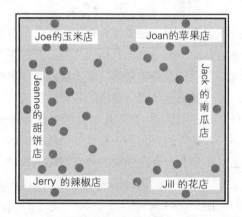

图9-1 农贸市场

这些产品的消费者是城市白领，他们来到市场，购买新鲜而没有品牌的产品，并将这些产品塞满他们的多功能运动车（SUV）。在工作日，这些消费者在全国性连锁超市里购买产品（那里的产品非常好，新鲜且种类繁多），并在高档的商店购买食物，这里的食物可能更加新鲜，不论是本地生产的还是国外进口的，但也可能更加昂贵。尽管如此，星期六仍然是老式市场的开放日。

销售者的产品数量很大，例如Joe拥有的玉米数量超过了自己家庭的消费量，所以他可以将剩余的玉米卖出去。而消费者只希望购买销售者所能提供产品的一部分，例如可能消费者只想买几根玉米，而不是Joe全部的玉米。

另外，消费者可能只想买一束花，数量不会超过一个花瓶所能容纳的上限。买家和卖家之间不同的需求都能够在市场里得到很好的满足。

在市场营销学中，我们讨论如何协调销售者的供给量和消费者的需求量之间的差异。尽管对于销售者来说，在有限的产品种类的基础上生产大量的产品是更有效率的做法，但消费者的需求呈现多样性，他们希望产品的种类能够尽可能多，但只会购买较少量的产品。因此，销售者的产品细分应该做到更加细致。对于Joe来说，每个购买他玉米的消费者都有可能只买两三个玉米，卖完所有玉米有可能花费他一上午的时间，但他无疑要花费更多的时间等待一位愿意购买他整车玉米的顾客。

消费者同样能够从市场中获益。由于市场里的商品是集中贩卖的，所以消费者可以很方便地在同一个地方买到水果、蔬菜和自制面包。否则这群城市白领可能需要驱车数里去Joe的农场购买玉米，然后到Jerry的辣椒园购买辣椒，最后回来向Jeanne购买燕麦甜饼。当消费者知道准确地点的时候可能整个早上都已经过去了，而且车辆排出的气体会加速全球气候变暖。这里有一种折中的做法，消费者可以聘请一名专业的采购顾问去以上地点购买商品以节省自己的时间，但这肯定要支出一笔服务费。同样，Joe可能聘请一位帮手照看他的农场并将一些玉米卖给消费者和食品杂货店。这样的帮手可以帮助Joe减轻负担，但Joe同样要付钱给这些帮手。

9.2 什么是分销渠道、物流及供应链管理，我们为什么要使用它们

标题中的几点内容都是销售渠道的不同表现形式，我们利用它们是为了

|专|栏|9-1 物流运输，如何转移商品

通常情况下，运输费用占到整个分销费用的50％左右，而另外一大部分费用则用来存储商品。

选择运输方式的标准非常简单：时间就是金钱。

• 如果你采取空运的方式，商品的运输可以做到快且准时，但是运费相对较高。

• 如果你选择卡车和火车来运送货物，这两种方式的运输速度快，准时性高，可以被广泛采用，而价格稍微有点贵，但不会像空运那么贵，其中相比较火车而言，卡车运输在提供上门服务时更具有弹性。

• 考虑一些极端的例子，如果你选择水路运输，可能会花费大量时间，但这样可以为你省下一大笔钱。

• 营销人员同样认为采取管道运输是一种可行的手段，但这种运输方式存在局限性——只有液体和气体（家具或汽车是不适用的）可以采用管道运输的方式，而且管道运输的对象也被限定为几种特定的液体，例如油可以但橙汁不行。电缆线路（城市和深海）的运输方式已经变得越来越重要，但这种方式同样存在局限性（电力、电话以及数据传输）。

解决同一个问题：如何把商品送到想要购买它们的消费者手中？分销渠道指的是企业之间形成的相互联系的网络结构，并以此向销售者提供一种让其商品更高效的进入市场的方式，也为消费者购买这些商品提供了一种途径。分销网络中包括制造商、分销商或批发商、零售商、消费者和其他拥有不同名字的角色。相比较其发挥的作用而言，它们的名字并不重要。这些作用包括顾客导向行为（例如按照订单出货）、产品导向行为（例如商品的贮存和展示）、营销导向行为（例如促销策略）和财政行为。这些分销网络参与者之间的联系则包括实物产品的所有权转移、资金流动、信息流动以及在促销或其他营销活动中的相互支持。当营销人员谈论物流的时候，他们会讨论在渠道成员之间以及在整个渠道内部如何协调产品、服务以及信息的流动。

有一句很经典的话："没有人是一座孤岛。"也就是说，如果没有合作伙伴，企业是很难生存的。但一旦你开始同其他人合作并在彼此间形成一个分销网络，毫无疑问地，那些合作者希望通过他们所提供的服务来赚钱。因此合作的强度取决于渠道成员是否能提供价值——其提供的利润是否超过其消耗的成本？这也就是企业一直在强调的"自制还是外购"问题，"我们是应该自己来完成这一工序还是说向其他企业购买"？

下面，我们通过图9-2和图9-3的比较研究来分析如何设计渠道使市场更有效率。如图9-2所示，制造商直接将产品卖给消费者。如图9-3所示，制造商通过类似普通零售商的中间商来销售产品。第一种情况下，整个分销网络中成员的联系次数为33（制造商的数量乘以消费者的数量）；第二种情况下，联系的

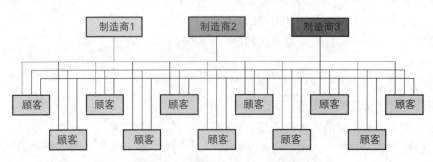

图9-2 制造商直接向消费者供货

次数则是14（制造商的数量加上消费者的数量）。可以推断的是，每一次渠道成员之间的联系都会造成一定的成本消耗例如关系营销管理。如果所消耗的成本基本相同的话，那么可以说联系次数较少（相应的沟通成本也较低）的市场是更有效率的。相对于图9-2所示的企业直接向消费者销售产品来说，图9-3所示的

网络系统中有中间商的存在，减少了联系次数，因此是更有效率的。[2]

图9-3中所示的渠道成员并没有被明确定义，但图9-4中则明确给出了三种分销渠道的表现形式。公司可以直接与消费者建立联系。例如，戴尔（Dell）是一家制造型企业，但对于消费者来说它同时也是零售商。戴尔是一家

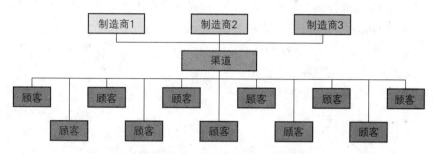

图9-3 制造商通过特定渠道向消费者供货

优秀的电脑制造商，其产品是经公司直接进入市场的，公司指出这样做的优点在于可以节约大量成本。

而后，我们可以从图9-4中看到，一些企业可以从制造商那里购得产品并将这些产品转卖给消费者。例如，众多的书籍以及DVD制造商可以通过全美最大的网络电子商务公司亚马逊（Amazon.com）销售产品，而亚马逊向消费者提供的服务便是使消费者可以直接在亚马逊买到他们想要购买的任何东西。亚马逊并没有自己生产全部商品的能力，它仅仅以中间商的身份出现——买家和卖家可以通过该平台交换他们想要的商品。

此外，如图9-4所示，一些企业可以成为制造商的批发商，这些经销商寻找合适的产品代理商，将产品交给代理商，然后代理商再将产品以零售的形式卖给消费者。例如，美国的梦工厂是一家电影制造商，公司并没兴趣直接把电影卖给消费者，其更倾向于寻找分销合作伙伴并将产品以出租的形式交给这些公司。事实上，梦工厂也的确是这么做的，那些认为电影有价值的影院会租借该电影并转卖给消费者（以消费者购票去影院看电影的形式实现）。

对于以上所示的三种渠道系统来说，企业必须根据实际情况进行选择和处理。戴尔不需要同其他公司打交道，不需要考虑他们的目标，也不需要同他们分享利润。但根据对图9-2和图9-3所示分销系统的分析，戴尔这种直接将产品卖给消费者的做法是缺乏效率的；亚马逊需要选择值得信赖的供应商合作，而同时也必须和消费者直接进行交易；梦工厂需要处理好同其分销商的关系，但这样做企业离消费者的距离似乎过远，无法直接了解消费者的真正需求。

图9-5则详细解释了三种渠道的不同之

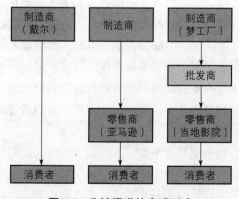

图9-4 分销渠道的表现形式

处。图中向上的箭头所包含的参与者被称为供应者，因此这些参与者构成了产品的供应链，而如何处理好同这些企业的关系的过程便称为供应链管理。向下的箭头所包含的参与者帮助制造商将产品销售给顾客，这些参与者被称为渠道成员，也就是说，这些渠道成员直接向消费者提供产品。参考图9-4中出现的企业，我们并没有看到戴尔的供应商，例如电池、硬件驱动、计算机外壳的制造商；而对于亚马逊来说，其供应商便是产品制造商，书籍和DVD的制造商等；而梦工厂及其渠道成员（影院）拥有相同的供应商——生产电影设备的企业。

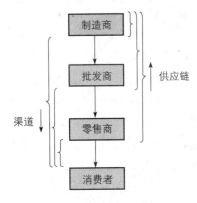

图9-5　渠道及供应链

因此，如果说渠道存在的意义是帮助生产经营活动的参与者之间形成网络，并使生产经营活动更有效率，那么我们应该如何设计有效的营销渠道呢？为了最优化交付系统，我们必须考虑两方面的因素：第一，我们应该选择密集型还是选择性分销模式；第二，我们应该如何调整同合作伙伴的合作方式以确保整个系统能够良好运行。其中有几类合作伙伴是比较特殊的，例如零售商和网络合作伙伴，因此我们需要特别关注同此类合作伙伴之间的合作。

9.2.1 如何设计有效的分销系统？密集型还是选择性

我们通过对比分析图9-2和图9-3所示的分销系统得出的结论是：分销合作伙伴可以为产品制造商提供增值服务，但这并不影响那些选择直销方式的企业获得利润。因此，企业将

如何选择销售渠道？是直销还是通过中间商销售，或者同时采用两种方式？设计分销系统遇到的第一个问题就是分销密度——企业为了将产品卖给消费者需要同多少中间商合作？

许多生产消耗品的企业会选择密集型的分销策略。例如，很多零食（糖果、薯条）制造商以及个人护理产品（沐浴露、睫毛膏）制造商通常在药店、超市、折扣店以及便利店销售商品。这是为什么呢？

1. 通常情况下，你肯定不愿意去很远的地方买一包口香糖，因为口香糖是低值商品，而且对于口香糖的购买行为通常是冲动性购买。因此，口香糖的销售点必须选择离消费者近的地方。

2. 由于消耗品的价格并不昂贵，企业需要通过销售大量的产品赢取利润，因此企业会选择密集型的分销策略。

3. 这类消耗品的体积也较小，所以制造商可以轻易地将大量产品装在一个相对较小的箱子里，然后运送到零售店进行销售。

4. 这类消耗品通常是容易使用的，所以没有必要向消费者解释产品的功能，设想一下，你会需要向消费者解释"彩虹糖可以起到哪些作用"吗？因此，中间商可以对产品进行广告宣传以刺激消费者的购买欲望。

相比之下，有些产品和服务更加复杂且昂贵，这有可能会抑制消费者的购买行为。因此，消费者需要有导购人员对其解释产品的功效（例如产品的特征和价值、品牌选择等）以减轻其购买产品的忧虑。汽车及电脑销售就是这样的例子。同样，在苏宁电器工作的员工会比你更了解电脑或平板电视的行情。但同时必须注意的是，那些向消费者传递广告信息的公司，其目的在于通过广告和沟通刺激消费者进行购买。

对于消费者来说，在购买大件商品时需要更多的信息和全面的思考。如果购买洗衣机不属于冲动性购买行为的话，那么制造商就没必要选择密集型的分销策略。消费者会愿意驱车

15公里去汽车销售店选购汽车，也同样愿意去7公里之外的西尔斯百货购买洗衣机（西尔斯的洗衣机销售量占到全美国洗衣机总销售量的40%以上）。

不管选择何种分销策略都有其相应的优点及缺点，尽管密集型分销对于销售量的增长有积极作用，但这同时也需要大量的费用来维持。因此，制造商不可能在一个既定的区域范围内开设过多的零售店。另外，由于这些产品的价格昂贵，所以消费者并不会大量购买——任何地区的需求量都是有一定上限的。相应地，我们不能对这类产品采取密集型的分销策略，而应该采取选择性的分销策略。

分销密度受到消费者获得商品和相关信息的难易程度等因素的影响。如果产品是简单、便宜和便于运输的，就应该采取密集型的分销策略。如果产品是复杂（需要导购人员对消费者进行产品介绍）且昂贵的，则应该采取选择性的分销策略。

选择性地挑选渠道合作伙伴能为制造商带来附加利润。从定义上讲，企业只需要同较少的中间商进行沟通，这就意味着制造商对于渠道有着更强的控制力，例如通过分销商进行降价，而且沟通成本更低，例如企业只需要同较少的中间商进行营销策略方面的沟通，从而降低了沟通成本。而选择性分销策略的极端表现是独家渠道销售，例如一座小城市里面可能只有一家保时捷专卖店。选择独家渠道销售的方式也有其不利之处，因为这么做可能会导致垄断，即市场内缺乏竞争，从而引起法律纠纷。

专|栏|9-2 体育

针对不同情况应该选择不同的分销策略。我们现在讨论体育营销。对于销售看台包厢的座位票，可以参考独家模式；对于销售中等价位的座位票，可以参考选择性模式；对于销售低价位的座位票，可以参考密集型模式。

其他行业内也存在相同现象。销售稀缺商品时就应该采取"独家"模式（物以稀为贵）：飞机能提供的头等舱座位数量比商务舱的少，而商务舱的座位数量又比经济舱的少；相对于福特汽车而言，法拉利的产量就很小了；相对于普通服装而言，纯手工制作的迪奥服装就显得稀有得多；容易租到普通住宅，较难租到带阁楼的公寓。

归根结底，建设渠道的目的在于使消费者能够更方便地购买商品，因此我们应该思考和研究消费者的购买行为。渠道设计是对于营销、战略以及定位的整合。如果你的产品随处可见，那么意味着你的产品定位是"您可以在任何地方购买到我们的商品"；如果你的产品只能在几家店里买到，产品定位则是"我们的产品是特别的，消费者需要为购买我们的产品付出更多"。

渠道设计必须同其他的营销因素相符。这里可以同第4章讨论的产品定位结合起来：大范围的分销意味着高促销强度、较低的价格以及低于平均质量水平的产品，而独家销售则意味着低促销强度、较高的价格及产品质量。回想一下，路易·威登选择极少数的卖场销售其产品以提高产品定位。此外，耐克也决定不再通过西尔斯百货销售其产品，因为耐克不希望自己的产品最终出现在沃尔玛的货架上。

营销渠道的广度同时也与产品生命周期和企业在市场内的地位相关。当一个新兴企业的新品牌进入市场时，企业很难说服实体零售商代销其产品，他们销售产品的渠道较少——可能是采取网络销售的模式。对于成熟企业来说，当其推出新产品时同样面临着分销渠道较少的问题，但其同另外一些公司保持着良好关系，如果企业持续加强品牌形象建设以及同这些公司的合作，可以对拓宽产品销售渠道有所帮助。

推进和拉动 推进和拉动指的是制造商是否向其顾客或渠道伙伴传达其产品的营销信息。消费者通过分销渠道获得商品，而商业伙伴则将从制造商那里获得的商品向后推销给消费者。制造商可以结合营销组合将产品推售给合作商，也可以直接刺激消费者的购买欲望，但可以看到的是这些做法存在着一些相同点。

我们对于拉动营销非常熟悉，这样做可以刺激消费者的需求增长，如图9-6所示。营销人员可以采取临时性的降价策略或者维持价格不变，但同时加大产品的供应量。营销人员可以向消费者提供试用品（量通常较小且价格更便宜）或者免费的产品样本。营销人员可以向品牌忠实用户提供优惠券（购买时的价格折扣）或者回扣（购买后的价格返还），购买优惠政策（购买使用后支付）以及累计积分作为奖励。营销人员仍然需要管理同分销商和零售商的关系（在"推进营销"中对这一点有更高的要求），但采取拉动策略的目标在于提高终端用户的认知度和品牌忠诚度。

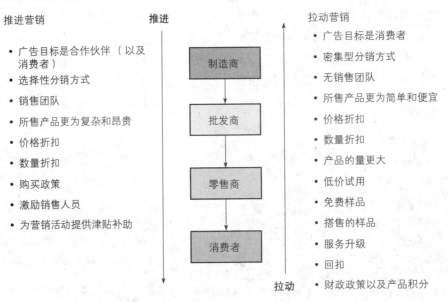

图9-6 推式策略和拉式策略

拉动营销的一个典型案例是消费者对于高清电视节目的需求。作为硬件的高清电视已经可以生产出来了，但由于高清电视节目在推出上存在着滞后性，所以高清电视的销路并不是很好。

高清电视的制造商能够通过直接介入高清电视节目的制作达到刺激消费的目的吗？什么样的渠道合作伙伴能够对其提供帮助？

推进营销指的是制造商促使分销合作商（经销商、批发商和零售商）向终端客户兜售商品。推进策略要求渠道成员有较高的参与度（举例来说，零售商必须提供更优质的服务，但销量可能相对较低）。制造商对于销售行为采取导入式介入的行为，要求零售商充分计算其营销及销售费用，这种情况下，制造商获得较低的利润，并分配给分销商或零售商更多的销售任务，那么这些零售商和分销商必须承担更大的产品流通责任。尽管相对于终端消费者而言，制造商把分销渠道成员看做更主要的目标，但拉动营销同推进营销使用的策略是类似的：营销人员可以向其分销商或零售商提供临时性的价格折扣、营销活动的补助费、产品数量折扣（例如买一送一）及财政优惠（可以在数月之后支付）。制造商希望零售商能对终端客户采取一些类似的激励政策，但零售商可能并不想这么做。零售商价值取决于零售商对制造商的激励措施如何反应，如果零售商并没有向消费者提供价格折扣，但其为制造商的品牌安排了更多的货架和柜台，这样做也会令制造商非常满意。最终，制造商希望这些激励政策能真正起到作用，让中间商将制造商提供的产品及服务"推向"消费者。

9.2.2 渠道关系中的权利和冲突

不论是采取推进营销还是拉动营销，密集型分销还是选择性分销，你和你的渠道伙伴都希望消费者能够满意，但达到这一目标的方式却有很多。当渠道成员之间对如何取悦顾客和利润获取方式上存在异议的时候，就会产生冲突。问题的关键在于激励政策是否有助于渠道内成员的目标达成一致。例如，制造商希望零售商能够代理其产品线上所有类别的产品，但当零售商发现某一类产品并不好卖的时候，就不愿意再浪费货架来销售这些没有吸引力的产品。渠道成员之间经常会为了价格和利润发生纠纷或共同协商来制定。例如，供应商会反映零售商的定价过高，而此时消费者的购买欲望并不强烈；零售商则会反驳道：由于供应商要求的价格过高，所以他们必须通过向消费者收高价才能获利。

有些情况下的冲突是良性的，正如一起工作的人们会持有不同的观点一样，企业之间同样可以存在不同的观点。但是什么程度的冲突是可以接受的（不能太过强烈），而我们该如何应付呢？在处理冲突的时候，冲突各方的不同点可以帮助我们寻找使各方均满意的替代方案，从而使目标最优化，而不是单纯地将实现某家公司的利润最大化作为首选。

当冲突的一方比另一方强势时，双方的冲突便会被镇压。尽管"强权即公理"的说法并不完全正确，但通常情况下权利是通过企业大小和效益来衡量的。例如，如果你生产的产品属于利基商品，即小众商品，人们对这类商品的关注度较低，而沃尔玛对你的产品也没有兴趣，他们对产品的包装、定价以及配送计划都不满意，那么你的企业可能破产。如果你的企业是一家大型企业，而你的合作伙伴是一家小型企业，那么你可以借助自己的强势迫使对方企业屈服。但从长期来看，强权并不是解决冲突的有效途径，因为处于弱势地位的企业可能会对强势企业产生憎恨的情绪，而一旦出现另外一个机会的时候就有可能退出渠道。或者说，凭借从强势企业处学到的经验和技术生产出竞争性产品。同样，两个强势企业间同样可能产生冲突，这时企业实力就无法起到控制作用了，结果呈现的可能是一个僵持不下的局面。

通过交易成本分析（transaction cost analysis，TCA），可以将渠道成员的制造成本以及管理成本降到最低。在销售渠道中允许中间商的参与可以减少制造商的制造成本以及产品运送成本，这是因为这些中间商可以利用自身的资源处理这些事情。管理成本的产生是由于制造商需要联系或者控制某些中间商。令人感到焦虑的是，这些渠道参与者通常是自私和趋利的。但另外一个更为新颖的观点则强调了交易价值分析，即企业应该为其合作伙伴带来利益，不仅仅表现为成本的降低。营销人员指出，企业行为和其他企业对于该行为的反映均可以用人际关系理论来解释：他们谈论到供应商和分销商之间的沟通问题、信任问题以及满意度问题等。[3] 同日常交流一样，当渠道中发生冲突时，冲突各方应该寻求一种途径进行沟通——交流可以提高信任以及满意度。与此同时，切实履行好承诺（例如遵守规定的交货日期、数量和价格）也是非常重要的。渠道建设方面的专业人士认为，承诺履行的情况和意愿可以用来衡量交易各方的信任程度。

另外一种加强渠道成员间关系的途径是各企业向合作企业派遣相关人员，从而可以更直接和深入地了解对方的观点和需求。所有成员都应该相信自己的企业是受到关注的，而且相应的需求也是能够得到理解和满足的。我们应该时常提醒渠道网络的所有成员，在提高顾客满意度的问题上，所有成员的目标是一致的。因此，有时候，多个渠道成员应该共同合作进行市场调研，这样做的目的在于清楚了解顾客价值以帮助渠道成员更有选择性地制定应对措施。

当以上所有的方法都无法有效解决冲突事件的时候，仍然有一些其他的选择存在，这其中包括调解（通过同第三方的协商决定双方的职责及利益）和仲裁（由第三方决定双方的最终结果）。协商指的是通过将信息分解来消除或减弱冲突。就如同权利会影响定价一样，在交易过程中买家及卖家不可能处于绝对公平的位置。当产品对于消费者来说很重要、很特别或难以替代时，供应商更为强势一些。而当较少量的消费者购买较大量商品时，消费者则更加强势。

9.2.3 收入分成

渠道冲突可以是较为缓和的，但多数情况下冲突都是由利润分配引起的，这种情况下的渠道冲突可能激烈得多。例如，零售商抱怨道："我们想要获得更大的利润。看看我们的销售人员提供了多好的服务！"制造商则反驳道："消费者是因为我们的品牌知名度才来购买的。尽管你们的服务做得很出色，但他们购买的终究是产品而不是你们的服务，所以我们应该比你们获得更大的份额。"[4]下面，让我们看看有关问题。

首先，设想制造商直接将产品卖给消费者的情况。此时制定价格高于制造成本（生产产品或提供服务的成本）及零售成本（在该情境下，制造商在同消费者打交道的过程中需要付出沟通成本）之和。因此制造商的利润是价格、制造成本、零售成本及需求量的函数。

当制造商通过中间商销售产品时，中间商自然希望能够通过提供服务获利。当产品经由制造商转移到零售商手中时，价格会有一个提高（作为制造商的既定利润）；当零

专|栏|9-4　权利的类型

当渠道营销人员论及强势的零售商或者强势的供应商时，他们指的是以下内容。

强制权

• 某一方可以通过抽走利润等惩罚手段迫使另一方屈服。

例如"我们是大型零售商，除非你能让我们获得更多的利润，否则我们不会代销你们的产品"。

信息权

• 某一方可以凭借自身掌握的一些对他人有利的信息寻求合作。

例如"我们是大型的网络零售商，除非你购买我们的广告栏位，否则我们不会向你提供你需要用来建设客户关系管理数据库的数据，也不会提供你希望得到的有关竞争力的综合信息"。

法定权

• 某一方可以凭借企业的规模和掌握的专业知识，向另一方提出要求和威胁以迫使其屈服。

例如"我们是大型的药品原料供应商，由于药品没有通过测试，我们不会再向你们提供药物X"。

参照权

• 某一方寻求同另一方的合作可能是因为想要依附于后者。

例如"我们是小型的供应商，我们同大型供应商合作是因为他们拥有更高的品牌知名度。我们的企业仍然处于发展阶段，所以我们在某些产品的销售方式上采取跟随策略"。

奖励权

• 某一方有能力为另一方提供丰厚的收入。

例如"我们是大型的供应商，尽管我们对合作零售商有着绝对的控制力，但当大型的零售商提出我们应该缩小产品的包装时我们还是照做了，因为能将更多的产品交给零售商销售意味着巨额收入"。

在以上所列出的权利的典型表现形式中，你最喜欢哪一种？你最希望（以及最不希望）使用哪一种权利？

售商将产品卖给消费者时，价格会再一次上升。此时，如果没有管理好渠道便会出现以下情况：为了弥补第一次提价带来的损失，零售商会试图向终端消费者索要一个更高的价格——如此高的价格很有可能造成销量急剧下降，这对于制造商和零售商而言都是不利的。这种现象被称为"双重边际化"（double marginalization），因为制造商想要获得利润，而零售商同样如此。那么我们该怎么办呢？答案很简单：渠道成员之间应该分享利润。[5]

当局面是D2C（制造商通过零售商将产品卖给消费者）时，我们将制造商利润称为"渠道总利润"（total channel profit），并将其合理分配（制造商和零售商均同意的公平方式），那么消费者便不会被收取过量费用，双重边际化的问题也可以得到解决，而合理的价格所带来的销售量也足以让制造商和零售商获得丰厚的利润。这样重新分配利润的方式相当简便。

考虑这样一个例子，假设一件毛衣的制造成本是$C_m = 50$美元，而销售这件毛衣所要耗费的零售成本为$C_r = 50$美元。当毛衣直接由制造商卖给消费者时，这笔费用由制造商承担；当毛衣是通过零售商转而卖给消费者时，这笔费用由零售商承担。假设制造商在成本基础上将价格提高100美元，而如果制造商采取直销的方式，那么毛衣的价格就是200美元。

现在情况不同了，我们并没有采取制造商直销的方式，而是采取经由零售商将产品卖给消费者的方式。制造商以每件150美元（其中$C_m = 50$美元，而制造商在转移过程中将价格提高了100美元）的价格将毛衣转给零售商来进行销售。而后由于零售商想要赚取50美元的利润，因此其对消费者定价为250美元（这里$P_r = 150$美元，$C_r = 50$美元，而零售商提价50美元）。图9-7展示了采用直销渠道的定价策略以及双重边际化对于定价的影响。对于一件毛衣来说，总成本为100美元，

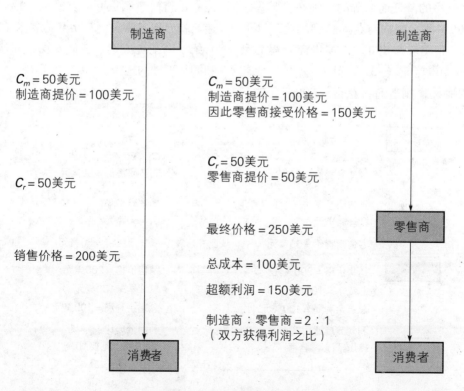

图9-7 问题：双重边际化

同时超额利润为150美元，其中制造商获得100美元而零售商获得50美元。另外，预测到的需求令人满意——大概可以销售掉500件毛衣，那么消费者将总共获得50 000美元（=100美元×500）的总利润，而零售商将总共获得25 000美元（=50美元×500）的总利润。

如果通过渠道体系可以将销售价格降低到200美元的话，参照其他更低价毛衣的销售量，可以预见的是本企业毛衣的需求量会相应增加。因此，将销售价格降低到$P=200$美元。成本保持不变：$C_m=50$美元，$C_r=50$美元。那么问题便转化为：零售商接受价格P_r是多少？双方的利润又是多少？

假设制造商提议按原来的2:1（或者是67%:33%）的比例分配利润，也就是说$P_r=117$美元。在这种情况下，制造商获得的利润为67美元而零售商获得33美元的利润。这些数据相对于之前的情况（制造商利润为100美元，零售商利润为50美元）都有所减少。然而，我们必须看到的是需求量也是随着价格的降低而增加的，现在实际需求量为800。那么制造商获得总利润为53 600美元（=67美元×800），零售商获得总利润为26 400美元（=33美元×800）。比起之前的情况，制造商多获得3 600美元的利

润，零售商多获得1 400美元的利润。如果需求量比800还要大，假设是1 000，那么制造商获利67 000美元零售商获利30 000美元，利润分别比最初的状态多出17 000美元和8 000美元。

如果制造商更加慷慨且愿意同零售商平分利润，当产品价格定为200美元，而总成本仍为100美元，制造商和零售商将各获得50美元的利润。如果卖出500件毛衣，那么双方将同样获得25 000美元的总利润；如果卖出800件，那么双方获得的总利润均为40 000美元；如果卖出1 000件，那么双方将同样获得50 000美元的总利润。在初始状态下，当销售价格为250美元的时候制造商才能够同样获得50 000美元的总利润，但由于价格过高导致销售量的减少，以及最终的利润分配方案是倾向于制造商的，所以制造商获得的总利润达到了零售商获得的总利润的两倍。尽管这样做可以给制造商带来较大利润，但换一个角度思考，将这些利润同零售商分享可以提高零售商对制造商的友好度，那么以后制造商就方便向零售商提出其他要求了。图9-8介绍了以上各方案，我们发现：同他人分享利润是不错的选择。

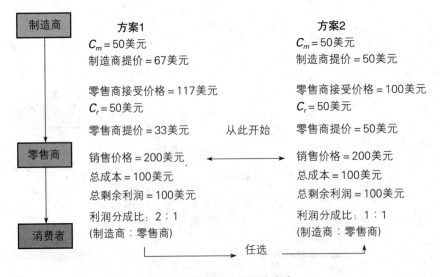

图9-8 双重边际化解决方案

专|栏|9-5 渠道利润

下面将用方程模型推导的方法讨论利润分成，以达成一个双赢的局面。

• 当制造商直接将产品卖给消费者时：

P＝消费者接受价格

C_m＝制造商制造产品或提供服务的价格

C_r＝零售成本（由于制造商选择直销，所以此成本由制造商承担）

需求是价格、质量和服务的函数。

⇒制造商利润＝$(P_r-C_m-C_r)$×需求量

• 当制造商通过中间商将产品卖给消费者时：

P_r＝零售商接受价格（也就是批发价格）

C_m＝制造商制造产品或提供服务的价格

C_r＝零售商的销售成本

需求是价格、质量及服务的函数。

⇒制造商利润＝(P_r-C_m)×需求量

⇒零售商利润＝$(P-P_r-C_r)$×需求量

如果我们能妥善管理好渠道，那么最终的销售价格就不会发生变化，而所有的渠道参与者都能够分享利润。

选择直接销售时的制造商利润＝选择间接销售时的制造商利润＋选择间接销售时的零售商利润

或者用下面的方程表述：

$(P-C_m-C_r)$×需求量

$=(P_r-C_m)$×需求量

$+(P-P_r-P_C)$×需求量

$=[(P_r-C_m)+(P-P_r-C_r)]$×需求量

$=(P_r-C_m+P-P_r-C_r)$×需求量

$=(-C_m+P-C_r)$×需求量

$=(P-C_m-C_r)$×需求量

9.2.4 一体化

我们再次回想一下"渠道"的概念，相对于渠道内的成员而言，渠道更加注重讨论各成员是如何发挥作用的。如果渠道关系里存在持续的冲突，那么我们必须从渠道内部对渠道重新做出调整。如果一家企业正在生产某一产品，那么该企业有可能选择将销售外包。同样，如果一家企业将制造之外的业务外包给其他企业处理的话，该企业也有可能希望自己来处理这些业务。对于后面一种情况，如果你不再希望与分销商分享利润，或者说你厌倦了处理渠道内部的冲突，而且有着较强的控制欲，那么你可以实施"垂直一体化"（vertically integrate）策略。

制造商可以通过自己经营零售店的方式实现"前向一体化"（forward integration）或通过控制生产原料来源的方式来实现"后向一体化"（backword integration）。[6]索尼公司和苹果公司过去选择将制造过程之外的业务进行外包，但现在它们通过自己开设专营店来实施前向一体化战略。路易·威登则采用两种渠道管理方式实现前向一体化——在其少数的旗舰店里销售最新款而在其他经销店销售去年的款式。

也许现在最流行的"前向一体化"方式是制造商通过网络向消费者提供其商品（按照D2C的方式）。许多企业都效仿这个方法来通过网络销售它们制造的产品以及向消费者提供服务。

巴诺（Barnes&Noble）和鲍德斯（Borders）这类的书籍销售商实施的则是"后向一体化"战略，而通常情况下实施后向一体化战略的企业都是经销商而非零售商，这两家公司都拥有较大的库存量。另外，巴诺和鲍德斯还以自己的名义出版书籍。著作权在1923年之前还无法适用于图书出版，这也就是为什么B&N可以出版图书的原因。

许多零售商也通过建立自有品牌的方式来实现后向一体化，例如食品、潮流商品、玩具。零售商有时参与到生产过程中，而有时候生产过程则是外包的。零售商选择建立自有品牌有以下几个优点：第一，自有品牌的建立可以加强零售商和制造商讨价还价的能力；第二，由于有的企业自身具有较大的影响力，这样可以省下宣传费用，那么自然也是有利可图的；第三，成功地建立自有品牌可以帮助企业同竞争者区分开来——让消费者意识到只有可能在我们这买到该产品，例如你只可能在家乐福购买到家乐福牌矿泉水。

以上介绍的策略丰富了企业竞争的形式。以前存在着不同类型的零售商例如之前的横向竞争，药店、折扣店和商场之间的竞争，而现在则增加了制造商同其合作伙伴之间的纵向竞争。例如，制造商自营的零售店可能会同渠道中其他独立经营的零售商竞争，制造商品牌可能面临同零售商的自有品牌的竞争，同时还有可能同渠道内其他想要获得更大利润的成员竞争。[7]

有时候，想要跟踪渠道内所有成员的活动是很困难的。尽管图9-4所示的渠道模型看起来比较简单，但实际情况要比这复杂得多。比如在同一行业，甚至是同一类产品上竞争的企业也有可能在其他领域内进行生产和销售方面的合作。图9-9显示了一架飞机的组成结构，可以看到材料供应商不是唯一的，而且其中不乏在其他领域内相互竞争的企业。[8]

9.2.5 零售

零售在分销渠道中发挥重要作用并引起大量关注，部分原因是零售商最贴近广大消费者，并且对于产品形象、产品定位和品牌资产有着最直接的影响。而由于近10~20年来，零售商表现出越来越强劲的增长势头，所以零售业也逐渐成为一个广泛被谈论的话题。营销人员认识到强大的零售商可以决定一款新产品的成败。[9]

可以将零售商按一定规则进行分类。根据管理者的权限可以对不同的零售商进行比较——独立零售商（例如，当地的艺术画廊、镇里的珠宝店、当地的花店、乡村面包店等）、品牌连锁店或特许经营商，我们同时可以按零售商提供的服务水平（同价格成正相关）来划分零售商，我们能够感知超市和奢侈品卖场所提供的服务的不同之处并将他们分类。

然而更普遍的情况是，营销人员和行业内的专家从产品线的角度区分零售商。专卖店拥有产品深度，但其缺乏产品广度。例

雷达系统〔诺斯普罗飞机公司和美国雷神公司〕

©Rafa Irusta/Shutterstock.com

引擎〔美国通用和劳斯莱斯推进器〔普惠公司〕

降落装置〔古德里奇公司〕

雷神在加利福利亚的一个工厂完成飞机的初步组装。洛克希德马丁公司完成最后的组装

图9-9　渠道网络

如，一家鞋店可能只销售鞋子，可能仅销售男式鞋或者男式运动鞋，但其不可能会销售桌布和童装。而在类似百货公司这样的大型零售卖场中产品的种类就大得多了，百货公司里面可以同时销售鞋子、桌布和童装，但其产品深度不够，举例来说，百货公司里鞋子的品牌不如专卖店里销售的鞋的品牌多。其他主要的零售商包括超大型零售商，像麦德龙之类的大型仓储式超市，以及一些诸如便利店和药店之类的小型零售店。

尽管对于如何区分零售商没有一个权威的方法，但各零售商在企业形象以及定位方

面却有所不同。Banyan Tree luxury 酒店针对酒店环境进行了一次调查研究，调查对象包括酒店里播放的环绕音乐以及灯光和装饰颜色。零售商对于这些实体元素的展示好比戏剧表演一样。这种观点被称为"喜剧演绎法"，也就是说，零售店好比舞台，而店员就是演员，顾客的满意度就是掌声，对于雇员的培训则是彩排。[10]

营销人员和聪明的CEO已经意识到员工对于企业和消费者之间的联系起到重要的作用。但不幸的是，一些CEO认为是产品本身吸引消费者前来购买，他们通常向销售人员支付最低限额的工资，因为他们认为销售人员并不是至关重要的。事实上，产品本身的质量固然重要，但员工也是同样重要的——销售人员可以促进产品的销售。

已经有相关研究阐述了员工满意度同顾客满意度之间的关系。此类研究发现如果零售商随意挑选员工、不对员工进行培训或员工获得的报酬不理想，将导致员工向顾客提供的服务也同样是无法让人满意的，而这也将直接引发消费者的不满情绪。这种情况同时也会导致员工的不满——他们面临"角色冲突"的问题，也就是说他们希望取悦客户却发现无能为力。他们甚至会选择辞职而新进的员工会取代他们的位置，但这同样会导致服务质量低下，因为很少有新员工在刚进入组织时知道该做什么。反过来说，如果零售商具有长远眼光的话，那么企业会挑选优秀的员工，对他们进行培训，给予理想的报酬和奖励，并给予他们一定的自主权，这些做法都有助于企业留住优质客户。[11]

随着服务业的不断完善，零售业逐渐衰退，一些诸如IT业的新兴行业开始兴起。营销人员发现，使用一种被描述为"舞台前沿"的流程图的方式是比较适用的，这意味着消费者

专栏 9-6 食物

欧洲、英国以及美国的食品零售商排行榜如表A所示。销售额较大的零售商被称为"主流"卖场。欧洲的食品零售市场出现了如此高的集中度是否令人感到奇怪？沃尔玛在美国的定位是否让你觉得吃惊？

表A 食品零售商排行榜

欧洲（亿欧元）	英国（亿英镑）	USA（亿美元）
Carrefour（770）	Tesco（170）	Kroger（467）
Tesco（350）	Sainsbury's（120）	Safeway（315）
Auchan（310）	Asda（9.90）	Albertsons（302）
Aldi（310）	Safeway（7.70）	Walmart（282）

如果你的一位朋友是法国人（德国人或者英国人）那么你可以根据图A来判断他将会在什么地方购买有机食物。英国人通常选择主流的食品店购买，而法国人和德国人则愿意去专卖店购买——可能是因为品牌或是方便的原因。

图B显示了部分国家对于有机食品的需求量。随着需求也开始走向全球化，选用什么渠道才能更好地为消费者提供服务呢？

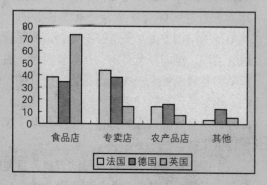

图A 有机食品的购买渠道

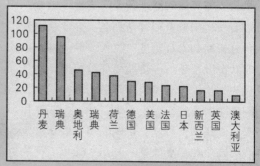

图B 有机食品的消费额

所能观察到的要素被称为"舞台前沿",而服务所能提供的要素则被比作"后台"。这些消费者无法观察到的要素必须得到合理运用,以便向"前台"提供支持。因为服务正如一位消费者进入了一家零售店,拿起商品进行选择,放弃一些不需要的并挑选喜爱的商品购买。这是在现实生活中司空见惯的现象,流程图可以告诉管理人员应该做些什么:整个销售流程中哪些部分是运转顺利的?哪些部分陷入了困境?流程中的哪些部分需要被简化或者剔除?

举例来说,IT行业现正关注的一个问题是自助服务。我们在许多领域都会使用到自助服务项目:零售型银行业务、飞机场签证手续、酒店退房、酒店自助沙拉。网络零售业同样是自助服务的一种表现形式——我们不再需要翻阅电话本来找到咨询电话并预约一位销售代表,我们只需要上网,然后轻松点击一下鼠标就能购买到我们想要的商品,除了这些形式的自助服务之外,一些零售商也正尝试在如硬件自助结账等领域提供自助服务。不过如果人们认为机器操作过于复杂的话,企业还是需要采用人员导购的,但必须承认的是自助服务的出现迫使收银员表现出更高的效率,消费者将要面对的是6次自助结账而不是6个收银员。

最后,零售业中的一个经典话题便是"地点,地点,地点"的典故,也就是说,如何为你的零售店选择一个理想的地点。如果你的经营项目是星巴克咖啡,那么事情就简单了,如果1号楼有一家星巴克、3号楼也有一家星巴克,那么你也就错过了在2号楼开一家星巴克的机会。零售店的选址需要考虑地理因素:店址需要使得消费者较容易到达。企业聘请营销人员分析诸如人口密度、收入、社会各阶层的分布状况以及年龄中位数等环境数据,而且如果住户结构同产品销售联系较为紧密的话,我们同样要对其进行深入分析。如果你选择在一个大型卖场销售产品,卖场的管理者会解决选址的问题。而如果你是一家小型零售商,你可能会选择一家小型购物中心销售产品,此时卖场开发商会负责解决选址问题。

不同的选址方案揭示了一个相同的规律,店面选址成功与否是通过销售量来衡量的,而销售量则同当地人口密度以及当地总人口中目标客户所占的比例密切相关。对于星巴克来说,选址需要考虑的因素有人口密度、城市状况以及客流量。对于沃尔玛来说,当其打入农村市场的时候,选址需要考虑的因素是交通状况,以及这样一个现实,即农村的社会经济状况是低于全社会经济水平的。

一旦选址成功,企业便可以实施多样化发展战略。首先,零售商可以向现有消费者提供增值服务。例如,有些企业会在提供核心服务的同时,为了使消费者更加便利,向他们提供一些次要服务,例如在超市增设提款机、花店以及干洗店。

我们已经意识到了选址的重要性,另一个被人们普遍关注的焦点就是多点经营,或者说开设分店。尽管这项策略看起来比较容易实施,因为你之前已经拥有了成功经营的经验,但对于多点经营来说,控制质量是比较困难的。当企业增长过快时存在着一些特殊的隐患。国际化扩张是多点化扩张的其中一种形式,但与此同时,将自身品牌和营销组合策略投入当地市场中也会给企业带来额外的挑战。国际化的途径包括:直接出口、合资、直接投资以及在国外办厂。

补充一点关于企业实施国际多点经营战略的内容,外来企业在当地环境下,可以扮演渠道成员的角色。国际性渠道支持的一种重要表现形式是全球性业务外包。举例来说,把印度作为业务外包的合作伙伴是非常明智的,尤其是技术培训方面和英语技能方面,相比较美国、英国、德国以及日本,在印度聘请一名工程师的花费要更少一些,不论是口语(呼叫中心)还是写作(软件编程和转录医疗记录)。此外,印度还能在汽车部件、化学和电子等领域提供支持。

中国在业务外包领域也扮演着极其重要的角色,了解一下其劳动力的规模以及成本。中国的资本市场尚不成熟,在参与到国际大型经济活动之前，中国必须正确对待侵权问题。最后，虽然中国经济正处于上升势头，但其基础建设仍然相对薄弱。

　　如何选择外包服务提供商取决于以下几点因素：劳动力的智力水平、规模和成本；相关基础设施的现状，如IT业、运输业、能源业和电信业；当地政府对于外商投资的好感程度，如当地的税收政策；厂房价格以及运输成本；当地的道德规范，如国家是如何看待女权问题的。缺乏相关经验的国家可能会盲目接受外方投资，而缺乏相关经验的企业则容易被鼓动向外国输出劳务。

9.2.6　特许经营

　　特许经营是多点经营发展策略的一种特殊表现形式。企业通过特许经营的方式实施准一体化战略：企业并不用投资资本，也不必失去全部的所有权，但仍可以拥有一定控制力。特许经营体系能够同时给特许拥有者（授权企业）和特许经营者（特许加盟商）带来利润（见表9-1）。

表9-1　特许经营的好处

对于特许拥有者而言	对于特许经营者而言
• 资本	• 良好的品牌知名度
• 效率和规模经济	• 市场认知度
• 承诺人	• 供给关系
• 降低投资风险	• 培训
• 聚焦核心业务的能力	• 支持
（例如，产品制造）	

　　特许经营的形式主要有以下两种：产品特许以及经营模式特许。对于产品特许的情况来说，供应商在一定范围内（特定地理区域内的市场）授权分销商代销其产品，允许分销商使用其品牌并享受其广告带来的好处。举一个产品特许的例子，汽车经销商，福特汽车经销商销售福特牌的轿车以及卡车。其他产品特许的例子包括可口可乐包装瓶、哈根达斯冰激凌店以及美孚加油站。经营模式特许则指的是授权企业将自身成功的商业模式提供给特许加盟商学习并使用，包括营销支持、品牌名、广告

等，特许经营者则根据当地的实际情况开展经营业务。经营模式特许的例子有类似麦当劳或肯德基这样的快餐店。其他形式的经营模式特许则包括酒店（例如7天连锁酒店、Motel168等）、便利商店以及大型美发沙龙。

　　对于任何一种情况来说，特许经营者首先都必须向特许拥有者支付加盟费，而后根据销量情况持续支付一定数额的费用。特许经营者支付的费用可以确保其直接得到和使用特许拥有者的品牌名称、设备支持、人员培训以及营销策略和广告方面的支持。如果管理得当，特许经营的方式会是一种低资本投入、低风险的商业模式。大多数的特许拥有者都拥有成功的商业管理经验，他们了解规模经济所能带来的好处——所有经营店获得的利润可以为整个系统提供财政上的支持，例如品牌营销、广告费用、企业运作以及资本（房屋，土地，设备）。尽管最初的加盟费非常高，但加盟之后所能获得的支持水平通常是独立的企业无法得到的。记住"营销就是交换"，尽管加盟商需要支付加盟费以及后续费用，但同时也能获得优秀的经营模式和持续性的支持。

　　特许经营体系对于消费者来说同样具有吸引力，这是因为品牌代表着标准化水平以及产品质量的可预见性。例如，不同的李宁专卖店里销售的运动服质量是相同的。如果仅仅把你放在一家麦当劳里面，你很难分辨这到底是哪一家。特许经营模式在分销渠道内也已经司空见惯，因此，特许经营存在于很多行业内（例如美发沙龙、电影院、快餐厅、健身中心、冰激凌店、旅店）。

　　毫无疑问，对于特许经营者来说，除了实际的运作模式和管理体系之外，更关键的是特许经营过程中获得的无形资产——需要很长时间以及大量的营销活动才能够建立起来的品牌价值。图9-10描述了无形资产的价值同专营权比例之间正相关的关系，例如Panera和Applebee在无形资产的价值和专营权比例上都很高。[12]

图9-10 餐厅渠道

9.2.7 电子商务

电子商务是一种极其重要的销售渠道，如果你也这么认为的话，你会发现互联网对于销售的影响力还处在起步阶段。网络零售额为300亿美元，并以每季度4%的速度增长，但这仅仅占全行业总零售额的3%（www.census.gov/tetail）。什么商品能够在网上卖得好呢？回想一下你自己曾经在网上买过的商品：电脑（硬件、软件）、书籍、音像制品、DVD，而最流行的仍然是旅游预订（旅游地点、酒店等）。另外，不能忽略的是互联网能提供的产品种类丰富：服装、家具、玩具、食品、鲜花、房地产以及任何你能想到的商品。

谁会购买这些商品呢？调查显示美国消费者是最乐意进行网上购物的，但这种状况不会持续太久。图9-11描述了一些国家和地区的互联网普及率，可以看到互联网普及率最高的一些国家有美国、中国、日本、印度、德国、英国、韩国、意大利以及法国。图9-12则挑选了世界上人口数量最大的两个国家（中国和印度）进行分析，结果发现尽管他们的网民数量很少，但有着很大的增长潜力（人口基数大）。图9-13则剔除了人口数在3 000万以下的国家。我们可以看到俄罗斯、巴西以及墨西哥人口数量巨大，如果这些国家能提高互联网普及率的话，他们很有潜力成为互联网巨头。通过研究我们发现互联网用户呈现低龄化且其收入在不断增长，而这类人正逐渐成为网络零售业最主要的客户来源。

电子商务到底是怎样的呢？首先，奢侈品不会通过网络销售，因为消费者不可能在网上购买如此高价的商品——他们更愿意采取实地购买的方式。销售奢侈品的管理人员认为如果采用网络销售的方式，会让消费者认为这件商品很普通，从而降低了品牌形象。但如今，品牌经理们正在重新审视自己的观点，因为他们从互联网中看到了利润增值的潜力。

其次，电子商务的流行也引发了新的竞争形势。例如，亚马逊开始提供DVD资料下载以代替原有的DVD实物销售形式，而沃尔玛则坚持原有的DVD实物销售模式，这势必将

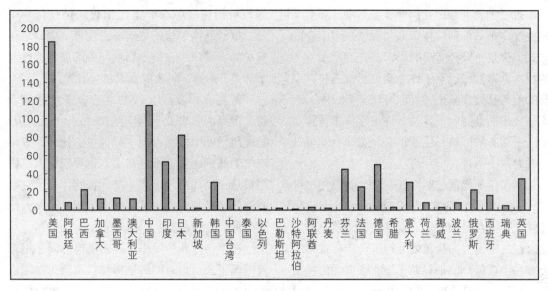

图9-11　互联网普及率

引起一场激烈的竞争。

　　互联网常常作为企业吸引更多消费者的一种工具，而电子商务也正处于不断发展壮大的过程中。企业可以通过网络销售门票（体育比赛、音乐会以及电影），这将削减传统售票服务（人员现场售票）的利润。这种新型竞争将迫使实体售票处降低票价。

　　最后，当我们做出渠道选择时必须充分关注目标顾客群：应该根据目标群体的特点选择不同的渠道方式。例如，戴尔采用直销的方式

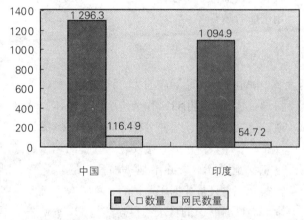

图9-12　互联网普及率：中国和印度

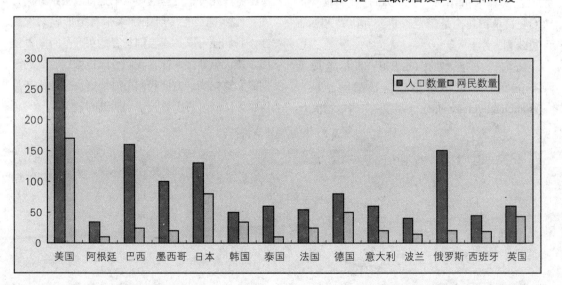

图9-13　互联网普及率：人口数量在3 000万以上的国家，包括中国和印度

并依赖于消费者知识及消费者参与度。针对文化程度不高的消费群体，戴尔采取技术组合的方式，满足不同消费者的需求。开展网上业务的成本非常低，以至于许多企业正试图将其全部的业务都放到网上进行以降低劳务成本。而这一现象的最好实例就是，许多零售银行提高了人工服务的价格，促使消费者选择自动取款机或者网上银行。

当谈论如何通过网络获利时，问题便出现了——如何吸引顾客、如何增加网站点击率等。"个人喜爱列表"以及其他记录信息的方法（亚马逊设置的最喜爱书籍排行榜、戴尔的大客户主页等）似乎有助于企业研究如何提高销售水平。咨询代理看起来是不错的选择，但没有明显证据表明咨询公司提供的方法能够适用于所有消费者。[13]

9.2.8　目录销售

同电子商务相对应的另一种销售模式便是目录销售，指运用目录作为传播信息载体，并通过电话、短信、邮件等渠道向目标市场成员发布，从而获得对方直接反应的营销活动。严格意义上说，目录并不是一种独立的直复营销媒介，它只是数据库营销的一种特有形式。全世界排名前10的目录销售商都是B2B类型企业，包括戴尔和IBM（见表9-2）。而最大的B2C型目录销售商是彭尼百货公司以及西尔斯百货公司。

任何一种新媒介的出现都可能取代现存的媒介。但不用担心，根据网站调查（Multichannelmerchant.com）显示，排名前100

的目录销售商中有83家的销售额仍在持续增长。尽管网络销售的成本非常之低，但目录销售中的许多成本，例如彩色印刷的成本都已经下降了。然而，邮政成本偶尔会增加。

营销人员发现互联网更适合进行营销调研，但当消费者处于浏览模式时，目录法在营销调研活动中依然占据主导地位。此外，宣传册中的插画通常都十分精美，也更吸引人。使用目录法同样可以起到一个促销的作用，它刺激消费者更频繁地通过网络来了解产品。因此这两种渠道方式是互补的，而非竞争的。

在零售行业内同样存在着渠道协同作用。营销调研人员也对网络销售和目录销售在零售业中的运用做出了描述：互联网对于搜索经验的累积有着极大帮助，通过网络搜索信息的好处在于方便、信息量大且便于比较，目录销售则可以在很大程度上帮助浏览，而零售商在提供购买前和购买后服务领域占据主导地位。[14]

宣传册在被印制完成后便是固定的，但目录销售商可以利用技术或参考消费者交易数据库来定制自己的宣传册。针对某一顾客群设计的宣传册中所介绍的产品可能与针对其他顾客群设计的宣传册中的产品不同，类似的不同点还包括宣传册的发送频率，以及宣传册中提供的奖励等。成功发放宣传册可以促进销售的增长，增加网络点击率。此外，这些宣传效果是可以被跟踪调查的，比如说在宣传册中加入带有条形码的优惠券，我们便可以知道当消费者购买产品时是否使用了该优惠券。这样，我们可以根据回收到的数据建立数据库，方便我们更好地提供个性化产品及服务，同时可以检验营销活动的效果。

表9-2　目录销售商排行榜　　　　　（单位：百万美元）

排名	直接销售额	所售产品
1. Dell	49 205	电脑、电子消费品
2. IBM	7 166	电脑
3. CDW	4 665	电脑
4. Corporate Express	4 457	办公用具
5. Fisher Scientific Int'l	3 564	实验室器具
6. OfficeMax	3 742	办公用具

（续）

排名	直接销售额	所售产品
7. Staples	3 702	办公用具
8. Henry Schein	3 354	医疗器械
9. Office Depot	3 965	办公用品
10. United Stationers	3 848	办公用品
其他产品		
JCPennyCo.	2 698	百货
Sears，Roebuck&Co.	1 694	百货
Williams-Sonoma	1 135	厨房用具
L.L.Bean	1 100	户外装备，服装
Doctors Foster and Smith	186	宠物用品
Fingerhut	178	百货

资料来源：multichannelmerchant.com

9.2.9 销售团队

我们之前讨论到可以通过机械渠道（互联网，自助式IT系统）销售产品，但渠道中另外一个不容忽视的关于人的要素就是企业的销售团队。对于高度推行"推进营销"策略的B2B型企业来说，销售团队是企业制度中的重要组成部分。我们可以看看那些受过高强度训练的销售队伍在诸如船舶和金属这样的行业内是如何表现的，我们可以看到那些文化程度最高、人员组成最为稳定的队伍的销售额增长率达到了20%（salesforce.com）。反观那些文化程度不高，人员变动频繁的队伍的销售额增长率是处于平均水平之下的。特别对于那些异质性特别小的产品来说，销售团队的素质就是唯一用来区分产品质量的最明显的标志。换句话说，对于这类产品，销售团队的素质决定了公司的成败。

关于销售团队的问题主要是以下两个：我们需要多少销售人员？我们如何制定薪酬制度？销售团队的大小通常是通过推算预期工作量的方法决定的。我们在决定销售人员数量的时候必须考虑的因素包括：我们需要向多少消费者提供服务，我们一年内需要拜访消费者多少次，花在每位客户身上的平均时间是多少。例如，一种产品被卖给总共十万家药店和便利店，品牌经理希望每名销售人员能够至少每月拜访一次客户，或者说每年12次。假设每次拜访的持续时间为30分钟。假设每名员工的年平均工作时间为2 000小时（=50周×40小时/周），然而这2 000小时不可能全部用来同消费者打交道——假设处理其他事务要花去500小时，那么我们所需要的销售人员的数目最小为400（=100 000×12×0.5/1 500）。

当然，这一数量以及最有利于公司发展的销售人员类型会随着品牌及企业的生命周期的不同而相应变化。新的品牌和企业可能会向销售伙伴寻求合作机会。随着品牌的增长，销售团队人员数量的问题就变得容易解决了，而且销售人员的角色定位也更加清晰。随着品牌步入成熟期，销售人员需要成为一名品牌多面手，这要求销售人员对多类产品十分了解，而随着品牌进入衰退期，销售人员的数量可能会缩减，而公司也可能再一次寻求销售伙伴进行合作。

每家公司都有训练和培养销售人员的政策。销售人员被衡量其工作表现的政策所激励，而工作表现的好坏直接同报酬挂钩。销售报酬是工资加奖励，但问题是两者的比例应该如何制定。而奖励包括现金、旅游的机会或者生活必需品。

企业需要针对员工制定明确的准则，这样员工便不会沮丧地认为自己付出的劳动是无用的。这种透明化的制度对于建设企业范围内的道德和公平感具有重要作用。投入资源的多少可以作为绩效评估的内容之一，其他内容还包括销售数据、产品线的延伸或者说业绩的提高，例如销售额相对去年同期或者说上个季度有所增长。除了上述通过投入产出衡量绩效的方式之外，还有一些非产出导向的衡量方法：销售人员同消费者沟通的时长，出勤率和产品知识，销售人员的服务态度，投入工作的时间，地点造访数量，以及对于降低销售成本做出的努力。

正如同在零售业中，第一线的销售工作代表了产品形象一样，对于B2B类型的企业来说，销售人员也同样属于品牌形象的一部分。而在B2B模式下，消费者对于销售人员存在着三个最大的抱怨：①"销售人员不遵守我们公司的采购原则。"②"销售人员不顾及我们的需求。"③"销售人员懒得对销售项目进行后续跟踪。"成功解决这些问题，那么你将赚得盆满钵满！[15] 我们将在第11章中对销售团队进行更详细的介绍，因为他们属于整合营销信息渠道的一部分。

9.2.10　整合营销渠道

随着营销渠道种类的不断增加，人们也越来越关注对于渠道内各成分（活动、数据、客户接触点等）的协调以及整合。企业正试图了解消费者行为：哪些渠道属性是重要的，什么会影响到消费者决策，我们是否能通过运用渠道来对消费者群体进行细分，是什么因素在影响多渠道环境下渠道内部的忠诚。企业也正在尝试回答如下战略问题：如果我们增加一条渠道，会对销售额和利润造成什么影响？我们应该怎样在多渠道情况下分配资源？我们需要使用电子商务吗？我们是否应该针对每个渠道实施不同的广告策略？我们如何巧妙利用销售人员的专业知识来完善渠道建设？我们需要对不同渠道分别定价吗？我们需要针对不同渠道提供不同产品吗？

也许这些问题看起来让人不知所措。然而，营销人员需要记住的是，解决这些问题的关键在于始终聚焦消费者（关注消费者）。这种方式将导致顾客导向（customer focused）的分销策略。我们的目标客户是谁？他们想要获得怎样的利益？我们如何将消费者需求同企业的增长策略相结合？什么样的混合渠道策略能够帮助我们达到目标？[16]

注释

1. 感谢以下教授：Darren Boas（Hood college）、Jane Cai（Drexel）、Serdar Durmusoglu（Michigan State）、Renee Foster（Delta State）、Jan Heide（U Wisconsin）、Gary Karns（Seattle Pacific U）、Chris McCale（Regis College）、Charles Schwepker（U Central Missouri）、Keith Starcher（Geneva College）和Phil Zerrillo（Emory），这些人为我们的研究提供了有用的反馈意见。

2. 如果同中间商的沟通需要花费大量费用的话，那么图9-3所示的结构总成本会超过图9-2所示的结构总成本。然而，通常情况下我们所面对的消费者数量是巨大的（不仅仅是11个），因此相比之下，同渠道商的沟通费用可以忽略不计。

3. 如果想更深入地了解该问题，请参考以下教授的研究：Erin Anderson（Insead）、James Anderson（Northwestern）、Neeli Bendapudi（OSU）、Sundar Bharadwaj（Emory）、Anne Coughlan（Northwestern）、Rajiv Dant（USouth Florida）、Kenneth Evans（U Missouri）、Liam Fahey（Babson）、Gary Frazier（USC）、Inge Geyskens（Tilburg）、Dhruv Grewal（Babson）、Jan Heide（U Wisconsin）、Jonathan Hibbard（BU）、George John（UMinnesota）、Nirmalya Kumar（London Business School）、Robert Leone（OSU）、Robert Lusch（U Arizona）、Jakki Mohr（U Montana）、Das Narayandas（HBS）、James Narus（Wake Forest）、John R.Nevin（U Wisconsin）、Robert Palmatier（U Cincinnati）、Kasturi Rangan（HBS）、Tasadduq Shervani（U of Texas）、Robert Speakman（Virginia Darden）、Rajendra Srivastava（Emory）、Jan-Benedict Steenkamp（UNC）、Louis Stern（Northwestern）、Alberto

Sa Vinhas（Emory）、Kenneth Wathne（Norwegian School Management）、Bart Weitz（U Florida）和Ed Zajac（Northwestern）。

4.事实上，当零售商提供较多服务时产品价格会提高，但当零售商快速销货时价格会降低。举一个收入分成的实例，福克斯电视公司（Fox Television）发现需求导向的服务政策可能引发广播网和地方电视台之间的矛盾，因此它成为第一家同150家附属机构分享收入的企业，尽管收入变少了，但渠道成员之间的合作更加愉快。想要了解更多关于协调渠道和供应链管理的知识，请参考以下学者的研究：Jagmohan Raju和John Zhang（Wharton）、Fernando Bernstein（Duke）、Fangruo Chen和Awi Federgruen（Columbia）、Preyas Desai（Duke）。

5.利润率？毛利率？土豆，马铃薯？假设你是一家零售商，假设你以100美元的价格购买了一件商品，以200美元的价格将其出售，那么利润率=（200美元−100美元）/100美元=100%，毛利率=（200美元−100美元）/200美元=50%。

6.图9-5中的上游和下游现在被称为后向和前向。感谢Anne Coughlan教授提供的案例。

7.参考以下两位教授的研究：Alberto Sa Vinhas（Emory）和Erin Anderson（Insead）。

8.为什么这些原本互相竞争的企业愿意合作呢？节约成本？不是！提高服务质量？不是！提高产品质量？也不是！出于政治考虑？企业所进行的商业活动是不能违背国家法律的。参议员们可不希望当地的工人失业。这么做是对是错呢？

9.参考以下教授的研究：Lan Luo（USC）、P.K.Kannan、Brian Ratchford（Maryland）、Rajiv Lal（HBS）、Mark Bergen（U Minnesota）、Rosann Spiro（Indiana U）和V.Padmanabhan（Insead）。

10.想要了解更多这方面的信息，请参考以下教授的研究：Stephen Grove（Clemson）、Raymond Fisk（U Central Florida）、Julie Baker（U of Texas）、Anick Bosmans（Tilburg U）、A.Parasuraman（U of Miami）和Dhruv Grewal（Babson）。

11.想要了解更多这方面的信息，请参考以下教授的研究：Michael Ahearne（U of Houston）、Mark Bolino（U of Oklahoma）、Larry Chiagouris（Pace U）、Glenda Fisk（Penn State）、Alicia Grandey（Penn State）、William Johnson（Nova Southeastern U）、John Mathieu（UConn）、James Oakley（Purdue）、Adam Rapp（UConn）、Dirk Steiner（U of Nice）和William Turnley（Kansas State）。

12.想要了解更多这方面的信息，请参考以下教授的研究：Raji Srinivason（U Texas）、Arthurs Kalnins和Kyle Mayer（USC）、James Freeland（Darden）以及Domingo Soriano（U of Valencia），此外还可以访问以下网站来获取相关信息：www.the-saudi.net。

13.想要了解更多这方面的信息，请参考以下教授的研究：Brandt Allen（Darden）、Randolph Bucklin（UCLA）、Tilottama Chowdhury（Quinnipiac U）、June Cotte（U Western Ontario）、Benedict Dellaert（U Maastricht）、Xavier Dreze（Wharton）、Inge Geyskens（Tilburg U）、Gerald Haubl（U Alberta）、Sandy Jap（Emory）、Eric Johnson（Columbia）、John Little（MIT）、Naomi Mandel（ASU）、Tom Meyvis（NYU）、Wendy Moe（U Maryland）、Alan Montgomery（Carnegie）、Arvind Rangaswamy（Penn State）、S.Ratneshwar（U Missouri）、Rui Sousa（Catholic U of Portugal）、Joel Steckel（NYU）、Jan Benedict Steenkamp（UNC）、Christopher Voss（LBS）、Donna Hoffman和Thmoas Novak（UC Riverside）、Robert Davis、Margo Buchan an-Oliver和Roderick Brodie（U of Auckland）以及James Blocher、Kurt Bretthauer、Shaker Krishnan和M.Venkataramana（Indiana U）。

14.请参考下列教授的研究：Peter Verhoef（U Groningen）、Scott Neslin（Dartmouth）和Björn Vroomen（Netherlands Bureau for Economic Policy Analysis）。

15.参考下列教授对销售团队的研究：Erin Anderson（Insead）、Vincent Onyemah（Boston U）、Kent Grayson（Northwestern）、David Godes（HBS）、Bill Ross（Penn State）、Andy Zoltners（Northwestern）、David Lichtenthal（Baruch）、Stephen Goodwin（Illinois State）、Teck Ho（Berkeley）、Noah Lim（U of Houston）、Colin Camerer（CalTech）、Kevin Bradford（Notre Dame）、Tom Atkinson和Ron Koprowski at Forum.com。

16.想要了解更多这方面的信息，请参考以下教授的研究：Rabikar Chatterjee（U Pittsburgh）、Dhruv Grewal（Babson）、Srinath Gopalakrishna（U Missouri）、V.Kumar（UConn）、Katherine Lemon（Boston College）、Scott Neslin（Dartmouth）、A.Parasuraman（U Miami）、Madeleine Pullman（Colorado State）、Venkatesh Shankar（Texas A&M）、Timothy Smith（U Minnesota）、Ursula Sullivan（U of Illinois）、Marjie Teerling（U Groningen）、Jacquelyn Thomas（Nortwestern）、Gary Thompson（Cornell）和Peter Verhoef（U Groningen）。

通过定价、渠道和促销定位

Chapter10

第10章

整合营销传播：广告信息

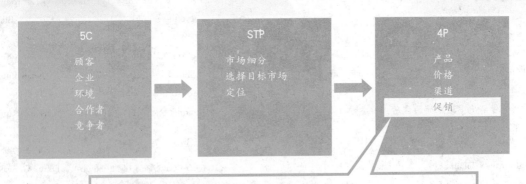

营销框架

5C	STP	4P
顾客	市场细分	产品
企业	选择目标市场	价格
环境	定位	渠道
合作者		促销
竞争者		

- 广告活动追求的营销目标是什么？
- 如何设计广告信息实现这些目标？
- 理性和情感广告诉求的主要类型是什么？
- 什么时候选择单边或双边、对比或非对比、产品展示或剧情广告？
  什么时候选择幽默、恐惧、形象或代言广告？
- 广告信息的有效性是如何测量和测试的？
  在什么时候以及如何进行概念测试和文案测试？
  什么样的广告策略需要测试记忆（回忆、识别）、态度（偏好）、行为（购买意向、口碑）？

10.1 广告的作用

你听过这样一个故事，CEO欲哭无泪地说："我知道我广告的一半是有效的，我只是不知道是哪一半！"好，如果你想知道真实情况的话，那个CEO的抱怨是正常的。第一，是"有效"，在哪方面有效？广告活动的目标是什么？和任何营销计划都必须从一个目标开始一样，营销中的每一部分也必须同样从对清晰理解你想实现的目标开始，当然也包括广告。[1]典型的目标包括了短期的销售增长、长期的提高品牌声誉的目标。大部分广告不能够实现多重目标。为了便于理解，广告信息需要简洁，因而最好集中实现单一的目标。

> **" 广告的信息需要简单 "**

AIDA

A＝注意

I＝兴趣

D＝需要

A＝行动

第二，现实是尽管不是所有的广告都是好的广告，但它们中的很多是好的广告。毕竟这些是专业的！CEO的所有广告都有效果是很有可能的——只不过效果很难衡量！但是没关系，我们营销者可以保持非常高的要求：你不能控制会计，你也不能控制财务，但你能控制营销。所以很自然，CEO想知道这种控制是否促使了目标的实现。

要求对营销回报（ROI或ROMI）的评估进行说明是合理的。然而，对于那些会抱怨的CEO，理解三个原则是至关重要的：①发起营销行动的目标必须清晰；②评估（即使是好的评估）是不完善的；③很多营销活动

是长期的，不会立刻得到回报。如果目标是增强积极的品牌形象，那么需要设计一个评估方式评价这一目标是否实现。一个营销调研项目能方便地评估广告之前和广告之后相关目标市场的态度，查看这些态度是否有改进。但如果目标是增强品牌形象，而CEO对季度销售额十分不满意，并希望看到销售的增长，目标和评估就不匹配。那么抱怨广告不起作用就不公平了。

因此，什么是广告，为什么我们需要广告，以及我们怎样把广告做好？

10.2 广告内容

广告是公司在市场上向它的顾客传播关于它的产品、品牌和定位信息的主要手段。产品、价格和渠道也显示了一个品牌的定位，当然所有的这些信号需要进行一致的描述。如果广告宣称品牌是一个奢侈品牌，产品必须是高质量的，定价也相对要高，并且也应进行独家分销。虽然市场营销组合的其他部分也是重要的，但广告是最直接的传播纽带。

对于很多人来说，广告就意味着电视广告。电视广告是广告的一种形式，然而它不是唯一形式。本章中很多例子来自于电视广告和印刷广告，例如那些在杂志、广告牌和网页上的广告，因为它们构成了典型广告花费中的很大一部分。但是在宣传中，公司宣传他们在品牌上做过的所有事情，从电视、收音机、印刷品、广告牌到互联网弹出广告，从他们所赞助的事件、他们产品的包装，到他们为产品设定的价格水平。因而，很多广告专家更喜欢普遍的术语"营销传播"，它同时包括了公共关

系、直接促销等。确实，最近更受欢迎的术语是"整合营销传播"（integrated marketing communication，IMC），它提醒营销者在所有媒体之间保持信息的历史特征、信息的一致性和互补性。在后面关于媒体的一章里，我们会看到如何操作IMC。本章我们专注于广告中所表现信息的内容，不考虑广告的投放。

10.2.1 广告的重要性

首先，广告通过向目标顾客提供品牌信息来实现顾客知晓（customer awareness）。其次，广告试图说服潜在顾客自己的产品比竞争对手的产品好。例如，考虑沃尔玛和目标公司通过广告进行定位——两家零售商都以低价为特点，但目标公司有一个更高档的形象。

广告具有短期效果和长期效果。短期的意思是效果会立即或者在广告播放后很快产生，并且效果持续的时间很短。可以看到的几个短期效果，例如，容易测量顾客对广告的回忆以及在广告中突出品牌和属性。态度也容易调查，并且可以与原来既有的态度进行比较，寻找其中的变化。

广告期望增加销售和利润并非不合理，但要说明这一效果却有点复杂。广告活动中，有时会看到短期内销售额的增长。但营销者知道，如果目标是增加销售的话，没有什么比价格促销更快了（下一章会对此进行讨论）。

财务影响更难评价的原因在于，广告是复杂的，需要考虑它的长期运作。对于长期效果来说，营销者的意思是广告的效果可能不会立即显现，但它的效果会在播出后长期保持下去。广告效果可能不会立即显现，是因为他们是积累而成的，因而很难归结于一个单独的广告活动。广告的效果可以保持，是因为广告在加强品牌认知和积极态度上的作用可以影响对品牌资产的感知。它接下来会表现为更多的购买、更高的价格、更高的购买频次以及目标顾客的口碑（word of mouth）。因此，尽管CMO常常不会从广告活

动中看到迅速的销售增长，大家都知道广告是有作用的，并且对一个品牌的成功至关重要。这也是为什么公司在广告上持续进行大量投入的原因。

10.2.2 设计好的广告

本章我们考虑广告信息的内容。广告有很大的传播潜力，它能传递理性的信息，也能传递感性的形象。广告的类型多种多样，要从中选择的话，营销者必须知道公司营销和广告的战略目标，营销者还必须根据这些目标衡量与评价广告效果。例如，如果目标是提高顾客知晓度，我们可以使用一个包含丰富信息的广告，然后测量顾客对广告、品牌和品牌属性等方面的记忆情况。

10.2.3 广告活动追求的营销目标

广告能实现很多目标。一个流行的目标模型是注意、兴趣、需要和行动。这一流程是完全说得通的：引起广告接受者的注意、激发他的兴趣，然后看你能否用你的品牌吸引他，以及引发购买的可能性。

其他的广告人有着其他的模型：有些描述信息接受者从知晓开始到很了解，到更加喜欢和偏爱，再到对品牌坚信不疑，直到最终购买的流程。另一个模型从知晓开始到兴趣，到品牌评价，再到试用和接受。有的模型描述从广告发布到信息接受，到认知反应，到态度变化，到购买意向，再到购买的过程。一家大型的国际广告调查公司Millward Brown描述了从品牌意识（brand consciousness）到品牌关联和表现，到有些购买体验，并最终与品牌密不可分——消费者发现很难在同类产品中找到替代品能达到同样的忠诚度水平（见millwardbrown.com）。[2]

无论你选择哪个你觉得适合的模型，如图10-1所示，这些目标大部分是这三个类目标中的一个：

（1）认知：增加对我们品牌的知晓和了解；

时间

认知	情感	行为
知晓	态度	意向
知道	渴望	试用
兴趣	偏好	重复

图10-1　广告活动目标：影响消费者决策

（2）情感：改善对我们品牌的态度和积极联想；

（3）行为：鼓励更多地购买我们的品牌。

通过广告，营销者希望可以影响消费者的认知、情感或者行为——营销者想占领消费者的头脑、心智和口袋。

广告目标和产品生命周期相关。

· 在品牌生命周期的早期，广告活动的目的是告知，告知消费者新的或经过改进的产品：这是我们的品牌，这是它的特点，这是它与竞争对手品牌的差别。

· 随着品牌的成长，知晓度已经很高了。广告活动需要加强目标市场对品牌的积极态度。

· 在品牌成熟阶段，市场知晓度已经很高，并且消费者的态度已经完全形成。（虽然有些人不喜欢这一品牌，但希望目标市场上有很多人喜欢它。）因而在此时，广告的作用是提醒：嗨，我们仍然在市场上；嗨，购买频次高一些啊，购买的

场合更多一些啊；嗨，我们在进行对折销售。然而，此时广告没有减少。因为销售额很高，为了保持稳定的市场表现（销售额、市场份额等）所需的广告预算（由销售百分比衡量）更少。

· 最后，在产品的衰退期，广告投入通常大量减少，并且表现较差品牌的增长停止，并最终退出市场。

当然，如果营销组合的要素能够整合在一起就最好了。因而，如果一个品牌经理能保持产品的新颖性，广告总是会有一些新的东西可以表达。例如，洗衣粉可能从粉末变成液体，再到含有柔软剂的成分。广告可以随着产品的变化向消费者告知品牌新的特点。

正如你可以想象的，这些目标并不都是一样容易实现。提高知晓度？没问题。改善态度？可以做到。促进更多的购买？嗯，好……

如果你不确信的话，可以试着想一想。比如你在上网，弹出了广告网页，插入了一个新产品，比如是iPC——捆绑销售iPod品牌的音乐播放器、iPhone、DVR和个人电脑。你会想：哦，我没有听说过它。通过这样一个简单的信息，传播实现了告知的目标，你知道了一个新产品。现在你知道了你刚才所不知道的一些东西。知晓：明白了。

让我们假设这个横幅继续展现一幅图画和一些文字，比如：同样优美的造型，同样的价格，同样的电池使用时间，给你的生活带来更多的便利！你也许会想，听起来很不错。广告

专栏　脑白金产品生命周期（脑白金产品生命周期中的广告）

在产品生命周期中，广告的属性和目标会随着品牌定位的变化而变化。在脑白金刚刚上市的时候，它首先以"软文"的方式在报纸上使用通栏大标题、整版来吸引受众的注意。通过"软文"这种寓广告于科学普及及教育式的文章，告知了消费者产品可以带来的利益。之后它的宣传变得更加简短和抽象，"今年过年不收礼，收礼只收脑白金"用来提醒消费者在过节的时候将产品作为礼品赠送给亲友。

使得你对iPC积极地进行思考。改善态度：明白了。

最后，假设广告网页以这样的结束语结尾：今天去买一个！你会去吗？不可能，即使它听起来好像是一个很酷的产品。你在市场上寻求这种可以提供这么多内容的产品的可能性是多少？你可能已经有了所有的四个产品，并认为它们用得很好，或者你可能没有钱去更新其中一个，或者你的手机合同可能限制了你，所以也许6个月后，你的手机合同到期你才会购买。

虽然"使消费者购买"的目标没有实现，但这并不意味着广告没有效果。你开始了解了大多数的购买是复杂的——即使是对于iPC产品。（这是一个简单而熟悉的产品，不是太贵，等等。）然而，一个简单的广告信息没有能够促使你购买产品。很多产品表现出购买惯性，并且我们的很多购买行为是"低介入的"，这意味着我们并不考虑对产品或品牌进行选择，而是选择我们通常购买的产品。更进一步，我们甚至不会看其他品牌的广告，很少在认知上面花费精力来处理信息。如iPC的例子中所阐述的，即使是在最简单的购买决策中，都有很多（至少几个）的影响因素。[3]

10.2.4 设计满足营销目标和公司目标的广告信息

广告是一种沟通。公司对它的潜在消费者宣传："来买我们的东西吧！""我们有一项新的服务！""看，我们的价格便宜！""我们比竞争对手更好！"因此营销者必须了解传播的基本模型。在这一经典模型中，有一个信息源（例如公司）、信息（如广告）和接收者（如消费者）。信息源发出经过编码（以一定的方式显示）的信息，然后传播出去，接收者对信息进行解码。我们希望信息接收者能够以信息传播者所希望的方式解释信息的内容。设想与一个朋友间的沟通——你可能会说错一些东西，或者你说的没错，但你的朋友却理解

错了。这种情况在广告上也会发生。这也是为什么在全面推行广告活动之前要进行文案测试（检查广告内容的营销研究），以便了解所关注的目标市场上顾客是否正确地理解了信息传播者想传达的信息。

广告的种类有很多，也就是说沟通的方式有很多。大多数的广告能够清晰地提供信息，实现前两个广告目标中的一个。它们主要是认知（如增加知晓和了解）和情感（如改善态度和偏好）目标。认知或理性诉求能进一步区分为论证（单边与双边的，比较和非比较的广告）、产品展示和剧情。情感广告依靠的是幽默和恐惧诉求、所说的潜意识广告、形象诉求和代言。这里把每一种都介绍一下。

认知广告 将认知或理性的诉求传递给消费者。广告将购买产品的实际或功能性的利益传递给消费者，它是一种实用性（和享乐性相反）诉求。广告在于提供信息，突出产品的属性和利益。

单边论证（one-side argument）的意思是公司集中向消费者介绍产品的利益。例如，Brookstone用广告语"让你的烤架看起来像新的一样。容易清理，你不会觉得麻烦。"突出它的机动烧烤刷可以在情人节作为"给他的礼物"。还有如稀世宝矿泉水的广告语"常喝稀世宝，视力会更好"，表明了稀世宝矿泉水对改善视力有积极的作用。单边广告较为直接，它解释了预期的利益。

在**双边论证**（two-side argument）中，公司在强调积极利益的同时，也知道自己的产品有一些缺陷，或者竞争对手在某些属性上具有优势。从表面上看，这听起来有些愚蠢。但有一个双边论证可以使用的情形：如果你的目标消费者已经知道竞争品牌在一些方面有优势，或者你的品牌确实有一些缺点，你可以承认这一事实，然后解释尽管如此，为什么你的品牌品质较好。例如，消费者认为质量和价格是有关系的，并且很多广告宣称"我们的价格更高是因为我们的质量更好"。我们看一下艾维斯公司的"我们更

图10-2 非比较广告

努力"的广告活动，它承认它是第二，并且欢迎与第一名进行比较。大家通常将医药用品公司对消费者的直接广告当做双边论证广告的例子——这些广告宣称某种药会缓解症状，但必须承认存在潜在的副作用。双边论证广告有两个额外的好处：①它们引人注目，单边论证广告随处可见——因为每个广告都说它自己的品牌好，所以双边论证能得到关注，因为它们和其他广告不一样；②人们认为它们更加客观或中立，因为它们说出了产品的优点和缺点，因而它们看起来更加可信。

在非比较广告中，通常提到一个品牌和它的特点、属性、形象描述等。图10-2显示了一个用来展示福特福克斯的广告，它同时提及优缺点，没有提及或暗示竞争对手。

在一个比较性广告中，会提到所宣传的品牌名称，也会提到竞争者的品牌名。图10-3显示了Birds Eye汉堡与一些其他汉堡间的比较。呀！为什么你要使用从本质上来说是为竞争对手进行宣传的比较广告？经验法则是，如果你是主要参与者（如市场领导者），你厌恶你的竞争对手，并且不想在广告中提到它；如果你的份额较小或者是一个新品牌，你可以在你的广告中提到知名品牌，以便把你的品牌和消费者在购买市场领导品牌时所寻求的高质量联系

图10-3 比较广告

起来。[4]因此，这是不对称的。例如雷克萨斯永远不会提及现代，但现代在它的豪华车Equus的广告中会把自己与雷克萨斯作比较。这听起来

可能不公平，但研究已经表明，如果你是个较小的参与者，并且你使用比较广告，你的广告花费对你有作用的——但它也帮助了你用来进行对比的品牌。胜利者可得到战利品。[5]

没有产品展示，广告行业会怎样？不论广告展示的是一个不会在玻璃上留下斑点的洗碗剂，还是Dan Aykroyd在SNL上Bass-o-Matic展示的鱼粉，消费者喜欢看动态的东西。展示是栩栩如生的，它们使消费者清晰地看到自己的期望，并且消费者清楚地看到他们花了钱会得到些什么。这些广告通常说产品很好，但是消费者能够判断宣传的有效性。图10-4是一个产品展示的例子，展示了某品牌洗衣粉的香味可以让你用它当汽车除臭剂。

电视广告常常有剧情，一个故事或生活片断。通常先描述一个问题，然后展示企业的产品可以完美解决这一问题。例如，当一个人发现头皮屑落在自己的肩膀上时，他会购买合适的洗发水，于是他身边所有的女人都为之着迷。品牌故事很容易从广告者传递给观众，然后再通过口碑传播从观众传递给他们的朋友。和简单地列出产品特性并宣传相比，剧情更加容易记忆，因为故事能使品牌融入生活，并向观众显示它在生活中的用处。[6]

情感广告 情感广告中一个有趣的类型是使用幽默。广告总监认为，在种类繁多的媒体中，幽默广告会特别显眼。如果足够幸运的话，广告会有流传价值，并长期持续口碑传播。图10-5显示了一个Altoids薄荷口香糖的广告，很多Altoides的广告凸现出幽默的特征。

幽默广告受欢迎的原因是它们的趣味性，并且人们觉得它们有创意，而在广告行业中赢得了很多奖项。不幸的是，幽默广告并不全都是有效的。问题一部分在于人们只记住了玩

图10-4 产品展示

图10-5 幽默诉求

笑，但是他们不一定记住了所宣传的品牌。此外，不是所有人都同样有幽默感，并且有些人认为有趣的广告有时很容易侮辱到别人。

幽默广告的最后一个主要问题，也是幽默本身固有的问题——幽默从某种程度上来说是基于惊奇的，但一旦你知道了这个幽默（不论是语言的、视觉玩笑或其他的什么），当你第二次看到时就已经知道了其关键点，因而很快你就不会关注广告和它传播的信息。因而，通常幽默广告快速过时——广告活动不会持续很久，因为观众很快会厌倦。因此，有趣的广告生命是短暂的。实际上，广告制作和媒体投放是昂贵的，它们的生命短暂使得有趣的广告不是完全成本有效的。如果广告的实施可以进行变化的话，比如Geico保险公司的会说话的壁虎出现在不同的场景里面，有趣广告的生命可以延长。广告机构也会希望幽默足够的有趣和令人惊讶，以使其在网上或其他的地方形成一些议论。[7]

恐惧和窘迫这些消极的情绪也可以用来销售产品和创意：为了除去你身上的味道，购买这种除臭剂或牙刷吧；为了让你的肺不会变黑而戒烟吧。消极情绪的问题在于它们的效果不是单一的，特别是对于恐惧来说。也就是如果广告做得过头了，并且产生了过多的恐惧以至于令人毛骨悚然或者令人害怕，消费者会采取隔离信息的方式处理，因而广告没有能够促使消费者产生所期望的行为。恐怖诉求要想有效的话，广告必须要提供方法以减少消费者的恐惧。在广告的结尾要解决问题并恢复情绪。图10-6显示了一个在社会营销广告中普遍使用的与二手烟有关的恐怖诉求。

其他的消极情绪也是复杂的，如易于产生内疚感的广告，因而它们并不常用。从总体上来说，广告创作者试图避免产生任何消极的情绪，甚至避免让消费者产生一丁点儿的不愉快。[8]

潜意识广告长期以来相当宝贵。很久以前，一个关于酒精饮料的印刷广告宣称在冰晶里有字母"s"、"e"和"x"，它宣传它的瓶子以及它在加冰的玻璃杯中可以看到的东西。这一想法是，在一些潜意识和潜意识层面，人们会产生兴趣，因而能够喜欢品牌并购买品牌。大约在同一时期，电影院经营者进行试验，他们在播放电影的时候闪现广告。广告以毫秒的速度显示，使用如"去买爆米花"之类的信息。广告相当快，以至于没有观众能准确地指出看到信息的时间。然而人们认为信息对潜意识是有作用的，它使得得观众无意识地到大厅购买几桶爆米花。

人们认为这种智力游戏是非常讨厌和缺乏道德的，并且已禁止使用它们了。奇怪的是这些广告从没有显示出它们的效果。的确，不只一个广告业的批评者者评论过："我们不使用潜意识广告，不是因为不允许我们使用而是因为它们看起来没有作用。"

然而，潜意识广告是一种很好的方法。很多零售商播放背景音乐，这些背景音乐没有

图10-6 恐惧诉求

显著的特点，却形成了一个背景环境。众所周知，节奏快的音乐能激发更多的活力，使人兴奋，于是人们会买更多的东西。因为音乐是听得见的，所以它不是潜意识，但效果却有些神奇。想象一下某一电影中的场景，里面有一些品牌（汽车、饮料、衣服）出现，即使它们是出现在背景中。尽管这些品牌的出现比演员和它们之间的互动更加的微妙，但问题是品牌是否留下了一个能影响你后续购买的印象。此外，品牌是可见的而不是潜意识的，因此严格来说它是不被禁止的。

对于形象广告来说，当广告者谈论情感诉求时，他们通常的意思是广告预期要传递形象，它比特色和属性更抽象，甚至比顾客从消费广告所宣传的产品中获得的利益更抽象。通常情感是积极的。这些是"感觉好"的描述——使用品牌你会更有吸引力，或者购买本产品你将会与明星的生活方式一样。图10-7显示了一群层次高，并且年轻漂亮的人。

iPod的广告像它的产品一样，极其简单并且设计时髦，这些广告传达了一种有格调的生活方式，但没有涉及一些认知方面的东西，比如很大的存储空间。当Viking厨房的广告针对老年群体进行诉求时，它们展示了厨具，并着重强调了烹调学校和旅行机会。也就是广告显示整个生活方式，而不仅仅是一个新炉子的相关属性。再如奇瑞QQ的广告，在T型台上用模特展示它的时尚的味道，将奇瑞QQ比做一件穿在身上的时尚服装。广告中的形象诉求并不是最近才出现的一种现象，宝洁公司最早的印刷广告之一（1986年给象牙肥皂做的）展现了一幅穿着黄色拖地礼服的女人的画，她拿着一把太阳伞坐着，传递出一个高贵的形象。这个广告没有提及特别的产品利益。

顾客把很多产品类别中的很多产品几乎看做一样的商品，这些类别中的竞争是如此激烈，以至于公司努力将它们的品牌和其他的品牌区分开来。形象和品牌打造是紧密联系在一起的：所有的软饮料口味都是甜的并且有气

图10-7　形象诉求

泡，但这一种是为年轻人准备的；每一个平板等离子电视都有同样的产品属性，但这个品牌是可靠的；每一家饭店都有可口的食物，但这一家是最舒适的；每一家电影院都上映很多电影，但这是一家艺术电影院。

形象是与感知有关的，而广告形象是所有的市场营销组合变量中在创造产品定位感知方面最有伸缩性的。当然，产品的要素（它的价格、它的经销终端）也会影响一个品牌形象的感知。但是在用来告知顾客和潜在顾客品牌相对优势方面，广告是最容易控制的工具。

代言广告的特征是广告中有代表品牌形象的人。这种广告的特点是，通过明星、专家或者普通人作为已使用过该产品的顾客，为产品提供证明。图10-8展示了橄榄球明星Eli Manning代言西铁城表的广告。

在使用明星代言产品时，我们希望在明星身上产生的积极联想会转移到品牌身上，实际上就是我们所说的"情感转移"或"联系转

图10-8 明星代言

移"。明星是典型的成功人士，并且很有吸引力。这里的考虑是，普通消费者认为，通过购买代言的产品，自己能在一定程度上实现明星所具有的吸引力以及生活方式。[9]

有一个流行的理论，被称为"复杂可能性模型"（ELM）。它假定有两种方法可以进入你大脑，一个是中心路线，另一个是外围路线。[10]广告的"中心信息"被认为是说服性内容。目标顾客之所以处理一个信息，是因为这些顾客高度介入品牌和产品类别中，因而他们有动机处理广告所提供的全部信息的细节。相反，其他的信息是"外围的暗示"，包括了明星代言人、他的吸引力、他代表所宣传品牌的可信度、广告的风格等，这些不是中心广告所论证的。两种信息都有可能被处理，如果中心信息复杂的话，不太关心品牌的人在评价广告或品牌时可能只会留心外围暗示。

有时明星和所代言的产品间很匹配，比如

体育明星代言体育用品，像泰格·伍兹和其他的大师赛冠军使用耐克高尔夫铁杆；有时却并不匹配，如中国篮球协会成员并同时是休斯敦火箭队队员的姚明代言可口可乐。[11]通常公司能够做到足够的明智，以避免明星和产品间的不匹配，例如避免请叛逆的音乐人宣传某种健康麦片。这种相互匹配的现象已经受到了关注：将在体育赛事期间播放的广告和在女性频道播放广告对比，进行主题分析。在体育台你会看到汽车、啤酒、运动鞋和五金店的广告，但是看不到被认为是侵入"男人领地"的广告，如女性产品和时装。

高科技产品的代言人常常是专家，而不是明星，如电脑器材和医药品，像推荐药品的一般是医生。[12]在这些情况下，我们不仅仅期望传递一个积极的情感，还希望专家提供了一个可信赖信息的信号。可信赖的信息使得那些可能有风险的购买看起来风险更低，因为专家更权威，所以你应该接受他的推荐。

普通人有时候也会提供推荐，这些人不是明星，他们甚至也不是专家。他们只是对产品满意的消费者，并声称如果产品对他们有效，那么对你也一样。因为这些人和目标观众一样都是普通人，所以这些人也能够让人相信。此外，我们知道明星常常通过为产品进行代言的方式赚钱，但是这样做会伤害到他们的个人印象（给人一种为了钱而进行代言的印象），这可以解释为什么很多明星更喜欢在海外而不是在本国市场进行代言。相反，即使普通人的代言是有报酬的，他们的报酬不可能像明星那么多，并且他们在有些方面和我们差不多，这使得他们说的听起来更加可信且可靠。因此使用普通人代言是一个好方法。

生活中的很多事情都和风险有很大的关系，特别是在使用明星代言的时候。我们都见过有的明星做了错事，结果他所代言的品牌也受到那些新出现的负面联想的影响。[13]作为一种替代方式，一些品牌使用虚拟代言人，如看守菜园的绿巨人Jolly[14]、Honey Nut Cheerios的代言蜜蜂Buzz、在空树中烤饼干的奇宝小矮人们、和百事公司的奇多人物ChesterCheetah戴着酷酷的太阳镜冲浪和滑板。这些虚拟人物把品牌带入了生活，并且你永远不会发现他们在公众场合做错事。

对于虚拟代言人如何起作用，有两个概念性的理论。第一个理论称为"来源可信"，它的意思是消费者把信息内容看做信息最重要的部分，但是也把信息源的可信度当做信息有效性的依据。因而医生推荐药品看起来是可信的，医生是信息的可信来源。但是思考一下，我们常常被这些扮演者者所愚弄，"我不是医生，但是我在电视上扮演它"，然而我们依然相信代言人。[15]

另一个理论描述了我所说的"睡眠者效果"（sleeper effect），它是当信息被任何信息源传播的时候，不论是不是专家（如明星或专家、华尔街杂志或小报上的文章或同朋友的谈话），随着时间的推移，我们会完全忘记信息源。原始信息源的可信度较低并不重要，因为我们已经对信息进行了编码，并且与信息源无关。最后我们记住的只有信息，而没有信息源。要是漂亮的演员不了解他们推荐的产品又

会怎么样？信息接受者一开始被名人吸引并产生积极的联想，后来即使没有记住信息源，但也记住了他们所代言的内容。

表10-1列出了我们讨论过的广告类型。单边或双边广告、对比性或非对比性广告、产品展示以及剧情广告，这些广告与情感广告相比在内容上更理性。幽默和恐惧能产生多种情感。潜意识没有完全进入认知处理阶段，因而更多的是情感性的。形象是理性之外的东西，而代言有提升形象的作用。

有时，一个行业中的所有企业在一个产品类别上使用相同的诉求（如用产品展示来显现一辆车有多酷/快/宽敞，或者在印刷广告中使用专家型代言人对投资进行宣传）。在大多数行业里，通常不同的企业使用不同但与自己的定位相一致的诉求吸引顾客。例如很多顾客会在很大程度上将手机运营商看做和商品是一样的，然而这些运营商并不这样看待自己，并且它们也不应该这样看待自己。表10-2显示了一些运营商的广告语——有些是直接的产品特性的表述，其他的是形象诉求。

表10-1　广告信息诉求的类型

认知或理性	情感
• 单边广告	• 幽默
• 双边广告	• 恐惧
• 比较广告	• 潜意识
• 非比较广告	• 形象
• 产品展示	• 代言
• 剧情	

不同的组合是可能的（如幽默产品展示）。不同的内容（如比较或形象）能和不同的执行风格（如剧情或幽默）混合使用。

表10-2　无线运营商定位

技术、可靠性
• Sprint PCS："对蜂窝通信的清晰替代。"
• Verizon Wireless："我们永不停止为你服务。"
• 中国移动："移动通信专家。"

自我表达
• AT&T："你的移动生活变得更好。"
• Cingular："你要说什么？"
• T-Mobile："从生活中获得更多。"
• 中国联通："让一切自由连通。"

营销经理如何在这些类型中进行选择？这些不同的方法都是有效的，并且公司或品牌可以长期使用它们中的一些。为了决定使用哪种类型的广告，营销者首先需要问："我们的广告目标、营销目标以及公司目标是什么？"

例如，如果公司致力于进行品牌延伸以增加知晓度，并同时创造积极的态度和口碑，它需要在广告中清晰表现新特性和新利益。这一目标在直接的单边，同时是非对比性广告中是较容易实现的，而在幽默广告中却不容易实现。相反，如果公司想播出补充性广告，用以提醒大众的一般性知晓和态度，它可以选择情感性诉求。或者如果竞争对手发起一个价格战而不是对降价行为进行回应，尽管公司的价格更高，它可以播出对比性广告来显示它的品牌的利益。或者考虑产品生命周期，对比性广告可能被用来推出一个新产品；随着产品的成熟，诉求可能更加的形象化。

10.3 广告信息的有效性的测量

不论广告活动的战略目标是认知性的（知晓，知识）、情感性的（形象，偏好）还是行为性的（试用、重购），都有测量其结果的方法。对于认知的测试主要是考察记忆。广告研究者给构成随机样本的家庭打电话来进行回忆测试（"在昨天晚上你看到的电视广告中，你记住了哪些品牌"），记录下所提到的广告。在广告行业里，这种测试称为次日回忆（DAR）。这是一个严格的测试——广告能否产生足够深的印象使消费者第二天可以自然地记住它。超级杯和其他的大型赛事的DAR评分非常高，那些时段的广告费也非常贵。DAR评分使公司确信广告产生了预期的RPS水平——因而投入是值得的。

当被试者不能回忆出更多的广告时，广告研究者转向识别记忆测试："你记得昨晚看过一个迪士尼乐园的广告吗？"回忆和识别测试也能用来评价网页广告以及杂志和标牌广告的作用。广告研究者可能会问："上周你在网页广告中见过哪个品牌"或者"你最近在地铁上看过什么广告"？

营销者和广告者的传统观念认为，尽管记忆和说服不同，但它们的起点是一样的。也就是说，如果你都不记得自己看过一个广告的话，那它不可能影响到你的态度。这听起来有道理，但最近这一假设受到了置疑。最近的看法并不否认"从记忆到说服，再到购买的路径"，但是认为认知和说服也可能有明确的作用。换句话说，即使消费者不能回忆起广告，也并不意味着他们没有看过广告，不意味着广告没有影响到他们的态度和购买行为。[16]

从观念上来说，人们认为这一过程和所谓的"纯粹的暴露"（mere exposure）相一致——这种观念认为，完全来自于重复暴露品牌名称、商标或广告而产生的熟悉会马上提高观众对品牌和广告的好感。广告牌就是这样，没有人要求你注意这些信息，但每天在工作或上学的途中，你看到同样的图画、品牌名称以及一些也许是简单的信息。渐渐地，信息变成了你生活中的一部分，并且你开始主动注意它所宣传的产品。

如果通过记忆测量大体上验证了认知目标（知晓、了解）的实现，那么情感目标（形象、偏好）是否成功更多地要通过大量的态度和行为意向测量来进行验证。并且尽管通常是广告在市场上出现之后才开始测量广告在人们记忆中的停留时间，但是一般在广告活动之前就开始进行广告说服力的测试。这给评价内容和广告执行的细节腾出了时间。制作单位（广告机构）认为不能在发布广告前判断哪个广告会有效果，这些都是骗人的，他们只是不喜欢别人评估他们的工作。一方面，因为评估通常是批评性的，至少包括了对广告人员所使用的"艺术"进行评估；另一方面，因为这些制作单位对广告的创新而不是战略方面更感兴趣。广告文案测试分为两步：第一，验证整体概念；第二，初步验证广告的过程。

广告的概念测试通常要进行焦点小组访谈。通过一些标准，比如与目标细分市场的相关性的或产品类别的用途，焦点小组访谈机构非随机地找到8~10个消费者。在焦点小组访谈中对广告的基本思想进行解释，同时用一些描述性的支持材料显示广告的基本思想。

在这一阶段基本上不显示和测量完整的广告，广告此时处于初步制作的阶段。它可以是一个仿制的图画，像卡通的初稿一样只有每一个场景并展示可能的对话。要么可以进一步制作广告，比如在电脑上展示动画文件。[17] 对于一个整体费用在50万美元的广告而言，这些草稿要花费1万~2万美元。研究显示在这一初步建议的阶段，观众对广告的反应与最终版完整广告的效果高度相关。无论草稿采取什么样的形式，消费者在一个半小时之内做出回应，对象包括了广告、品牌以及公司要求焦点小组主持人应询问的一些东西。在进行了三或四组焦点小组访谈之后，广告机构会向着正确的方向前进，继续制作广告，于是文案测试开始。

文案测试通常采用调查的方式进行。广告研究者聘用由数量众多的消费者构成的随机样本，参加一个"可能最近要播放的电视节目的放映"——这是典型的借口，但是经常使用。消费者来到较为中心的地点，如市中心的酒店。在这里播放电视测试，在休息的时间段播放几则广告。30分钟后，被试者回答一份十几页的问卷，问卷包括如电视节目、广告、被试者的购买习惯之类的问题。

广告评估的问题包括了对刺激（广告使我好奇、热情）、信息（广告给了我有用、可信的信息）、负面情绪（广告使我不适）、转变（广告给我快乐，给我高兴和满足感）、认同（我在广告中认出了我自己，我觉得融入了广告中）等态度的测量。[18] 广告在这些方面的评分会与广告公司数据库中的大量信息进行比较，以判断目前的这一套广告的好坏。公司的数据库中有之前的广告运行效果的数据。公司

有全部广告都必须达到的基本分数：广告是否唤起了某种积极的感情？人们是否记住了这一品牌？

广告和品牌

营销者在衡量广告效果的时候会有两种基本的态度：对广告、指定广告的态度和对品牌、指定品牌的态度。公司和广告机构会为它们的非同一般的广告而感到自豪，因为消费者喜欢这个广告并对广告给出了很高的评分。但是营销者所关心的是，广告在提高品牌态度上应该是有效的，也就是品牌。如果广告机构想和从事营销的公司长期合作的话，它也应该同样关心公司所关心的方面。当然，大多数的营销者相信品牌态度会影响销售，也就是最终版的广告→品牌→购买的可能性。

另外一个测量使用拨号盘获得观众即时的处理过程，用以评估广告对观众产生的影响。在广告文案测试中，观众观看广告时，给他一个拨号盘（或者一个鼠标），拨号盘可以连续的从左边（"我讨厌它"）拨到右边（"我认为它很不错"）。在对广告效果欠佳的部分进行编辑，以及确认需要增加哪些效果好的部分时，这一做法是有用的。有批评说，观众对广告的反应有一个自然的滞后过程，因此在广告播放中、广告播放后以及在广告播放期间对所有处理时段进行整合时，广告积累比其他任何时候都能更好地预测对广告和品牌的喜爱。然而这一技术还不成熟。但考虑到它的潜力，也许这种方法会奏效。[19]

图10-9显示了评价广告效果的另一种方法。图10-9a描述了对保时捷品牌的联想，图10-9b显示了那些联想在消费者观看保时捷将要发布的一个经济型保时捷的信息后所发生的变化。概念之间的连线表示它们在消费者的脑海中是有联系的。例如在10-9a图中，保时捷和奔驰同样是和"时尚"和"昂贵"的特性联系在一起的，而保时捷和科尔维特有着与众不同的外形特色。300ZX和卡马罗在有吸引力的形象特征上并不成功。在广告引入了EP之

后，合格的营销者会思考两个问题：①消费者有没有理解新产品的概念？②我们是否把消费者对于母品牌的联想搞乱了？对于第一个问题，心智图（mental map）提示消费者理解了EP型车保持了保时捷在外形上的联想，但是、

它现在和低价格联系在了一起。但是对于第二个问题，不幸的是，原始的保时捷不再在知觉上和奔驰有紧密的联系，也与时尚和昂贵的特性没有联系了。消费者现在将保时捷和其他便宜的跑车联系起来了。这不是一件好事情。[20]

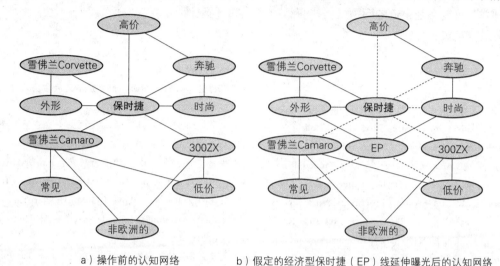

a）操作前的认知网络　　　　b）假定的经济型保时捷（EP）线延伸曝光后的认知网络

图10-9　营销认知网络

如果广告要处理脑海、心智和钱包，图10-10说明了这些测量目标能提供的诊断。在图10-10中，有关一个银行的数据显示，市场上只有25%的人知道这个品牌。在知道品牌的消费者中，大部分的消费者看起来喜欢这家银行，但对于整个市场来说只有20%。

图10-11以条件概率的方式显示了这些数字，特别是我们在知晓度上依然存在问题，比如已低到了25%。但图10-10中的20%是因为25%知晓的顾客中有80%喜欢这家银行。所以这是一个好消息/坏消息的局面：如果

我们能实现消费者的知晓，他们就会喜欢我们。银行的问题是要提高知晓度。可以在广告支出上投入更多，选择更加广泛的媒体解决这一问题。

观察图10-10和图10-11，我们发现酒店的情况并不一样。知晓度不成问题。尽管知晓度很高，但是对于酒店的态度并不是特别的积极。可能是产品，也就是酒店本身并不好，这一态度测量结果可能很棘手。然而广告有可能通过更加积极和更加有说服力的宣传，帮助酒店获得更多的积极态度。

市场上知道、喜欢、尝试过和购买过的顾客比例（%）

	知晓	态度	试用	重复
银行	25	20	20	15
酒店	80	30	25	20
汽车	90	75	20	15
乘船游览	90	75	50	25

图10-10　营销诊断（一）

市场上知道酒店品牌的顾客的37.5%对酒店持正面的态度（%）

	知晓	态度	试用	重复
银行	25	80.0	100.0	75
酒店	80	37.5	83.3	80
汽车	90	83.3	26.7	75
乘船游览	90	83.3	66.7	50

图10-11　营销诊断（二）

汽车的情况又不一样。知晓度很高，态度是积极的，但是试用率很低。这通常不是广告可以解决的问题。试用率低常常是因为产品定价过高，比如，很多人听过法拉利，并且很多人对它的态度是倾向积极的，但是很少有人买。同样，可能会是渠道的问题（一些商品和服务只是很难买到）。

最后的情况也许是广告不能够解决的另外一个问题：知晓度高，态度积极试用率也高，但消费者不再继续购买了。这种情况显示产品本身有问题。我们可以花大量的精力来做广告，但我们必须实现我们所做的承诺。广告有它的局限性。

注释

1. 感谢以下教授给出的帮助性意见：Melissa Bishop（U Texas，Arlington）、Darren Boas（Hood College）、Adriana Boveda-Lambie（U Rhode Island）、Robin Coulter（UConn）、Jennifer Escalas（Vanderbilt）、Robert Fisher（U Alberta）、Renee Foster（Delta State）、Kent Grayson（Northwestern）、Gary Karns（Seattle Pacific U）、Chris McCale（Regis College）、Charles Schwepker（U Central Missouri）和Keith Starcher（Geneva College）。
更多关于广告的内容，参见Tellis的*Effective Advertising*（Sage）；Shimp的*Advertising，Promotion and Other Aspects of Integrated Marketing communications*，6th ed（Thomson）；Belch和Belch的*Advertising and Promotion*，6th ed（McGraw-Hiu）。

2. 关于广告和说服的概述，见Rex Briggs和Greg Stuart的*What Sticks*。

3. 奇怪的是，实际上从营销者偶然的批评上会得到一些缓解，这些批评认为广告用做使人们购买或想要他们不需要或买不起的东西。我们不是自动机器，我们不像"必需购买广告中"简单的刺激—反应类器官那样运作。

4. 关于更多的提高相似性理解的广告特征，参见Xiaoli Nan和David Schweidel（U Wisconsin）、Eric Bradlow和Patti Williams（Wharton）等教授的研究。Lilia Ziamou（Baruch）和S.Ratneshwar（U Conn）教授的研究指出如果新品牌有一个独特的功能，进行比较会特别有效；如果品牌宣称它在某一功能上是有效的，而现有的所有产品都具有这一功能，进行比较会适得其反，因为信息接收者认为这一信息没有什么价值。

5. 非比较广告比比较广告更常见。非比较广告倾向于单边论证，而比较广告往往是双边论证。对于另一个组合，在比较性单边广告中，所宣传的品牌必须在每一个属性上都具有优势（这在市场上并不常见），并且在非比较性双边论证广告中，公司必须列出它品牌的好坏面，但公司不是经常提及它们品牌的缺点。

6. 研究也显示"间接"的比较广告（广告全片都宣称优点）也许比直接的比较（或者非比较）广告更有效，参见以下学者的研究：Paul Miniard（Florida International）、Michael Barone（Iowa State）、Randall Rose（U South Carolina）、Kenneth Manning（Colorade State）和Shailendra Jain（Indiana U）。

7. 关于更多的信息，参见Jennifer Escalas（Vanderbilt）和Barbara Stern（Rutgers）的研究。

8. Amitava Chattopadhyay（Insead）教授指出，幽默广告的有效性取决于顾客对品牌的态度。对于已经喜欢此品牌的顾客，幽默广告是有效的，进一步加强了他们对于品牌的积极联想；对于不喜欢此品牌的顾客，观看幽默广告并不能改变他们想法。

9. 参见以下教授的研究：Robin Coulter（UConn）、Deborah MacInnis和Allen Weiss（USC）以及Aimee Drolet（UCLA）。使用恐惧的广告可以创造可测的生物性焦虑，比如通过皮肤导电性。参见以下教授的研究：Robert Potter（Indiana U）、Michael La Tour和Kathryn Braun-LaTour（UNLV）以及Tom Reichart（U of Georgia）。

10. 在同一文化中，明星代言是有效的，因为那里的期望是对规范保持一致。参见Sejung Choi和HeeJung Kim（Michigan State）以及Wei-Na Lee（U of Illinois）的观点。

11. 关于更多信息，参见Richard Petty（OSU）和Joseph Priester（USC）教授的相关文献。

12. 但他的肖像和画像在中国不能使用，比如在纪念罐上。在中国未经允许使用公民的肖像盈利是被禁止的（http：//chinabusinessreview.com）。

13. 参见以下教授的研究：Dipayan Biswas（Bentley College）、Abhijit Biswas（Wayne State）和Neel Das（Indiana State）。

14. 关于明星号召力和相关附加联系的更多信息，参见以下教授的研究：Matthew Thomson（Queen's School of Business）、Cristel Russell（San Diego State）和Sidney Levy（U Arizona）。

15. 参见以下教授的研究：Zakary Tormala（Stanford）、Pablo Brinol（U Autonoma de Madrid）、Richard Petty（OSU）和Brian Wansink（Cornell）。

16. 参见以下教授的研究：Fred Brunel（BU）、Anthony Greenwald（OSU）、James Leigh（Texas A&M）、George Zinkhan（U Georgia）、Vanitha Swaminathan（U Pittsburg）、Kathryn Braun-La Tour和Michael La Tour（UNLV）。

17. 完成的广告要花费上几十万美元，但动画的成本只有它的1/10。尽管这些草图看起来粗糙，但研究显示顾客对动画的反应和完成广告的相关性非常高（marketingpower.com）。

18. 更多信息参见以下教授的研究：Fred Bronner和Peter Neijens（U Amersterdam）、Maria, Sicilia和Salvador Ruiz（U Murcia）以及Nina Reynolds（Bradford U）。行为成本的有效性也可以评估，比如在一个特定的时间、在一个特定的网络测量由广告刺激产生的800个电话的电话号码。参见Gerald Tellis（USC）和Rajesh Chandy（U Minnesota）的研究。关于印刷广告字型选择效果的研究，参见Pamela Henderson、Joan Giese和Joseph Cote（Washington State）的研究。

19. 更多信息参见J.B.Steenkamp（UNC）的研究。

20. 更多信息参见Geraldine Henderson（U Texas）的研究。

通过定价、渠道和促销定位

Chapter11
第11章

广告媒体和整合营销传播

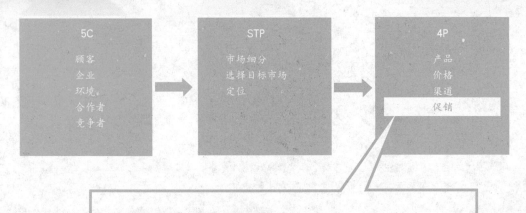

营销框架

5C	STP	4P
顾客 企业 环境 合作者 竞争者	市场细分 选择目标市场 定位	产品 价格 渠道 **促销**

- 在进行营销沟通和开展促销活动的时候要做什么样的媒体决策？选择恰当的媒体（渠道和比重）。
- 什么是整合营销传播？
- 广告媒体的有效性如何测量？

11.1 整合营销传播与广告的联系

广告需要生成一个信息,这是我们第 10 章的主题,并且它需要通过最优的媒体组合使信息到达目标受众,这是我们本章的主题。营销经理可以选择很多种媒体,并且每种媒体都能最优地实现不同的目标。广告预算通常是固定的,因此必须做出选择。但是在不同的媒体间进行资源分配是复杂的。媒体已经发展到了整合营销传播(IMC)观念阶段。IMC 是这样的一种思想,营销计划应该保证,公司各种各样的广告努力通过不同的消费者接触点传递一致的描述。[1]

> "营销目标决定了广告媒体的选择。"

11.2 在进行广告促销活动时需要的媒体决策

在进行广告促销活动的时候,必须回答三个与媒体有关的问题:①我们的费用是多少?②我们什么时候花这些钱(费用计划)?③我们使用哪些媒体作为传播渠道?先看第一个问题,广告预算应该是多少?大多数公司针对整个传播方案来计算费用(也就是所有类型的广告,包括购买所需的媒体)。

费用由以下三个方法中的一个来确定:

(1)按上一年度销售额的百分比来计算广告预算;

(2)公司投入和竞争对手大致相等的花费;

(3)广告也可以用它的战略传播目标(如提高知晓度或积极的态度)反推出所需的花费。

第一种方法简单些。唯一的问题是实际的百分比值应该确定为:7%、10%还是15%?大多数的公司将以往的比例作为基础,或者对行业标准进行估计并进行如下的调整:如果营销目标仅仅是保持品牌份额,那么总的来说,公司(和竞争对手)去年的比例应该可以了。如果公司对品牌做了一些有报道价值的事情,广告费用上的增加是为了使这种价值得以实现。如果公司想从品牌中抽出资源,并间接地支持其他的品牌,这一比例可以稍微调低一点。

第二个方法也相对简单。有的服务提供者跟踪不同行业中的公司通常使用的投入比例,比如啤酒公司花费8%~10%。如果竞争者都在广告上投入大约相等的比例的话,他们的市场份额会和他们的广告花费份额在比例上相一致;确实,每一个公司的广告投入比例与它的市场份额比例的比值大约会是1。正如你在图11-1中看到的,在快餐业,麦当劳在广告上的投入最多,且销售额最大;汉堡王和温迪汉堡的花费要少一些,所以他们的销售额也低一些。事实上你会注意到,行业中的大多数企业都落在一条直线上,这意味着在费用和收入之间存在着相当固定的比例关系。如果有其他理由的话(比如,投入更高比例的广告费用以提高市场份额,或者因为是一个补缺品牌而投入更少。补缺品牌有一群为之着迷的消费者拥护,此时传统广告的作用较小),一个特定的品牌或公司可以不在这条线上。[2]

尽管前两个方法较为简单,但是它们将问题简化了。因为经济疲软或者品牌不再受欢迎而导致销售下降时,这两种方法提醒广告预算应该削减。然而,更少的广告投入就意味着更差的市场表现,加剧销售量持续下降。第三个

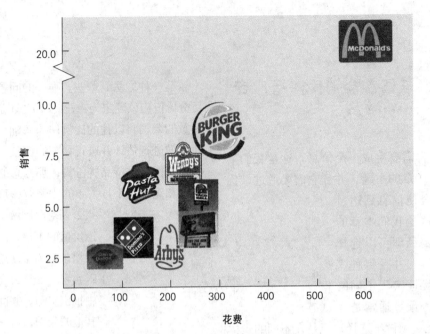

图11-1 广告费用与销售之比

方法更加合理，并能避免这种不经思考并自以为是的倾向。

第三种方法把广告花费看做一份投资（对于品牌和公司），期望投资能使销售和利润得到恢复。因为广告效果很难衡量，并且通常会产生如品牌建设这样的长期效果，所以这种方法有一些问题。我们看一下这种方法是怎么做的。为了制定预算，我们需要了解广告暴露是怎么衡量的。于是，一旦我们将暴露确定为广告目标，我们就可以估计为了实现目标需要投入的费用。

11.2.1 到达率、频率和总收视率

首先我们了解一下相关术语。广告机构与一种被称为总视听率（GRP）的单位打交道。无论我们谈论电视、杂志或汽车车身哪种载体上做的广告，GRP都是关于到达率和频率的简单算法。

- 到达率是至少有一次接触过你的广告的目标观众的份额（比例）。
- 频率是目标观众，在某一固定时间段内接触广告的平均次数，比如在广告播出的三个月内，或者在更长的播出时间中

的三个月的测试期。

- GRP，由简单的乘积来定义：GRP＝到达率×频率。

例如，如果你的广告平均3次到达了25%的目标观众，我们认为广告实现了75个单位的GRP；如果你的广告平均1次到达了75%的目标观众，广告也实现了75个单位的GRP，但结果看起来是不一样的。前一种情况的频率更高，因此我们认为看到了广告的目标观众比例很小，但是他们对品牌非常熟悉；第二种情况的到达率更高。尽管实现了一定水平的知晓度，但是如果我们把改变态度当做广告目标的话，1次的暴露可能不会有效地改变态度。[3]

因此，如果营销目标是（至少最低的目标是）大范围地提高知晓度，也就是和第二种情况一样，比频率更高的到达率，广告应该在收视率高的电视节目中播放，但这样可能会很贵。如果目标是加深知识基础，并试图在更小的群体内进行说服，也就是和第一种情况一样，比到达率更高的频率的话，广告可以在拥有更少观众的专业性电视节目播放3次，那样可能会更便宜一些。

对于到达率，目的是将广告暴露给尽可能多的观众。这里的关键是使用最具有成本效率的媒体来找到尽可能多的消费者，并且主要是这些消费者。我们马上会对媒体选择进行更多的讨论。

对于频率，通常的经验法则是，广告需要收看和处理三次才能产生说服的效果。和一些神奇的数字一样，现在认为重复三次是一种简化。好消息是有时收看广告一两次也许就够了，坏消息是有时顾客需要多于三次的暴露。基本的问题是：公司、营销和广告的目标是什么？知晓度和记忆用少量的广告就可以实现。如果产品比较复杂，或者观众对产品不熟悉的话，说服可能需要更长的时间。此外，有时并非越多越好。如果人们已经理解了产品和广告，之后的广告暴露效果就会减少并发生损耗——人们变得不注意广告了，他们思考其他的事情，并且对于所宣传品牌的关注度降低。

除了制定预算的方法外，很重要是要知道进行广告工作是非常有趣的，但通常广告制作的费用很高。制作一个最终版的非常简单的30秒电视广告大约需要35万美元。公司之所以投入这笔钱是因为他们相信广告，并且知道它作为传播工具的价值。研究显示，广告水平、促销费用和公司市场价值之间呈正向的关系。[4]但是因果关系的方向并不清楚——是这些公司数额巨大的广告投入保证了它们的持续成功，还是由于它们是仅有的有足够多的资金投入大量广告的公司？

11.2.2　媒体计划

营销者一直试图回答关于投资回报（ROI），或者营销投资回报（ROMI）的问题。这实际上是为广告支出估计一个盈亏平衡点。此外需要说明的是，由于测量并不完善，我们需要看看这种估计是如何进行。

在图11-2中我们看到有很多电视节目，这些节目在图中的位置是根据它们的评分或者它们受观众的欢迎程度以及在节目中30秒的

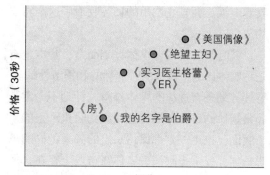

图11-2　在受欢迎的电视节目中广告时间成本更高

播出费用而确定的。两个指标间很自然的正向相关——你付出的越多，得到的也越多，但这种关系并不是绝对的。某些电视节目很划算(如《我的名字是伯爵》)，相对它们的成本而言，它实现了更多的观众暴露。但其他的节目，就所实现的观众收视而言就要价偏高（如《房》）。

我们假设你在《实习医生格蕾》中做广告——它的收视率8.3%，意味着所有家庭中有930万台电视在播放这个节目。（一个收视率指所有有电视家庭的1%。目前，被测量的美国家庭数量大约有11 200万个，所以1%或者1个收视率就是112万。）《实习医生格蕾》对30秒的广告要价44万美元。如果你是麦当劳的营销人员，并且你想鼓励人们明天早上在去上班的路上顺便买麦当劳的早餐，你需要卖多少份早餐才能收回广告成本？如果一份早餐的收益为0.5美元，那么你需要卖880 000份（=440 000美元/0.5美元）。可能实现吗？这个数字为收看到广告观众数量的9.5%（=880 000份/930万台）。因此，看起来是有可能的。我们马上会更加深入地讨论一下广告有效性的测量。

在收视率和对于份额的广告测量间也有一个差异，份额是在所有正在播放的电视中收看所关注电视台的电视的比例，在测量中通常将收视率/份额一起报告。例如，Nielsen收视率会提示某一电视节目在它播出时得到了10/15，这意味着10%（或1 120万）的家庭在

收看电视，并且它们中的15%收看了这个特定的节目。

就时间安排或者媒体计划而言，基本上有三种媒体计划：持续的、偶然的和季节性的。[5] 持续计划是有规律的媒体暴露。计划不一定是非常规律的，如每周五在《纽约时报》上的半个版面，也不一定都保持一定的频率。它的思想是你要经常提醒消费者你在市场上存在，像可口可乐、麦当劳和福特。频率取决于购买周期的长短，软饮料宣传频繁，而轮胎宣传不频繁。促进购买的目标比知晓方面的目标需要更多的宣传，但广告不能过多，否则会产生过度暴露的风险，你的消费者会感到厌烦的更别提广告费用上的浪费。

在偶然的媒体计划中（有时被称为间歇式或脉冲式），你不是自始至终都在宣传，但你有时会偶然出现。如果你的广告不是那么频繁的话，这种方法更便宜，因而可能更具有成本有效性。此外，广告周期应该和购买周期一致。在广告不播出的间隙，竞争对手会乘虚而入，但你应该在它们不做广告时也做同样的事情。并且，如果你在打造你的品牌形象，你会对竞争对手的偷袭不太敏感。

季节性广告不是很频繁，并且集中于产品旺季的前期，如学习用品在8月进行广告、糖果在情人节和万圣节前进行广告，户外烤架在4月和5月进行广告。销售季节之外的广告并不能产生额外的销售，所以不需要做。

媒体计划是时间上的安排，但不仅仅是简单地计算在把电视调到特定频道的家庭中广告播出的次数，广告机构知道怎样为广告效果构造函数。例如，在评价接下来的购买行为时，广告机构把广告观看在时间上的远近程度计算在内，认为上周观看的广告比昨晚观看的广告对顾客购买产生的影响更小。我们在本章的后面会回到这个问题，但是现在只要知道广告效果的测量需要和广告的战略目标相一致就可以了。

11.3 整合营销传播和单个媒体的优势

在讨论完费用和计划之后，我们转向传播渠道的选择。这一选择通常很复杂：电视、收音机、报纸、杂志或广告牌？现在这一选择变得更加困难——有了更多的渠道，比如通过卫星广播和互联网就有了更多的电视频道和更多的广播频道，在这些媒体上观众的分布很分散，并且可以通过

专栏 11-1 重要的广告花费者

汽车是一个很大的产业。因为汽车对于消费者来说是大件商品，因此这个行业是高度竞争的。毫不奇怪，这一行业每年广告支出超过20亿美元，通用排第一、福特第二、丰田第三、大众第四，接下来是戴姆勒克莱斯勒。这些公司较喜欢在《周一夜赛》节目期间做广告。

电影公司在广告上花费将近10亿美元，美国在线时代华纳排第一、索尼第二，然后是迪士尼。这些公司喜欢在情景喜剧中投放广告。

制药公司花费超过5亿美元，葛兰素史克排第一，接下来是辉瑞制药、默克公司和强生制药。制药公司将他们的广告预算主要投入在《60分钟》节目中。

信用卡公司的广告花费超过3.5亿美元，依次是维萨卡、万事达卡、第一资本和美国运通。他们喜欢在如《犯罪现场调查》和《幸存者》之类的节目中投放广告。

2008年中国互联网企业，世纪佳缘的广告投放排第一，为4.8亿元人民币，接下来是中华英才网、智联招聘、完美时空等。

2008年8月9～17日CCTV奥运转播频道广告主累计排名，联想排第一，接下来是中国移动、海尔集团、一汽大众等。

1999年盛夏，稀世宝广告与《还珠格格》一块热播，频繁出现在荧屏上。通过整合营销传播，掀起了一股看《还珠格格》，喝稀世宝矿泉的热潮。

- "常喝稀世宝，视力会更好"的广告。
- 借助"99中国视觉年"进行事件行销。凡在武汉市寻找含有硒达标的矿泉水就可参加抽奖活动。
- "为了环保，高价收购空瓶"的环保活动。
- 发表系列科普文章：《长饮纯净水，真的很健康吗》、《为什么说矿泉水更珍贵》、《常喝稀世宝，视力会更好》。

稀世宝矿泉水仅用不到半年的时间，一举打开了武汉市场，知名度达到90%，美誉度达到75%，取得了销售比上年同期增长10多倍的骄人业绩。

技术把广告屏蔽掉。

为了获得分散在这些媒体上的观众，营销专家推荐使用整合营销传播（IMC）。为了选择合适的媒体渠道，营销经理需要知道这些现有媒体各自的优势。IMC特别重视营销信息在不同媒体中的无缝整合（seamlessly integrated）。[6] IMC的思想是有逻辑的：记住公司的首要策略，并确保所有营销活动传递一致的信息。以传播开始，也就是消费者和商业广告、消费者和商业促销、产品植入、人员推销、直销和数据库营销，也包括了其他的营销组合要素，如产品设计和包装、定价、渠道。

研究显示了实施IMC行为对品牌有积极的作用，如提高知晓度、品牌忠诚度和销售额。[7] 然而即使IMC的目标听起来不错，但它却不容易实施。这部分是因为传统的广告机构并不提供所有的服务——它们能提供广告要素，甚至提供直接的促销诉求，但它也许没有能力为进行人员推销或公共关系的员工提供有效的培训支持。一些广告机构通过收购更小的专业化机构，或者外包IMC计划中的公共关系部分来应对这些需要。不管IMC中整合如何实现，它是营销者或品牌经理的责任。

早期的建议是，为了实现一个统一的策略，所有媒体的IMC信息都应该相同。然而，现在营销者认识到，尽管有一些要素应该保持一致，比如品牌名称、标志、总体风格和定位，但是不同的媒体有各自的优势，信息必须充分发挥这些媒体的优势。例如，电视广告栩栩如生并富有戏剧性，但它的信息必须简单，复杂的产品可以在印刷品或文字广告（报纸、杂志、网络、直销）中阐述得更加清楚。传播目标与总体定位是相一致的，但不同的媒体应该提供相互补充的信息。

早期的报告显示确实存在协同作用。例如，网站的出现没有让目录变得过时，相反目录的作用发生了变化。例如Victoria's Secret、L.L.Bean和Land's End的直邮目录仍旧带来了大量的业务，它们色彩鲜艳且更利于消费者浏览。在线商店更适合目标导向购买。因为在线浏览与翻书相比需要更多的精力，顾客可能忽视一些商品，并且他们甚至可能不想在线寻找某些特定的商品。

IMC专家说，希望1+1能等于3。在两个或更多的媒体上，以一致并且互补方式出现的广告，可能产生在传统单一媒体上花费更多的费用才能产生的效果。

11.4 根据费用、到达率和频率、定位的能力和内容对媒体进行比较

图11-3显示了流行的媒体在一些商业标准上的相对优势——电视节

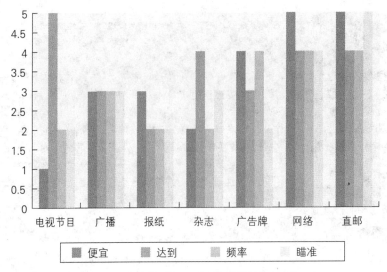

图11-3 媒体选择：商业测量的相对优势

目、广播、报纸、杂志、广告牌、网络和直邮。电视节目是最昂贵的，如在黄金时段需要5 000～100 000美元。然而，即使是在电视频道众多的今天，这种媒体依然接触到最多的受众（最大的受众规模）。因为费用的原因，到达率很高但是频率的实现却是一个问题。此外，通过大众媒体，到达是相对广泛的，但是精准度不够。

传统的电视被认为是大众媒体，特别节目和有线频道服务于更集中的观众。同样，一些杂志有广泛的受众，但其他的杂志非常有效地针对一个目标细分市场（也就是更少的多余费用）。广播节目和报纸通常是全国销售的，但同样也能在地方市场销售。这些媒体能获得已知的细分市场，比如分类广播或者飞机上为乘客提供的杂志。广告牌和其他的城市广告方式，是相对便宜的，比如地铁广告、公共汽车广告、电影前插播广告、黄页广告，在正确的覆盖本地受众上也是有效的。

广播、报纸和杂志当然比电视便宜，如250美元1分钟的广播广告；5 000美元在比较好的报纸上做一次整页的广告；5 000～15 000美元在杂志上对一个主题做一整页广告，但它们到达的观众也更少。更大的杂志（更大意味着到达更多）自然费用更高，例如，在《商业周刊》上的整版彩色广告大约需要花费10万美元；在《新闻周刊》上刊登大约20万美元；封底广告费用更高。费用的多少和GRP实现是取决于广播台或者报纸是全国的还是地方的。

每种媒体都有它自己的特点。例如，报纸有及时的优势，杂志需要更长的制作提前期，但它们有很好的印刷质量——在杂志上可以用照片对产品进行"漂亮的展示"，这和电视中的质量一样的好。报纸和杂志也有避免干扰的优势，因为读者可以在他们方便的时候阅读杂志，并且如果他们愿意的话他们可以翻过一个印刷广告。每一种媒体也都有其缺点，比如翻过广告。

定制化最强的媒体是在线广告和直邮。互联网上各种各样的广告依然便宜，并且数据库分析提高了这项技术定位的能力。然而在线的渗透也不是100%的，并且使用者必须积极寻找品牌和公司——因此到达不是这种媒体的优势。

直邮相对便宜一些，但它不是非常有效。一些直邮会被收件者当做垃圾邮件了。有了更好的数据库程序，就可以非常准确地到达特定的目标受众。

图11-3比较了对于公司来说这些媒体的优势，图11-4展示了它们在传递内容上的相对优势。电视信息需要简单和直接，广播信息更是如此，因为阐述信息时使用的感觉方式更少。电视的另一个优势是它生动，描写具有戏剧

性，包括了幽默和情感诉求。这些特点在那些便宜的媒体中是没有的。相反，对于阐述现在的产品信息来说，杂志、报纸、直邮和网络是很好的方式。

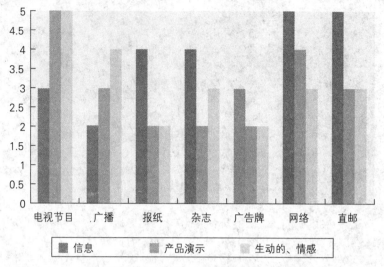

图11-4 媒体选择：广告内容的相对优势

11.5 广告之外的传播方式

IMC在所有媒介上整合品牌信息，而不仅仅只针对传统的广告。除了广告之外，无论如何公司在终端的人员销售、促销和公共关系等方面都需要表现一个持续、互补的信息。这些媒介（广泛定义的）一起对品牌产生作用。

一些重要的广告概念仍旧是适用的。例如，注意、兴趣、需要和行动（AIDA）过程仍在销售中起作用：销售人员首先必须吸引潜在顾客的注意（通过分析数据库，找到合格的潜在顾客并接近他们）、然后进行销售展示引起他们的兴趣、需要（进行产品展示，准备处理顾客的反对意见）和行动（完成交易和跟踪服务）。

对于很多公司和行业来说，人员推销和公司的销售人员是必不可少的沟通工具。推销人员的数量众多——据美国劳工部估计大约有1 400万人（超过10%的劳动力）在进行销售工作。这些与销售相关的职位包括在公路上销售机器部件和保险的销售人员、诺德斯托时装店的柜员和1-800Cataloger的接单员。

尽管我们说过直销和互联网是可以进行跟踪的媒体，但是没有什么比面对面的交谈能更好地了解消费者的想法以及公司该怎样满足这些想法的了（见图11-5）。因为是人工，所以人员销售费用很高。但无论如何他们都是很重要的，特别是对于销售复杂、昂贵的商品和服务来说。因此，销售人员是因为消费品而存在的（如雅芳、安利），但是他们在B2B业务中更加重要。昂贵的医疗设

广告	人员推销
• 顾客可以到处都有 • 产品易于理解 • 产品十分标准 • 产品相对便宜，风险小 • 广告可能很贵 • 结果更难以确定	• 地理上的集中是需要的 • 产品常常是技术性的、复杂的 • 定制化产品 • 包括定价高的B2B商品 • 销售人员可能很贵 • 反馈迅速、可衡量的结果

图11-5 在广告和人员推销间选择

|专|栏|11-3 销售

亚瑟米勒的戏剧《推销员之死》的主要角色威利·罗门说："我认为销售是一个男人想要从事的最伟大的职业。"

许多人看起来对此赞同。SellingPower.com跟踪了世界上最大的人员销售力量。

➤ 在制造业有大约500 000个销售人员，销售额为3.5万亿美元。

• 销售人员最多的5家计算机和办公设备公司是：微软、施乐、思科、IBM和甲骨文。

• 销售人员最多的5家消费品公司是：百事、西斯科、洲际面包、可口可乐和安海斯-布希。

• 销售人员最多的5家医药品公司是：谢林普罗、强生制药、辉瑞制药、艺康化工和葛兰素史克。

➤ 在服务行业有630 000个销售人员，销售额2.8万亿美元。

• 销售人员最多的5家保险业公司是：Hartford、Aflac、Torchmark、林肯国民公司和第一美国金融伙伴公司。

• 销售人员最多的5家通信公司是：美国电报电话公司、清晰频道公司、斯普林特和美国蜂窝电信公司。

• 销售人员最多的5家金融服务公司是：美国运通、美林证券、匹兹堡金融服务公司和阿默普莱斯金融。

➤ 你可能熟悉的直销公司。

• 美容类销售人员最多的3家公司是：雅芳、玫琳凯和兰碧儿。

• 营养类销售人员最多的3家公司是：安利、贺宝芙和天然阳光产品公司。

• 家居用品类销售人员最多的3家公司是：塔珀家用塑料制品、室内家居公司和创造性记忆公司。

很多销售人员，比如在制药品公司的销售人员，都得到强大的公司CSR数据库的支持——顾客购买和偏好都存储起来了，所以销售人员在销售会议之前能参考所有参数，每次接触顾客之后也都能及时更新数据库。

备、大型复印机，新出现的生态友好型化学品和新的降胆固醇药品都是非常复杂的，以至于不能通过在线或目录进行销售——销售人员对产品特征以及诸如服务和租赁协议的其他细节进行解释是有帮助的。

在进行销售队伍设计时，营销者要面临三个主要问题：我需要多少销售人员？我把他们放在哪里？他们的报酬怎么计算？当公司要进行积极的产品推广，以及要保护它的市场免受竞争对手的侵犯时，销售队伍会很庞大。销售力量和竞争状况决定了销售的范围，未来想进入市场的战略评估也能决定。报酬通常是由工资和佣金按一定比例构成——和对于动机因素的心理评价比起来，这一比例与传统及竞争状况的关系更大。

销售队伍的成本不仅包括了报酬。销售人员是合作伙伴，也是你分销渠道的成员。正如你的最终用户一样，他们想要互惠交易。尽管顾客可能认为自己受到广告的轰炸，但是如图11-6所示，公司直接针对顾客的广告和促销只是花费中一小部分。营销沟通中最大部分的费用是直接针对交易的——公司的合作伙伴。

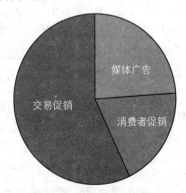

图11-6 传播与促销预算的分配

回想第9章分销系统中"推"和"拉"的概念："推"是由上至下的努力，通过销售人员和零售伙伴向消费者进行推销；"拉"是从消费者开始，通过从下至上的努力找到他们想要的产品。当公司的中间库存大量是竞争性产品，并且合作伙伴也不是特别偏向它们中的任何一种时，"拉"（针对消费者的广告）对于品牌经理来说是非常重要的。于是广告和促销是必要的工具，直接对消费者（D2C）的药品广告是非常普遍和有效的"拉"的例子。

"推"更多地依赖于人员推销，并且品牌经理在渠道成员上需要投入比终端用户更多的促销努力。因为比起广告，渠道成员更关心利润，因而他们频繁地使用"交易补贴"。这是制造商向中间商（批发商和零售商）提供的价格减让，以换取经销商的支持，如给新产品分配空间（称为"投放补贴"），或在特定的时期买入更多的产品。有时这些交易奖励以现金、培训、产品展示、免费商品或协议和交易会的形式流到了零售商的销售人员那里。[8]

公共关系（PR）是另一种传递信息和打造品牌属性的方法。PR类别的沟通是一个组织试图和它的顾客、供应商、股东、政府官员、雇员和社区进行交流。PR可以由公司自己或者由广告机构来执行，但是最典型的是外包给PR专家。

只要有新闻价值的事情发生，PR人员就发布新闻资料——新闻稿（原来是印刷品，现在则多采用视频形式）。

信息对所做的事情进行简单的介绍，如新产品发布，还包括了背景宣传信息——关于公司、发展历程、公司历史和能表现优点的所有东西。背景信息和更多的信息在网站上也可以找到，为了便于查询而全年保留。PR人员要安排一些事情，包括聘请代言（如CEO Joe在新银行开业的讲话）、赞助（如在球衣上印刷的银行名称、在专业会议和展销会上的海报和咖啡）和社区慈善活动（银行赞助的慈善行走）。

PR的目的是传递一个积极的形象，并告知支持者公司的目标，比如最近的革新。PR是积极的，但市场上别的信息可能不会同样正面，如当产品被批评或者顾客抵制某品牌的时候，于是PR的工作是进行补救。总的来说，PR的工作是代表公司形成商誉。[9]

专栏 11-4 危机公关

大多数公司创造性地使用公共关系（PR）以尽力平息复杂或令人尴尬的事件。公司销售代表与顾客、股东和新闻媒体沟通以驳斥批评并提高和加强正面的形象以及品牌和公司的价值。

比如，丹麦独资的英特儿营养乳品有限公司，于1992年在上海正式成立，生产多美滋奶粉。2002年7月中旬，由于媒体在转载国外报道时未加核实地将在泰国被召回的Mamex和Mamil产品与上海英特儿营养乳品有限公司生产的多美滋奶粉混淆并报道。该消息一经刊登，立刻引起了各方关注，一时间以误传误，众多消费者纷纷提出质疑，部分地区销售店内的多美滋奶粉也被迫下架，停止销售。危机发生之后公司马上做出积极反应，公司即刻制定对外声明书，将正确及重要信息列入公司正式声明中，积极联络全国各主要城市的媒体，发放正式声明书，与媒体沟通，发布正确信息并进行连续报道。在危机得到基本控制后，在媒体上进一步宣传多美滋奶粉的优质品牌形象。在公司的不懈努力之下，多美滋奶粉终于与泰国问题奶粉划清了界限，错误信息得到了遏制、停止了蔓延。

同样，PR能用做宣传以获得政府行动的支持，包括战争，或者为有争议的公司行为进行辩护和获取支持。这种PR活动看起来比其他方式更加真诚。比如，啤酒公司提倡饮用者"负责任的饮酒"，高端咖啡连锁店指出它们建立的初衷是对劳动力和公平贸易提供支持。

PR也可以是主动的，并且当积极的PR实施时，它能防止公司随后的批评。主动的PR包括了公司赞助社区事件或小公司为小的联赛队伍购买T恤。

公关宣传是另一种传播的工具。拥有品牌的公司并不为此买单，然而它能导致目标在新闻中出现。公司不断准备新闻稿，当然并不能保证那些有影响力的媒体会不厌其烦地报道公司自己认为有新闻价值的东西。

有时，公关宣传来源于第三方，如当一个受欢迎的商业杂志发布它的年度100最佳雇主。列表中的公司受到赞扬，这种关注度是你买不到的。相反，公司没有能力杜撰这些东西，并且有的公关宣传可能是负面的，需要PR小组的一些补救。

产品植入（product placement）比大多数广告更加微妙。它本来不太受重视，但是随着消费者越来越喜欢跳过广告，品牌经理需要找到有创意的方式展示产品，植入变得越来越受欢迎（每年超过10亿美元）。在电影（比如詹姆斯·邦德的汽车）、电视剧（《幸存》、《迷失》）和电视游戏里，产品和品牌被整合到了节目中。美国观众普遍接受在节目中展示产品，但是通过付费的方式在电视中展示产品在欧洲的大部分地方是非法的，尽管欧盟正在考虑更改利用商业资金的法律框架。[10]

尽管广告在提供信息上比产品展示更加有效，但它们都能产生积极的联想。[11]众所周知，广告和产品展示是要付费的，因此它们也受到了观众的批评。与此有一点相关的是植入或在聊天室植入宣传一个品牌，当大家讨论品牌，并且认为它是可信的时候，这种手段是非常有效和有说服力的。但是，如果聊天室的其他参与者感觉到这是一个植入的话，这一方法可能会产生相反的结果。（更多关于口碑传播的内容见第7章。）

事件赞助（event sponsorship）有很长的历史，它通常是体育赛事，但有时是其他的文化或艺术事件。事件是令人兴奋的，于是品牌可以利用事件所能发挥的积极作用和产生的活力。

一个受欢迎的宣传工具是全美汽车协会（NASCAR）的比赛。（20个观众最多的比赛中，大部分是NASCAR的比赛。）它有大量的群众参与，目前的销售是每年4亿美元，平均票价88美元，每场比赛的平均参与人数是125 000人，现场的特许商品销售超过了3.2亿美元，现场食品销售接近2亿美元。尽管电视观众人数下降了，但收视率仍然很高（Fox、NBC和TNT电视台有几十亿美元的转播合同），并且公司的资金通过赞助还在流入已经超过了15亿美元。

为给赛事提供赞助的公司工作是令人兴奋的，但是赞助在分摊广告费用上是否成本有效并不是完全清楚的。例如，当可口可乐、通用电气、柯达、麦当劳、欧米伽、松下、三星和维萨公司赞助如奥运会和世界杯这样的赛事时，它们需要这样曝光吗？当Atos Origin、联想和宏利公司赞助这些赛事时，曝光能帮助它们吗（比如实现品牌知晓度的增加）？然而"埋伏营销"是令人头痛的（有些公司想不通过获得赞助权和支付费用就和那些著名的赛事联系起来）。

顺便提一下，如果你想找到那些在人口统计特征上难以找到的观众，这些人是35～40岁的白领男性，有大学学历，收入约10万美元，他们在工作时都查看所支持的球队的成绩。

促销是IMC组合中的一个工具，众所周知的销售促进方式是优惠券——为将来购买的小折扣而剪下一个报纸或杂志上的广告。

优惠券非常受欢迎，因此有很多种形式。例如，插入报纸和杂志、直邮、放置十公共场所的、优惠券打印机、销售点（产品展示的货架）摆放的优惠券和互联网上打印的优惠券。除了优惠券，销售促进包括了折扣、促销价格、折价商品、会员卡、免费试用产品以及竞赛和抽奖。

促销能激发购买兴趣，因而会引起短期的销售增长。人们也认为销售促进对促使消费者品牌转换有效。[12]

11.6 根据营销目标进行IMC决策

你可以看到有很多工具，它们中每一个都有作用，并且它们必须协调起来。可以通过印刷媒体（杂志、报纸、邮件）、电视、广播、产品包装、电影中的产品植入、销售促进（优惠券、减价、会员卡），事件和免费体验、公共关系和公关宣传、人员推销、直销等进行广告。对于每一个要素，品牌经理和CMO需要回答两个问题：

（1）目标观众是谁？

（2）我们的目标是什么——提高知晓度、提供关于特征和利益的信息、改善品牌态度、增加偏好、刺激尝试购买、鼓励重购、吸引品牌转换？

根据所选择的目标对目标市场进行的广告活动，其效果可以也应该被衡量。有可能会产生其他的效果，但你不应该期望一则广告和IMC能实现所有目标。

怎样计划和整合

让我们回顾一下需要做出的选择和决策。如果你销售的东西是季节性的，你的广告要正好在销售季节之前，否则你可以选择持续广告或偶然广告。有很多广告预算的大公司可以持续地进行广告，但小品牌只有在使用不太昂贵的媒体时才可以持续地进行广告。所以在持续和偶然之间的选择不仅仅只涉及预算。

此外，如果营销目标是品牌知晓度，偶然广告是不会实现这一目标的。广告的频率需要很高，直到最基本的了解差不多渗透到了目标市场。注意，公司的目标市场必须清楚地定义，以便可以有接触到他们的媒体，并且在之后进行测试。此外，渗透水平需要定义——你需要90%的知晓度吗？还是60%？为了盈利，如果目标市场很大的话，渗透比率可以小一些。

一旦有了知晓度，为了促进持续购买，你应该把广告频率和消费者购买周期联系起来。也就是，如果是频繁购买的话，广告也需要频繁一些。

所有这些行动的调整取决于你的营销战略。如果品牌是处在产品生命周期结束阶段的现金业务，你可能宣传得不是太频繁。如果品牌是公司想要积极发展的品牌，那么在上一年的预算上进行增加，并且超过竞争对手的投入。

> "公司必须考虑它的目标观众和它的战略目标。"

关于媒体选择，有两个问题：你能承受什么，以及什么和你的目标市场最合适？如果你是个小品牌，并且预算不足，你不能使用全国性电视或者赞助大型的体育赛事，但是有很多其他的选择，比如地方性的电视和地方性的体育赛事。在购买（更好是建立和维护）针对你的目标受众的数据库时，要有创造性。找到你的受众所阅读的杂志和浏览的网站，然后在那里做广告。

关于IMC信息的内容，草拟一个完善的信息——你想向你的顾客传递的一切，从品牌特征的事实证据到品牌利益和形象。然后在视觉媒体上表现形象，在文字媒体里展现事实证据。使用一个共同的结束语，并将这些信息联系在一起。这样做确保了一致性，并且会使媒体相互补充，这都能够加强品牌资产。

图11-7是一个简单的IMC计划，它包括了时间安排、媒体选择和整合的信息。许多公司在圣诞节期间获得了他们大部分的盈利。这家公司也在刺激12月份的销售。它在冬天（3月）和春天（6月）开始做广告。这些沟通展现品牌和公司（它是知名的并有很好的声誉）。这些信息在内容上是提醒性的：我们在这里，我们质量好，并且我们有令你喜欢的理由。媒体的选择既有广泛的（互联网）又有精准的（杂志广告、专业有线电视广告），并且价格促销（优惠券）和广告是一起使用的。

在8月底，信息发生了一些变化，推动了优惠券的发放。

在万圣节和11月开始的时候，活动变得更加频繁。原来的提醒变得更加集中，并关注改善态度的方面。但是鼓励在回忆中有明显的第一提及，当然还要鼓励购买和试用。因为广告在更贵的媒体渠道中播放的次数增加，所以广告费用也会增加，如20个大城市的广播节目和

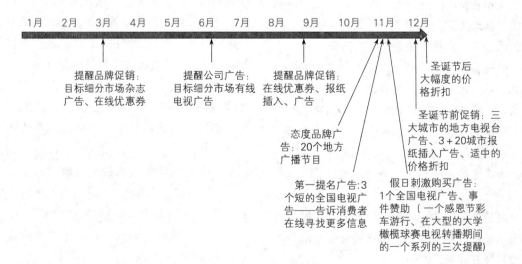

图11-7 一个IMC计划

全国性电视广告。

感恩节有很多新奇的东西，有两个广泛转播的赞助活动——受人欢迎的感恩节彩车游行和在大学橄榄球赛转播期间的3次提醒。在12月的第二周，地方电视广告会在3个最大的市场播出。并且在12月第2周和第3周之间的周末，会购买这3个市场的以及接下来的20个市场的城市报纸插入广告，价格也降了15%。

在圣诞大采购之后，无论剩下什么产品，都会以50%~75%的折扣进行销售，具体折扣取决于和零售商的关系。公司从最后几周的活动中恢复过来，重新获得能量，以便从3月再开始积极的活动。

公司对不断变化的媒体选择进行考虑，安排、计划并确定总体的沟通内容，使之彼此合适，这就是IMC在信息和媒体上要作为一个完整的整体。

11.7 广告媒体的有效性测量

根据所追求的目标，广告效果能用很多种方法评价。在第10章中，我们讨论了记忆（回忆和识别）、态度和购买倾向的测量。将广告内容和本章对媒体的考虑结合起来，很显然事情变得更加复杂——当然有一些综合。比如，如果营销目标是提高知晓度和记忆，于是到达率（而不是频率）更有可能是媒体目标，这可以由电视观众、读者、流通数、交通指数来测量，也包括了很多对于曝光的测量。如果在目标细分市场中品牌知晓度已经很高了，并且广告活动的目标是调整态度，那么调查（甚至快速的电话访谈）是必要的。

广告研究（对于记忆或态度）询问被访者他们是否记得一个广告的来源：他们在电视上看到什么了吗，在广播中听到什么了吗，在邮件中收到东西了吗？消费者在确认媒体来源上不是十分准确，这更加强调了要通过多种媒体向消费者展示信息的重要性。营销主要关注的是信息通过媒体达到消费者，但是事实上很难从消费者那知晓信息是哪里看到的，这意味着衡量费用中广播部分的ROMI和直邮中的ROMI的难度很大。

检测广告的方法有很多。营销者在商场中进行价格点试验的扫描数据也能用来评价市场上的广告。根据邮政编码，广告研究者能发现在这些家庭的电视、广播、报纸等媒体中，会出现哪些全国或地方性的广告。对于一个研究公司的被监测家庭来说，对广告曝光测量可以是完善的，如当广告播放的时候家中的电视是开着的吗？

很多研究已经基于这些数据了。例如，真实环境下的营销调查研究回答这一问题：如果你在广告上的花费更多，你能实现更多的销售吗？研究者发现总体上而言，相对于竞争对手增加广告费用并不增加销售。想一想，有时广告看起来不能预测诸如销售或份额之类的指标，因为市场体系基本上没有变化。也就是说，如果行业中的每一家公司都进行大量的宣传，那么相对市场份额不会有很大的变化。相反，如果每一家公司都宣传得少一些，他们都会更赚钱，因为广告太费钱了，此外，市场份额大概不会变化太多。但是长期而言这不是一件好事情，公司为了和消费者沟通而做广告，但是有时好像是因为竞争对手做广告所以公司才做广告的。

尽管在影响销售和份额上，调整广告比重（预算费用）的作用可能是有限的，但是研究发现，诸如更好的广告版本和接近非产品使用者等策略，使得电视广告积极影响销售的可能性增加。作为又一个与内容有关的指标，研究者发现对于那些可以唤醒积极情感但不能唤起消极情感的广告来说，增加媒体比重（广告预算）可以影响销售。最后，一些营销者不知道，为什么在那些对产品已经有了很强偏好的消费者身上还要持续投入。而不是将这些浪费的（或多余）花销节省下来，并投入更加摇摆不定的消费者身上，来防止他们转向竞争对手。[13]

在线广告出现的时间不长，以至于广告研究者依然要费力确定应该测量什么。网页广告的点击率是一个简单的不需要动脑筋的选择，但是研究者也跟踪下载、询问、购买和返回。于是成本可以根据这些测量来评估，评估点击成本、平均下载成本、平均获取成本等。表面上看，在线广告的成本很低。但是由于点击转换率也很低，所以在线"平均成本"并不十分有意义。也就是在线广告投入所产生的效果不是很大，但是由于成本非常低，以至于大多数广告经理即使知道效果不大也愿意接受它。

最后，重要的是要注意到广告媒体需要整合，比如有了IMC的活动，就可能对信息和媒体进行最优的整合。想一想下面的例子，有一家全国性的生产助听器的电子公司，它想了解怎样才能让它的信息送达到各种类型的失聪者那里，以及这些信息应该是什么。助听器是一种棘手的产品，因为尽管有听觉不佳的年轻人，但是对于很多人来说，在年老的时候才会开始丧失听力。戴助听器是承认自己老了，因而这在某种程度上是令人窘迫的。所以做些什么……

在这个例子中，使用了一个测试市场，其中通过对公众媒体和私人媒体测试来进行对比。公众媒体中的例子是一个有点像电视广告的录音带，私人媒体中的例子是可以在家里阅读的直销文章。此外，创造了不同的信息——一个是幽默广告（稍稍的取笑失聪能产生的混淆），另一个承诺助听器能帮助使用者更好地和家庭、朋友和同事交流。幽默的广告在录像中的作用更好，承诺性广告在直销材料中的作用更佳，并且后者的组合比前者的作用更好。总而言之，没有一个信息比另外一个信息更好，或者一个媒体比另外一个媒体更好，问题是要找到合适的方法对你的品牌和产品有效。在"IMC"中的整合"I"需要跨越不同的媒体和信息。

注释

1. 感谢以下教授：Melissa Bishop（U Texas, Arlington）、Robin Coulter（UConn）、Jennifer Escalas（Vanderbilt）、Robert Fisher（U Alberta）和Kent Grayson（Northwestern）。

2. 注意我们并不是找出相互关心的原因。营销者希望更多的销售预算能提高销售额（广告预算→销售额），但大公司有更多的资金投入（销售额→广告预算），并且正是因为这样，大公司有更多的零售店（分销→销售）。

3. 有几家公司的业务是收集这些数据，比如Arbitron和Nielsen，并且他们正在持续工作以改进这些测量。比如，一种担心是"到达"会包括一个看电视节目，甚至是看广告的人，也会包括调换频道并且短暂看到广告的人，有线电视公司也会测量为广告在这个家庭中播放了。此外，营销者关心到达和频率的测量是"无法复制的"，不会吸引同一个人两次，参见Abba Kreiger、Paul Green和Wharton的研究。

4. 例如，marketingpower.com。也可以参见以下教授的研究：Margy Conchar（East Carolina U）、Melvin Crash和George Zinkhan（U Georgia）。

5. 参见以下教授的研究：Philip Franses（Erasmus U）、Leonard Lodish（Wharton）和Gerard Tellis（USC）。

6. 参见Don Schulz（Northwestern）和Punam Anand Keller（Dartmouth）的研究。

7. 参见Mike Reid（Monash U）教授的研究。很多研究目前用来理解，除了使用单独的传播工具（比如公共关系和广告）对于广告和品牌的直接效果之外，IMC的协同作用，（参见Claire Stammerjohan、Mississippi State、Charles Wood、Yuhmiin Chang、Esther Thorson和U Missouri）等教授的研究；关于品牌资产，（参见Sreedhar Madhavaram Texas Tech、Vishag Badrinarayanan Texas State和Robert McDonald UConn）等教授的研究；关于一般的营销导向，（参见Mike Reid、Sandra Luxton和Felix Mavondo Monash U教授的研究；关于在电视、印刷和其他媒体间进行资金分配，（参见Prasad Naik UC Davis、Kalyan Raman U Michigan、Janke Ratnatunga和Michael Ewing Monash U、Gerard Prendergast Hong Kong Baptist U、Douglas West U Birmingham和Yi-Zheng Shi（U New South Wales）的研究。

8.参见以下教授的研究：Miguel Gómez（U Illinois）、Edward Mclaughlin（Cornell）和Vithala Rao（Cornell）。

9.关于如何实施PR，参见Joe Marconi的《公共关系：完全手册》（South-western）。

10.见Economist.com和http：//promomagazine.com。也可以参见Cristel Russell（HEC）、Barbara Stern（Rutgers）、Siva Balasubramanian（SUNY Buffalo）、Stephen Gould（Baruch）、Pola Gupta（Wright State）和Hemant Patwardhan（Winthrop U）。《华尔街杂志》报道福特给了纽约的一个人一辆免费的美洲虎并且看起来很有吸引力——他被看做活的产品植入。地点也能被凸显，Simon Hudson和Brent Ritchie（U Calgary）指出如果电影凸显了一个地方，它能极大地影响观看者未来旅游决策的选择。

11.因为负面的情感也能产生，所以很多产品和品牌不在新闻播报时间播放广告——这种观看的体验是非常不愉快的，并且品牌经理也不希望消费者对自己的品牌有负面的看法。

12.关于更多基于销售的促销，参见第8章。

13.参见Leonard Lodish（Wharton）和Information Resource Inc.（IRI）的研究。也可参见以下教授的研究：Deborah MacInnis和Allen Weiss（USC）、Ambar Rao（Washington U）、Ganesh Iyer和Miguel Villas-Boas（UC Berkeley）以及David Soberman（Insead）。

定位：以顾客视角进行评估

Chapter12

第12章

顾客评价

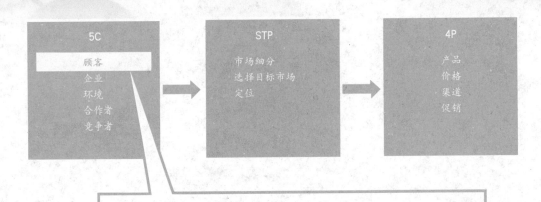

营销框架

5C	STP	4P
顾客	市场细分	产品
企业	选择目标市场	价格
环境	定位	渠道
合作者		促销
竞争者		

- 顾客为什么要对产品进行评价？
- 营销人员如何测量产品质量和顾客满意度？
- 忠诚和客户关系管理之间的关系？
- 什么是RFM和CLV？

12.1 什么是顾客评价，顾客评价为什么很重要

顾客评价（customer evaluation）的方法多种多样。营销人员对以下内容都非常感兴趣：顾客满意度、质量感知、顾客重复购买同一品牌或从同一厂家购买其他产品的意愿，以及顾客进行正面口碑传播的可能性。不管是B2C的营销人员，还是B2B的营销人员，对顾客评价都特别感兴趣。在这一章，我们会看到顾客评价体系形成的整个过程。[1]

顾客评价非常重要，因为营销人员知道使顾客满意才能给企业带来实质性收益。营销人员希望把新顾客转变成满意的顾客，再把满意的顾客转变成重复购买的顾客（或转变成大量购买或以溢价购买的顾客），最后转变成忠诚的顾客。真正忠诚的顾客不仅钟爱某个品牌，还热衷于把这个品牌告诉其他人，并愿意为这个品牌支付更高的价格。在本章中，我们将会利用上述观点讨论客户关系管理（CRM）和顾客终身价值（CLV）。

12.2 消费者如何评价产品

当顾客购买产品的时候——无论是牙膏、运动鞋、旅行包还是牙科服务，营销人员都会认为顾客是依据某种期望来评价购买质量的。[2]这种对比评价过程如图12-1所示。图12-1所示的模型也可以称为顾客对服务质量感知的"差距模型"和顾客评价满意或不满意的"偏差模式"。

- 实际经历的感知水平超过期望水平→顾客愉悦
- 实际经历的感知水平刚好等于期望水平→顾客满意
- 实际经历的感知水平低于期望水平→顾客不满意

顾客评价结果存在三种可能：①顾客的期望被满足，形成满意评价；②顾客期望正向偏离，即顾客实际经历的感知水平超过了预先的期望水平，形成了顾客的愉悦感；③顾客期望负向偏离，即顾客实际经历的感知水平没有达到预期的程度，从而导致顾客不满意。[3]

这个模型从直观上来看很有吸引力，抓住了营销人员的心，正如很多广告宣称的："我们想要超越顾客的期望。"Target说："期望更多，花得更少。"CVS药店宣称："期待额外的东西。"Kohl百货商店宣称："期待伟大的事情。"

这个对比评价过程无论是对低涉入度购买行为还是高涉入度购买行为都是适用的。对低涉入度购买行为来说，如品牌牙膏的例行性重复购买行为，这个过程几乎是在瞬间完成的，可能很快就会被遗忘。即使这样，当你把牙膏带回家时，如果这支牙膏莫名其妙地跟以前有点不同，比如价格高了或低了、包装变了、味道怪怪的，那么你就会对这支牙膏比平常关注得更多。平常你对牙膏的期望通常是潜在的，如你的脑海里通常不会萦绕着牙膏的一些特性，但是现在当你正在思考是否喜欢这支看起来与以前有点不一样的牙膏时，你对牙膏的这些期望就会变得显露无遗。也就是说，平常不显露的这些期望，现在全都冒了出来，并且成了顾客评价比较的基础。

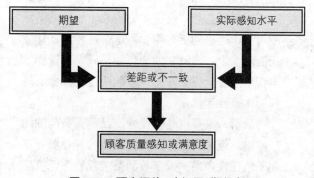

图12-1　顾客评价=（经历−期望）

相比之下，高涉入度购买行为通常是深思熟虑的、有意识地进行的。高涉入度商品指的是顾客很关注或较昂贵、较复杂的东西。例如，有些品牌运动鞋拥有非常忠诚的顾客群，顾客购买这些鞋子主要是为了表达某种身份，如运动员要购买性能优良的鞋子，时尚达人爱好性感时尚的鞋子款式。这些鞋子对他们来说都具有某种意义，他们会仔细考虑这些购买行为，同时，他们对这些鞋子会有某种必须要满足的期望。

顾客的期望比较过程还跟购买的产品类别有关，这里的产品类别包括：搜索产品、体验产品、信任产品。第5章对这些内容做了简要讨论，像运动鞋这样的搜索商品，一般有更多客观具体的、非常明显的视觉特性。这些商品的颜色、尺码、样式、价格以及评价过程都是非常直观的，全面地对所有属性与期望属性进行比较，也可以根据属性的重要性进行比较。当然，搜索产品的有些特性也比较偏向于体验性质，例如，某个品牌的鞋子是否能显示出运动员的气质，或者是否能显示出年轻人向往的某种时尚感。这些特性也被包括在比较评价过程当中。[4]

另外，对于像购买旅行包这样的体验性购买行为来说，直到顾客体验或消费后，评价过程才可能完成。营销人员也已经意识到顾客期望不太可能在购买行为发生之前完全形成，即顾客的实际购物经历和期望几乎是同时形成的，然后才能形成期望比较过程。例如，当某位顾客登记入住某个旅馆时，他可能只拥有相当普遍的"旅馆"期望，但是当他结账离开时，却可能会想"哎呀！旁边那个旅馆的游泳池可能比这里的更好呢！"这个过程是在建立反面事实上，当时，你会想如果做别的选择，事情可能会变得更好。许多购买过程都会有这样的体验性元素。[5]

最后，期望也是信任性产品购买行为的比较基础，像牙科服务或其他类似的专业服务都属于信任性产品。大多数消费者都缺乏评价信任性产品的专业知识，但他们会评价他们所能评价的一些东西。例如，顾客虽然没有很多关于牙科的专业知识，但他们在评价牙科服务好坏时，通常会对以下内容进行评价：预约服务、一线员工的态度、牙医的态度、牙医办公室的舒适度、服务费用等。

12.2.1　期望的来源

如果购买经历是相对期望而言的，那么理解期望机制就非常重要。顾客最信赖的期望来源是他们自己的经历，这是顾客的第一类期望来源。顾客的经历可以是直接经历，例如上次他们去某个零售店购物、去某个咖啡厅喝咖啡或去看了牙医，也可以是间接经历，这种经历感知是顾客从一系列相似的经历中抽象出来的。例如，如果某个特许经营店的商品很漂亮，那么顾客可能会认为这条供应链上所有经销店的商品都很漂亮。再举一个例子，当你在另一个城市光顾与你当地咖啡店相同品牌的连锁店时，你会推想与你在当地咖啡厅消费的经历应该大致相同——顾客往往会对这种连锁品牌形成一致的期望，因此你会把对当地咖啡店的期望作为基准来衡量你在外地的经历。

有时候，有些间接经历看起来相关性不大或不经常发生，而又没有很多直接经历可供参考。这时候，顾客会尽量以类似理性的方式参考他们可以参考的东西。例如，大多数购买新房的人第一次去拜访房地产经纪人时并不知道自己的期望是什么，那么他们可能会想："与银行经理进行交易，或许跟销售员进行交易有某些相似之处。"因此，顾客的期望也可以从以往类似的购买经历中推断。

如果顾客在进行品牌选择时，个人专业知识有限，在这种情况下，他们最喜欢或最依赖的期望来源就是朋友，这是顾客的第二类期望来源。人们通常寻找他们认为具有可靠判断的一些人——朋友往往与自己有着相似的价值观体系以及相似的偏好结构，而且他们在向别人表达对某个品牌的看法时不带商业动机。有时顾客也会从专家那里获取意见，或从一些并不很亲近、却拥有更多相关产品信息的同事那里获取信息。另外，社会媒体正在日益增长，可能会对未来的消费者行为施加更大的影响，顾客也可以从这些媒体上获得期望信息。上述这些都说明了口碑有多么重要，许多企业也认识到了这一点，正在努力形成正面口碑效应。[6]顾客的第三类期望来源是公司的营销组合信息，这类信息包括：广告定位信息、从价格上推断出来的质量暗示、促销活动和发放优惠券的频率、从有现货的专卖店里得到的推断信息以及销售人员的产品业绩描述。这类信息非常详细，在许多方面比顾客主观的个人经历或朋友的经历更客观。[7]但同时这类信息也是最不可靠的信息来源，因为这类信息可能会跟公司的实际情况有所偏离，例如公司当然会大力宣传其产品好的方面。

最后，第三方信息交流也有助于形成顾客期望。顾客可能从电影、电视、书籍、互联网、消费者报告中得到一些企业或产品的信息，同时可以从其他一些第三方对产品质量、价值、服务等的客观评价中得到一些信息，如第三方认证。这些信息往往是企业营销人员无法控制的，因此，顾客通常会认为这些信息特别客观、有效。

12.2.2 期望和经历

顾客对产品的质量感知以及顾客满意度评价都是建立在对期望和经历的比较基础之上的。前面我们已经讨论了期望的三个主要来源，这里我们再来了解一下经历的本质特性。营销人员已经注意到顾客会例行性地评价购买过程中的核心部分，例如，可靠的业绩、质量的有形信号，包括设备、员工形象、公司通信设施，必要的时候也会评价购买过程中的人员服务情况，如一线员工的响应能力、服务态度、礼貌程度。

有趣的是，购买过程中的核心部分（如餐馆的主餐）和边缘增值补充部分（如餐馆就餐的等待时间）都会影响顾客的满意水平，但两者的影响方式稍微有所不同。也就是说，如果核心部分是好的，不会使顾客的满意度提升很多，因为顾客本来就期望它是好的——它本来就应该是好的，顾客期望企业能够满足商品的这种大众化需求。但是，如果核心部分不好就会直接导致顾客不满意，例如，如果餐馆的主餐（核心部分）不好，顾客就会不满意，当然，如果只是食物稍微辣了一点但处于可忍受的范围，那么这个餐馆可能还是不会受到很大的指责。相比较而言，增值服务可能不像核心部分那样对顾客的评价起决定作用，但增值服务也会对顾客满意或不满意的评价产生影响。例如，如果餐厅的食物是可接受的，但服务是否出色，即使这些服务不是那么重要也还是会影响到顾客的判断。

一般来讲，顾客会根据一些已知的信息、所谓的"事实瞬间"或企业与顾客的接触点来评价企业，这些接触点包括：从开始搜索商品（上线观看或通过黄页寻找或开车寻找零售店地址）到实际购买经历发生、到结账离开的整个过程。许多购买行为都表现为一个完整的过程，尤其是在服务业和零售业方面。营销人员建议把购买经历画成一个流程图来描述企业与顾客之间无数的互动过程，如图12-2所示，展示了顾客与企业接触的整个经历过程，并解释了如果企业要让一线员工提供优质服务，那么企业本身就必须提供一些支持因素。流程图可用于企业对每个阶段服务质量的测试，例如我们有95%的电话都是在电话铃声响两声之内接听的，也可用来识别可能重复出现问题的一些压力点，还可以通过流程图确定是否有必要进行系统重设，以缩短企业服务流程、提高效率。

尽管企业觉得使顾客满意非常困难，但这并不能说明大多数顾客的期望都是不切实际的。例如，对旅馆业的研究发现，顾客期望房间是干净安全的，并且希望登记入住时所有这些要求都已得到满足。企业营销人员通常把顾

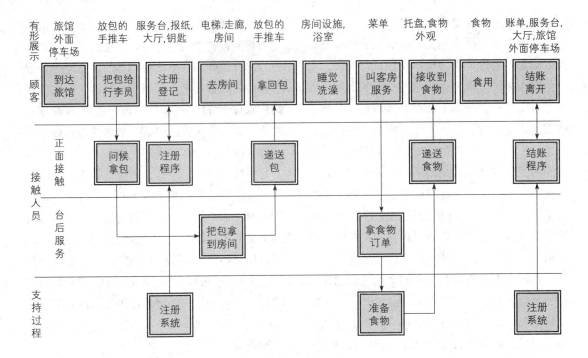

图12-2　旅馆过夜

资料来源：Amy Ostrom和Mary Jo Bitner（ASU）教授的例子。

客的期望分为以下三类：理想的质量水平、预期的质量水平、勉强满意的质量水平。一些有着理想期望的细分市场很难满足，但是对于大多数商品来说，大多数细分市场都有着平均的质量期望。一些不太重要的商品的顾客期望可能更低，企业只需要提供基本的市场供应品即可。我们称勉强满意的质量水平和中等稍偏上的质量水平之间的波动空间为"容忍区域"，即顾客会考虑接受的一个范围。

顾客的期望取决于价格，或者更具体地说，取决于发生在顾客身上的任何费用，例如，为了购买大减价的产品而开车到很远的地方，或者花更多的时间进行在线搜索等，这些都是顾客付出的成本。因此，有些营销人员宣称，企业应该努力提升的不是顾客满意度，而是顾客的价值感知。价值是顾客对所得到的购买质量和所付出的所有费用进行比较的结果。不同的顾客感知到的价值可能也不一样。

专|栏|12-1　保健因素和激励因素

　　营销人员应该把必备因素（当一种产品或服务没有这些因素时会导致顾客不满）和激励因素（存在这些因素时会导致顾客满意）进行区分。举个例子，一个宾馆的房间最起码的条件是干净，因此，干净是一个必备因素。如果房间很脏，顾客就会感到不满意。而在休息之前发现枕头上的薄荷糖是出乎顾客意料的，因此，像这种额外的惊喜就是一个激励因素，能够提升顾客的满意程度，当然，没有薄荷糖也不会导致顾客不满意。

顾客的期望是动态的，会不断发生变化的，去年让一个顾客满意的购买经历，今年可能就不能让他满意。例如，麦肯锡季刊（mckinseyquarterly.com）曾经记载，底特律汽车制造商克服了20世纪80年代顾客的低品质观念，甚至艰难渡过了90年代这段总是减价出售和退款的时期，也就是说，20世纪80年代顾客对品质还没有很高的要求，但现在顾客对汽车品质的期望不仅仅是汽车的可靠性，还有比这多得多的东西。现在的驾驶者想要"有趣、设计良好、时尚"的汽车。营销人员很无奈地把这种现象称为顾客的不断提问——"你（企业）最近为我做了什么"，每个行业都正在经历这种现象，而且这种现象也不太可能消失。

顾客的期望也会随着文化的不同而改变。例如，宜家就发现欧洲国家和美国的顾客对家具设计的不同看法——某国家的顾客认可的"阔气和现代"的家具在另一个国家的顾客看来是"廉价"的。[8]营销人员也发现，持有"个人主义"文化（例如，美国和许多西欧国家注重个人成功和成就）观念的顾客更容易从可信赖的品质和良好的服务中获得满意，而"集体主义"文化（例如，许多亚洲和拉丁美洲国家注重家庭和社会关系）的顾客更关注一线员工的相关行为。[9]总之，不同文化的顾客会产生很大差异的期望水平，有时候就连网站的内容和风格，他们也有不同的期望。[10]因此，如果企业要把某个产品拓展到新文化市场中，那么一定要慎重考虑，整个营销过程都必须重新考虑、重新调整，例如要重新评价潜在市场的期望和属性。

12.3　营销人员如何测量顾客质量感知和顾客满意

当制造商在经历像六西格玛、美国波多里奇国家质量奖、ISO 9000体系认证这样的质量活动时，营销人员只能在旁边干看着，因为这些实体产品的质量相对来说较容易测量，而对于营销方面的顾客质量感知和满意度等却很难精确测量？那么到底怎样才能测量这些抽象的指标，并力争得到精确的结果呢？答案很简单：我们根本做不到。

偶尔也会有一些测量顾客质量感知的客观方法，如顾客乘坐某条航线的风险率，即事故数与安全服务的顾客数目的比例。[11]然而，我们很难精确地制定质量感知的测量标准，就算制定了也很难遵循这样的标准。例如，某个麦片制造商可以决定："每盒玉米片的含量是10.2盎司⊖——不多也不少。我们不想放更多的玉米片在每一盒中，因为那样我们的成本会增加。我们也不想少放玉米片在每一盒中，因为我们想让顾客满意。"除非是机器出问题，否则每一盒中都会有10.2盎司的玉米片。但是，我们可以想象一下，如果我们为很多营销行为建立与上述相似的标准，例如，"我们想让1 020万人看到我们的广告、我们想让本企业雇员拥有至少95%的公司退货政策知识、我们想用收益分成来激励每个与我们合作的供应商。"那么我们如何才能测量这些结果，人们有没有能力达到这样的标准，以及人们是否能够始终如一地坚持这样的行为，这些问题都是很难测量的。

营销人员对顾客感知很感兴趣，他们经常会以问卷调查的方式探测顾客感知。如果要获得顾客对企业产品的相关反应，就要看看顾客在说些什么。"评论家们"可能希望有"10.2盎司玉米片"这样硬性的标准，可能会抱怨企业正在使用的一些软性的数据标准，例如，"5级或更高级顾客满意度量表的平均值"或"有90%的顾客选择了量表中最高的两个级别（满意和非常满意）"这样的数据类型。的确，这样的测量方法可能不

⊖　1盎司=28.349 5克。

是很完美，但是通过处理这些数据，企业可以跟竞争对手的相关数据或上季度相似的调查数据进行对比，即企业可以把现在的业绩与相关基准（过去或竞争对手的业绩）进行比较。[12]

目前，营销人员已经认识到这些数据确实能够代表顾客的看法，那么如何才能得到顾客的这些看法呢？管理学上有句广为流传的格言："如果你不能测量它，那么你就不能管理它。"因此，营销人员需要对顾客评价进行测量，得到相关数据。

营销人员关注的另外一个问题是：从调查中得到的信息是否具有"可操作性"。一些受欢迎的营销学家宣称一些简单的指标就能够反映一个组织的整体健康性。然而，"可操作性"要求调查内容能包含顾客与企业之间互动的方方面面。也许在事情比较简单的情况下，一两个指标或稍微多一点的指标就能说明问题。但是如果遇到复杂的情况，"可操作性"就较难达到。例如，当营销经理正在设法评估、提升业绩的时候，他希望对每个细分市场都了解得很清楚，那么在每一类市场的每个细分市场都要提供许多现成的指标或标准。

例如，假设一个朋友正在承受着某种压力。你可能会建议他向咨询师寻求帮助。如图12-3所示，我们看到许多事情将会影响你朋友的经历，不仅仅是治疗的质量，还包括进行预约的难易程度、办公室地址的便利性，以及是否有卫生组织为这个课程付费。只有把这些问题都涵盖在相关的市场调查当中，才能为咨询师或卫生组织提供建议，从而为顾客提供良好的服务。这些调查问题中的许多因素都是可以改变的，例如，更便利的办公室地址、减少待处理的案件来接纳新的顾客、更友好的态度来加强交流。如果调查内容仅仅只有一个问题"你满意吗"，那么在顾客肯定回答的情况下，结果会比较充分。但是，一旦他们回答是否定的，那么不满意的潜在原因就无法知道了。

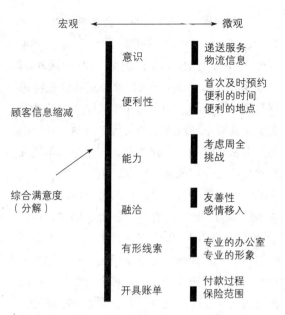

图12-3　对多维度微观问题的满意度测量

质量感知和满意度并非是一码事。例如，一个咨询顾问可能是"优秀的"，如聪明、受过很好的训练，但是如果这个课程对顾客来说没有帮助，那么这个顾客就可能不满意。同样，一个顾问可能是不称职的，即他的咨询质量不好，但是如果顾客认为自己正从这个课程中获益，那么他还是会对顾问的服务感到十分满意。

因此，顾客不一定总是对的。麻烦的是，不管谁对谁错，顾客总喜欢表达自己的想法。现在，很多顾客都喜欢通过网络来表达对某个公司的不满，从在线产品评论到在网站上抨击某些公司，都是流行的方式。有时候，公司之所以受到抨击是因为没有找到正确的细分市场。

这里有一个看似正确的例子：营销人员相信顾客满意最终会带来更多的销售额。当正面的口碑效应使更多的顾客转变为购买者时，购买者的细分市场变得越来越大，从定义上来看，就是变得更加异质化。用单一的产品去取悦所有的顾客是很困难的，这也就是为什么营销人员一定要选择目标市场的原因。正在扩展中的细分市场会拥有更多种类的顾客期望和购买经历，会导致顾客的不满。因此，当希望顾客满意带来更高的销售额以及营销常识也是这样认为的时候，一些研究人员却在文献上表示，更高的销售额有时候导致了更低的顾客满意水平。[13]

如果服务进展得不顺利或顾客感到不满意的时候，研究显示挽回顾客的最好方式是让有能力的一线雇员来处理。因为他们能够马上采取解决措施，他们会对顾客充分重视，为了让顾客息怒，他们会给顾客额外的好处。[14]企业为什么很担忧顾客挽回问题呢？因为如果顾客感到不满意，他们可能就会购买竞争对手的产品或退出这个产品类别的购买。如果营销人员想留住顾客，并与顾客建立长期关系，那么他们就应该考虑后面章节中讲到的内容。

12.4 忠诚和客户关系管理

企业最主要的目的是盈利，所以顾客满意本身并不是企业的目标。有的企业可能是垄断性企业，那么就算顾客不满意也可以获得利润。但是大多数行业都会吸引竞争，因此，一个行业内只有一个供应商的状态不会持续很久。其实对企业来说，谁会真正想跟不满意的顾客交易呢？企业和雇员、从CEO到一线员工，都以向顾客提供好产品为荣，他们都希望拥有感激他们并想回报企业的顾客，更希望顾客对他们的品牌忠诚并进行正面的口碑传播。

有许多对顾客评价或意见进行测量的方法，包括对偏好、满意度、购买意向的测量。营销人员希望看到重复购买、产生口碑这样的正面增进行为。对于真正的忠诚行为，营销人员认为顾客因为受企业本身或口碑的吸引而购买产品，而不仅仅是例行性地重复购买。[15]

如果营销人员想得到充分的重视以及在高级执行层眼里有所作为，那么他们需要把这些营销指标转化为财务指标，加深财务人员的印象。[16]评估顾客财务价值的普遍方法是：评价每个顾客或至少是每个细分市场的终身价值，称为顾客终生价值（CLV）。

顾客满意是企业与顾客长期关系中的第一阶段。顾客关系营销（customer relationship marketing，CRM）中的早期努力通常体现为价格折扣，因为企业可以通过稳住顾客来购买忠诚，如"买九杯送一杯"。当然对于这种做法也存在争论，例如，这是真的忠诚，还是只是顾客的一种惯性或根深蒂固的购买习惯而已？[17]那么怎样才能把忠诚计划中的忠诚顾客与非忠诚顾客区分开？[18]忠诚计划的本质是为了防止顾客失去忠诚以及诱导顾客进行额外的购买。[19]

近来，由于企业认为像品牌忠诚这样的特性可以让顾客对价格不敏感，因此他们向忠诚顾客索取更高的费用，从而导致顾客的忠诚度摇摆不定。对企业来说，用特殊的交易方式吸引新顾客而失去现有顾客的现象是不明智的。但有的企业恰恰就在这样做，这些极端的行为也说明了企业常常潜意识地使用价格工具。虽然价格很容易改变，但并不意味着改变价格是调整营销组合策略的最好方法。忠诚顾客是否会支付更多，企业是否会以更低的价格或更多的利益回报顾客，许多关于这些问题的研究表明，满意的老顾客与企业财务绩效有很密切的关系。[20]

专栏 12-2 频繁退货

沃尔玛过去有一套宽松的退货政策，很明显，有的顾客恰恰利用了这一点，频繁地进行退货。现在如果顾客在两个月内连续退货两次，那么他的购买记录上就会有所标记。这也是CRM数据库的一种功能。其他像巴诺书店以及家得宝也会对频繁退货的顾客做出标记。

专|栏|12-3   不满意

>导致顾客不满意的原因有哪些？这些原因的排列顺序如下：

1. 一线服务人员（你不得不接触的服务或产品销售人员）

2. 企业对顾客首次投诉的处理方式

3. 服务差

4. 产品价格昂贵

>当顾客不满意时，会采取什么行动？

1. 转换品牌

2. 向朋友和同事抱怨、产生负面口碑，但是很少会直接向公司投诉

>为什么不满意的顾客不直接向公司投诉？

1. 认为投诉没什么意义

2. 认为不值得花时间和精力向公司投诉

3. 不清楚如何向公司投诉，或不知道到公司的哪个部门投诉？

12.4.1 最近一次消费、消费频率、消费金额

忠诚计划主要是让顾客由于频繁购买或大量采购而获得一定的利益，而CRM计划是公司用来跟踪消费的一种工具。早期的CRM系统收集了一些原始的信息，包括顾客身份认证、联络信息以及顾客购买历史中的最近一次消费（recency）、消费频率（frequency）、消费金额（monetary value）（RFM）等信息。

图12-4的立方体展示了RFM的几个维度，并显示了在立方体中"最近一次消费/高频率消费/高额消费"区域的顾客是最理想的。传统上，这三个因素包含了"评分模型"中的关键部分。为了找到最理想的顾客群，企业会对顾客的RFM行为进行记录、编号并通过专家评审系统对每个因素的重要性进行评价。

表12-1是对RFM进行编码的一个例子，

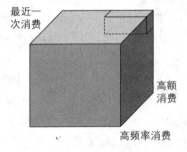

图12-4   RFM价值矩阵

通过评价RFM行为，以及对"R"、"F"、"M"的重要性进行判断，把RFM的行为得分与RFM权重相乘得出数据库中每个顾客相应的分数。分数最高的顾客最值得给予特别关注。目前RFM模型仍然在使用，而且仍然是有效的，但RFM模型强调的是顾客过去的行为（购买、网上冲浪等），而更多成熟的模型可以让我们推断顾客未来的收入情况以及顾客和细分市场的价值，正如我们下面要谈到的一种工具。

表12-1   RFM的传统用法

第1步，数据准备：对旧变量进行重新编码（建立新变量）	第2步，权重
	最近一次消费的分数：5
	消费频率：3
	消费金额：2

（续）

最近一次消费

如果	得分
在过去3个月内	20
在过去6个月内	10
在过去9个月内	5
在过去1年内	3
在过去2年内	1

第3步，把权重与变量得分相乘，加总得到"最后的RFM分数"，然后确定最好的目标市场

消费频率

过去两年内的购买次数×4分，

最大取值为20分（即如果购买次数×4>20，一律取20）

消费金额

过去两年内花费金额×0.1（最大取值为20分）

最好的客户关系管理计划是从RFM行为入手，却又能超越这些数据而获得更多的顾客信息。表12-2是一个超越RFM领域的简单CRM例子。如果能够了解更多的顾客信息，企业就可以通过交叉销售（即调整产品种类或通过相应的渠道使产品和服务变得更加灵活）来提供专门定制的产品。

表12-2 营销数据库

◇CRM数据库有哪几种变量？企业可以得到下面哪些变量的数据？

- 联系方式
  ——姓名、地址、电话号码、e-mail地址等
- 人口因素
  ——经济价值、年龄、婚姻状况、伴侣的姓名和年龄、孩子的姓名和年龄、地区
- 生活方式和心理因素
  ——房产拥有情况、汽车拥有情况（汽车类型、购买年份）、媒介偏好、支付方式偏好、相关产品拥有情况、娱乐偏好
  ——上网时间、网站浏览情况
- 交易记录
  ——第一次交易的数据
  ——最近一次交易的数据
  ——消费金额：通过美元支付的购物历史、每一笔交易的数据记录
  ——购买总金额记录
  ——对营销活动的反应情况
  ——订货方式（网站、电话等）
  ——支付模式
  ——对促销和其他刺激方式的认同程度
  ——投诉记录

◇进行上述因素的交叉分析，尽力找到顾客的消费模式。

好的CRM计划会制定更多的计划、花费更大的成本、做更多有利于企业的工作。例如，CRM计划要求不断监控顾客的行为，比如，顾客的接入呼叫、网站浏览习惯、购买情况、收到的产品目录和邮件，以及他们对邮件的回复内容。CRM数据库的协调和维护也不是一件简单的事情——企业现在仍然致力于建立能够整合所有接触点（如呼叫中心、订单处理系统、网站等）的信息系统，并且这个信息系统要对经营管理有所帮助，如系统推荐代理、有益的呼叫中心接受者界面、促销反应的预测等。[21]

12.4.2　顾客终生价值

像顾客评价他们的购买价值一样——与我所付的价格以及所投入的努力相比我得到的质量水平如何？企业也正在按照顾客的价值大小评价顾客。那么到底哪些顾客更值争取？哪些顾客更值得保留？企业如何才能最好地细分市场达到利益最大化？如何才能选择合适的目标市场？通过评估顾客终生价值（CLV），可以解决这些问题。[22]下面，我们将介绍CLV评估的过程，在这个过程中，我们会把上述这些问题都组合在一起，然后得出一个简单的模型。

图12-5概念性地显示了CLV是如何展开的。紧接着，我们将把概念性的CLV过程转化成简单的电子表格分析。整个CLV模型主要包含以下三个部分的数据：金额数据、时间数据和财务调整数据。表格中首先要输入金额相关的数据，包括获得顾客的估计成本、保留顾客的估计成本以及每个细分市场的单位顾客贡献。时间输入包括对每一年可能的保留率进行合理地估计，某种特殊产品或品牌的平均生命周期。最后，如果估计对预测和预算有用的话，那么有必要从财务上对折扣率进行调整。

下面我们来看一个宠物店零售商通过电子表格分析计算顾客终生价值的例子。假设这个宠物店主要通过广告和口碑发现新顾客。不同的企业其广告媒介的成本效率有所不同。对宠物店而言，本地报纸广告虽然便宜但集中度不高，因此不能吸引大量的优质顾客。相比之下，针对动物收容所、养狗场、饲养员的电话营销尽管需要很多劳动力

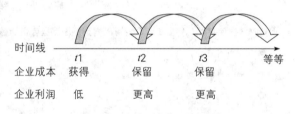

图12-5　顾客终生价值

推荐代理（recommendation agents）是CRM的另一种形式。公司追踪你的购买记录，然后把你与其他跟你的购买行为有部分重叠的顾客配对。意思是你和那部分顾客处于同一个细分市场内，有着相似的偏好。因此，他们购买但你没有购买的东西可以对你形成系统性的

推荐作用，而你购买了但他们没有购买的东西可以对他们形成系统性的推荐作用。

极客团队（geek squad）如何实施呢？想象一个电子表格，行表示顾客，列表示最小分析单位（SKU）。A1是其中的一个格子，表示行中的顾客购买列中的SKU。数据库中

大多数情况下表现为0。聚类分析是以一种迭代的方式进行的，首先，对行（顾客）进行聚类，然后对列（SKU）进行聚类。当聚类汇合时，就存在顾客的细分市场以及产品购买团体。每个细分市场的每个顾客都可能会收到推荐每个SKU的提醒信息。非常简单。

且成本高昂，但是这些销售电话往往会产生更多对本店感兴趣的决策者。虽然商店经理不能控制顾客的口碑传播，但还是可以引导通过销售电话开发出来的意见领袖去影响其他顾客。例如，如果他们为企业推荐其他顾客，就给予一定的奖励。

我们可以把顾客终生价值的估计值算出来，假设当地的报纸广告一年的费用是1 500美元，如果报纸广告每月吸引了5个新顾客（指那些看了公司广告，或者把广告的优惠券带回家的顾客）。那么对新顾客的获取成本看起来很高：花1 500美元得到60个顾客，即每人花了25美元。

从电话营销方面来看，假如负责打营销电话的员工每人每月拿4 500美元的薪水，不管他何时上班都有15%的时间（即一周共6个小时，每次3个小时）在电话调查。因此，这样算出来的电话营销预算实质上就是6 750美元。如果这些电话获得了4个决策者，其中两个以前有其他产品偏好（比如，以前可能是其他品牌的忠诚客户），一个可以被说服来光顾本店，另外一个抱观望态度。这就说明一周产生了1.5个可能的顾客，或者一年大约产生了75个潜在顾客。电话营销确实有点贵（每人90美元），但是电话营销带来的顾客更有可能转化为公司的忠诚客户。

我们可以分别跟踪这些顾客来比较两种方法（报纸广告和电话营销）的效益。为了使事情更简单，我们可以算出平均获得成本，即55美元（=（60×25美元+75×90美元）/（60+75））。这个55美元是在表12-3的电子表格中最先输入的数据。

获得顾客后，我们要考虑如何留住顾客。宠物店的顾客中保留率较高的是年纪较大的顾客和通过电话营销获得的顾客（养狗场、饲养员等），这部分顾客第一年到第二年的保留率大约为80%，接下来会上升到90%，然后会稳定在这个水平。其他的顾客最初的保留率大约是75%，然后会慢慢地下降。在电子表格中的b行列出了每个细分市场

的保留率，c行显示了后一个阶段与前一阶段保留率的乘积。

下一步，宠物店经理要开始估计保留成本。假设每位持有会员卡的顾客每年可以收到价值250美元的优惠券，平均每张优惠券有40美元会被实际花掉；每年店内要发放几百美元的传单，平均有15美元会被实际兑现；据经理估计有1/3的顾客会经常使用他们的会员卡。因此，每个顾客的保留成本大约为23.25美元（=0.33×40美元+0.67×15美元）。在电子表格的d行显示了这个数据。

饲养员和老年顾客（宠物是孩子的替代品）在宠物店的消费较高，大约为每年750美元；而年轻购买者（他们一般都有房贷、孩子，资金紧张）的消费较低，大约为450美元左右。在CLV计算表格的e行显示了这些数据。

在宠物店里，你可能会认为CLV的生命周期就是宠物的生命周期，其实并不完全是这样。人们是会迁移的，因此当宠物可能活15年时，宠物的主人却可能只会在当地居住7年。如果宠物店是全国连锁的，那顾客可以继续在连锁店使用会员卡，对连锁店的忠诚可以在动物生命周期内一直持续下去。然而，我们正在讨论的宠物店只涉及本地范围，因此我们会考虑刚才讲的CLV的生命周期大约为7年，这里为了计算方便我们定为4年。

用于计算CLV数值的几部分数据现在都具备了，在分析的最后一步我们将调整财务折扣。[23] 如表12-3所示，考虑了第一阶段的获得成本和后续阶段的保留成本后，得出了宠物店的净收益，在电子表格f行列出了这个数值。接下来的g行和h行分别列出了期望平均收益和折扣率。右下角是老年人、饲养员、年轻人三个细分市场的收益加总值。

作为比较，表12-4是新增加的宠物店顾客的数据。他们的生命线更短（如果两个顾客群体在阶段4做比较的话）。通过比较也有利于我们理解为什么更长期地保留顾客是一件好事。

表12-3　宠物店顾客生命价值，群组1　（金额单位：美元）

宠物店组群1	阶段1	阶段2	阶段3	阶段4
a）新顾客获得成本	55			
b）保留率（％）				
老年人市场	100	80	90	90
饲养员市场	100	80	90	90
年轻人市场	100	75	70	65
c）累积保留率（邻近两个保留率相乘）（％）				
老年人市场	100	80	72	65
饲养员市场	100	80	72	65
年轻人市场	100	75	52	34
d）保留成本		23.25	23.25	23.25
e）单位顾客贡献				
老年人&饲养员市场	750	750	750	750
年轻人市场	450	450	450	450
f）顾客净收益=（顾客贡献−获得成本−保留成本）				
老年人&饲养员市场	695	726.75	726.75	726.75
年轻人市场	395	426.75	426.75	426.75
g）期望平均收益（乘以保留率）				
老年人&饲养员市场	695	581.40	523.26	472.39
年轻人市场	395	320.06	221.91	145.10
h）财务调整，如折扣率为0.07，除以1.07（$t-1$）	$t=1$	$t=2$	$t=3$	$t=4$
除数	1.0	1.07	1.145	1.225
老年人&饲养员市场的价值	695	543.36	457.00	385.62
年轻人市场的价值	395	299.12	193.81	118.45

最后加总

2 080.98

1 006.38

上述这些CLV数据都相当简单。但实际上，即使在同一行业内，不同的公司或品牌其获得成本都可能会不一样，不同的细分市场也会有不同的CLV值。虽然成本中会包含一些为了吸引新顾客的各种具体营销成本（如直接发送电子邮件活动），但在电子表格中合并不同细分市场的数据资料还是比较

容易的。现在也存在这方面的争议，即保留成本常常只包含了为了跟顾客保持联系的最小费用（如目标市场的直接营销努力），而不包括对顾客忠诚进行奖励、让新顾客获得更好的交易处理而支付的费用。

CLV表格考虑了更多复杂的输入因素，让营销人员在计算CLV时有更大的灵活性。CLV

表12-4 宠物店顾客终生价值，群组2 （金额单位：美元）

宠物店组群2	阶段1	阶段2	阶段3	阶段4
a）新顾客获得成本		55		
b）保留率（%）				
老年人市场		100	80	90
饲养员市场		100	80	90
年轻人市场		100	75	70
c）累积保留率（邻近两个保留率相乘）（%）				
老年人市场		100	80	72
饲养员市场		100	80	72
年轻人市场		100	75	52
d）保留成本			23.25	23.25
e）单位顾客贡献				
老年人&饲养员市场		750	750	750
年轻人市场		450	450	450
f）净收益=（顾客贡献−获得成本−保留成本）				
老年人&饲养员市场		695	726.75	726.75
年轻人市场		395	426.75	426.75
g）期望平均收益（乘以保留率）				
老年人&饲养员市场		695	581.40	523.26
年轻人市场		395	320.06	221.91
h）财务调整，如折扣率为0.07，除以1.07（$t-1$）	$t=1$	$t=2$	$t=3$	$t=4$
除数		1.0	1.07	1.145
老年人&饲养员市场的价值		695	543.36	457.00
年轻人市场的价值		395	299.12	193.81

最后加总

1 610.97

887.93

计算当中最重要的是要得到正确的假设，以及要以数据判定哪些细分市场应继续作为目标市场——要尽力取悦哪些顾客，而让哪些顾客放任自流。

我们通过描述如何评价顾客及如何与顾客保持良好的关系来结束本章，让我们把观点从计算CLV拓展到CRM。图12-6描述了许多营销人员对CRM的理解，即CRM可分为三个层面：执行层，如收集顾客信息和向顾客发送信息或产品；分析层，如弄清楚CLV模型适用于哪里；战略层。也就是说，时刻关注目标非常重要。同时计算CLV也非常重要，因为它可以确定提供更好服务的战略性初始方案，以及通过计算CLV有助于识别细分市场。

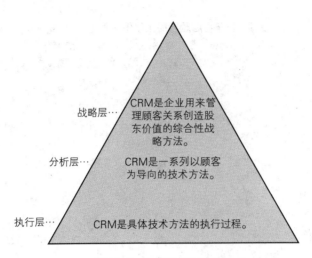

图12-6 如何看待CRM

注释

1. 感谢以下教授的有效反馈：Darren Boas（Hood College）、Renee Foster（Delta State）、Devon Johnson（Northeastern）、Gary Karns（Seattle Pacific U）、Chris McCale（Regis College）、Tracy Meyer（UNC, Wilmington）、Charles Schweplor（U Central Missouri）、Keith Starcher（Geneva College）、Jakki Thomas（Northwestern）和 Tillmann Wagner（Texas Tech）。

2. 在这个领域影响力巨大的研究者包括：Leonard Berry（Texas A&M）、Claes Fornell（U of Michigan）、Richard Oliver（Vanderbilt）、A.Parasuraman（U of Miami）和 Valarie Zeithaml（UNC）。也可以参看 Lisa Bolton 和 Americus Reed（Wharton）的相关研究。

3. 在价格方面期望也是非常重要的，Joel Steckel（NYU）和 Dmitri Markovtich（HEC）曾作过相关的研究。

4. 请参看 Joann Peck（U Wisconsin）和 Terry Childers（U Kentucky）教授的相关评论。

5. 经历和期望很少在同一个顾客满意度调查中进行测量，部分原因是感知过程是相互作用的（如，当期望形成的时候，顾客正在对经历做出判断）。在单次调查中，对营销人员来说测量顾客对经历的反应以及期望的构成是比较困难的，而对消费者来说从这种经历或期望中摆脱出来也是比较困难的。

6. 在第7章中有更多关于口碑营销和病毒营销的知识。

7. 请参看 Jenni Romaniuk 和 Emma Nicholls（U South Australia）的研究。

8. 请参看 Anders Gustafsson（Karlstad U）和 Michael Johnson（U Michigan）的研究。

9. 请参看 Olivier Furrer 和 D.Sudharshan（U Illinois）以及 Ben Liu（Butler U）的研究。

10. 如果要获得更多的信息，可以联系 Nikos Tsikriktsis（LBS）。

11. 例如，美国航空和联合航空相对来说比较安全，风险率是 900 万分之一或 1 000 万分之一。但是印度国际航空公司和埃及航空公司的风险率要更大：20 万分之一（airlinesafety.com）。

12. 如果想要更多的顾客调查信息，可以参看第 13 章和以下教授的相关研究：Eugene Anderson（U Minchigan）、Carol Bienstock（Radford U）、Mary Jo Bitner（ASU）、Jonathan Bohlmann（Michigan state）、Ruth Bolton（ASU）Stephen Brown（ASU）Joel Collier（U Memphis）、Tracey Dagger（U Queensland）、Martin Fassnacht（Otto Beishim School of Management）、Rahul Govind（U Mississippi）、Anders Gustafsson（Karlstad U）、Kevin Gwinner（Kansas State）、Christian Homburg（U Mannheim）、Wayne Hoyer（U Texas）、Michael Johnson（U Michigan）、Wagner Kamakura（Duke）、Ibrahim Koese（Otto Beishim School of Management）、Norio Konno（Yokohama National U）、Nicole Koschate（U Mannheim）、Ajith Kumar（ASU）、Martin MacCarthy（Edith Cowan U）、Vikas Mittal（U Pitt）、Nei Morgan（Indiana）、Martin O'Neil（Auburn U）、William Qualls（U Illinois）、Jose Antonio Rosa（U Illinois）、Mark Saunders（Oxford Brooks U Business School）、Jillian Sweeney（U Western Australia）、Christine Williams（U Gloucestershire）和 Paul Williams（American U Sharjah）。

13. 请参看 Claes Fornell 和 Michael Johnson（U Michigan）教授关于美国消费者满意指数（ACSI）的研究。

14. 更多的顾客不满意补救信息可参看以下教授的相关研究：Michael Brady（Florida State）、Joseph Cronin（Florida State）、Robert Fisher（U Western Ontario）、Christian Homburg（U Manheim）、Michael Lapré（Vanderbilt U）、Amna Mattila（Penn State）、Sharon Parker（Australian Grad School of Management）、Paul Patterson（U New South Wales）、Deborah Rupp（U Illinois）、Sharmin Spencer（DePauw U）、Nick Turner（Queen's U）和Helen Williams（U Leeds）。更多顾客与雇主满意之间的关系可以参看以下教授的研究：Kevin Gwinner（Kansas State）、Mary Jo Bitner（ASU）、Stephen W.Brown和Ajith Kumar（ASU）、Frederick Reichheld、Earl Sasser和James Heskett的相关研究。

15. 请参看C.W.Park、Debbie MacInnis、Joseph Priester（USC）、Mark Peterson（U Texas，Arlington）的相关研究。

16. 请参看David Reibstein（Wharton）教授关于营销绩效的研究，也可以参看以下教授的相关研究：Roland Rust（U Maryland）、Sunil Gupta（HBS）、Dominique Hanssens（UCLA）、Wayner Hoyer（U Texas）、Manfred Krafft（Wesphalian Wilhelms U Münster）、Robert Leone（OSU）、Katherine Lemon（Boston College）、Michael Lewis（U Florida）、Dominique Crié（U Sciences and Technologies in Lille）、Rich Lutz（U Florida）、Werner Reinartz（Insead）、John Roberts（Australian Grad School Management）、Jacquelyn Thomas（Northwestern）和Valarie Zeithmal（UNC）。

17. 请参看Elizabeth Moore、Bill Wilkie（Notre Dame）和Rich Lutz（U Florida）的相关研究。

18. 请参看Harald van Heerde（Tilburg U）和Tammo Bijmolt（U Groningen）的相关研究。

19. 请参看以下教授的相关研究：Xavier Drèze（Wharton）、Russell Lacey（U New Orleans）、Robert Morgan（U Alabama）、Joseph Nunes（USC）和Jaebeom Suh（Kansas State）。

20. 请参看以下教授的相关研究：David Aaker（Berkeley）、Siva Balasubramanian（SIU）、Nicole Coviello（U Alabama）、Teck-Yong Eng（King's College London）、Claes Fornell（U Michigan）、Thomas Gruca（U Iowa）、Karla Hamilton（U Calgary）、Robert Jacobson（U Washington）、Ike Mathur（SIU）、Ramendra Thakur（Utah Valley State）和Heidi Winklhofer（U Nottingham）。

21. 请参看以下教授关于推荐代理方面的相关研究：Lerzan Aksoy（Koc U）、Anand Bodapati（UCLA）、Paul Bloom（UNC）、Susan Broniarczyk（U Texas）、Bruce CooiL（Vanderbilt）、Andrew Gershoff（U Michigan）、Nicholas Lurie（Georgia Tech）、Ashesh Mukherjee（McGill U）、Anirban Mukhopadhyay（Hong Kong U Science and Technology）和Patricia West（OSU）。

22. 请参看以下教授的相关研究：Douglas Bowman（Emory U）、Pila Calvo（U Basque Country）、Peter Fader（Wharton）、Sunil Gupta（HBS）、Dominique Hanssens（UCLA）、Bruce Hardie（LBS）、Patrick Hartmann、Vanessa Ibanez（U Basque Country）、V.Kumar（UConn）、Donald Lehmann（Columbia）、Hokey Min（Bowling Green State）、Vikas Mittal（U Pitt）、Das Narayandas、Elie Ofek（HBS）、Girish Ramani（Drexel）、Nalini Ravishanker、S.Sriram（UConn）、Detlef Schoder（U Colgne）、Rajan Varadarajan（Texas A&M）、Michael Haenlein和Andreas Kaplan（ESCP-EAP European School of Management）。

23. 营销比财务重要得多。

定位：以顾客视角进行评估

Chapter13
第13章

营销调研工具

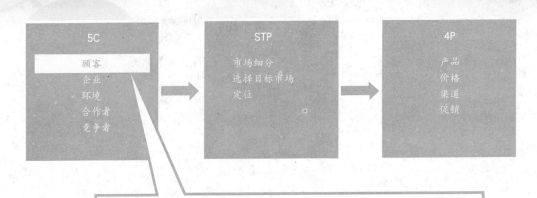

营销框架

5C	STP	4P
顾客	市场细分	产品
企业	选择目标市场	价格
环境	定位	渠道
合作者		促销
竞争者		

我们需要哪种营销调研方法？

- 细分市场的聚类分析；
- 市场定位的认知图片；
- 概念检验的讨论组方法（在新产品开发和广告中常用）；
- 测试属性的结合（在定价、新产品开发和品牌中常用）；
- 定价、优惠券实验和品牌转换中的监测数据分析；
- 为评估顾客满意水平的调查法；
- 为识别慌乱营销环境中的意见领导者的网络法。

13.1 什么是营销调研，它为什么对营销战略作用很大

每一个营销决策都必须有数据基础。营销调研就是用来收集这些数据的。

即使是最小市场中的企业，都在密切关注它们的顾客、环境、竞争对手动态、与合作伙伴的关系以及企业优势，即5C理论。然后以营销情报信息为基础，这些市场上的人员就可以制定有关产品、渠道、促销以及价格，即4P方面的决策。如专栏13-1所示，市场营销调研方法可以用来了解大量有关市场和顾客方面的相关信息，例如4P中的任何一个或STP中的任何一个要素，甚至5C理论都可能被研究。[1]

企业应该持续地进行市场信息的收集，以便随时做好行动的准备。顾客关系管理数据库就是持续数据收集和管理系统的一个实例。总之，当机会来临时，就需要通过特定的营销调研项目来定期地调节市场。无论是进行持续性的评估还是进行定期性的评估，都需要有关于市场营销调研技术方面的知识。

从市场调研的相关书籍中，你可以对大量的市场营销调研技术有一个系统性的回顾。[2]专栏13-2描述了传统的调研过程，从市场营销和调研问题的构建，到数据收集和分析，再到结果报告。其中，数据收集和分析阶段又存在

专栏 13-1 相关营销调研实例

➤ STP
- 细分市场的聚类分析；
- 认知图片的多维排列；
- 目标以及定位。

➤ 4P
- 新产品结合；
- 价格方面的数据监测；
- 将互联网作为一种分销渠道选择，为实现顾客满意而进行调研；
- 为了核实和测试而进行试验。

➤ 5C
- 为了解背景环境而进行二手数据收集；
- 为了解竞争对手动态而进行观察性数据收集；
- 为研究合作伙伴而将其连接成网络状态；
- 为研究企业员工而进行访谈；
- 为实现顾客满意而进行调研。

专栏 13-2 市场营销调研流程

➤ 定义营销和调研问题。
➤ 尝试用二手数据解决上述问题。
➤ 设计一手数据收集方案。
- 样本（例如随机样本、分层样本等）。
- 技巧：
  定性：访问，讨论组，观察；
  定量：调查法，实验法，监测数据分析。
- 工具（例如问卷调查、讨论组引导等）。
- 形式管理（例如网络调研、邮件、个人采访等）。
➤ 数据收集。
➤ 数据分析。
➤ 结果交流（例如白纸、个人陈述、推荐等）。

专|栏|13-3　数据的种类

二手数据&一手数据

• 二手数据是已经存在的数据（例如互联网上、图书馆里等），它们能较快、较便宜地获得。

• 一手资料要求营销人员设计一套研究方案，收集和分析数据。结果通常是相当精确地。

探索性数据、描述性数据和因果性数据

• 探索性：讨论组和访问的方法通常被用来构建营销问题。

• 描述性：通过调查和监测数据来获得大规模统计。

• 因果性：实验法通常用来研究多维营销混合变量在测量规模和顾客态度方面的有效性。

很多形式，如专栏13-3所示，表明了市场营销调研的灵活性，以便解决发生的任何营销或者商业问题。

若与一本内容宽泛的营销调研书籍中的相关章节做比较的话，本章内容的聚焦性更强。它将会给你一种"什么时候该做什么事"的感觉：哪一种营销调研方法最适合解决某一特殊类型的营销管理问题？这并不意味着你不能在解决不同的营销问题（例如定价或者定位）时将这些方法混合起来搭配使用（例如讨论组或者调查），实际上，有些方法对于解决某些特殊营销需求问题极为适合。在本章中，我们也会将焦点放到顾客身上，但是数据只能通过其他的Cs理论来收集。例如，企业（评估内部优势和趋势）、环境（经济趋势的引导数据分析）、合作伙伴（通过调查访问，了解合作伙伴的满意度水平，收集他们对于降低成本方面的建议）和竞争对手（通过顾客对品牌相关优势的评估来研究市场环境，关注竞争对手的新产品开发动态）。

因此，在本章中，我们将会讨论七种常见的市场营销调研方法：①市场细分的聚类分析；②市场定位的认知图片；③概念检验的讨论组方法（在新产品开发和广告中常用）；④测试属性的结合（在定价、新产品开发和品牌中常用）；⑤定价、优惠券实验和品牌转换中的监测数据分析；⑥为评估顾客满意水平的调查法；⑦为识别慌乱营销环境中的意见领导者的网络法。

13.2　如何进行细分市场的聚类分析

表13-1展示了传统的聚类分析的结果。细分市场的名称通常是很容易记住的标题，这些都是市场营销人员创造的，用来标识这些细分市场，从而总结归纳出该市场中顾客的某些共同特性。例如，咖啡馆的老板希望每周一至周五早上生意兴旺，可能会将这个细分市场命名为"M-F Morning Rush"；那些带着小孩周六漫步到咖啡馆里喝咖啡的顾客不用为工作而赶忙，他们会比较在意地理位置的便利性，合理的价格以及多种类的咖啡类型，以便每个周六都能充分放松，享受生活。

表13-1　咖啡馆顾客的细分市场

细分市场名称	大小（%）	寻找标识
M-F Morning Rush	40	服务的速度、停车的便利性
周六的休闲接待	15	与其他商店接近的地理位置、价格和种类
工作空间	25	座位以及插座
周四诗歌沙龙	10	诗歌以及人流量
其他	10	多种多样的，而不仅仅是可辨别的

表13-1中名为"工作空间"的细分市场反映了一个事实，在现今远程办公的时代环境下，有一部分人在家工作，其中越来越多的人开始在咖啡馆里度过大部分时光。这些人买咖啡来享受，但更重要的是，他们专门寻找那些

客人不多的咖啡店，那里有大量的空位和连接笔记本电脑的插座。"周四下午的诗歌沙龙"反映了这个咖啡店所提供的一种特殊服务，这个咖啡店每周四下午都会举行著名作家所写的诗歌朗诵会。然而，对于那部分很难辨别区分的顾客——我们将其命名为"其他"，通常情况下，是不会定位于他们的，同时，我们也不知道该如何取悦他们这样一个群体。

表13-1中的第二列数据反映了每一细分市场顾客所占的市场规模比例，第三列列出了那些用来标识细分市场的属性特征——这些是我们调查哪一类顾客群体最易引起共鸣的重点。

表13-1中的信息反映了一份市场细分研究中可执行的、高概括性的、最基本的东西。让我们来探询一下市场营销人员是如何得到这些结果的吧。

在表13-2中，我们可以看到为这些数据提供支撑的调研。这些市场人员几乎很少直接询问顾客在选择咖啡店时最看中的是哪些因素。在这个特殊的调查中，每一个条目后面都连接着一个7分制的测量评分表，排位法这个时候也能派上用场。例如，将这些要素按照重要性程度从1排到11，1表示最重要。

表13-2 有关Javahouse顾客的相关调查

以下这些质量要素对你选择咖啡店的重要程度如何？						
	不重要 ——→ 非常重要					
好喝的咖啡	1	2	3	4	5	6	7
合理的价格	1	2	3	4	5	6	7
快速的服务	1	2	3	4	5	6	7
友好的服务	1	2	3	4	5	6	7
周四诗歌沙龙	1	2	3	4	5	6	7
便利的地理位置	1	2	3	4	5	6	7
大量的停车位	1	2	3	4	5	6	7
多种类的饮料	1	2	3	4	5	6	7
大量的舒适的椅子	1	2	3	4	5	6	7
充足的连接插座	1	2	3	4	5	6	7
其他顾客	1	2	3	4	5	6	7

表13-3也展示了部分类似的数据。举例来说，从每一个细分市场中选择一个顾客来描述该细分市场的特性。顾客1属于"M-F Morning Rush"这一细分市场。正如评分中所指出的，他在"快速"和"停车位"两个要素上给予了7分（非常重要）。顾客2则属于"周六的休闲接待"这一细分市场，因为他给予了"价格"、"地理位置"和"多种类"三个要素很高的分数。顾客3属于"工作空间"这一细分市场，因为他非常看重"椅子"和"插座"这两个要素。顾客4属于"周四诗歌沙龙"这一群体。顾客5则是典型的"其他"类型的顾客，因为他在每一类要素上的评分没有规律可言。

表13-3 Javahouse的相关数据展

顾客	咖啡	价格	快速	友好	周四	地理	停车位	多种类	椅子	插座	其他
1	5	4	7	1	1	2	7	2	1	1	1
2	6	7	4	5	1	7	5	7	1	2	2
3	6	5	4	4	4	4	4	7	7	2	2
4	5	5	1	3	7	2	2	4	2	7	2
5	6	5	5	3	1	4	3	1	1	1	3

值得说明一点的是，每个细分市场中的顾客群体对咖啡店的评分都被视为相关程度较高的，因为在我们的假设中，这些质量要素都是为咖啡店专门设置的。在另一份研究中，或者对另一家咖啡店而言，可能存在另一类细分市场，该市场中的顾客关注的是所提供的咖啡质量，而没有其他的关注属性，即足够辨认出另一类特殊细分市场的要素。

接着，市场人员就开始对这些数据进行聚类分析。聚类法是将顾客按群体划分，每类群体都有相似的属性以便于寻找，但也有不同的属性便于区分。[3]这些数据包括11个变量，所使用的聚类分析工具可以很容易地进行更多变量的分析。但是由于对11维度分散开来的变量很难进行概念化的界定，如图13-1所示，问题就被简化了。在此，我们可以利用这些要素的相似点。确切地说，在所展示的数据中，由于相关性的原因而将那些重视"快速"和"停车位"的顾客在图13-1中一起

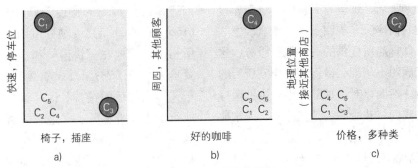

图13-1　Java的聚类分析

描述。类似地，"椅子"和"插座"也被联系起来描述——就是那些认为两者都比较重要的顾客。

在整个聚类分析中，图13-1包含很多评分数据，但在此我们仅从表13-3中抽取了5类顾客。在图13-1a中，我们可以相当清晰地看到第一类和第三类顾客，而其他类的顾客都比较靠近原点，这意味着他们都不太关注"快速/停车位"或者"椅子/插座"这些属性要素。在图13-1b中，我们可以在顶部看到第四类顾客，这种得分表明所有的顾客都比较希望能品尝很好的咖啡。在图13-1c中，我们可以看到第二类顾客被明显地区分开。

这就是聚类分析，它需要我们首先从顾客那里收集数据，然后再将其进行聚类分析。因为聚类分析的工具也很多，你需要雇用一名合适的市场研究人员。这个例子展示了如何寻找到细分市场的实质。最后要告诉大家的就是聚类分析法可以帮助你识别细分市场和它们的大小，但不能告诉你应该将哪一细分市场定位为目标市场。这个问题将会在另一章节中讨论。

13.3 如何描绘市场定位的认知图片

定位分析通常能获得一种感觉，即顾客如何看待你的企业在市场中的地位。市场人员或执行者会发现认知图片在使用时非常有吸引力，因为它描绘了一幅与竞争对手品牌对比的空间图画，包括区分属性和竞争对手的优劣势。描绘认知图片有两种方法：一种是属性基础方法，另一种则是多维度分析方法。

13.3.1　属性基础

通过属性基础描述一幅图画，顾客首先需要完成类似表13-4中的调查。具体而言，顾客需要进行两类评分：①在一系列的属性评分中，本企业的排名如何？②每一类属性的重要程度如何？我们将用这种特殊的研究进行一家旅馆在海南的定位分析，该研究主要询问旅客对这个旅馆在水上运动、食品、游览、住房和性价比方面的感觉。

表13-4　海南旅馆感知图片（属性基础）

"我们旅馆"的得分如何？						
	比其他旅馆差很多 → 比其他旅馆好很多					
水上运动	1	2	3	4	5	6	7
食品	1	2	3	4	5	6	7
游览的便利性	1	2	3	4	5	6	7
好的住房	1	2	3	4	5	6	7
性价比高	1	2	3	4	5	6	7

这些质量属性中，哪些对你比较重要？						
	不重要 → 很重要					
水上运动	1	2	3	4	5	6	7
食品	1	2	3	4	5	6	7
游览的便利性	1	2	3	4	5	6	7
好的住房	1	2	3	4	5	6	7
性价比高	1	2	3	4	5	6	7

我们分析的第一步就是计算这个问题的平均分，然后为每一个属性特征标记平均值。以水上运动为例，经过计算，在这家旅馆提供的水上运动好坏评估和水上运动对旅客的重要程度上分别会有一个平均值。类似地，食品属性也会有两个平均值，即这家旅馆提供的食品水平和食品在旅客心中的重要程度。

每一对平均值都是为了测量两个表中的五个属性特征，如图13-2所示。如果一个属性在"这家旅馆提供的服务好坏"（即第一类的五个属性）上的得分越高，就意味着它的位置在图中越靠右。如果一个属性在"顾客认为的重要性程度"（即第二类的五个属性）上的得分越高，则意味着它的位置在图中越靠近顶部。

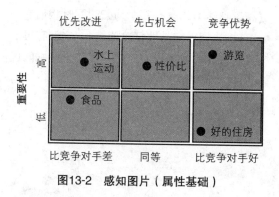

图13-2 感知图片（属性基础）

沿着水平轴方向，这些数据表明这家旅馆在游览和住房方面做得非常好，在感知价值上做得比较不错，在水上运动和食品方面做得不太好。沿着纵轴方向，这些数据指出水上运动、性价比和游览对旅客来说重要程度较高，而食品和住房则不那么重要。

这个非常简单（简单的调查、简单的数据分析和简单的测量）的属性基础构建图却非常有意义。这个旅馆在顾客认为很重要的属性——游览方面做得非常不错，这一个竞争优势需要保持。不幸的是，这个旅馆在顾客认为很重要的另一个属性——水上运动方面做得不太好。这一点可能就是该旅馆需要优先改进和完善的地方，即该旅馆可能需要投入一定资金升级设备，以消除这个劣势。

这个旅馆在食品方面做得同样不太好，但是顾客似乎并不大看中——可能是他们都出去就餐，因此旅馆的餐厅就不那么重要了。相应地，这个旅馆看上去有非常不错的住房条件，但是旅客同样不是特别看重，他们是在度假，所以不会花太多时间待在房间里面。如果该旅馆不愿意放弃为客户提供优质的住房服务，那么它就可以减少便利设施的投入或者在下次它需要升级改进的时候减少投入。

13.3.2 多维度分析

多维度分析是一种略微不同的方法，它不会问顾客一个旅馆中最重要的是什么，而是以比较每一对旅馆的相似点开始。在表13-5中，前半部分是对四家旅馆比较之后的相似程度判断，后半部分则是针对每一个旅馆，在每一个属性上的评分结果。

表13-5 感知图片（多维度分析）

这些旅馆的相似点如何？							
		非常相似		→	非常不同		
旅馆1和旅馆2	1	2	3	4	5	6	7
旅馆3和旅馆4	1	2	3	4	5	6	7
旅馆4和旅馆1	1	2	3	4	5	6	7
旅馆2和旅馆3	1	2	3	4	5	6	7
旅馆1和旅馆3	1	2	3	4	5	6	7
旅馆2和旅馆4	1	2	3	4	5	6	7

旅馆1在这些质量属性上的评分结果如何？							
		不好	→	好			
水上运动	1	2	3	4	5	6	7
食品	1	2	3	4	5	6	7
游览的便利性	1	2	3	4	5	6	7
好的住房	1	2	3	4	5	6	7
性价比高	1	2	3	4	5	6	7

（然后对旅馆2、旅馆3和旅馆4在同样的这些质量属性上进行评分。）

表13-6展示了对这些相似程度评估的数据。这些数据表明旅馆1和旅馆2是相似的，旅馆3在一定程度上与旅馆1和旅馆2相似，旅馆4也在一定程度上与旅馆1和旅馆2相似，但是与旅馆3区别很大。

表13-6　平均样本量=75名海南旅客

	旅馆1	旅馆2	旅馆3	旅馆4
旅馆1	—			
旅馆2	1.8	—		
旅馆3	3.1	2.9	—	
旅馆4	3.7	3.4	6.2	—

用上述数据进行多维度分析可以得出图13-3中的结果。这个二维图中的点意味着凡是顾客认为较为相似的旅馆，其点所在位置的距离就比较接近；凡是顾客认为相差较大的旅馆，其点所在位置的距离就较远。因此，由于旅馆1和旅馆2较为相似，它们点的距离就较为接近。旅馆3和旅馆1、旅馆2较为相似，它的点也在一定程度上靠近它们，但又不像旅馆1和旅馆2那般靠近。旅馆4也在一定程度上与旅馆1、旅馆2相似，但不同于旅馆3，它在图片上的位置就与旅馆1、旅馆2所代表的点在一定程度上靠近，而与旅馆3的点距离较远。

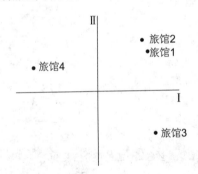

图13-3　四家旅馆的多维度分析展示

多维度分析提供了一切信息，对于市场人员来说，它就像地图的南北两极。然后，再将第二块质量属性加入进来。将这些质量属性的认知图片叠加之后就能得到图13-4中的结果。[4]这样一来，就能说明得较为清楚一些了。旅馆1和旅馆2相似，相似点主要是在性价比和水上运动方面；旅馆3在性价比、住房以及游览方面也做得较好；旅馆4则较为不同，它有一些比较好的餐厅，同时，它在水上运动方面也做得不错，但在性价比、住房和游览方面有所欠缺。

最后，我们可以将顾客的反应叠加到图片中，如图13-4所示。这些定位点都是具有一定意义的，例如，如果正好有一家旅馆能提供你所期望的服务，那么你需要怎样的服务组合呢？在这些带有一定意义定位点的认知图片中，每个点代表一个顾客，经常被用来识别"市场机会"。举例来说，第一类细分顾客选择了旅馆1和旅馆2，而第二类细分顾客可能就会觉得它们的服务水平低下，因为那些带有五星级餐厅和较好的游览服务组合的旅馆会让这些顾客满意。

这些认知图片能够反映在与竞争对手竞争的过程中，企业所处的现有地位状况。然而一个战略性的问题就是要考虑可能的市场重新定位。举例来说，在图13-4中，如果旅馆2以其更高盈利能力的自有餐厅为荣，同时相信它与旅馆1相比能更容易地打败旅馆4，它就有可能增大广告投入，宣传它的这一优势，使它的优势在目标顾客群的意识中得到增强。

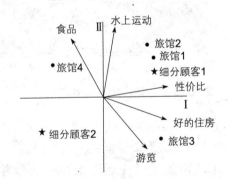

图13-4　四家旅馆属性矢量的多维度分析

13.4　如何进行概念检验的讨论组方法

关于讨论组方法也有一些非常有意思的现象，你观看一群（8~10个）消费者在日常生活中一起讨论你和你的竞争对手的产品，绝对好过你单方面所了解到的或者是与你的同事闲扯。讨论组方法是一种典型的"探索性"技术，这意味着你最初可能并不太清楚你所调查的问题。当然，样本量的规模可以很小（可能只需要三四组，每组8～10个顾客），但从这群小样本的讨论组中预测企业的市场地位可能并不是一个好的主意。如果这样，那么就需要扩大样本量，进行大规模的调查。但是观察一个人评论你的品牌的优劣却是一件非常好玩的事。

这种探索性的技术一般运用在市场开发早期。日常情况下，讨论组方法通常作为新产品开发早期和广告战中概念检验的工具。

这种方法的使用流程如下：首先雇用一个主持人以维持会议的顺利进行，尝试将所有客户期望的条目都列出来，诱导"沉默"的团队成员开口，同时也要控制那些强势（话语过多）的团队成员，等等。如果讨论的主题较为敏感，那么主持人如果与讨论组成员保持一致立场，建立一种融洽默契的关系可能会更有帮助。

通常情况下，主持人会以一个欢迎仪式例如让每一个成员做一个简单的自我介绍或者提出一个较为轻松的话题，如"在你的生活中，你会如何使用这款产品"，开始一个小组讨论。接着，小组成员之间的话题就被引导出来了，例如"我的客户提出了两种不同形式的广告，哪一种诱导性更强，为什么？"然后，讨论就开始了："我喜欢性感一点的。""我不同意，我觉得健康一点的那个能为这款产品带来更好的感觉。"当这一个讨论问题快结束的时候，另一个话题就被抛出来了。一个半小时之后，公司代表就会感谢这个讨论小组的配合，并支付一定费用，然后这个小组就解散了。

如果你曾担任一名现场观察者，在你的小组开始探讨他们的结论之前，你就应该先写下你的初步印象。如果你不是一名现场观察者，录音磁带或者会议记录通常也会比较方便。主持人通常也会有偿进行会议的相关解释说明工作，因为主持人有更多的切身经验，特别是在观察小组讨论的过程中，他通常能以一个更合适的立场告诉你是否需要担心一个闹情绪的小组成员，或者是一个过于激动的成员，等等。另外，你比主持人更了解你的企业和品牌。因此，达到真理和结论的途径通常就位于两者之间。

也有一些定性的技术方法很受市场人员欢迎，其中一种具有观察特性的就是神秘顾客法（secret shoppers），你可以装扮成购买者，了解你和竞争对手的品牌，在购买决策制定的过程中再来进行比较；还有一种方法就是品牌和专营店策略，如果使用得当的话，也是很容易辨别的，例如不同零售店的定位可能会反映在不同的商品、环境、前线服务人员和购物群体方面。人种论（Ethnographies）则是一种混合了观察者、受访者和参与者的方法，例如理解主题专营店的完整含义，如Niketown、ESPN Zone餐厅以及环境中心。[5]尽管大样本规模调查可以增加信度，但定性分析方法依然可以提供一份丰富而有深度的消费者行为分析。

专|栏|13-4 "和你的顾客一起洗衣服"

很多企业都使用过观察法。高层管理者通常会鼓励中层管理人员"花一天时间与顾客待在一起"。这些观察研究属于劳动密集型，结果容易导致高费用以及观察领域内不必要的投入。但当你观察到一个结果，它一般都是非常显眼的。举例来说，妈妈通常教你将你的白衣服与其他颜色的衣服分开来洗，对吗？如果你被访问或者调查，你大概可以很肯定地说出你就是这么做的。

然而，现实结果却是人们通常将他们的衣服一股脑地扔进洗衣机，45分钟之后才取出。这种事一遍一遍地上演，也就引发了洗涤剂的发明，它允许你将白色衣服与其他颜色衣服混合起来洗——事实上人们已经这么在做了，因此，企业也表明，他们已经在尝试满足这类顾客的需求了。

13.5 如何测试属性的结合

很多市场调研公司可能都是属性结合方法使用方面的专家，他们通常做得比描述得更好，但这些结果是否更好还不清楚。接下来将向你介绍简单的基础结合研究分析。

结合研究就是用来了解消费者在购买决策中是如何进行权衡和取舍的。在一个新产品的设计中，工程师和研发部门都热衷于尽可能多地投放那些有效的广告。那么问题就在于在消费者还没有了解产品属性和低价格之前，如何挖掘到他们真正想要的东西。

结合法将帮助我们揭示那些消费者最在意的属性，然后我们就能从这些属性中挖掘价值，将它们组合成最优的产品设计方案。结合法最常运用于新产品设计和品牌延伸，并且它在定价和品牌研究中作用也很大，正如我们接下来将要介绍的。

如图13-5所示，航空公司设计的新服务项目的各种可能组合。该航空公司正在进行一个提高顾客忠诚度的项目，需要了解那些经常搭乘飞机的顾客真正喜欢什么：是否应该在大的飞机场设置精英俱乐部？这些顾客是否在乎升级舱位的优先权呢？这个为提高忠诚度的项目或者这些服务项目应该免费还是收取一定费用（例如50美元）呢？该航空公司可以很容易落实这三个服务项目，但关键问题是了解消费者到底想要什么。

不设置俱乐部 不提供升级 免费	设置俱乐部 不提供升级 免费	不设置俱乐部 提供升级 免费	设置俱乐部 提供升级 免费
不设置俱乐部 不提供升级 50美元	设置俱乐部 不提供升级 50美元	不设置俱乐部 提供升级 50美元	设置俱乐部 提供升级 50美元

图13-5　航空公司提高忠诚度项目的结合

2（俱乐部）×2（升级）×2（费用）得出了8种结合结果，如图13-5所示。虽然你可以使用更详细、完整的描述语言，但这个研究本质上就是上述8种服务提供的形式。

先要求消费者对这8种组合排位，按照中意的程度排序。表13-7展示了其中一名旅客的数据信息。这些数据来自于那些持续搭乘该航空公司航班的旅客，它们构成了这种新服务组合的设计方案。消费者对8种方案的排序在最后一列。大家不必惊讶，消费者最喜欢的选择是设置俱乐部，同时享受免费升级。接下来的问题就是：如果你不能全部拥有这些服务，你最先放弃的是哪一项？如果你放弃俱乐部，就意味着你并没有像看中升级和免费服务那般看中该项俱乐部服务。如果你愿意付费，那表明你对这两者（俱乐部和升级）都注重，而为了实现这些，并不太在意价格。因此，即使从最愿意的选择到第二愿意的选择，消费者已经开始流露出哪些是对他们最重要的服务属性，而他们又愿意做出怎样的权衡取舍。

表13-7　一位消费者的结合数据

排	列	俱乐部	升级	费用	排位[1]
1	1	0	0	0	5
1	2	1	0	0	6
1	3	0	1	0	7
1	4	1	1	0	8
2	1	0	0	1	1
2	2	1	0	1	2
2	3	0	1	1	3
2	4	1	1	1	4

①最不愿意 1 2 3 4 5 6 7 8 最愿意

变量编码：0＝不，1＝是。

为了进行结合法分析，我们对这些数据进行了交叉分析——"俱乐部"、"升级"和"费用"是自变量，消费者的判断是独立变量，从而得到以下模型：

$$喜爱度 = b_0 + b_1俱乐部 + b_2升级 + b_3费用 + 消费者的判断$$

如果你输入表13-7中的数字，你将会得到以下交叉测量结果（b）[6]：

$$预测的喜爱度 = 5 + 1俱乐部 + 2升级 - 费用$$

这个模型清晰地告诉我们以下道理：首先，我们以中间喜爱度（例如第5位）开始；其次，当"俱乐部"这个变量按照0（不）和1（是）进行编码时，喜爱度排名就上升1位；当"升级"这个变量也按照0（不）和1（是）进行编码时，排名也会上升2位；最后，当"费用"变量按照0（免费）和1（50美元）进行编码，排名就会下降4位。这样一来，测量尺度就可以解释了。我们还可以了解到，"费用"在这些提供服务中是最重要的属性，"俱乐部"则是最不重要的。这些信息在新产品设计和品牌延伸中有多重要就不言而喻了。

13.6 如何进行定价、优惠券实验和品牌转换中的监测数据分析

监测数据已经重塑了市场和商业环境。[7] 监测方法最早被杂货店用来进行存货管理，但很快它的价值就被挖掘出来。无论你什么时候去杂货店，你的购买情况都将被记录下来，在这个简单行为中，企业就能知道：你买了些什么，你分别购买每样东西的数量，你买的是什么品牌，你购买的总金额是多少。当你提供你的会员卡以获得折扣和优惠时，企业就能通过你的这些身份识别信息将你过去的历史购买信息与你现在的购买信息联系起来。

总之，企业通过雇用这些商店和区域审计员来处理这些数据库，如竞争对手品牌的价格是多少，是否有品牌在做特价，哪个品牌在当地的周末报刊上登了广告，等等。最后，在杂货店监测数据和审计员补充的数据下，公司再雇用消费者市场调研公司的专门小组参与其中。公司很了解这些参与小组的家庭信息（收入、邮编、小孩数量和年龄等），因此，企业对于尝试适合人口统计特征的购买模式很感兴趣，以便运用这些数据做进一步分析。

市场调研人员对这种数据进行了非常有趣的建模，他们用这些数据预测市场需求或者观测消费者对各种市场混合活动的反应。举例来说，如果你想通过提价做一个小小的实验，将会发生什么情况呢？或者说如果市场上发生了一些你不能控制的事情，例如你的竞争对手提价了，又将会发生什么呢？

这些方案的第一步在市场研究中被称为"因果性"或"实验性"方法。最终期望的结果是，如果你操纵了某些事情（例如价格），其他的都能保持变化（然而这在真实世界中，只是一个大的假设），企业品牌销售额的变化或者是竞争对手品牌销售额的变化都能归因于你的干预。

这些方案的第二步被认为是自然观察法——你虽然没有改变环境，但你持续地关注着所发生的一切。在不同方案下，你仍然可以运用交叉分析预测和了解将会发生的现象——就好像所有的因素都在同时移动一般。因此，将销售额的变化归因于一个简单的行动（如竞争对手的提价）是很不明智的。

这些研究，一方面存在内部有效性的优势，当我们改变一些事情，如果其他的企业都保持连贯，我们必须对我们所能看到的一切变化承担责任；另一方面也存在外部有效性的优势，即意味着我们的研究成果在一定程度上是可以概括这个真实的世界的，因为这个研究中的事情在真实世界中也有发生。然而这些优势在一定程度上并不一致。举例来说，研究对真实环境的指导作用（较强的外部有效性）没有对内部有效性的指导作用清晰。在我们确定结果产生的原因之前，应该先消除有关两者任一方面的因素影响。例如，我们可能希望将近几周销售额的增长归因于我们增加的促销投入，但同时我们也需要消除销售额自然增长的可能性，例如产品销售旺季。

考虑到监测数据一般都是纵向的，例如某企业正在研究忠诚度和品牌转换：这个时候你会购买什么品牌？跟你上一次购买的是否是同一品牌？图13-6展示了一个品牌转换矩阵的实例。横排描述了你上次购买的品牌，竖列代表

了你这次购买的品牌。矩阵中的130表示130户家庭上一次和这一次都购买了坚果，430户家庭两次都购买了M&M's的东西。这在市场份额中是很重要的因素（在图表中分别标记300和600总量）。品牌转换分析的第二步就是指出为什么有些顾客转换了品牌，有些顾客没有。先前的购买品牌是A，现在的购买品牌是B，为什么会发生这样的转换？是否因为品牌B在做年终促销？是否因为顾客在使用品牌B的优惠券？这类型的额外变量在监测数据中也会存在，它能帮助市场人员理清消费者购买品牌A和B的原因。

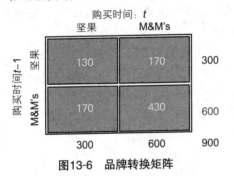

图13-6　品牌转换矩阵

　　监测数据允许市场人员进行行业实验。当一个市场中甚至一个小镇上的某个商店的价格和包装发生调整转变，随后的销售额变化与市场上或者商店中做比较也属于控制之中。这类型研究提供了特殊市场混合层次中市场投资回报（ROMI）的清晰试验：改变市场环境，观察销售额变化。当然也可以进行行业实验：在测试的市场环境中进行某一广告宣传，在另一个市场中进行一个不同的宣传活动或者是现有的宣传活动，通过比较销售额的不同变化或者是其他的测量方式，如调查品牌偏向态度，来评估不同广告的效果。

13.7　如何实施评估顾客满意水平的调查法

　　很多企业都希望能从消费者那里得到反馈信息。这样就促成了市场调研公司的诞生，它们专门向企业提供提升和评估消费者满意度调查的服务。尽管调查也能算做一项"艺术"，但这意味着依靠某些人的经验也是一个不错的主意，其实基本想法并不复杂。程序上，你先写下你的问题，再进行预测试，然后将这些问题在消费者中进行调查。

　　有关消费者满意度的问题可以非常简单，例如请你对刚刚在汽车专营店中接受的服务评分：0=非常不满意，100=非常满意。另一种现在很受欢迎的提问形式就是询问消费者实际享受的服务与预期的相比较的结果，例如请你对旅馆的服务评分：1=远低于预期水平，4=符合预期水平，7=远超出预期水平。奇怪的是，调查问题中有很多直接询问预期水平的。

　　除了顾客满意度之外，很多调查问题中还会询问重复购买意愿和口碑传播的意愿，例如您再次搭乘本公司航班的可能性有多大？1=非常不可能，9=非常可能。我将会介绍我的朋友来这家餐厅，1=非常不同意，5=非常同意。

　　设置一些可控制的调查问题是否很重要呢？如果顾客满意度的水平高，那将会非常棒，但是如果它很低，那么诊断性的调查问题就必须提出来，以便指出企业应该优先提升哪些顾客所能感知的服务质量。

　　调查问卷设置时应该尽可能地简短，这样填写者就不会觉得厌烦。简短的调查问卷可以提高填写者的评分水平。填写者应该保持填写的秘密性，填写资料应仅用于研究目的，而不是为了接下来的销售机会。这是市场调研人员必须遵守的职业道德。这些问卷填写者可以是消费者，也可以是B2B的顾客。调查问卷可以由个人执行（例如那些拿着文件夹在商场门口拦你的人员），也可以通过电话、传真，当然，如今越来越多的方式是通过网络。

　　调查问卷可以向消费者询问任何问题。再以Javahouse细分市场研究为例，我们曾说过开始时的变量过多，简化分析的第一步就是减少变量的数量。这种减少变量数量的方法通常是通过因子分析。

运用监测数据或者客户关系管理数据是如今非常受欢迎的数据挖掘实例。数据挖掘基本是指大量的数据分析,例如亚马逊曾通过数以百万计的顾客和库存货物数据分析,以获得产品推荐,方便顾客买到他们想要的产品。尽管对大量的数据进行分析增加了额外的挑战,例如需要更大的记忆存储空间和更多的时间以完成信息处理,然而这些分析工具的使用与小规模数据分析时并没有差别。

一个实际问题就是对不同数字信息的协调。消费者的数据有很多来源,内联网经常没有结合在一起。有关消费者行为(例如购买交易、消费者服务、呼叫中心事务、网络访问、担保登记)、态度(例如邮寄购买满意度调查数据、购后的销售联络)、不同品牌和渠道的数据在进行深层次挖掘之前应该先被结合在一起。

因子分析是一种以交叉矩阵开始的分析工具,如表13-8所示。因子分析通过检验强弱相关性来识别隐含因子的共同点。这些相关性大多数情况下是非常大的(例如大于0.3),也有少数情况下是更大的值。

表13-8 Javahouse属性间的相关性

	×3	×7	×9	×10	×5	×11
×3 = 快速服务	1.00					
×7 = 大量免费停车位	0.96	1.00				
×9 = 大量舒适椅子	0.60	0.61	1.00			
×10 = 插座	0.56	0.60	0.96	1.00		
×5 = 周四诗歌沙龙	0.32	0.37	0.54	0.56	1.00	
×11 = 其他顾客	0.33	0.39	0.55	0.57	0.96	1.00

在表13-9中,我们可以看到因子分析的解。这个结果表明变量"快速服务"和"免费停车位"被联系到一起,可能是由于很多顾客认为其中一个和另一个同样重要(或者同样不重要)。这些变量在第一个因子上的系数较大(与其他两个因子的系数相比),因此,它们就能定义这个因子。

表13-9 Javahouse数据的因子分析

	因子1	因子2	因子3
×3(快速服务)	0.96	—0.03	0.03
×7(免费停车位)	0.94	0.04	0.03
×9(舒适椅子)	0.06	0.96	0.02
×10(插座)	0.02	0.95	0.03
×5(周四诗歌沙龙)	0.00	0.02	0.93
×11(其他顾客)	0.01	0.05	0.93

接着就由市场分析人员来考虑："因子1该如何表示？"它的含义由较高系数的变量的相同点来确定。举例来说，"快速服务"和"免费停车位"的共同点是什么？好像与"便利性"相关。"舒适椅子"和"插座"的共同点是什么？回想一下，当我们用聚类分析作为工具来进行市场细分时，我们可以发现它在简化数据上很有帮助，它可以将问题从11个原始问题简化到现在调查结果中的3个因子。我们使用因子分析将变量简化成因子，再使用聚类分析对顾客进行细分。因此，这些分析方法在提供"消费者调查项目"数据库[8]的全面检验中都是很不错的工具。

13.8 如何运用网络方法识别复杂营销环境中的意见领导者

最后一个值得探讨的方法就是社会网络方法的使用。这种方法还没有在营销领域普遍采用，但也正在不断普及，因为市场人员越来越注重口碑传播，另外通过网络空间和博客进行网上数据输入也容易得多。

网络方法是一种研究互联角色模式的简单工具。某些角色是媒介，例如消费者、企业、企业中的某一部门或者是供应链中的一个合作伙伴。角色间的联系会因为沟通的注重、友谊、金钱交易和其他相关原因而呈现变化。如图13-7所示，这些节点会有强度的区别，例如IT人员和工程师2的强度较高，而工程师2和工程师1间的强度较弱；也可能会不对称，例如市场人员1、2和3代表了一种等级制度——正式的组织角色中市场人员1和市场人员2向市场人员3汇报，不正式角色中市场人员1和市场人员2要尊重市场人员3的意见。

网络法已经被用来研究消费者之间的关系营销模式和B2B关系，例如全球供应网络中的战略联盟。结构分析法用来寻找角色之中的主题词，例如一些与另一些之间的联系较为紧密，因此，它们更像一个中心，或者说它们在网络中的影响比其他角色更大。该网络中的子群体也能很快被识别出来，例如市场人员中的小派系。

13.9 网上市场调研

网络市场调研现在很受欢迎，因为互联网现在已经渗入商业的各个方面。以市场调研来说，网络调查的基本优势就是持续和定期研究的速度较快且费用较低。然而，网络的渗透力并不是100%。因此，一个值得商榷的问题就是网络上的样本数据是否具有代表性。随着时间的推移，这个误差是会逐渐减小的，但在国际上它依然存在一些现实问题，如专栏13-6所示。

专栏13-7提供了一些市场调研的网络资源。这些是几家大的市场调研公司的数据来源和网络主页。它们经常会挂上一些关于特殊主题的论文，你可以随时自由阅读这些当今热门话题的相关资料。[9]

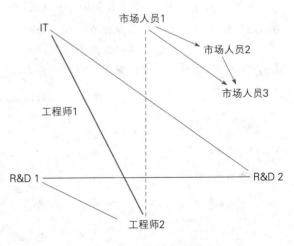

图13-7　组织内部网络

专|栏|13-6　全球网民概况

➢众所周知，网民数量非常庞大且在逐年增长。

➢但它仍然只占到了全球人口的1/5。

➢这些网民是否能代表一般的市场呢？

• 在巴西、加拿大、澳大利亚、日本、新加坡、韩国、丹麦、芬兰、法国、德国、新西兰、挪威、瑞典、英国这些国家可以代表。

• 在墨西哥、印度、巴勒斯坦、沙特阿拉伯、波兰等国家

（受过网络教育的精英比普通民众的数量还多）不能代表。

• 其他一些地方还处于发展中，例如阿根廷、中国、泰国、以色列、阿联酋、希腊、意大利、俄国和西班牙。

专|栏|13-7　网上数据资源

人口经济统计

• 美国：政府人口普查，美国政府统计网http: //trade.gov

• 国际：worldbank.org, un.org, country-data.com, greenbook.org, euromonitor. com

大量、完整的服务营销调研提供者

• http: //us.neilsen. com, npd.com, synovate. com, http: //usa.infores. com, quirks.com, bases.com.

特别信息

• 因特网：nielsen-online. com, clickz.com, internetnews.com

• 小型商务：sba.gov

• 欧洲：esomar.com

• 健康行业：dssresearch.com

• 媒体：arbitron.com

• 顾客满意度：jdpower.com

注释

1.感谢以下教授的信息反馈帮助：Darren Boas（Hood College）、Desislava Georgieva Budeva（Florida Atlantic）、Erin Cavusgil（Michigan State）、Adam Duhachek（Indiana U）、Jennifer Escalas（Vanderbilt）、Gavan Fitzsimons（Duke）、Renee Foster（Delta State）、Gary Karns（Seattle Pacific U）、Chris McCale（Regis College）、Naresh Malhotra（Georgia Tech）、Nicolas Papadopoulos（Carleton）、Charles Schwepker（U Central Missouri）、Rebecca Slotegraaf（Indiana U）、Keith Starcher（Geneva College）和Clay Voorhees（Michigan State）。

2.强烈向你推荐：Gilbert Churchill, Dawn Iacobucci. Marketing Research: Methodological Foundations、9th ed.、Muson OH: Thomson.

3.聚类分析法要求同一类中的顾客必须有共同特性，不同类别中的顾客则是异质的。

4.这种叠加以属性—维度—匹配而著称。设想有四排数据，每一排代表一个旅馆，两纵行，每一行代表一类（维度1和维度2）。然后再加上一列代表每家旅馆水上运动服务水平好坏程度的数据。（然后再加上四列数据，分别代表食品、游览、住房和性价比。）然后用这两个维度的数据进行交叉分析，预测这五个属性变量。结果就能得出上述坐标图。

5.想了解更多，请参考John Sherry（Notre Dame）、Robert Kozinets（York U）和Adam Duhachek（Indiana）教授的研究。

6.在标准的交叉测量结果中，该模型为：喜爱度=0.22俱乐部+0.44升级−0.87费用。

7.参考Peter Rossi、Pradeep Chintagunta（U Chicago）和Greg Allenby（OSU）的研究。

8.想了解调查结构研究，可以参考Geeta Menon、Vicki Morwitz（NYU）、Charlotte Mason（UNC）的研究。

9.一些更棒的研究是在点击率数据上由Wendy Moe（U Maryland）完成的。

Chapter14

第**14**章

营销战略

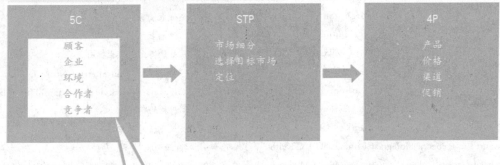

营销框架

5C	STP	4P
顾客 企业 环境 合作者 竞争者	市场细分 选择目标市场 定位	产品 价格 渠道 促销

现有评估如何进行?

• 品牌的投资组合评估;

• 企业识别;

• 显示板上的关键测量点。

未来可能会发生什么变化? 我们期望达到什么样的战略目标?

14.1　营销战略

当我们制定营销战略时，需要考虑两个基本问题：我们现在在哪里以及我们将要到哪里去？在我们对下一步应该做什么进行目标制定之前，必须对情况将会如何转变进行评估。因此，我们可以以投资组合评估开始，来反映企业的形象，也可以考虑一种包含营销显示板在内的测量方式。所有这些信息将告诉我们"我们现在在哪里"以及"我们应该采取哪些巩固和改变的措施"。接下来我们将要讨论公司通常为战略行动计划所制定的各类目标。

> **"市场管理者运用波士顿矩阵来进行投资组合评估！"**

14.2　投资组合评估

我们经常考虑这样一些问题：我们是谁，我们现在在身处哪个行业，我们的竞争对手有哪些，我们的优势或劣势是什么（我们通常在进行新产品定位、新品牌延伸或者处理其他营销方面复杂的日常问题时，会做一个5C分析或者SWOT分析）。所有这些问题的答案都非常重要，并且是组成我们整个投资组合评估的重要信息。然而，在本章中，在战略制定这个问题上，我们的眼光要看得足够远，范围广到足以包含整个公司——或者多款产品或产品线。

因此，涉及回答与营销战略有关的问题时，与SWOT理论的分析是相似的，我们对此应该非常熟悉。当评估一个公司的整体优势时，我们需要回头分析公司的产品系列。

图14-1展示了一种企业在进行投资组合分析时非常有用的方法——波士顿矩阵。[1]我们根据公司的品牌或产品市场份额的大小以及

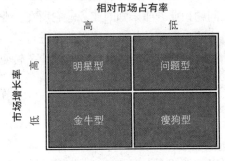

图14-1　投资组合分析

市场增长的速度来分类。

这些分类是有标识的。如果一个品牌的市场占有率较低，同时其增长率也不高，就被称之为"瘦狗"型业务；如果一个品牌的相关市场占有率较高，同时增长率也较高，我们称之为"明星"型业务；其他的分类标识分别是拥有高市场占有率、低市场增长率的"金牛"型业务和低市场占有率、高市场增长率的"问题"型业务。

显而易见，一个公司应该优化它的明星型业务而缩小它的瘦狗型业务。通常情况下，公司都会保护它的明星型业务，因此，在进行竞争对手分析时，会出现大量问题。对于一个明星型业务，我们是否应该采取一些行动呢？公司是否应该趁机进入，尽一切可能保持明星的地位呢？

瘦狗型业务则需要进行不同方面的考虑。公司可以放弃这类型业务，无论它们能带来怎样的收益，都是极少的。即使这些业务还有剩余价值，也可以考虑从中撤出投资。

就像它的名字一样，金牛型业务可以挤出"牛奶"，即给公司带来现金收入。但公司通常得到的建议是不要放太多注意力到这类市场上，然而这种建议是否有益目前还没有一致的答案。正如我们所看见的，在产品生命周期

中，撤下营销支持将导致品牌更快地衰退。倘若一个公司在某一品牌上的营销投入很大，则在业务的开始阶段就有很强的市场地位。

问题型业务即未知的业务。它所在行业是有潜力的，因此，如果对该类业务进行较多的营销投入，则有可能将一个问题型业务转变成明星型业务。

一个公司的品牌、产品或服务都可以按照上表中的四种类型进行划分。如果明星型业务和金牛型业务的盈利能力足够强，公司则可以适当发展一下瘦狗型业务和问题型业务。例如，问题型业务可能是那些正处于发展期的产品、新技术、不确定市场中的产品或者处在全球化延伸中的业务。在这种情况下，公司可能会首选发展问题型业务，因为它们的增长率较高。

波士顿矩阵分析的应用是最简单的，特别是当企业专注于特殊产品线或者实施较大品牌的延伸时，对竞争对手分析的延伸也变成了一种越来越具挑战性的战略评估。举例来说，迪士尼为了预测最近一期电影的放映情况，进行了一次直接的内部组织分析，然而它也遇到了一些困难，就是对其他竞争对手的分析。但是如果这个公司正处于增长或者变革中，那么宽泛的分析视角则是必要的。它能让企业更清晰地看到公司的竞争优势。例如，迪士尼的竞争对手更具创造性吗？或者说，它具有更多令人印象深刻的分销机会吗？

企业进攻型和防御型形象认同、领导者和跟随者

战略考虑中的第二个评估就是关于企业传统商业理念的企业形象认同。举例来说，一些公司以它们的创新性和研发投入为荣，这样一来，它们就可以频繁地、有规律地将新产品投放市场。然而，对于那些企业文化较为保守的公司，它们几乎无法取得时间上的领先，尽管它们可能会在市场份额上领先。类似地，有一些企业倾向于主动进攻，而另一些企业则喜欢防御性地回应。

一个公司对进攻型和防御型行动的倾向与它的规模大小无关。一个拥有较大市场份额的公司可能拥有更多的资源来采取进攻型策略，以引导市场中的其他成员，但是小企业也有可能对竞争者做出创新性的反应。总之，这种趋势或者说这类企业在市场中所起的作用是不断演变的。然而，一个公司在初期表现进取、在后期表现保守的例子是常见的，在这种情况下，它必须期望能维持它的市场份额、销售额以及顾客。

企业可以根据以下情况分为领导型和跟随型：

- 有时候我们将一个拥有较大市场份额的企业视为市场领导者；
- 有时候我们将先进入该市场的企业视为市场领导者；
- 企业要展示领导力有多种方式：一些企业因为创新性而出名，一些企业能较快地改进另外一些企业的创意，也有一些企业以能最大限度地取悦顾客而出名。

当然，生活不是简单地区分为黑与白，所以这些企业也不仅仅是简单的市场领导者和跟随者，我们可以进行以下分类：领导者、快速跟随者、跟随者、失败者和很少参与游戏者。

很多企业都认为自己具有创新性，然而，带着新想法第一个进入市场并不是成功的必要条件。在第7章中，我们讨论过开拓型企业适度地进行新产品开发成功的概率较大，财务上也较有优势。然而，较高频率地进行新产品开发比较容易失败，因为它们对于顾客来说过于"新颖"。由于产品的新奇性，顾客们通常都没有比较的参考对象，他们不知道如何想象这款产品，探寻哪些产品功能对他有利。因此，产品被接受的速度就会变慢，先行的企业就会受到打击。相比较而言，即使是很新的产品，那些被称之为快速跟随者的企业可以从先行企业那里学到失败的经验，同时也可以受益于顾客对新产品价值的认可。然而，几乎没有企业会承认它们是快速跟随者。

公司评估可以参考企业和细分品牌的水平。例如对一个企业来说，它在某些品类市场上领先而在另外一些市场上处于跟随者地位是比较理性的。传统情况下，一个企业为了改变它的投资组合可能会同时采取进攻型策略和防御型策略，公司可能会成熟、谨慎地对待金牛型业务，但是却愿意为新事物冒更多的风险。另外，这种分类也不是随意的：它的依据是产品生命周期和行业成熟度。

最后，5C中的元素是动态变化的，例如经济环境。如果创新性对企业形象认同发挥着核心作用，并且经济状况也很好，那么冒险地进行大规模的进攻型战略将会变得意义重大。如果企业文化比较保守，或者经济状况不好，那么适度的进攻性行动比较有意义，例如在新产品开发时进行产品线或品牌延伸。

14.3 有助于营销战略的相关测量

我们如何得到以上问题的答案呢？我们如何确定顾客眼中企业的优劣势呢？我们如何了解竞争对手的动态呢？让我们来关注一下营销方面的相关测量标准。

有句古老的管理格言是这样说的：没有经过测量，你就无法谈管理（You can't manage what you don't measure）。如今已经演变成了"把一切相关的事物标准化"。这句话清楚地指出了这样一个道理：如果有些事物对企业

或者他的CEO作用重大，就需要了解它的运转原理，那么就需要对此进行测量。

最后，营销战略是联系企业目标和实际操作策略的枢纽。无论是评估阶段（我们将会怎样做）还是战略计划阶段（我们将会提高或者降低哪些标准），测量的作用都非常大。因此，现在先让我们来分析一下几个企业可能追求的目标。

让我们来看一下企业的盈利状况。如果盈利增加，那么要么收入上升要么成本下降。如图14-2所示，为了达到企业盈利目标，有多种方法和途径。例如，增大企业目前所获得的

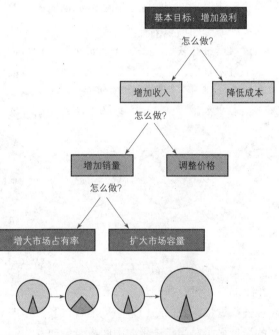

图14-2 如何增强企业盈利性

资料来源：Straegil Marketing Analysis.

专栏 你能获取更大的"蛋糕"吗？任何人都是你的顾客吗？

图14-2告诉我们那些值得企业追求的利益目标，例如成本领先、份额或量额增长。为了保障目标的时限性，战略组成中的目标设置必须尽量简化。以"市场增长"为例，公司可能会增大广告投入，以说服更多未使用过的人，因此，"市场增长"实际的过程如下：

说服未使用者→增加广告预算→有助于市场增长

类似地，"增加市场占有率"这个目标可以被分解成若干个小目标。举例来说，某些企业的做法可能是：通过说服现有顾客增大购买本企业产品的数量或提升品牌价值来扩大我们的市场占有率。另外也有些企业可能会说：通过夺取竞争对手的顾客来扩大市场占有率，即"偷份额"。对于这些，企业都有自己清晰的、不同的理念，这也是我们判断它们与顾客之间信息交流的依据。

"蛋糕"的份额（市场占有率）或者增大整个"蛋糕"的规模（市场容量）。

让我们再来看一下除财务以外的指标。我们也能发现一些指示信号，例如顾客或员工满意度以及企业社会责任（CSR）。[2] 就市场营销而言，我们可以观测规模、份额、平均价格、报酬水平以及试验的渗透率等。这些测量可以与企业的财务健康状况相联系，因为它们都具有指示作用。

一个公司的成功有很多指示信息，就像汽车显示盘上显示的用油量、速度、引擎温度等。以记分卡中的运动类比为例——在风险的检验、错误率、得分之上我们是如何做的呢？选定你的类比量，确定关键的测量指标。某些测量数据可能会显示出企业是成功的，相对于竞争对手有很大竞争优势。另外一些测量数据可能会诊断出企业亟待解决的问题。

有关企业"显示板"论的支持者指出，这些相关测量展示了一种"平衡计分卡"。但是平衡不一定是一个好目标：因为这样可能只是表明企业在某些方面做得好，而在另外一些方面做得差。我们是否在努力保持成绩或者活力，我们在追求什么？

图14-3中的显示板指明了该公司的销售额高、市场占有率高，毛利润还可以，而员工和顾客满意度却不是很好。这些指示数据又告诉了我们什么道理呢？这种特殊品牌在垄断行业环境中较为常见，销售额和市场份额的说服力较强，因为顾客对此并没有过多选择。这种选择上的缺乏可能会导致相关的顾客满意度低。企业较低的毛利润表明该企业的成本运营效率不高，这同时也预示了较低的员工满意度。为什么员工的满意度会下降呢？是因为报酬水平不高吗？他们的工作条件很差吗？如果是，那么这些问题的解决途径将会导致毛利润度量大大地向左偏。

  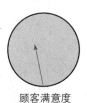

销售额　　边界利润　　市场份额　　员工满意度　　顾客满意度

图14-3　显示板

这些显示板上的所有显示信息都类似于汽车上的显示盘：我们是否没有汽油呢？我们是否开得过快？我们的引擎温度是否过高？车内的温度多少？当指针指向中间或者偏向左边，则表明没有惊慌的必要。但这同时也给了我们一个信号——放慢速度（停止向员工施压）、购买燃料（投资新机器设备）、关掉自动导航（投入部分研发资源去探索哪些措施能让我们的员工更高兴）等。

图14-4表明了另一种类型的显示板。每一类的得分数值都是企业健康状况的诊断指示。这种特殊类型的企业试图通过新产品开发以扩大产品线，来达到增大"混合性收入"的目标。这些测量指数都表明该企业在完成这些目标上已经成功了。（越靠近中心的数值得分越低，越靠近边缘的数值得分越高。）类似地，在缩短"领先时间"这一目标上的得分较好。该企业在提高运营效率和收入报酬水平目标上的得分表现较差，意味着尚有提升的空间。这

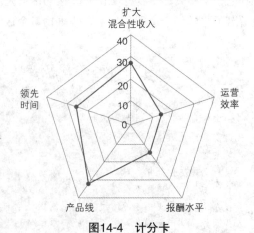

图14-4　计分卡

些得分数值可以是管理者们的主观判断，这些数据精确地指出了企业的优势和劣势。

显示板可以有多种形状。图14-5中有多个不同模式的图表，它们共同表明了该企业所关注的东西——平均每位顾客单位时间的收入、细分市场顾客的忠诚度、相对两位主要竞争对手的市场占有率、每季度顾客满意度的自信区间以及每个部门的员工流动率。

挑选合适的图表模式，最重要的是，它意味着你正在通过多种测量手段来实现公司的最佳管理。

14.4 目标

如果市场营销战略与目标和战术相联系，那么接下来我们就来探讨一下目标问题。目标总共可以分为四类：盈利、取悦顾客、市场的重新定位以及努力实现社会价值目标。当然，以上这些目标都是互相联系的。

14.4.1 盈利

大多数的组织都有盈利的目标（即使是非营利组织）：企业可以设定现阶段的销售额或者其他相关目标，例如市场占有率目标。我们也可以设置其他一些盈利目标，例如把一些金牛型业务的资金转入一部分的问题型业务品牌。通常情况下，很多企业受到提高股东价值的压力——这好像已经成为了一种文化，例如即使目光短浅的股东也会为了企业的持续和健康成长而进行再投资。[3]

销售额目标可以设定为统一，也可以根据上年度或者季度来调整。同样，这些目标设置也可以以区域划分，例如在企业标准市场上可以设定传统化的增长率或者最小量的增长率，而在新兴市场上的增长率则可以更高一些。销售额目标设置不仅仅依据以上数据，也可以依据现有资源的投入参考投资回报率（ROI）、市场回报（ROM）或者质量创新回报（ROQ）等参数指标。

很多公司都有基本的成长目标，因为这些构成了我们企业的核心问题，也正是我们以前所提出的：我们是否扩大了现有的经营范围或者细分市场？如果我们处在成熟市场，是否能找到并打动那些未使用者们？我们是否能在现有顾客中增加产品的使用？我们是否应该进行全球化经营战略？由于市场活动也可能涉及缩减产品线或子品牌数量，我们是否需要继续努力使企业保持活力？我们是否应该降价，从而对市场施加影响以保持市场份额？

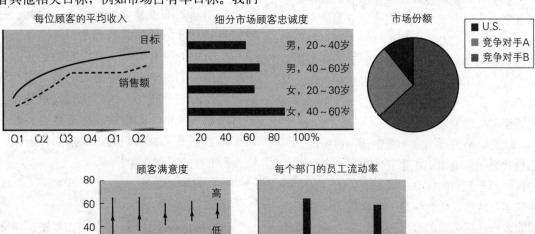

图14-5 营销度量的形象化

注：Q代表季度。

14.4.2　取悦顾客

客户导向如今越来越受欢迎——我们可以通过增加客户满意度、提高客户忠诚度来吸引顾客、奖励那些对品牌有积极影响和传播作用的顾客等。如果市场调研的结果指明顾客导向存在价值，我们能否提供这些特殊服务以保持利润？

另外一个客户目标是精确地测量顾客生命周期价值，然后高效率地开展这些针对性活动。我们是否擅长运用客户关系管理系统向我们的目标细分市场传达信息，减少我们的获取成本？我们能否建立强大的客户数据库和品牌效应，减少我们的维护成本？如果我们增大维护服务的成本，我们是否能增强忠诚度和盈利能力？对于那些忠诚客户，我们又该贯彻执行哪些回报项目呢？他们在意的是什么？什么对他们来说比较有意义？什么对我们来说能够盈利从而具有吸引力？

14.4.3　市场的重新定位

战略目标可以围绕4P理论来制定。以产品为例，假设我们是富有创造力的，并愿意在我们的主要市场成为产品方面的领导者，我们可能会测量新产品销售额的份额比例，或者我们可能会估计新系统或程序可能节省的成本。如果我们是市场领先者，我们会建立品牌——不是市场份额，而是品牌资产（在主要目标市场上的质量感知和正面的形象）。我们频繁地投放广告，试图增强品牌正面的联想和意识、品牌偏好、尝试和重复购买，当然，还包括品牌忠诚度和品牌爱好的培养。

就更好地进行沟通和促销这一目标而言，它包括更明智地使用广告宣传费用，指出哪一种媒体对于我们的细分市场更有价值，能更好地向客户传达我们的信息。我们该如何联系我们的客户，以怎样的频率保持联系？我们希望向他们传达的信息是什么？在向顾客传达信息时，什么是最值得报道的，怎样才是受顾客欢迎的，而不仅仅是被当做垃圾邮件处理？我们能否运用客户关系管理数据库来传递这些信息，以最优化的响应他们的需求，从使其顺其自然地购买我们所提供的产品？

渠道目标作为不可或缺的商业要素同样也很受追捧。哪些渠道是我们的目标客户最需要的？我们是否需要持续提供和管理多渠道的接触点？如果是这样，又该是哪些渠道呢？我们是否能将我们的部分细分市场——可能是最敏感的那些，设置成自助服务或低成本的渠道交互？将我们的部分商业活动外协、外包给我们的商业伙伴是否有意义？他们是否有能力胜任、参与其中，或者我们是否需要寻求新的商业伙伴？

众所周知，价格是一个指示品牌质量水平清晰的、实在的信号。在第4章中，我们简单地将营销市场分成高价格、高质量和低价格、低质量两种类型。说实话，现实环境与这种简单分类的区别差异很大吗？那么，哪一种方式更能被我们所认同呢？高价格还是低价格？当然也包括相关的质量水平指示。

4P理论的稍稍调整都能改变我们的核心经营活动。我们目前身处哪一行业？我们是否能持续领先？使用5C理论以及对未来发展趋势的预测，我们是否应该开始改变一下现有状况呢？我们的核心业务并不仅仅被定义为我们所提供的产品或服务，同时还应该包括我们所服务的细分市场的顾客。因此，让我们重新对此做评估：我们是否满意于我们现在所吸引的顾客群，或者说我们是否需要重新考虑我们的细分目标市场？是否存在更具盈利性的细分市场？该市场的需求是否更容易满足？该市场的价格敏感度是否较低？该市场是否更了解我们的产品技术，所以驱使我们进行技术创新呢？

14.4.4　扩大社会关注目标

作为最后一类目标，我们可以扩大一下我们的眼界，设置一些营销和销售额之外的目标来反映组织结构的健康程度。这些目标包括人力资源和内部营销（例如员工工资和收益、职业发展规划、人员流动率的下降等）或者财务和销售量、产出和分销、生产和研发。我们可以将我们的目标扩大到社会关注问题上——恢复环境，这也是5C理论之一，例如做一些慈善团体贡献、提升地区就业的稳定性、示范环境友好型的商业实践等。

企业的愿景目标不同于个人目标，可以复杂化、众多化、互相联系，有时候也是势不可挡的。类似于某一个人通过专注而取得成绩，一个企业也可以根据企业哲学选定目标而迅速地取得成绩，在这一点上，时机非常重要。当完成或者调整这些目标之后，企业依然有余地来完成更多的目标以及将现在的目标调得更高。

最后，在定义目标和多种战略目标的时候也需要考虑时间和资金——我们完成每个目标的时间进度安排和资金支持分别是什么？

14.5 实现目标的策略

当我们考虑这些目标的变动性时，不管怎么说，要牢记三种不同的策略。前两个不太好，但人们一直都在使用。第三个好一些，但是有点复杂。

第一种策略就是什么都不做，若按字面解释，即指让一个品牌在没有营销预算的情况下自由发展。这种消极策略通常可能运用在金牛型业务上。

第二种策略就是不要做那些不同于现有状况的探索，即维持和平时一样的经营活动，在相同的营销支持下，提供相同价格和数量的产品。[4] 这种策略不是一种无作为的行为，但在某种程度上也是未经思考的策略。如果经营活动本身很好，那么保持原来的方式运行也会很有意义，但如果企业收益下降或者竞争对手发展起来了，那么这种维持现有状况的策略并不一定会带来好的结果。

第三种策略就是采取行动。当然，这更像一种战略，因为需要对很多不同的信息进行处理，以便进行决策和选择。如果我们希望做一些不同寻常的事情，那么问题就在于要改变什么。记住营销的核心理论：5C、STP和4P。我们是否已经掌握了5C？当然也并不需要掌握全部，可以只是传统上的。但是其他要素则具有一些灵活性。因此，我们是否需要寻找新的细分目标市场？是否需要改变4P策略中的一个？如果我们改变了其中一个，同时我们也正在实践组合营销策略，希望保持品牌资产的一致性，我们也需要检测其余的P是如何受到影响的。如果你的老板说"我们应该提高价格"，考虑一下其他每一个P的策略会如何反应，以保证传递给顾客信息的一致性。

第4章曾提到了一个2×2×2×2定位矩阵的组合起点。我们是否想拥有高质量、高价格、选择性的促销以及专属的分销渠道？或者我们是否想要拥有平均水平质量、低价格、广泛的品牌促销以及大规模分销渠道？如果我们想区别于以上任何一种计划，我们为什么认为那有意义，我们又该如何继续下去呢？

这个听起来会感觉有点压力，但是你可以做到。同时记住，如果你为顾客着想，尝试站在顾客的角度，尝试取悦你的顾客，你就能打败竞争对手。就这么简单，真的！

注释

1. 波士顿矩阵是以它的创始机构波士顿咨询集团命名的。
2. 参考Tim Ambler和John Roberts（LBS）、Leonard Lodish（Wharton）、Carl Mela（Duke）、V.Kumar和J.Andrew Petersen（Uconn）的文稿。
3. 参考Natalie Mizik（Columbia）、Robert Jacobson（U Washington）、Rohit Desphande（HBS）和Thomas Gruca（Iowa）的研究。
4. 参考Daniel Shapiro和Aidan Vining（Simon Fraser）的研究。

Chapter15

第**15**章

营销计划

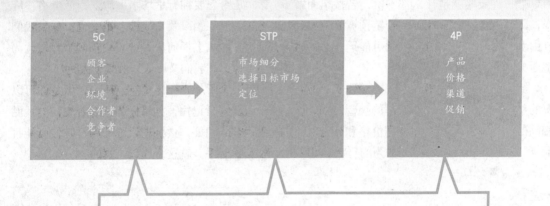

营销框架		
5C	**STP**	**4P**
顾客	市场细分	产品
企业	选择目标市场	价格
环境	定位	渠道
合作者		促销
竞争者		

- 如何把5C整合在一起?
- 如何制定营销计划（为一个新公司）或如何进行营销审查（对已存在的战略业务单位来说）?

15.1　营销计划

你 可能一直在看营销方面的资料，现在你挑选一样产品——一件商品、一项服务、一个地方、一个人（包括你自己）或者一个主意。这个选择可以作为一个班级讨论题，也可能在工作面试中碰到，或者你可能正在公司的应聘电话里回答这个问题。

> **"营销计划将帮助你实现营销目标。"**

然后为你挑选的产品制定一个营销计划，我们可以在营销框架中把每个步骤体现出来。先从现状分析开始——5C，我们将利用5C来识别细分市场、选择目标市场。接下来，我们将制定定位和营销组合策略的行动计划。

如图15-1所示，营销计划先从执行概要开始，执行概要（不超过一页）是对后面文件内容的一个简短概述，其简要地说明了这是营销计划的一个简短列表。虽然在整个营销计划中可以出现短语或词语，但在执行概要中往往都是用完整的句子来表述的。

在营销计划中，执行概要后就是现状分析，即对5C进行分析，就是我们下面很快要看到的内容。接下来是STP过程，这部分通常包括营销研究（如细分市场研究）的总结。之后是营销目标和财务目标的制定，包

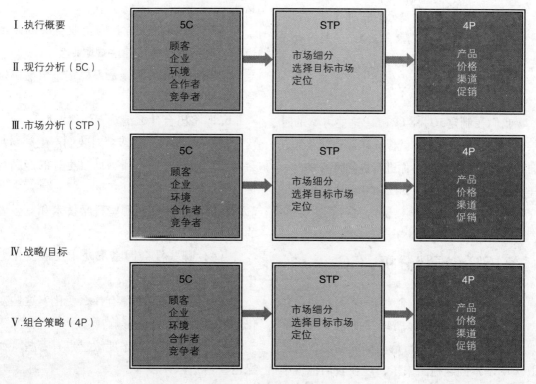

图15-1　营销计划组成

括公司希望得到什么？营销计划的重点是什么？如何才能成功地执行营销计划？投资回报率如何衡量？一般来说，最后的部分就是营销组合策略——4P，这部分内容通常篇幅很长且相当详细。上述这些就是整个营销计划的实质性内容，它既包含了公司的宏伟战略，也包含了具体策略的执行细节。

要创造一个好的品牌或开展很好的营销活动，就应该提出上述这些内容，并把他们放一起进行测试以保证这些内容的内部一致性。最后，为了防止营销计划变成难以实现的空中楼阁，CMO和CEO应该对具体的规划内容进行把关，并评估预算费用。

本章剩下的内容包括如下：

第一，我们收集了每章开头插图中提出来的所有标注问题。即使你在阅读前面内容时已经注意到了这些问题，感到没有回顾的需要，但我们还是把这些问题集中起来看一下——这是总体回顾前面内容的一个机会，可以看到更大的一副蓝图。

第二，我们收集了每章结尾处的所有问题。如果当你阅读此书时回答了那些问题，那么你可以把你的答案稍作调整，你的营销计划就完成了。

我们在制定5C、STP和4P这些方案的时候，将采用问答模式，就像你在选择新业务方向时，采访者或同事对你进行提问时的模式一样。接着我们会对5C、STP和4P组成模板做一介绍。

15.2　现状分析：5C

5C就是顾客、企业、竞争者、合作者以及环境。图15-2描述了营销框架中的5C，在相关章节最前面的插图中已经把5C的基本问题提出来了，现在我们把每个C的问题展开进行讨论，先从最宏观的一个C开始，即环境。

15.2.1　环境

环境分析就是要对我们必须注意的一些宏观环境问题进行评价，如法律、科技、社会变化和趋势。如果你正在从事某个行业的工作，那么你就会对这个行业的环境因素非常熟悉。如果你刚进入某个行业或刚参加某项工作，那么就应该阅读一些机构内部的文件或上网查询，对相关环境进行认真研究。下面列出了一些了解行业环境的基本问题，如果认真回答这些问题，会使你对行业环境有一个彻底的了解。

（1）经济状况如何？

a．经济环境稳定吗？未来增长趋势如何？要对各个层面进行考虑——国家、地区、州和本地。

b．顾客情绪如何？持乐观态度进行高额消费或持悲观态度购买力弱？

c．目标市场的消费活动和购买力如何？在确定目标市场的可行性时需要这样的信息。

（2）是否存在与我们企业有关的政治趋势、选举活动和法律法规限制？

a．我们的合作伙伴是否稳定？贸易协定是否得到尊重？

b．即将出台什么消费者法律？

（3）哪些技术进步会对我们产生影响？会对我们哪些方面有所帮助（更好的产品特性、更低的价格等）？

我们的产品受到哪些科学技术和竞争者的威胁而趋于落后？

（4）哪些社会因素正处于发展变化之中（社会文化因素）？

a．主要的人口特征有什么变化？这些变化是否会对我们产生影响？

b．社会上主流的态度敏感点有哪些（如绿色营销）？

有时候营销人员可能会忽视这些环境因素，这样做可能也有益处毕竟上述许多因素

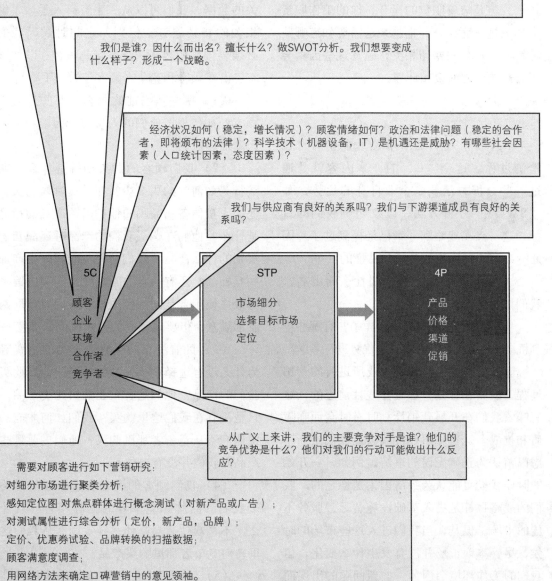

描述顾客（人口因素，心理因素，尤其是购买行为）以及顾客满意度水平。我们怎样测量质量和顾客满意度？我们有忠诚计划和客户关系管理计划吗？我们测量RFM和计算CLV吗？我们的顾客价格敏感度如何？他们使用什么购物渠道？随着时间的变迁，顾客的态度与行为有什么变化？我们对未来有什么期望？现有顾客和潜在顾客有什么差异？未购买我们产品的消费者为什么不购买我们的产品？忠诚计划有用吗？

我们是谁？因什么而出名？擅长什么？做SWOT分析。我们想要变成什么样子？形成一个战略。

经济状况如何（稳定，增长情况）？顾客情绪如何？政治和法律问题（稳定的合作者，即将颁布的法律）？科学技术（机器设备，IT）是机遇还是威胁？有哪些社会因素（人口统计因素，态度因素）？

我们与供应商有良好的关系吗？我们与下游渠道成员有良好的关系吗？

5C

顾客
企业
环境
合作者
竞争者

STP

市场细分
选择目标市场
定位

4P

产品
价格
渠道
促销

从广义上来讲，我们的主要竞争对手是谁？他们的竞争优势是什么？他们对我们的行动可能做出什么反应？

需要对顾客进行如下营销研究：
对细分市场进行聚类分析；
感知定位图 对焦点群体进行概念测试（对新产品或广告）；
对测试属性进行综合分析（定价，新产品，品牌）；
定价、优惠券试验、品牌转换的扫描数据；
顾客满意度调查；
用网络方法来确定口碑营销中的意见领袖。
也要对其他的C进行研究：企业（对优势和发展方向进行内部评估），环境（经济趋势的二手资料分析），合作者（就满意度、成本缩减的创意对合作者进行采访），竞争对手（市场情形，顾客对相对优势的评价，新产品发展）。

图15-2　营销结构：5C

都是相对稳定的——只有当我们发现环境发生了变化或者想让我们的公司、品牌或目标市场有所改变时，我们才会再去考虑这些问题。而且，当你刚刚担任顾问或品牌经理时，也不用做一些大的战略决策，例如"明年我们是否要进入印度尼西亚或巴西市场"。但是随着职位的提升，你的工作职责会越来越全面综合，也越来越需要知道哪些环境因素与公司密切相关，以及这些因素会不会影响你的期望和计划。

15.2.2 企业

下一步，我们要演示一下企业的自我检测过程。这个"C"的许多内容就是通过一些分析方法找到企业自身的优势，如"SWOT"分析方法，以及明确我们的目标，这一点在战略那一章已经提到过了。因此，公司的问题应该是简单易懂的：

（1）我们是谁？我们因什么而出名？我们擅长什么？

（2）我们想要变成什么样子？有哪些盈利机会，尤其要结合企业自身优势进行考虑？

这里值得一提的是，企业所进行的营销过程（战略和计划）都是非线性前进的，这意味着我们在开展营销计划时有时会面临障碍和挑战，这些障碍和挑战会让我们重新考虑以前认为正确无误的事情。例如，一开始的时候我们可能认为经济因素是稳定的，我们的战略目标是进入基础设施贫乏、服务不佳的市场。但是，当我们进入这些市场的时候，尽管本地市场并没有发生什么变化，但我们的工作环境会因为一些新问题的出现而改变。因此我们不得不再回过头去详细分析行业环境下的经济状态。

15.2.3 顾客

在这一阶段主要是要做好细分市场研究。我们将确定和修订哪些细分市场最适合作为我们的目标市场。选择目标市场时，不仅仅要了解企业自身，还要掌握竞争对手的情况。但我们首先要从了解我们的顾客开始，否则什么都做不好。

了解顾客唯一的方法就是获得跟他们有关的数据。我们可以从二手资料入手，了解相关的背景趋势，但到一定的时候，我们必须要接触顾客——获得当前顾客、以往顾客、潜在顾客和竞争者顾客等的一手资料。

（1）哪些是当前的顾客？哪些是潜在顾客？如何根据他们的人口统计因素和心理因素描述他们？

（2）我们顾客的购买动机是什么？购买行为如何？购买多少？在什么时候购买？他们大量储备物品吗？他们所购产品的用途是什么？他们在购买我们的产品时还配套购买别的什么产品？我们是否也能同时生产那些互补品？还有一点非常重要：购买决策者与最终使用者是同一个人吗？我们要争取两者都满意，但要以不同的方式使他们满意。

（3）目前没有购买我们产品的消费者为什么没有选择购买？如何才能让他们购买我们的产品？他们是否正在购买此类产品，只是没有在我们这里购买？我们如何才能劝说他们不从竞争者那里购买？他们需要哪些产品而我们并没有提供？

（4）我们顾客的满意度水平如何？关于我们的品牌和竞争者的品牌顾客喜欢什么，不喜欢什么？是什么导致顾客从我们这里转向竞争者那里购买产品？

（5）我们每个细分市场的价格敏感性如何？忠诚计划会让我们保有顾客吗？

（6）顾客在哪里购买这种产品？电子商务和任何其他的特定渠道正在扮演什么角色？

（7）顾客的需求、期望和生活状况随

着时间的变化如何变化？在不久以后他们可能会如何变化？

以上这些问题的答案会增进我们对可能的细分市场计划的理解，这为目标市场方案的选择奠定了坚实的基础。

15.2.4　竞争者

在SWOT分析中，企业自身的优势是与别的企业比较得出的。

（1）我们的主要竞争对手是谁——品牌层面的竞争对手或替代品竞争对手？进一步讲，从顾客的角度来看，我们的竞争对手是谁？更广义地讲，谁在与我们争夺利润、争夺顾客注意力？

（2）竞争对手的优势是什么？他们的产品性能比我们的好吗？他们的定价更有竞争力吗？如果是，他们为什么能做到这样——他们的成本优势是什么？

（3）对于我们将要采取的市场行动，我们怎样才能预测竞争对手的反应——我们最大的威胁是什么？

15.2.5　合作者

有时候企业的合作伙伴网络显得非常复杂。当企业推出一种新产品时（意味着分享货架、分享广告空间），企业与供应链上的上游供应商或下游渠道成员之间的良好关系可能会发生变化。在第9章，我们讨论了许多维持这种良好关系的途径，包括沟通交流、共享收益、共同承担责任等。合作关系发生变化的另一个原因是，合作者有可能转变成竞争者或竞争者有可能转变成合作者，在这种情况下合作网络的组成和结构都可能发生变化。在分析这部分内容时，我们至少要考虑以下问题：

（1）我们与供应链上游的供应商有良好的关系吗？

（2）我们与下游渠道成员有良好的关系吗？

（3）做出什么样的调整会使合作关系变得更好？

随着5C、STP和4P计划的制定，更详细的计划会相应出来，这样可以让营销计划变得更完善，因为你会把你认为相关的因素都在这些计划中列出来，意味着你会充分地考虑到各种因素。更多细节意味着可以发现营销计划中更多的弱点。第一，营销计划不能太抽象了，否则就不能称之为计划，而只能称为一种模糊的战略。第二，很难对抽象的计划进行评论，因为它太灵活多变，不好把握。即使你正在为某个擅长营销的大咨询公司或大型企业制定营销计划，也要像企业家一样地思考如下问题：如果这个品牌是你的孩子，你要对它负责，你要独自把它带到市场上，认真思考一下你要做出的无数决策。这些决策、问题和因素都应该写入你的营销计划。然后你应该把所有的细节呈现给同事（甚至你的老板）并让他们提意见，而不是自己一挥手说"喔，不要担心——会好的——我们已经考虑周全了"，接着就开始执行了，那将会是一场灾难。所以，务必要计划好每一个细节！

15.3　STP

分析了5C之后，我们应该对细分市场的背景资料有所了解，这是选择目标市场的基础。图15-3显示了营销框架中的STP相关的内容。

在插图最上面的标注中列出了评估市场细分的多种依据。在第2章中，这些内容已经有所提及：

（1）人口因素，如性别、年龄、家庭生命周期所处的阶段、教育程度、收入水平。

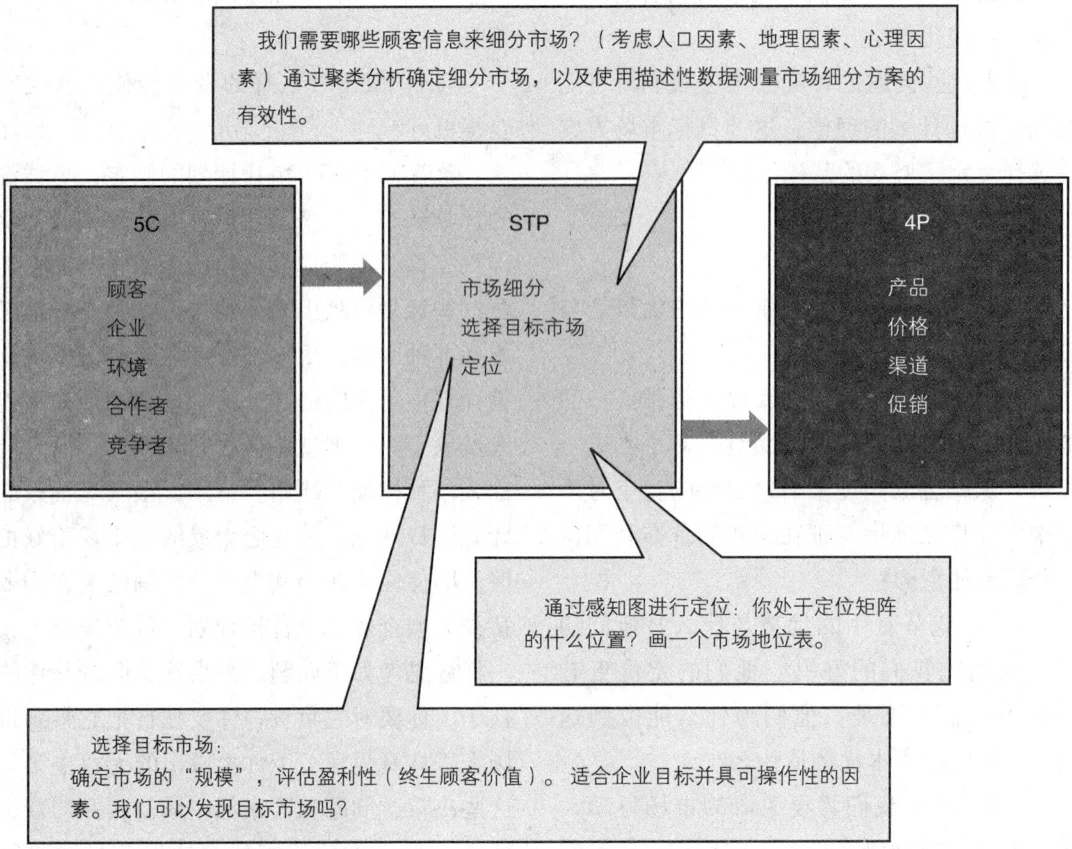

我们需要哪些顾客信息来细分市场？（考虑人口因素、地理因素、心理因素）通过聚类分析确定细分市场，以及使用描述性数据测量市场细分方案的有效性。

5C	STP	4P
顾客 企业 环境 合作者 竞争者	市场细分 选择目标市场 定位	产品 价格 渠道 促销

通过感知图进行定位：你处于定位矩阵的什么位置？画一个市场地位表。

选择目标市场：
确定市场的"规模"，评估盈利性（终生顾客价值）。适合企业目标并具可操作性的因素。我们可以发现目标市场吗？

图15-3　营销框架：STP

（2）地理因素，如国家、文化、城市或农村、气候。

（3）心理因素，如我们的顾客想要什么，顾客的专业知识水平如何，哪些人是意见领袖或早期使用者，我们会使用Vals分析法吗？

（4）行为因素，如顾客购买什么，谁是当前使用者，他们与使用竞争对手产品的顾客或完全不购买这类产品的顾客有什么不同，我们的顾客在购买我们的品牌时还购买什么产品？或许可以通过顾客的购买行为记录来获悉这部分信息。

在选择目标市场时，我们应该选择足够大的细分市场，需要考虑某个市场对某种产品来说是否具备潜力。

（1）我们需要决定这个细分市场具有可盈利性。

（2）我们需要理解是否具有足够可追求的增长潜力。

（3）我们需要考虑某个细分市场是否适合我们的企业目标。

（4）细分市场必须具备可行性，这意味着要找到容易识别的因素作为我们正在寻求的中心品质的代替指标。

STP中的P就是定位，在第4章，我们讨论了定位的感知图和指导原则。定位是通过4P来执行的。

 **15.4　4P**

市场细分和目标市场选择完成之后，我们开始运用4P对我们的产品进行定位。图15-4列出了每个P的关键问题，正如在相关章节中讨论的那样。

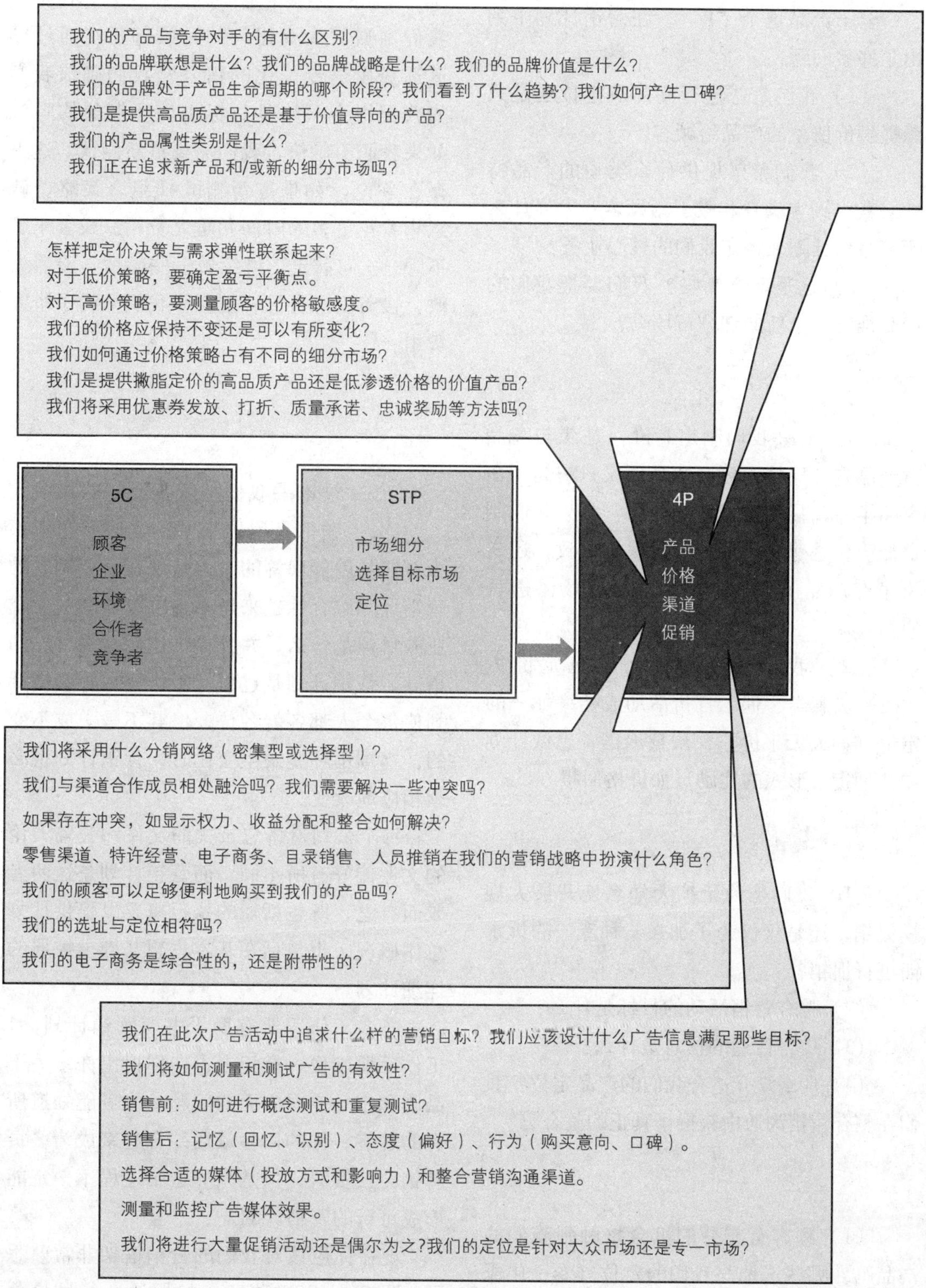

我们的产品与竞争对手的有什么区别?

我们的品牌联想是什么?我们的品牌战略是什么?我们的品牌价值是什么?

我们的品牌处于产品生命周期的哪个阶段?我们看到了什么趋势?我们如何产生口碑?

我们是提供高品质产品还是基于价值导向的产品?

我们的产品属性类别是什么?

我们正在追求新产品和/或新的细分市场吗?

怎样把定价决策与需求弹性联系起来?

对于低价策略,要确定盈亏平衡点。

对于高价策略,要测量顾客的价格敏感度。

我们的价格应保持不变还是可以有所变化?

我们如何通过价格策略占有不同的细分市场?

我们是提供撇脂定价的高品质产品还是低渗透价格的价值产品?

我们将采用优惠券发放、打折、质量承诺、忠诚奖励等方法吗?

5C	STP	4P
顾客	市场细分	产品
企业	选择目标市场	价格
环境	定位	渠道
合作者		促销
竞争者		

我们将采用什么分销网络(密集型或选择型)?

我们与渠道合作成员相处融洽吗?我们需要解决一些冲突吗?

如果存在冲突,如显示权力、收益分配和整合如何解决?

零售渠道、特许经营、电子商务、目录销售、人员推销在我们的营销战略中扮演什么角色?

我们的顾客可以足够便利地购买到我们的产品吗?

我们的选址与定位相符吗?

我们的电子商务是综合性的,还是附带性的?

我们在此次广告活动中追求什么样的营销目标?我们应该设计什么广告信息满足那些目标?

我们将如何测量和测试广告的有效性?

销售前:如何进行概念测试和重复测试?

销售后:记忆(回忆、识别)、态度(偏好)、行为(购买意向、口碑)。

选择合适的媒体(投放方式和影响力)和整合营销沟通渠道。

测量和监控广告媒体效果。

我们将进行大量促销活动还是偶尔为之?我们的定位是针对大众市场还是专一市场?

图15-4 营销框架:4P

15.4.1 产品

至于产品这个"P"，在营销计划中列出了许多问题：

（1）我们是想进行高品质定位还是只想提供价值型的产品给顾客？

（2）我们希望提供什么类型的产品特性来获得顾客满意和吸引新顾客？发展什么顾客服务计划来补充我们的核心业务？

（3）这是新产品吗？我们要把我们的产品推向一个新的细分市场吗？

15.4.2 价格

（1）如果我们制定高价，是想与高品质产品定位保持一致，还是仅仅只是为了在产品生命周早期进行市场撇脂？如果我们制定低价，是想与价值型产品保持一致，还是为了在产品生命周期早期达到市场渗透目的？

（2）我们会采用什么补充定价方式——优惠券、偶尔打折活动或始终如一的定价（如天天平价）、质量承诺、忠诚计划和某种货币形式的奖励（如价格回报）。

15.4.3 促销

（1）我们是为了扩大知名度开展大规模促销，还是仅仅为了加强某种专一的诉求而进行促销？

（2）整合营销活动的目标是什么？

（3）广告传递的信息是什么？

（4）什么媒介适合我们的产品定位？我们在整合营销沟通中获得了真正的整合吗？

15.4.4 渠道

（1）顾客有充分的机会接触到我们的产品吗？哪些选址与我们的定位（专一化或大众化）一致？

（2）我们的电子商务是真正整合业务的工具，还是只在运行一个附带的网站？

我们的4P策略是前后保持一致，还是当我们高喊"大众化"的时候却正在通过渠道选择发送专一化的信号？我们确信我们的营销组合策略是目标市场所期望的吗？如果我们不确信，我们需要重新测试。这里存在争论，如果重新测试4P组合策略，就意味着花更多的时间和研究费用。或者干脆不管——向前走，继续做一些事情，看着失败，接着安慰自己："至少我们节约了研究费用。"

15.5 营销计划

通过本书我们把营销计划的相关问题都呈现出来了，这些问题中很少有轻易就能回答的。但是现在企业制定的营销计划综合性越来越强，可以提醒员工企业的目标是什么，并且提供达到这些目标的指导。营销计划是过程性工作，尽管营销计划使每个人都各就各位，但其不是一成不变的，当周围环境发生变化时，营销计划也必须相应地改变。

每个公司对备忘录式的文件和长篇大论的文件偏好有所不同，而营销计划是这两者兼而有之，既包括短的执行概要以提供计划总体概况，也包括在基本思想基础上扩展的详细计划。

许多工作手册有助于书写营销计划。1工作手册就像一个记者，向你提出许多关于品牌和市场空间方面的问题。你可能知道所有的答案，你的回答最后综合起来成为多页营销会谈资料，但是只凭这个过程不一定能形成可行的营销计划。

现在你应该对我们的营销框架非常熟悉了，即5C、STP和4P，按照这个经过检验并且可靠的营销框架制定营销计划，简单可行。

本章附录中把一系列营销计划模板呈现出来了。回答第1、12、13和14章营销计划的问题，并把它们放入表15-1中合适的栏目中。回答第2、3和4章的营销计划问题，并把他们对应到表15-2相应的栏目中。表15-3的内容主要来自于第5～11章。

表15-4把表15-1、表15-2和表15-3整合成一个简单的文本。把表15-1的"顾客1"的答案剪切粘贴到表15-4的"顾客1"栏

中。对所有的组成部分都按"顾客1"的方法做一遍——所有的5C、STP和4P组成部分。你正在编辑的东西是市场营销计划的核心——它是文件的"数据"，剩余的事情就是进行编辑。

最后，整理这个文件。用"5C"、"STP"、"4P"标签作为文件的标题。如果有必要，可以跟你的受众详细阐述你的这些答案，即那些你正在为之做营销计划的受众，如你的老板、某个投资者等。

附录15A

年产品/服务营销计划[⊖]

表15A-1　工作表：5C

顾客	
现有顾客的人口因素（如年龄、收入、家庭结构、邮政编码）如何？	顾客1
现有顾客的心理因素（如对产品、竞争、广告的态度）如何？	顾客2
现有顾客的购买行为（如购买频率、购买的产品类别）如何？	顾客3
现有顾客的满意度水平/测量方法如何？	顾客4
在CRM方面，是否有忠诚计划？是否付出了相关的努力？	顾客5
非购买者为什么不购买？	顾客6
现有顾客的购买时间和购买渠道是什么？	顾客7
现有顾客是价格敏感型的吗？	顾客8
现有顾客到目前为止有什么变化？我们期望顾客发生什么变化？	顾客9
企业	
擅长什么？因什么而出名？做一个SWOT分析。	企业1
想要变成什么样子？未来的战略如何？	企业2
环境	
需要考虑经济环境因素吗？经济环境稳定吗？经济增长趋势如何？顾客的心态如何？	环境1
需要考虑政治环境因素吗？我们与合作者关系稳定吗？	环境2
需要考虑法律环境因素吗？出台了什么消费者法律？	环境3
新的科学技术对企业来说是威胁还是机遇？如新的机器设备和IT技术。	环境4
需要关注哪些社会因素？人口因素发生变化了吗？顾客的态度发生变化了吗？	环境5
合作者	
与供应链上游的供应商有良好的合作关系吗？	合作者1
与分销渠道成员有良好的合作关系吗？	合作者2
与合作者的合作关系想要做出一些调整吗？	合作者3
竞争者	
主要竞争对手是谁？	竞争者1
竞争对手的优势是什么？	竞争者2

⊖ 表15A-1、表15A-2和表15A-3的结构包括两部分，左边部分是问题陈述，右边部分是对左边问题的回答。如表15A-1
右边的"顾客1"就是代指顾客的人口因素描述，与左边的问题相对应。——译者注

表15A-2 工作表：STP

市场细分	
根据相关数据划分出基本的细分市场；集中市场研究资料进行聚类分析。	
根据人口因素、心理因素、购买行为来描述市场。	
首先，现有顾客的特征？	细分市场1
其次，非使用者的特征？	细分市场2
最后，潜在顾客的特征？	细分市场3
选择目标市场：	
评估细分市场的规模和盈利性（终生顾客价值）？	目标市场1
适合每个细分市场的企业战略和营销战略特性？	目标市场2
利用财务信息和战略信息，将细分市场的需求进行等级划分？	目标市场3
定位	
战略性地选择高质量/高价格还是基本质量/低价格定位？	定位1
与竞争对手的定位进行比较，本企业的战略定位如何？	定位2
分销渠道是广泛还是专一？促销计划是大量还是偶尔？	定位3

表15A-3 工作表：4C

产品	
选择提供高质量的产品还是基本质量水平的产品？	产品1
使用目标市场联合分析，确定主要的产品属性/特性是什么？	产品2
品牌联想和要经营的产品是什么？	产品3
产品所处的生命周期阶段？现在进入市场是否合适？	产品4
价格	
结合企业战略定位，应该定高价（撇脂）还是低价（渗透）？如果定低价，我们必须确保能超越盈亏平衡状态；如果定高价，我们需要对市场研究进行评估。	
顾客的价格敏感性如何？	价格1
考虑临时性的价格折扣吗？	价格2
怎样才能从细分市场的差异定价中获利？	价格3
渠道	
设计密集型分销渠道还是选择型分销渠道？	渠道1
与促销相结合，进行推进分销还是拉动分销？	渠道2
是否需要解决渠道成员之间的一些冲突——沟通、签订合同、利润分配？	渠道3
促销	
营销沟通（广告）目标是什么？	促销1
如何测量广告的有效性？如何测量是否实现了预期的广告目标？	促销2
在整合营销沟通中如何分配媒体广告预算？	促销3

将表15A-1、表15A-2和表15A-3的答案编辑到下面这个表中。

表15A-4

执行总结
营销计划从现状分析开始——对现有状态的描述以及对可能发生的变化进行描述。确定细分市场和市场定位的战略选择。

现状分析

顾客：

现有顾客的特征描述：顾客1、顾客2、顾客4、顾客5（如果有忠诚计划）。

现有顾客的购买行为、购买渠道、购买时间、价格敏感性：顾客3、顾客7、顾客8。

潜在顾客问题：顾客5（如果没有忠诚计划）、顾客6、顾客9。

企业：

目前的企业状态：公司1。

营销计划将有助于实现企业目标状态：公司2。

环境：

目前的企业环境相当稳定（如果企业不用考虑环境因素1～5）

或者预料到企业的某些方面有所变化，那么要具体分析环境1～5中需要考虑的因素。

合作者：

合作者相当稳定（如果上游、下游都没什么变化的话，也就是说，合作者3指的是不用调整）。

如果要对合作网络做出一些调整：合作者1、合作者2。

竞争者：

结合竞争对手的优势来看：竞争者2。

哪些竞争对手对我们有威胁：竞争者1。

战略发展

市场细分：

基于市场研究资料，细分市场描述如下：

目前的细分市场：细分市场1（现有顾客）。正在考虑向细分市场3（潜在顾客）迈进。现在，对细分市场2（非购买者）不感兴趣。

目标市场选择：

为了服务足够规模和盈利性的顾客群体，将选择目标市场1。

与企业战略目标相匹配的细分市场：目标市场2。

相对较有吸引力的其他细分市场：目标市场3。

定位：

战略性的市场定位：定位1。

与竞争者定位进行比较：定位2。

对营销组合变量进行简短描述——作为一个概述：定位3。

定位、战略与策略

产品：

产品生命周期阶段：产品4。

顾客认为本企业的产品质量状态：产品1。

顾客首先要寻找的利益：产品2。

顾客的品牌联想：产品3。

价格：

结合战略定位，企业的定价策略描述如下：

顾客的价格敏感性：价格1。

偶尔价格折扣的建议：价格2。

细分市场的定价建议：价格3。

渠道：

理想的分销系统：渠道1。

结合促销，增强合作者和顾客参与度：渠道2。

解决潜在合作者冲突：渠道3。

促销：

营销沟通（广告）目标：促销1。

测量促销有效性：促销2。

分配媒体广告预算：促销3。

总之，营销计划为获得长期的顾客满意、顾客忠诚、企业盈利性提供了一个战略性的视野。

讨论问题 Discussion Questions

1.在开始阅读这章内容或者开始学习这门课之前，你期望的市场营销是什么？你可以去问问某个家庭成员、同学或者合作伙伴，听听他们对市场营销的看法。看看你能否说服你询问的那个人，使他相信市场营销增强了顾客和企业之间的互利交换关系。

2.你喜欢哪些品牌或企业？你为什么喜欢这些品牌和企业？你不喜欢的品牌是哪些？为什么？

3.请你回忆最近的一次购买经历，当你在商场购买东西时，却被无礼对待，发生了什么？问题在哪里？如果是你在经营一个品牌企业，你会采取哪些措施使顾客更开心，并且使其忠诚度更高？

4.列出三个你忠诚的品牌，列出三件你将会购买的产品。对于你，这两张清单上的产品目录会有何不同？

5.在你看来，全世界最大的社会问题是什么？战争？全球变暖？资源不平衡？市场营销如何帮助解决这些社会问题？

营销计划问题 Marketing Plan Questions

每章后面列出的一系列的营销计划问题将会帮助你制定一个营销计划。每一章会要求你深入思考，并考虑该章中相关材料的细节。在第15章的附录，我们将这些汇总合并形成一个营销计划。

在这章，我们会选择一种产品或服务作为这个营销计划的开始，并且在整个学期的学习中，我们都将采用这种产品或服务作为研究对象。请新建一个文档或者电子表格，写下你对于每一章后面那些营销计划问题的答案，那么在整本书结束时，通过剪切、粘贴，你可以得到一份营销计划的终稿。

在这章，我们将开始思考顾客方面的问题。填写以下的空白表格并尝试回答这些问题。例如，你如何描述你的目标市场的人口特征？在标明"顾客1"的地方填上这些描述。某些时候这些问题看起来不是高度相关的。尽管如此，请你尝试着回答。

虽然这样做让人觉得有点奇怪，但是看看第15章附录中的成品，你会喜欢的。

商品＼服务的年度营销计划

顾客	将描述内容填写在这里
人口因素（如年龄、收入、家庭结构、邮政编码）。	顾客1
心理因素（如对产品、竞争、广告的态度）。	顾客2
购买行为（如购买频率、购买的产品类别）。	顾客3
顾客满意度现有水平？如何测量？	顾客4
是否有针对CRM的忠诚计划？	顾客5
非购买者为什么不购买？	顾客6
他们偏好哪种购买渠道？	顾客7
我们的购买者什么时候购买？他们是价格敏感型吗？	顾客8
购买者的变化是什么？我们期待未来的变化吗？	顾客9

现在有各种媒介提供消费者对品牌相对优势的比较，这些不是由制造商提供的比较结果，而是由第三方发布的结果，所以它们的观点相对客观和中立。下面的这张表就是典型例子，这张表里比较了若干标准下的各种领先越野赛车的相关性能。某些时候顾客仅仅知道他们想要的某个特定的品牌或某个特征。有些时候，在考虑可能的选择时，顾客的想法杂乱无章；有些时候，他们更为系统化，使用排除法做购买决策。使用下面的表格模拟顾客考虑越野车购买决策的思考过程。

越野车品牌及型号	所有者满意度	安全性	加速度	操稳性	车前座舒适度	燃油经济性	价格（千美元）
BMW X3	na	⊙	○	⊙	⊙	●	30 000 ~ 36 000
Chevrolet Equinox	na	○	○	○	○	●	21 000 ~ 25 000
Ford Escape	⊙	○	○	○	⊙	⊙	19 000 ~ 28 000
Honda CR-V	⊙	○	○	⊙	⊙	○	20 000 ~ 25 000
Hummer H2	⊙	na	na	na	na	na	51 000 ~ 56 000
Volvo XC90	○	○	○	⊙	⊙	●	35 000 ~ 45 000

注：●非常差　⊙差　○不确定
　　⊙好　●非常好　na 没有数据

想象你是一位顾客并即将购买一辆越野车，请回答以下问题。

1.你认为你想要买什么样的越野车？

现在我们看看什么样的标准符合你的选择。

2.如果让你从以上品牌中挑选一种，什么属性对于你来说可以忽略？请将它排除。

3.购买哪一种越野车品牌的风险性最大？请将它排除。

4.如果你的预算有限，你会排除哪辆车？

5.经过这个排除过程，某个属性已经变得不重要，因为它无法区分剩下品牌之间的区别。请你排除这个属性。

6.如果你是"风险规避型"，你会考虑哪个品牌？排除它。

7.你最终如何定义你的品牌选择？

这些步骤中的哪些是你关心的？这个思考过程和你平时自然的分析过程有几分相似？你如何知道你的消费者也有相同的想法？

营销框架

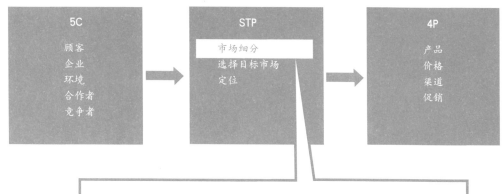

5C
顾客
企业
环境
合作者
竞争者

STP
市场细分
选择目标市场
定位

4P
产品
价格
渠道
促销

- 为什么营销人员要考虑市场细分？
- 什么是市场细分？
- 市场细分的依据有哪些？
- 营销人员如何识别细分市场？
- 当你看到某个市场细分的例子时，你如何判断这是一个好的细分市场方案？

总结 Summary

总结市场细分的关键概念：

1.营销人员之所以考虑市场细分是因为顾客的偏好不同，并且不可能用一种产品满足所有的顾客。

2.细分市场是对公司的产品组合反应相似的一些顾客群。

3.几乎可以通过任何一种差异化信息来形成细分市场，如人口因素、地理因素、心理因素、市场行为。

4.细分市场最好是建立在管理人员对市场的理解和完善的数据收集相结合的基础之上，如通过聚类分析来确认购买倾向的相似性。

5.最后形成的市场细分方案应该满足以下条件：以数据为基础，得到有助于接近顾客的数据库的支持，有足够的盈利性，与更大的企业目标和计划相符合，具备执行的可能性。

讨论问题 Discussion Questions

1.假如你的早期工作之一是大型饮料公司监管品牌的经理。有一个不如你训练有素的MBA团队说：他们团队正在进行的项目是面对整个市场的，就像可口可乐和百事可乐一样。因此，他们认为没必要进行市场细分。对于这样的说法你有什么反应？

2.你的下一项工作是为一个大型体育俱乐部做营销工作。你必须考虑对消费者球迷和企业球迷进行市场细分。有什么相关的变量？你如何检验某个特定的变量是否有用？

3.经历了更多之后，你现在是管理者了。你正在监管营销研究人员做市场细分研究。他们把研究结果提交给你，你想尽量在给你的老板提出建议前对他们的研究进行评估。你如何判断市场细分做得太细以致每个细分市场划分得过小？或者你如何判断市场细分划分得太大而应该把市场划分成更多更小一点的细分市场？

4.上线浏览5个同行业的公司网站，找到他们的使命陈述以及他们认为正在服务的细分市场的描述。他们如何通过对目标市场的描述使你明确他们在行业内的整体定位？

营销计划问题 Marketing Plan Questions

这些问题还是在为建立营销计划服务。把它们保存起来，并添加到你在第1章中已经开始建立的文件或电子表格中。

市场细分：

根据相关数据划分出基本的细分市场；集中市场研究资料进行聚类分析。

根据人口因素、心理因素、购买行为来描述市场。

首先，现有顾客的特征?	细分市场1
其次，非使用者的特征?	细分市场2
最后，潜在顾客的特征?	细分市场3

营销框架

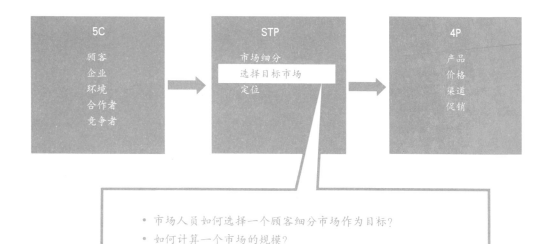

总结 Summary

总结一下本章有关目标的关键内容：

1.选择一个细分市场，它要符合企业的目标愿景，且在规模和盈利能力上也要符合。

2.SWOT分析工具对市场人员的帮助很大——在企业中寻找"优势和劣势"，在行业中寻找"机会和威胁"。

3.细分市场的规模计算很简单——很多二手数据可以用到，同时，有关消费者态度、偏好和行为的调查数据也能在估算中用到。

讨论问题 Discussion Questions

1.大学里面存有学生身体信息统计的公开资料。运用这些数据信息，计算一下进行影碟出租、售卖风味咖啡和袋装NoDoze的可能的市场规模。

2.运用北美行业分类系统（NAICS）的数据（www.census.gov/epcd/www/naics）和人口统计（www.census.gov），查找市场规模估计的关键要素。

（1）你有一家很大的零售便利店，包括一个小的药房。你正在考虑开一家无预约的健康关怀诊所。行业数据表明经常光临这类诊所的顾客或者病人大部分没有购买保险，那么这类诊所最应该开在哪些地方呢？

（2）你开了一家商业机器修整公司。你的司机们都去忙了，旧设备被送到维修中心，然后被重新分配给企业、政府代理商和学校系统。考虑到设备的特殊性（不是特别贵），你将把公司设到哪里呢？

选择目标市场：

评估细分市场的规模和盈利性?	目标市场1
适合每个细分市场的企业战略和营销战略特性?	目标市场2
利用财务信息和战略信息，将细分市场的需求进行等级划分	目标市场3

案例：Gourmet LeanCuisine和Gaming Software

一家总部设在波士顿的大型咨询公司经常给它的客户进行市场细分研究。接下来的细分数据是分别为两个客户建议的。每个图都描述了人口统计和地理统计信息。图A描述了近期的一些样本零售商的相关情况，他们最近对一款新的LeanCuisine产品感兴趣。

图B描述了通过数据库系统上注册信息获得的一款游戏设备拥有商的情况，他们对一款新游戏感兴趣。

如果你在这家咨询公司工作，你会为每个客户提供怎样的细分市场建议？为什么？

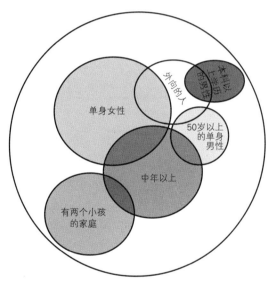

图A　细分市场数据A

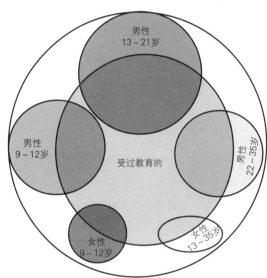

图B　细分市场数据B

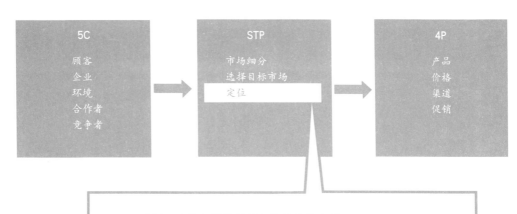

5C	STP	4P
顾客 企业 环境 合作者 竞争者	市场细分 选择目标市场 定位	产品 价格 渠道 促销

- 我们通过认知图能了解定位的哪些内容？
- 在定位矩阵中你的位置在哪里？
- 营销者如何撰写定位陈述？

总结 Summary

对定位的核心概念的总结：

1.从顾客的角度看，认知图使市场对公司或品牌定位的理解更加容易。

2.定位是通过对营销4P组合的操作实现，并且定位矩阵展示了某一些组合比其他的更合理。

3.定位陈述帮助指导营销战略和战术行为，包括了对目标细分市场的提示、竞争的参考框架和竞争优势或品牌的独特的销售主张。

讨论问题 Discussion Questions

1.如果你要为跑车类产品创造一个认知图，你会采用什么样的属性说明品牌间的相同和差异？

2.找出五个符合图4-16矩阵中的低－低－低－低和高－高－高－高方格的公司或品牌。找出一个适合其他次优战略格中的一个的公司。这一公司成功吗？你认为如果它改变不恰当的"P"，它会更加成功吗？

3.写一个关于你自己的定位陈述来说服你喜欢的公司雇用你。

（1）谁是你的目标市场？即对于公司你知道什么，它的企业文化，它在追求什么？

（2）你在和谁竞争？即你所在的大学和其他大学的学生，还有其他的吗？

（3）你独特的销售主张是什么——你的竞争优势？即为什么公司要雇用你，你有什么优势，你为什么比其他应聘者更好？

定位：

战略性地选择高质量/高价格或者基本质量/低价格定位？	定位1
与竞争对手的定位进行比较，本企业的战略定位如何？	定位2
分销渠道是广泛还是专一？促销计划是大量还是偶尔？	定位3

案例：价值和质量——在定位矩阵中寻求细分市场

现在当营销者谈论细分市场时你可以理解它了。细分市场就是有相同利益需要的一群顾客。产品的价格是最重要的属性。低价格是有利的。如果消费者认为产品提供了高价值，高价格也能提供利益，也就是值这个价。

- 顾客开车去商店多远？
- 顾客研究的时间要花多久？如在线搜索、在周末阅读报纸的时候进行补充、收集优惠券。
- 商店或电话销售人员是有帮助的还是粗鲁的？
- 停车场拥挤吗？
- 如果是在线销售，网页导航是容易还是困难？

通过购买获得的质量或价值，代表顾客获得的所有好处，比如下面的一些：

- 顾客得到了产品；
- 顾客可能觉得产品好；
- 顾客的朋友可能赞美他；
- 因为可靠，产品可能使用很长的时间。

下图是四个细分市场：

A.罕见的——那些愿意支付高价格但却获得低质量的人；

B.忠诚的——那些寻求高质量并且愿意支付高价格的人；

C.方便的——那些寻求低价格并且愿意接受低质量的人；

D.价值的——那些寻求低价格但需要高质量的人。

如本章所讨论的，产品大多出现在低价格/低质量和高价格/高质量象限，因而很少能得到"罕见的"和"价值的"细分市场的产品。选择任一产品类别，并将一些产品在"忠诚的"和"方便的"象限中表示出来。

1.如果你是你所画的产品中的某一产品的品牌经理，你会先定位在什么人身上？为什么？

2.你会再定位在什么人身上？为什么？

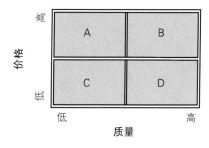

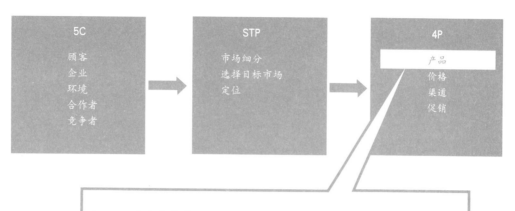

营销框架

5C	STP	4P
顾客 企业 环境 合作者 竞争者	市场细分 选择目标市场 定位	产品 价格 渠道 促销

- 什么是产品？
- 如何区别商品与服务？为什么这些差异对营销人员很重要？
- 市场支持为企业提供了哪些核心要素？供给的核心要素有哪些？产品定义如何帮助我们确定竞争对手？

总结 Summary

对于产品的核心概念的总结：

1.产品包括商品和服务，即顾客和企业之间的营销交换中的核心提供物。

2.商品和服务（还有它们的营销和管理）有许多相同之处，但是也有不同之处，包括服务相对而言更具无形性、不可分性、易逝性以及可变性，这些不同之处对某些市场营销行动会产生影响，例如广告和定价。

3.一个企业的市场提供物由核心元素和增值补充元素组成，因此竞争范围则界定得更为宽泛，而且可以由增值补充产品替代。

讨论问题 Discussion Questions

1.当你购买一辆车时，你购买的核心产品和增值产品分别是什么？当你去剪头发时呢？如果你要乘坐飞机去某个地方的时候呢？对于一个律师而言，他的核心产品和增值产品分别是什么？那对于一个电视秀而言呢？

2.列出三个你最喜欢的品牌，它们的有形产品和无形服务之间的比例是多少？这个有形成分和无形成分的比例会如何影响你对该品牌的满意度或不满意度？

3.是否存在纯粹商品的购买或者纯粹服务的购买？解释一下。

4.如果你要向市场发布一项新产品（你是一家新公司），但是有两三个后续行动的想法，在发布新产品时，你是采取深度方向延伸还是宽度方向延伸（例如图表5-5）呢？为什么？

5.某些企业以优秀的无形服务著称，例如IBM在电脑方面，但是现在它们称自己是以服务为主的企业。你同意吗？公司怎样才能宣布自己是一个服务组织，例如业务的比例和某个具体战略或使命？它需要具备什么条件后你才会相信这种说法？

营销计划问题 Marketing Plan Questions

回答以下你所期望的市场产品的问题。第6章和第7章建立在这些问题的答案之上。

产品	填写你的描述
选择提供高质量的产品还是基本质量水平的产品？	产品1
使用目标市场联合分析，确定主要的产品属性\特征是什么？	产品2
品牌联想和要经营的产品是什么？	产品3
产品所处的生命周期阶段？现在进入市场是否合适？	产品4

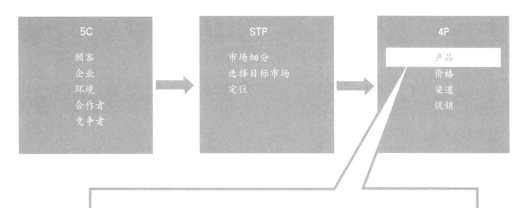

营销框架

5C	STP	4P
顾客 企业 环境 合作者 竞争者	市场细分 选择目标市场 定位	产品 价格 渠道 促销

- 品牌是什么？我们为什么要做品牌？品牌的功能是什么？
- 什么是品牌联想？
- 商品和服务的品牌战略是什么？
- 我们如何评估品牌资产？

总结 Summary

对于品牌核心概念的总结：

1.品牌是对顾客的承诺，是品牌名称、标识、颜色和字体的综合体。品牌向顾客传达的信息包括顾客购买中的可预见性、可信赖度和预期的产品质量。品牌可带来高价格，因为品牌抵消了顾客心中对购买的所有不确定性和风险。品牌联想是认知和情感元素的结合，目的是创造更大的品牌故事。

2.企业可将若干战略中的任何一种作为其品牌战略——他们可将企业的名称作为所有产品的品牌，也可以创造不用品牌的组合。

3.品牌价值是当前风靡且对今后的品牌持有人依然重要的所有价值的总和。

讨论问题 Discussion Questions

1.从你使用过或者很喜爱的产品中选择四种产品目录，在这些产品目录中有你最喜爱的品牌吗？你的四个备选品牌是哪些？哪四个品牌是你绝对不会使用的？为什么你偏好自己最喜爱的品牌胜过其他品牌？

2.哪个品牌个性可以最好地描述你所在的商学院特征？为什么？那就是你的学校应该有的形象吗？我们需要采取什么措施，可以将该品牌个性改变得更好？

3.如何能最好地描述你的特征？这是你想要的形象吗？你如何改变别人对你的看法？

4.去www.interbrand.com了解其方法。注意，因为它提供的是一项服务，其中大部分内容都是专利，故不能透露。你如何通过因特品牌形象策略的测量方法改善品牌资产？你会使用什么投入？你希望看到发展了什么样的数据库或模型？通过使用营销概念，你将如何把价值和品牌资产联系起来，并增加业务的财务价值？

使用品牌观念，建立在第5章答案汇编的基础之上。

产品	填写你的描述
选择提供高质量的产品还是基本质量水平的产品？	产品1
使用目标市场联合分析，确定主要的产品属性\特征是什么？	产品2
品牌联想和要经营的产品是什么？	产品3
产品所处的生命周期阶段？现在进入市场是否合适？	产品4

案例：品牌U

每个商学院都希望吸引更多的学生和毕业生的招聘者，他们越来越多地试图找到代表其个性的品牌声音。能够在所有方面做得完美无缺的学校很少，因此大多数学校试图找到一种方式，以创造品牌个性的形式展现独特的竞争优势。某种程度上为了和竞争对手进行比较，假设认为你的学校以品牌为中心，列出一个清单，上面是你认为最重要的前十所竞争学校。如果你的学校排名最高，那么前十所的竞争对手大部分将会是那张清单上出现的学校；如果你的学校主要吸引的是地方性学生，那么就把地理上距离最近的前十所其他学校作为竞争对手；如果你的学校拥有其他的独特品质，那么该清单中则是拥有同样品质的其他十所学校。而且，构造出这个清单的另一种方法，是将你之前申请和考虑的所有学校进行比较。

下一步，生成一个列表，列出你认为对一个商学院进行评估时很重要的七个属性。然后收集数据——至少有30个人的便利样本（肯定会有误差，但是在这个案例中重视的是过程而不是结果），这些样本从11所学校（其他10所学校加上你的学校）中获得。使用9分量表测试这7个属性。

把数据录入Excel电子表格——每个受访者一行。取其平均数。在"剖面图"或"曲线图"上标出中值。七个属性是沿水平轴分布的点。表1至表9的表格形成纵轴。您可以先绘制一所学校，然后收集所有的点。

1.在品牌图中你看到了什么？

2.你的学校是什么进展？你的学校的特性是什么？优势？劣势？

3.你怎样利用这些信息向申请者和招聘者营销你的学校？

营销框架

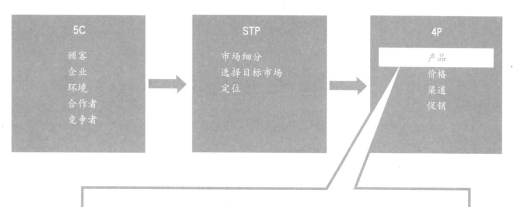

- 如何开发新产品并推介给顾客?
- 什么是产品生命周期?
- 新产品和新产品延伸如何与市场营销战略匹配?
- 应该关注哪些趋势?
- 什么是信号?

总结 Summary

对于新产品核心概念的总结:

1.营销人员经过创造性的开发过程向顾客提供新的和改进的产品。

2.创造新产品很有乐趣,而且它是一个公司持续它的优势和成长性的关键。

3.根据产品线注入新的活力非常重要,因为产品的发展贯穿整个生命周期,从导入期开始,到成长期、成熟期,然后衰退期。营销人员通过产品的销售量和盈利性来辨别产品处于哪个阶段,而且它们是4P的标准。

4.基于口碑传播的模型,或用于市场渗透的口碑营销方法,可以用来预测销售。

5.信息技术有利于促进病毒营销。

讨论问题 Discussion Questions

通过以下的分类,请你考虑下这些有关生活方式的新趋势。

1.人口统计特征

　　(1)美国婴儿潮时期出生的人即将退休,面临健康问题。

　　(2)世界越来越多样化。

2.心理特征

　　(1)人们越来越关心环境,因此有更多的绿色营销和有机产品出现。

　　(2)每个人都想尝试与众不同的生活,因此拜金主义、享乐主义纷纷出现,并且奢侈品销售或仿冒奢侈品的销售日渐增加。

（3）每个人都希望购买的产品或服务是物有所值的。

（4）某种程度上人们的容忍度越来越高，可以接受各种各样的生活方式。

（5）人们更多地选择穿休闲服装，甚至在工作时间也是这样。

（6）成年人和家庭能够享受的空闲时间越来越少。

（7）人们阅读报纸的时间越来越少。

（8）人们越来越关注健康和营养问题，例如少抽烟。

3.技术上的

（1）信息技术在营销人员（例如客户关系管理）和顾客（例如决策制定）的生活中扮演重要的角色。

（2）媒介的形式越来越多，而且顾客可以控制时间和地点的转换，例如看电视的时间。

4.电子相关的事物

（1）更多的购物行为是在家里完成的，而不是在商店和购物商城。

（2）人们可以在网上购买到任何东西，而且产品可以很方便地递送。

请你利用以上对当前的趋势观察，回答下面的问题。

① 选择一个和你的业务最相关的趋势，然后预测该趋势是怎样影响你的市场、公司方向和竞争产品，等等。

② 有个朋友随机选择了两个趋势。想象一下开发一种可以解决这种综合需求的新产品。

③ 上网找出三个其他的新趋势。然后确定下一年前十名的流行趋势（当然也可以包括先前提到的趋势）是什么，并且解释你为什么相信它们是最重要的。

营销计划问题 Marketing Plan Questions

在第5章和第6章答案的基础之上使用新产品观念。

产品	填写你的描述
选择提供高质量的产品还是基本质量水平的产品？	产品1
使用目标市场联合分析，确定主要的产品属性\特征是什么？	产品2
品牌联想和要经营的产品是什么？	产品3
产品所处的生命周期阶段？现在进入市场是否合适？	产品4

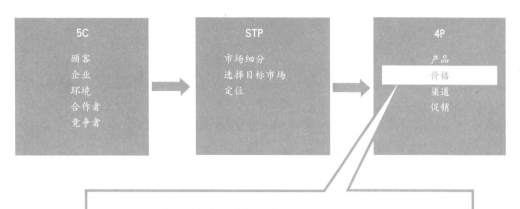

营销框架

总结 Summary

概括而言，市场定价的相关核心概念如下：

1.需求是价格的函数，因此营销人员需要确定需求函数的表现形式。

2.对于高中低档价位来说，其相应的价格策略不会出现大的改变。

（1）通过企业自身及其成本可以推测价格下限，而此时的价格则是成本的函数加上固定利润。因此，我们知道了如何寻找盈亏平衡点。

（2）消费者的支付意愿体现价格上限，而此时的价格是商品顾客价值的函数减去降低标价。因此，我们可以利用诸如交互分析的工具来判断消费者的价格敏感度。

（3）竞争经常导致折中价格，此时的价格是根据竞争者所定价格来制定的，并与之保持相等；而后，根据定价策略和战略目标的不同，价格最终被定位于平均水平左右。

3.定价策略可以用来塑造产品定位并吸引（或赶走）不同的目标（或非目标）群体客户，例如通过数量折扣的手段实施价格歧视。

4.在定价策略中，我们可以通过经济层面和心理层面两种途径研究消费者行为，但两者之间存在着两面性。经济学家眼中的激怒式行为在心理学家看来有可能是非常合理的。正因为现实生活是纷繁复杂的，所以市场营销才充满了乐趣。

讨论问题 Discussion Questions

1.机票价格很不稳定。过去的经验告诉我们应该追踪观察机票价格的变化，两星期以后再次追踪观察，看机票价格是如何变化的。

2.你对于美发的支付意愿（willingness to pay，WTP）是怎样的呢？当你为了出席一次公共活动而必须美发时，你的支付意愿是怎样的？同一位朋友在高级餐厅进餐时你的支付意愿是怎样的？当你为了给老板留一个好的印象而选择去哪家餐馆时，你的支付意愿又是怎样的？当这些支付意愿发生变化时，到底是什么因素在起作用呢？这里提到一个风险的概念。当消费者意识到购买行为存在风险时，那么他们会愿意支付更多来选择更好的购买行为，这样做可以帮助降低风险。

3.如果你从一所商学院毕业后想开办一家咨询公司，那么你怎样为你所提供的服务定价？

4.观看"The Price is Right"的电视秀，以此判断定价中的心理因素是如何影响价格和竞争对手的。

营销计划问题 Marketing Plan Questions

给定战略定位，那么我们是要定高价（撇脂）还是定低价（渗透）呢？如果我们定低价，我们就需要通过实施内部审计以确保我们所获得的利润是高于达到盈亏平衡点时的利润；如果我们定低价，那么我们就需要通过营销调研的方法进行评估。

顾客的价格敏感度如何？	价格1
考虑临时性的价格折扣吗？	价格2
怎样才能从细分市场的差异定价中获利？	价格3

案例：eShock

eShock公司是一家向消费者销售音乐播放器的公司，公司最近收到消息，一家向其提供核心元件的公司提高了其产品的价格。eShock面临着下面几个选择：①接受对方的价格，但这样会遭受利润上的损失；②转而与其他提供元件的公司合作；③提高成品价格。企业认为前两个方案都是不可行的，因此企业希望知道消费者是否能忍受价格的提升。

eShock在当地市场做了一次小规模的实验以观察对于不同价格水平来说，需求量是如何变化的。在某一市场内，产品原有价格是100美元，eShock将价格提高了10%。

该市场上个季度的产品销量是200单位，而当价格提高后，本季度的销售量减少到150单位。

1.多数情况下，价格的提高会带来销量的减少，但在此案例中，销售量的减少是能够让人接受的吗？

2.eShock是否应该将价格提高10%？请说出原因。是否应该再将价格提高一点？请说出原因。

3.你是如何估计销量变化的？

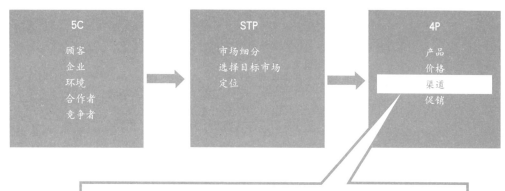

营销框架

5C	STP	4P
顾客 企业 环境 合作者 竞争者	市场细分 选择目标市场 定位	产品 价格 渠道 促销

- 分销渠道是什么？为什么营销人员要使用分销渠道？
- 如何设计高效率的分销渠道网络？
- 什么是密集型分销渠道和选择性分销渠道，营销人员应该如何做出选择？
  什么是推进和拉动？
- 渠道中相互联系的成员如果存在分歧怎么办？如何运用权利、收入分成以及一体化的策略化解冲突？
- 零售、特许经营、电子商务、目录销售以及销售团队分别在营销渠道中扮演什么样的角色？

总结 Summary

渠道的相关核心概念如下：

1.分销渠道对于营销人员来说是非常重要的，这是因为分销渠道将制造商和消费者联系在一起。

2.企业需要精心设计同合作伙伴之间的网络沟通渠道，包括合作伙伴的选择以及彼此之间合作的深入程度。

3.尽管组织间是相互联系的，但渠道实体却是独立存在的。因此，随着时间的推移，冲突便会发生。构建成功的销售渠道需要充分的沟通和信任，应该做到合作伙伴之间分配利益，或通过纵向一体

讨论问题 Discussion Questions

化的方式建设企业内部的供应和销售渠道。

1.你在购买下列产品时能感受到同等的舒服感吗？为什么？袜子、鞋子、牛仔裤、CD、DVD、书籍、旅行袋、二手车、新车以及网上订房。你如何对这些商品进行分类，在你看来，网上购买和现实购买有什么区别。

2.如果你是一名处于创业阶段的企业家，你将如何设计你的分销渠道来向你的目标客户销售高端的奢侈品？

3.如果你任职于一家多产品销售的大型企业，而你又负责一款品牌的扩展工作，你将如何组织分销渠道？如果你负责一款全新产品的市场投放工作，你又将如何组织渠道？

4.如果你的渠道合作伙伴不愿意按你的要求来做，你会怎么办？如果你是一家大企业，你会怎么办？如果你是一家小企业，你又会怎么办？如果对方是供应商呢？如果对方是分销商呢？

5.你将以什么形式向终端客户销售产品呢？电子商务、目录销售或者是依靠销售队伍？这个问题的答案取决于你所卖的产品是否是创新性或异质性的。

6.选择一个你感兴趣的行业，然后上网搜索该行业内特许经营的收费结构。举例来说，你可以做麦当劳的特许经营者并获得丰厚利润，但你需要为获得麦当劳的特许经营权付出多少费用呢？你所能够获得的最便宜的三种特许经营权是什么？设想一下为什么加盟费如此之高？

7.如果你希望你的企业能够走向国际，你会选择哪三个国家作为你最初的目标市场？为什么？什么样的销售策略和产品适合这些国家的消费群体？

营销计划问题 Marketing Plan Questions

渠道：

设计密集型分销渠道还是选择型分销渠道？	渠道1
与促销相结合，进行推进分销还是拉动分销？	渠道2
是否需要解决渠道成员之间的一些冲突——沟通、签订合同、利润分配？	渠道3

案例：滑雪板租赁

一位在滑雪胜地提供滑雪板租赁服务的小伙子和影星布鲁斯·威利斯长得非常像，因此我们称呼他为"布鲁斯"。他是亲切健谈的人，而且他向一位来游玩的商学院学生征求了一些建议。

每块滑雪板的价格是200美元，此外，由于破损原因，每年冬季（从12月到次年3月，共4个月）他需要支付12 000美元（＝200美元×20块×4个月）。而这20块滑雪板在这4个月中的每一天都能够租出去（也就是说，20块×30天×4个月=2 400个用户）。滑雪板每天的租赁费为20美元，那么布鲁斯在这4个月中一共能获得48 000美元（＝20美元×2 400个用户）的收入。如果他保留所有的收入，那么总利润为36 000（＝48 000－12 000）美元。向布鲁斯提供滑雪板的公司将获得布鲁斯之前支付的12 000美元，但不会从租赁费中获得收入。

因此，商学院学生向布鲁斯建议"收入分成"。布鲁斯很自然地问到为什么——他现在获得的是全部的租金。

1.你能够阐述商学院学生的观点吗？如果制造商同意将滑雪板的价格降低到50美元，但要求布鲁斯每年冬季购买40块滑雪板而不是之前的20块。并将赚取的租金按3∶1的比例分成。

2.你有更好的建议吗？请详细解释一下。

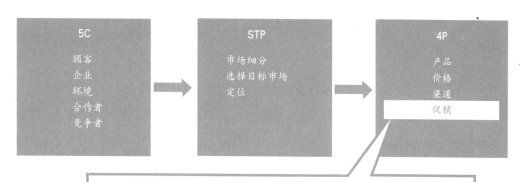

营销框架

5C
顾客
企业
环境
合作者
竞争者

STP
市场细分
选择目标市场
定位

4P
产品
价格
渠道
促销

- 广告活动追求的营销目标是什么?
- 如何设计广告信息实现这些目标?
- 理性和情感广告诉求的主要类型是什么?
- 什么时候选择单边或双边、对比或非对比、产品展示或剧情广告?
  什么时候选择幽默、恐惧、形象或代言广告?
- 广告信息的有效性是如何测量和测试的?
  在什么时候以及如何进行概念测试和文案测试?
  什么样的广告策略需要测试记忆（回忆、识别）、态度（偏好）、行为（购买意向、口碑）?

总结 Summary

广告传播信息的关键概念进行的总结:

1.为了进一步考虑广告是否有效,营销者必须为广告活动设定目标。

2.广告传播信息有好几个类别:

（1）理性或认知广告包括了单边和双边论证、比较和非比较广告以及产品展示和剧情;

（2）情感广告包括了幽默和恐惧的诉求、形象和代言。

3.测量广告有效性的方法有多种,但是关键是避免陷入短期性测量,因为广告很大程度是要提高品牌资产和形象,它们是长期的,并且也希望是长期坚持的目标。

4.在概念测试之后通过文案测试来检查广告。

5.广告测量可以包括记忆测试（回忆和确认）、态度测试（对产品或品牌的喜爱程度提高）以及行为测试（购买品牌的可能性或者产生的积极口碑）。测量应该由广告测量描述,以确定它的有效性。

讨论问题 Discussion Questions

1.从你喜欢的杂志中随机选择10个广告。根据你认为它们要实现的是认知目标（比如知晓度或增加产品知识）、情感目标（比如形象诉求或提高偏好）还是行为目标（使你试用或重购产品）来对它们进行分类。哪一个广告你最喜欢？哪个广告你最不喜欢？这些广告使得你对品牌有更多的了解吗？解释一下。

2.选择一个你喜欢的品牌（对于任何的产品类别）。

（1）如果你的品牌目标市场是老年人，广告看起来会怎么样？

（2）如果你的品牌目标是青年人，广告看起来会怎么样？

（3）如果你品牌的目标市场是非常富有的人，广告看起来会怎么样？

（4）如果品牌经理想设计一个非比较的双边广告，广告看起来会怎么样？

- 幽默广告？
- 包括很多细节的广告（杂志或网络）？
- 广播的形象广告？

（5）你会选择哪些明星（娱乐或体育）代言你的品牌？为什么？什么类型的明星会成为不合适的代言人？为什么？

营销计划问题 Marketing Plan Questions

促销：

营销沟通（广告）目标是什么？	促销1
如何测量广告的有效性？如何测量是否实现了预期的广告目标？	促销2
在整合营销沟通中如何分配媒体广告预算？	促销3

案例：AIDA

一个总部在芝加哥的大型广告机构对它的新进员工进行内部培训，培训活动之一是要求对一些数据进行解释。公司在它的所有产品上都使用AIDA模型，它有大量的数据作为标杆。此外，它知道在AIDA数据获得之后，品牌是如何销售的以及广告是如何评分的。这里表中显示的数据是经过处理的，但它依然使得诊断是有意义的，广告机构希望培训者能了解它们。下面是公司的说明和任务。

AIDA的一个重要作用是指出市场上是否有什么问题。分析下面的情境。这些是来自不同产品的消费者数据。从提供的选择中诊断问题。

（1）宣传不够；

（2）乏味的广告；

（3）广告没有说服力；

（4）渠道（可利用的）；

（5）产品名声不好。

1.情景1中的问题是什么？

2.情景2、情景3、情景4、情景5呢？

3.你想要什么样的额外信息？

	情景				
AIDA状态	1	2	3	4	5
知晓（%）	25	90	90	90	90
兴趣	90	90	25	90	90
渴望/购买愿意	90	90	90	90	25
购买行为	90	90	90	25	90
购后行为	90	25	90	90	90

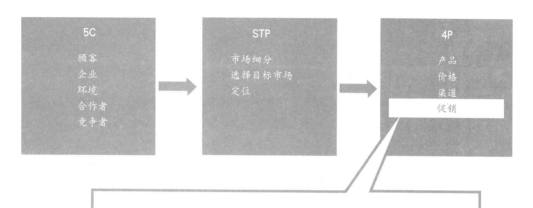

营销框架

5C
顾客
企业
环境
合作者
竞争者。

STP
市场细分
选择目标市场
定位

4P
产品
价格
渠道
促销

- 在进行营销沟通和开展促销活动的时候要做什么样的媒体决策？选择恰当的媒体（渠道和比重）。
- 什么是整合营销传播？
- 广告媒体的有效性如何测量？

总结 Summary

对广告核心概念的总结：
1.媒体选择——费用和时间——在运行广告促销计划中是形成整体的。
2.为了整合营销传播，营销经理必须监控媒体的选择，以便顾客听到公司一致性的信息。
3.广告有效性是通过长期和短期标准来测量的。

讨论问题 Discussion Questions

1.找到一个整合营销传播的例子，比如一个跨媒体的广告活动——一个广告牌和广播节目、一个电视广告和杂志印刷广告或者赛事赞助和杂货店走道末端展示，这个品牌/公司想传递什么信息？你认为为什么他们选择这些媒体渠道？

2.哪些媒体（有线电视、广播、报纸、杂志、广告牌、赛事、公共关系、人员推销等）对于下面的类别是最合适的营销传播手段？为什么？

（1）青少年（八九岁和十二三岁大）；

（2）男性个人产品；

（3）女性个人产品；

（4）城市篮球队；

（5）大学的表演艺术中心；

（6）非营利性专业卫生保健；

（7）混合动力汽车；

（8）跑车。

营销计划问题 Marketing Plan Questions

这些问题和第10章的问题一样。用你在本章学习的知识补充和修改你第10章的答案。

促销：

营销沟通（广告）目标是什么？	促销1
如何测量广告的有效性？如何测量是否实现了预期的广告目标？	促销2
在整合营销沟通中如何分配媒体广告预算？	促销3

案例：银行和酒店

下图部分借鉴了第10章的图10-12b，从中我们可以看到银行和酒店有广告可以解决的商业问题，即它们分别是知晓度和消费者态度。如果我们假设并简单计算品牌的市场份额是这些指标（知晓度、态度、试用和重购）的函数，我们就能为广告的ROI设定其他的目标。

比如假设我们有一个简单模型：

$$市场份额＝知晓度×态度×试用×重购$$

对于银行，我们有$0.25×0.8×1.00×0.75＝0.15$。银行在知晓度方面很困难，这应该简单地通过在广告上投入更多来改变，比如通过在传递更多的GPRs的媒体上购买时间。

1.为了实现某一市场份额目标，我们需要增加多少知晓度？

2.为了进行更加彻底的评估，你要知道其他什么东西？

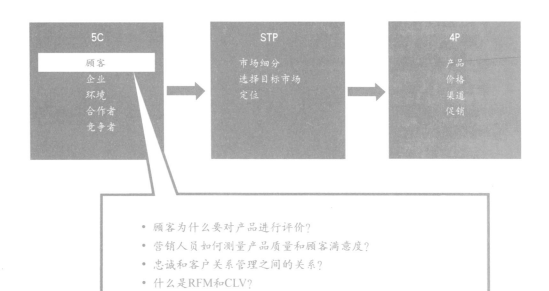

营销框架

5C
顾客
企业
环境
合作者
竞争者

STP
市场细分
选择目标市场
定位

4P
产品
价格
渠道
促销

- 顾客为什么要对产品进行评价？
- 营销人员如何测量产品质量和顾客满意度？
- 忠诚和客户关系管理之间的关系？
- 什么是RFM和CLV？

总结 Summary

对顾客评价的关键概念进行总结：

1.顾客通过与某种期望进行比较来评价商品和服务，他们的期望可能来源于以前的经历、口碑传播和广告。

2.产品的质量和顾客满意可以准确地进行测量，而对服务的测量就没有那么精确。市场调查通常就是用来访问顾客对产品或服务的评价。

3.除了顾客满意度外，营销人员还关心忠诚和客户关系管理这样的长期标准指标。

4.顾客终生价值是把营销努力转化为财务结果的一种途径。它可以让公司把顾客利益与收益相匹配，确保每个顾客关系保持盈利状态。

讨论问题 Discussion Questions

1.想一下最近一次你购物不满意的经历。你不满意的原因是什么？这个公司应该设置一套什么机制，使得其他顾客不会遇到同样的问题？这个机制会对公司产生什么负面影响？

2.上线进行相关查询，确定一个"生命周期"长度以计算你购买的5个产品或服务的CLV。例如，在美国，房屋的周转率平均是6年，而汽车平均是3.5年；父母亲给小孩用尿布的时间平均是1.8年（参看american-demographics.com）。

在这一章，我们将重新看一下你在第1章中初步做出回答的答案（如有必要将进行修改）。这些问题主要是针对顾客的。如果你对你在第1章中的答案感到满意，那很好，但是你读了第2～12章的内容后，可能会重新考虑你的答案。

顾客	将描述内容填写在这里
人口因素（如年龄、收入、家庭结构、邮政编码）。	顾客1
心理因素（如对产品、竞争、广告的态度）。	顾客2
购买行为（如频率、购买的产品类别）。	顾客3
顾客满意度现有水平\测量？	顾客4
是否有针对CRM的忠诚计划？	顾客5
非购买者为什么不购买？	顾客6
他们偏好哪种购买渠道？	顾客7
我们的购买者什么时候购买？他们是价格敏感型吗？	顾客8
购买者的变化是什么？我们期待未来的变化吗？	顾客9

案例：网络书店

在本章中，我们讨论了如何为一个宠物店确定顾客终生价值。让我们用同一种工具来看看另外一个稍微有点不同的例子。

这是一个关于网络书店的案例，与宠物店形成对比，这个书店没有做任何广告。它主要依靠付费搜索引擎，通过书目种类（如旧书或新书价格折扣）进行目标导向搜索获得顾客。假如这些搜索引擎的花费每年是500美元，有200个顾客通过外部搜索引擎登录这个网站，那么每个顾客的成本是2.5美元。

网络购物的顾客忠诚度极低，尤其是那些通过搜索引擎或价格比较接触到供应商的顾客。因此，在线零售店的顾客保留率很低，他们把每次交易的顾客都当做新顾客对待。公司考虑了很多奖励计划但是到目前为止还没有对任何人执行过。因此保留成本在本质上同获得成本是同一回事。

此书店有两个细分市场：第一类细分市场是购买那些珍贵老书的人，这个细分市场是盈利的（平均盈利2 500美元左右）；第二类细分市场之所以购买这个零售店的东西是因为它的价格比别的网络书店便宜（平均盈利是125美元左右）。

对这个书店来说，那些寻求打折的购买者是不忠诚的——保留率是0.4（稳定的），甚至那些购买珍贵书籍的人也会进行比较性购买，因此他们的保留率在0.7左右（每年都相当稳定）。

书籍的网络购买者在他们的一生中总是有可能去买书。如果平均顾客在33岁时发现某个网站，那么他们的购书生命周期很可能是30年或更长。但是作为比较，我们可以把他们的购书生命周期设定为4年，就像本章中宠物店的例子一样。

1.对相应的数据进行计算。

2.你会有一些什么样的发现？

3.你能提供什么建议？

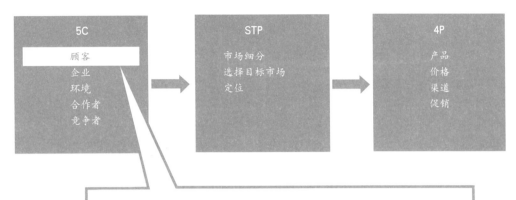

营销框架		
5C 顾客 企业 环境 合作者 竞争者	**STP** 市场细分 选择目标市场 定位	**4P** 产品 价格 渠道 促销

我们需要哪种营销调研方法？
- 细分市场的聚类分析；
- 市场定位的认知图片；
- 概念检验的讨论组方法（在新产品开发和广告中常用）；
- 测试属性的结合（在定价、新产品开发和品牌中常用）；
- 定价、优惠券实验和品牌转换中的监测数据分析；
- 为评估顾客满意水平的调查法；
- 为识别慌乱营销环境中的意见领导者的网络法。

总结 Summary

总结一下本章营销调研工具的关键内容：

1.很多经常使用的营销调研工具都可以用来调查市场环境、企业合作伙伴和竞争对手。

2.很多营销调研工具在日常遭遇的营销问题上都能画出很好的图表：聚类分析可用来识别细分研究中相似的目标群体（例如顾客）。调查法和多维度法可用来制作感知图片，它在现有竞争对手地位评估中作用很大。讨论组方法是一种调查顾客对企业理念（例如新产品理念、新广告投入等）早期反应的自然工具。

3.结合法询问调查对象的喜爱度，同时允许市场人员推断出顾客认为最有价值的属性。

4.监测数据已经与大部分市场人员进行过接触。这些数据来源可以在品牌转换、忠诚度、价格敏感和市场实验的指导中做调查。

5.社会网络方法研究角色间的内部联系，如企业和消费者。在消费者之中，追踪口碑传播可以评估那些意见领导者们的影响力。

讨论问题 Discussion Questions

1.你和你的同事认为你们的品牌有3个细分市场。品牌经理也长时间这么认为。当你采用聚类分析方法进行分析时，好像又得出2～4个细分市场，你是如何考虑的呢？或者说还是有3个细分市场，只不过这3个不像之前你所认为的那3个？你又是如何考虑的呢？你又将如何做呢？

2.你为了一款新产品进行了三组小组讨论，每一组的想法都非常精彩。你的老板很激动，因为一款新产品开发的成功就在于促销的运行。因此，她开始起草销售预测和经费预算。你为什么认为这样做是比较仓促的？你将会如何解决这个项目？你的老板呢？

3.你开了一家小型的咨询公司，正在尝试对你的项目、个人时间和助理时间进行定价。在大多数企业，你的助理完成了大部分的项目工作，你负责监督他们的工作。然而，客户会认为项目是由你亲自处理，助理们只提供协助。最后，你预感到客户的满意度与你的项目结果能否达到预期效果有关。了解到这些因素之后，你就开始运用结合法来决策什么时候该收取高价，得到了如下结果：

$$价格 = b_0$$
$$+0.6（\#基本时间费用）$$
$$+0.4（\#助理时间费用）$$
$$+0.9（\#你的建议与客户预期的符合度）$$

这个结果表明了什么？当你看到结合法分析的结果，你对于定价项目有何看法？什么是正确的？

营销计划问题 Marketing Plan Questions

运用或者建议运用详细的市场调研工具来回答下列问题。

环境：

需要考虑经济环境因素吗？经济环境稳定吗？经济增长趋势如何？顾客的心态如何？	环境1
需要考虑政治环境因素吗？我们与合作者关系稳定吗？	环境2
需要考虑法律环境因素吗？出台了什么消费者法律？	环境3
新的科学技术对企业来说是威胁还是机遇？如新的机器设备和IT技术。	环境4
需要关注哪些社会因素？人口因素发生变化了吗？顾客的态度发生变化了吗？	环境5

竞争者：

| 主要竞争对手是谁？ | 竞争者1 |
| 竞争对手的优势是什么？ | 竞争者2 |

案例：混合搭配

理论上，任何一种营销调研工具都可以用来解释营销或者商业问题。然而有些方法能很好地匹配某些问题。让我们来看看还有哪些组合比较有意义吧。

讨论的第一步先选择一个营销调研目标：①品牌价值；②顾客满意度；③定价。

然后选择一种市场调研类型：④探索性；⑤描述性；⑥因果性。

当你选好组合之后，描绘一下调研的草图。例如，如果你选择的是①和④，你可能会写下很多访问的问题模板，询问有关他们最喜欢的品牌的影响和最珍惜的东西。如果你选择的是②和⑤，你可能会写下很多互动性问题，询问顾客对于最近一次购买行为的评价。如果你选择的是③和⑥，你可能会观察价格产生变动时消费需求会发生怎样的变化。

营销框架

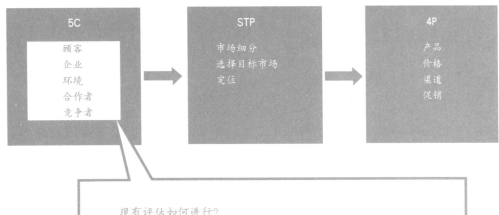

总结 Summary

营销战略中的关键问题：

1.在我们开始考虑变革之前，需要好好地审视一下自身，我们的品牌资产如何？我们的文化特征和力量是什么？我们的优劣势又是什么？

2.然后我们就可以考虑我们将要进行什么变革以及如何进行变革，我们的目标细分市场或者我们的产品、定价、渠道和促销？

企业和投资组合优势

• 较强的品牌份额、市场增长率？（金牛、明星、瘦狗、问题）

• 防御型还是进攻型？

• 领导者还是（快速）跟随者？

显示板测量

• 财务（销售额、利润额）

• 市场（份额、顾客满意度、平均交易价格）

• 员工（满意度和流动率）

战略

• 不采取行动

• 不做不同的

• 采取行动（做什么？怎么做？）

1.仅仅通过一些广告来判断某些品牌——广告内容和广告宣传的媒体，描述百事、可口可乐和激浪品牌经理们的战略，同样做一下有关宝马、现代和普锐斯的判断。

2.对你现在工作的公司或者以前工作的公司进行一下思考。该企业是如何看待自己的？领导者还是快速跟随者？你认为该企业的自我感知是准确的还是理想化的？请解释。

3.你的公司的参考标准是什么？它们是否是正确的指引？如果不是，应该如何改正或者补充？

4.思考一下你企业的品牌和产品。哪一个符合下列战略？

（1）不采取行动，例如金牛型业务；

（2）不做不同的，例如一个稳定市场上的成熟产品；

（3）在需要的时候做出战略调整。

5C理论中的哪一个因素支持你的变革？你将如何根据4P理论进行调整？

现在我们在讨论战略，请解答以下问题。有关"环境"和"竞争者"的问题已经在第13章中列出了，请考虑一下你先前的答案是否需要调整？

企业：

擅长什么？因什么而出名？做一个SWOT分析。	企业1
想要变成什么样子？未来的战略如何？	企业2

环境：

需要考虑经济环境因素吗？经济环境稳定吗？经济增长趋势如何？顾客的心态如何？	环境1
需要考虑政治环境因素吗？我们与合作者关系稳定吗？	环境2
需要考虑法律环境因素吗？出台了什么消费者法律？	环境3
新的科学技术对企业来说是威胁还是机遇？如新的机器设备和IT技术。	环境4
需要关注哪些社会因素？人口因素发生变化了吗？顾客的态度发生变化了吗？	环境5

合作者：

与供应链上游的供应商有良好的合作关系吗？	合作者1
与分销渠道成员有良好的合作关系吗？	合作者2
与合作者的合作关系想要做出一些调整吗？	合作者3

竞争者：

主要竞争对手是谁？	竞争者1
竞争对手的优势是什么？	竞争者2

营销框架

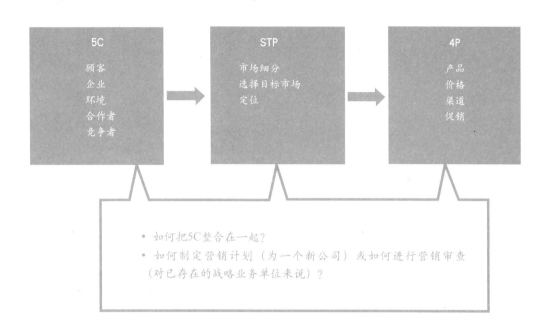

总结 Summary

我们在本书中已经讨论了大量营销问题，但是前面很多都只局限于概念性的，现在我们希望能够将他们付诸实践。制定营销计划就是把所有营销决策转化为实际的执行方案。不管你是否会成会一名营销人员或者营销是否会成为你工作的一部分，你都会在你的职业中获得乐趣。不要忘记：把顾客放在第一位，这样你就能战胜竞争者。是的，就是这么简单。

讨论问题 Discussion Questions

1.展示一下你的创业才能，为你希望推向市场的产品或服务起草一份营销计划。

（1）你所面临的现状是什么（5C）？你为什么认为你的想法能够成功？

（2）你认为你的顾客想要什么以及他们是谁（STP）？

（3）你将如何制定一套好的营销组合策略（4P）？确保把所有的策略都整合在一起，并在你的营销计划内部保持一致。

2.为你的下一份工作制定一个营销计划。你正在尽力说服公司（你的顾客）雇用你。

（1）环境：就业环境如何？

（2）企业：你的优势和劣势是什么?

（3）顾客：你的潜在雇主想要什么?

（4）竞争者：为什么它要雇用你而不雇用其他候选人?

（5）合作者：你可以加入什么关系网络来提高你成功的可能性?

（6）市场细分：你的才能适合什么样的行业和公司?

（7）目标市场选择：什么行业和公司最吸引你，即什么样的行业和公司可能在你的职业生涯中为你提供挑战和成长的机会？

（8）产品：你是谁？你具备什么样的特性？你能为你的顾客提供什么利益？

（9）价格：你想寻找什么样的职位、薪水以及收益水平？你将如何让潜在雇主相信提供这些条件给你对他们来说是值得的？

（10）促销：你的简历、电子邮箱、电话、现实生活中的人际技能给潜在雇主/顾客传递了什么样的信息？

（11）渠道：当潜在雇主/顾客正在寻找像你这样的员工时，你是否可以通过他们能够发现你的渠道发送或邮寄你的信息？

乐读系列

课程名称	书号	书名及作者	定价
财务管理（公司理财）	即将出版	财务管理（布里格姆）	49
运营管理	978-7-111-31278-9	运营管理（科利尔）	49
管理学	即将出版	管理学（威廉姆斯）	49
管理沟通	978-7-111-32945-9	商务沟通（雷曼）	48
财务会计	即将出版	财务会计（戈德温）	49
中级宏观经济学	即将出版	中级宏观经济学（巴罗）	48
西方经济学	978-7-111-31727-2	宏观经济学（迈克易切恩）	49
西方经济学	978-7-111-32008-1	微观经济学（迈克易切恩）	49
统计学	即将出版	统计学（约翰逊）	49
组织行为学	即将出版	组织行为学（纳尔逊）	49
消费者行为学	即将出版	消费者行为学（巴宾）	49
市场营销学（营销管理）	978-7-111-31520-9	市场营销学（第3版）（拉姆）	49
市场营销学（营销管理）	978-7-111-32966-4	营销管理（亚科布奇）	45
管理信息系统	即将出版	管理信息系统（比德格里）	49

教师服务登记表

尊敬的老师：

您好！感谢您购买我们出版的 ＿＿＿＿＿＿＿＿＿＿＿＿＿＿＿＿＿＿＿＿＿＿ 教材。

机械工业出版社华章公司为了进一步加强与高校教师的联系与沟通，更好地为高校教师服务，特制此表，请您填妥后发回给我们，我们将定期向您寄送华章公司最新的图书出版信息！感谢合作！

个人资料（请用正楷完整填写）

教师姓名		□先生 □女士	出生年月		职务		职称：□教授 □副教授 □讲师 □助教 □其他		
学校			学院			系别			
联系 电话	办公： 宅电： 移动：			联系地址 及邮编					
				E-mail					
学历		毕业院校		国外进修及讲学经历					
研究领域									

主讲课程	现用教材名	作者及 出版社	共同授 课教师	教材满意度
课程： □专 □本 □研 □MBA 人数： 学期：□春□秋				□满意 □一般 □不满意 □希望更换
课程： □专 □本 □研 □MBA 人数： 学期：□春□秋				□满意 □一般 □不满意 □希望更换

样书申请	
已出版著作	已出版译作
是否愿意从事翻译/著作工作 □是 □否 方向	
意见和建议	

填妥后请选择以下任何一种方式将此表返回：（如方便请赐名片）
地 址：北京市西城区百万庄南街1号 华章公司营销中心 邮编：100037
电 话：(010) 68353079 88378995 传真：(010)68995260
E-mail:hzedu@hzbook.com markerting@hzbook.com 图书详情可登录http://www.hzbook.com网站查询